Aura – Die Gabe

Clara Benedict, Jahrgang 1981, ist Deutsch- und Musiklehrerin und Sängerin in einer Rockband. Sie lebt mit einem Mann, zwei Katern, drei Kindern und zwölf Musikinstrumenten an der Weinstraße und hat ständig zu viele Pläne und zu wenig Zeit. Wenn sie nicht als Revuegirl oder Nashorn auf der Bühne steht oder sich für irgendein anderes verrücktes Projekt ködern lässt, spielt sie Videogames, geht geocachen und gibt unfassbare Summen für Bücher und Chucks aus. www.clara-benedict.de

Mehr über unsere Bücher, Autoren und Illustratoren auf:
www.thienemann.de

Benedict, Clara:
Aura – Die Gabe
ISBN 978 3 522 20241 1

Umschlaggestaltung: Eva Schöffmann-Davidov
Innentypografie: Kadja Gericke
Reproduktion: Digitalprint GmbH, Stuttgart
Druck und Bindung: CPI Books GmbH, Leck
Dieses Werk wurde vermittelt durch die Montasser Medienagentur, München.

MIX
Papier aus verantwortungsvollen Quellen
FSC
www.fsc.org
FSC® C083411

CLARA BENEDICT

AURA

DIE GABE

Thienemann

Für Mayra Valentina

1 : eigenartig

»Eines Tages lauerten sie Eve auf dem Heimweg auf und zerrten sie hinter sich her bis zur Gartenhütte, die sie als Treffpunkt nutzten. Eve schrie, weinte und wehrte sich, doch keiner wollte sie hören. Niemand hatte Mitleid. Sie sperrten Eve in einen Schrank, damit die Welt von ihrer Hässlichkeit verschont bleiben würde.«

Ich lehne mich bequem an das Kopfteil meines Bettes und ziehe die Beine an. Mit einem Ohr lausche ich meiner Freundin Laro, die voller Hingabe eine Gruselgeschichte erzählt. Sie ist mit derartiger Leidenschaft bei der Sache, dass ich mir ein Grinsen nicht verkneifen kann. Leider ist sie die Einzige, die diese Begeisterung empfindet. Jasmin sitzt vor meinem Schminkspiegel und beschmiert sich die Lippen in einem fragwürdigen Rotton. Sie macht nicht den Eindruck, als würde sie viel von der Handlung mitbekommen. Viv ist seit einer Viertelstunde im Bad verschollen, wo sie einen aussichtslosen Kampf gegen ihre blonden Locken austrägt.

Immerhin verkürzen Laros Bemühungen die Wartezeit, und außerdem hatte sie uns ohnehin keine Wahl gelassen.

»Natürlich hatten sie fest vor, Eve am nächsten Morgen wieder zu befreien, doch es sollte anders kommen«, verkündet Laro in unheilschwangerem Ton. »In derselben Nacht brach ein Feuer in der Gartenhütte aus. Eve, in ihrem Schrank gefangen, nahm zuerst das trockene Knistern wahr. Dann stieg ihr der beißende Qualm in die Nase. Der durchdringende Geruch von brennendem Holz und verschmortem Plastik erfüllte ihr Gefängnis. Im Spiegel, der an der Innentür befestigt war, sah sie ihr eigenes, hässliches Gesicht, auf dem der zuckende Flammenschein tödliche Muster malte. Eine verzerrte Fratze.«

Gähnend prüfe ich die Anzeige meines Funkweckers. 20:30 Uhr. Mittlerweile ist es draußen sicher nicht nur dunkel, sondern auch empfindlich kühl geworden. In unregelmäßigen Abständen werden Regentropfen an die Scheiben geweht. Richtiges Herbstwetter, und das im April. Am liebsten würde ich zu Hause bleiben.

Als meine Freundinnen sagten, wir würden um 20 Uhr loslegen, hatte ich angenommen, dass sich diese Zeit auf den Aufbruch beziehen würde. Ich stöhne leise.

Was für eine Schnapsidee, unter der Woche auszugehen. Das funktioniert auch bloß, weil bald Osterferien sind.

»Eve begann, wie von Sinnen zu klopfen, doch niemand hörte sie«, fährt Laro mit Grabesstimme fort. »Sie schrie sich heiser, doch keiner kam. Sie schlug so fest gegen die Tür, dass der Spiegel splitterte. Die Scherben gruben sich tief in ihre Haut, doch der Schrank blieb verschlossen. Eingesperrt in ihrem Gefängnis verbrannte Eve bei lebendigem Leib, die eigene Hässlichkeit bis zuletzt vor Augen.«

»Tragisch«, stelle ich unbeeindruckt fest.

»Ich bin noch nicht fertig«, äußert Laro mit ernster Miene, während Jasmin seufzend eine Tube mit undefinierbarem Inhalt zuschraubt.

»Durch den brutalen und grauenvollen Tod konnte Eves Geist keine Ruhe finden. Voll von rasendem Zorn und getrieben vom Wunsch nach Rache ergriff die Wesenheit die

Spiegelscherben und machte sich auf den Weg, um die Schuldigen zu bestrafen. Und das tut sie heute noch. Sie lauert den Mädchen im Schatten auf, in dunklen Ecken, unter ihrem Bett, und sie bewegt sich blitzschnell hinter den Spiegeln.«

Unwillkürlich läuft mir ein Schauer über den Rücken.

Das leichte Rauschen des Regens hat sich mittlerweile in ein stetiges Prasseln verwandelt, und immer wieder kratzen Zweige an der Fensterscheibe.

Von meiner Reaktion amüsiert wende ich mich wieder Laro zu. Die einzige Erklärung für die plötzliche Beklommenheit ist, dass meine Freundin ausgesprochen gut erzählen kann.

Jasmin hat ihre Verschönerungsaktion beendet und schüttelt ihre Haare in Form.

Laro atmet ein, als wolle sie etwas sagen. Als wir sie beide erwartungsvoll mustern, hebt sie langsam die Hand.

»Sie lauert ihnen auf und dann«, sie wird stetig lauter, »sticht sie ihnen mit der Scherbe die Augen aus!«, endet sie fast schreiend.

»Das werden meine Eltern mit dir auch tun, wenn du weiter so rumbrüllst«, werfe ich trocken ein.

Jasmin gähnt. »Sehr spannend.«

Laro ignoriert unsere Sticheleien, holt ein Feuerzeug aus ihrer Handtasche und entfernt das Teelicht aus meiner Duftlampe. Mit einer vorsichtigen Bewegung schiebt sie Jasmins Make-up zur Seite und stellt stattdessen die Kerze vor meinen Schminkspiegel.

»Was wird das?«, erkundige ich mich, während Laro den Docht anzündet.

»Wir beschwören Eve«, informiert sie mich. »Was sonst?«

Klar. Total naheliegend.

Kopfschüttelnd schaue ich meiner Freundin zu, die sorgfältig einen kleinen Zettel mit den Buchstaben E, V und E beschriftet.

»Und was soll das bringen?«, frage ich skeptisch.

»Spaß?«, erwidert Laro verständnislos, woraufhin Jasmin kichert und ihr braunes Haar in den Nacken wirft. Im Gegensatz zu mir wirkt sie nicht abgeneigt.

»Lustige Idee«, bestätigt sie schulterzuckend meinen Verdacht.

»Das wird sowieso nicht funktionieren«, wende ich ein.

»Hannah, sei kein Spielverderber. Wenn es sowieso nicht funktioniert, kannst du auch mitmachen«, fordert Laro. »Oder hast du Angst?«

Ich seufze schicksalsergeben. »Höchstens um euren Geisteszustand. Aber von mir aus. Wenn es euch so viel bedeutet, mache ich eben mit. Viv scheint ohnehin noch länger zu brauchen.«

Laro nickt zufrieden, während ich meinen gemütlichen Platz auf dem Bett aufgebe, um sie bei ihrer hirnrissigen Aktion zu unterstützen. Bevor ich mich komplett aufgerichtet habe, lässt mich ein ziepender Schmerz zusammenzucken.

»Spinnst du?«, fauche ich meine Freundin gereizt an, die eines meiner dunkelblonden Haare zwischen den Fingern hält.

»Hast doch genug«, tut sie meinen Protest ab. »Außerdem brauchen wir das für die Beschwörung.«

Mürrisch stelle ich mich neben Jasmin und Laro, sodass ich unsere Abbilder im Spiegel sehe.

»Und wie funktioniert die Sache jetzt?«, will ich missmutig wissen.

»Die Beschwörung besteht aus drei Stufen«, erklärt Laro. »Zuerst klopft Eve nur zurück – natürlich dreimal. Beim nächsten Durchgang sieht man das Spiegelbild des Haarsträhnenspenders mit blutenden Augen. Bei der letzten Stufe erscheint der Geist von Eve und übernimmt einen der Anwesenden. Der Besessene zerbricht den Spiegel und sticht einer hübschen Person die Augen aus.«

»Ähm –«, unterbreche ich gereizt. »Wieso, um Himmels willen, sollten wir eine solche Beschwörung machen? Wenn es wenigstens viel Geld oder eine lebenslange Kaffee-Flatrate gäbe. Aber ein rachsüchtiger Geist, der eine von uns mit einer Spiegelscherbe angreifen will?«

Jasmins Augen glitzern aufgeregt. »Ist doch cool.«

Ergeben zucke ich mit den Schultern und stelle mich zu meinen beiden Freundinnen vor den Spiegel. Wieso braucht Viv derartig lange im Bad? Wenn sie sich für Till nicht so aufstylen würde, bliebe mir dieses Trauerspiel erspart.

Laro hat währenddessen das Licht gelöscht, sodass lediglich der spärliche Schein der Kerze das Zimmer erhellt. Die Flamme flackert leicht in der Zugluft.

Gerade will ich erneut auf die lächerliche Situation hinweisen, da legt Laro ihren Finger auf die Lippen.

»Leise«, zischt sie energisch. »Wir fangen an.«

Konzentriert befördert sie das mit meiner Strähne umwickelte Papier ins Feuer.

Direkt erfüllt der unangenehme Geruch nach brennendem Haar den Raum. Regungslos sehen wir zu, wie Zettel und Strähne zu Asche zerfallen. Im Raum ist es totenstill, nur das trockene Knistern des brennenden Papiers und das stetige Geräusch des Regens sind zu hören.

Wie hypnotisiert starren wir auf die zuckende Flamme.

Widerstrebend stellte ich fest, dass mir ein wenig beklommen zumute ist. Das flackernde Licht des Feuers und die tanzenden Schatten erzeugen eine unheimliche Atmosphäre.

»Eve hinter den Spiegeln – erwähle uns«, rezitiert Laro heiser.

Sie hebt die Hand und klopft eine kurze rhythmische Folge an den Spiegel.

kurz – kurz kurz kurz lang – kurz

»Eve in Morse«, flüstert sie.

Fröstelnd reibe ich mir die Oberarme. Die Beschwörungsformel in Kombination mit dem hohlen Geräusch, das Laros Knöchel auf dem Spiegel hinterlässt, erzeugt eine Gänsehaut. Von unserer ausgelassenen Stimmung ist nichts mehr übrig.

Nervös lausche ich in das angespannte Schweigen. Ich muss zugeben, dass das Ritual unheimlich ist. Noch Furcht einflößender wäre es, wenn tatsächlich ein Antwortklopfen erklingen würde. Ein Geräusch, dröhnend und markerschütternd. Nicht nur aus dem Spiegel, sondern widerhallend, als käme es aus allen Wänden gleichzeitig.

kurz – kurz kurz kurz lang – kurz

Ich zucke zusammen und schaue alarmiert zu meinen Freundinnen. Mir wird eiskalt, und mein Mund fühlt sich an wie ausgetrocknet. Es klopft nicht bloß in meiner Fantasie. Fassungslos starren wir einander an. Das *kann* nicht sein.

»Habt ihr das auch gehört?«, krächzt Laro tonlos.

Jasmin hat die Augen weit aufgerissen und wirkt wie versteinert, während ich langsam nicke.

kurz – kurz kurz kurz lang – kurz

Das Geräusch scheint von überallher gleichzeitig und

doch direkt aus dem Spiegel zu kommen. Eine Welle blanken Entsetzens überläuft mich. Was ist das?

kurz – kurz kurz kurz lang – kurz

Bewegungslos und mit hochgezogenen Schultern fixieren wir den Spiegel.

»Das ist unmöglich«, wispert Jasmin und krampft die Finger um den Saum ihres dünnen Pullovers.

»Krass«, bringt Laro mit einem gezwungenen Kichern hervor.

Ich schüttle hilflos den Kopf. Wir hätten mit dem Mist gar nicht anfangen sollen. Definitiv eine von Laros blödesten Ideen.

Plötzlich durchströmt mich Erleichterung. Garantiert wollen mich meine Freundinnen auf den Arm nehmen und haben die ganze Sache inszeniert. Vermutlich schlägt Viv im Badezimmer auf irgendwelche Rohre. So leicht kriegen sie mich nicht.

»Na los«, ermutige ich gespielt munter. »Machen wir weiter! Stufe 2.«

Laro stiert mich ungläubig an.

»Du willst weitermachen? Hast du das Klopfen eben nicht gehört?«

»Doch«, bestätige ich leichthin. »Die nächste Stufe verspricht noch spannender zu werden. Also, was ist jetzt?«

Sowohl sie als auch Jasmin sind bleich. Haben sie Angst vor ihrem eigenen Theater?

Laut der Geschichte wäre nun mein Spiegelbild mit blutenden Augen an der Reihe. Bestimmt ist es kein Zufall, dass Laro ausgerechnet mein Haar ausgerissen hat. Meine Freundinnen haben wohl erwartet, dass ich zitternd in einer Ecke sitze.

»Eve hinter den Spiegeln – erwähle uns.« Laro hebt zögerlich die Faust und lässt sie erneut auf die Spiegeloberfläche prallen.

kurz – kurz kurz kurz lang – kurz

Sind meine Freundinnen wirklich so gute Schauspielerinnen?

Die Stimmung ist derartig angespannt, dass ich für einen Moment fest daran glaube, dass Stufe 2 tatsächlich wie in Laros Erzählung verlaufen wird. Schaudernd male ich mir aus, wie die beiden in die leeren Augenhöhlen meines Spiegelbildes blicken, aus denen Blut in tiefroten Schlieren über meine hellen Wangen fließt.

Ein ohrenbetäubender Schrei reißt mich aus meinen beklemmenden Gedanken.

Laro springt förmlich vom Spiegel zurück und reißt dabei einen Stuhl um, der mit lautem Gepolter auf den Boden knallt.

Jasmin taumelt nach hinten und lässt sich aufs Bett fallen. Sie legt eine Hand an die Brust und beginnt, trocken zu würgen. Beide können ihre Augen nicht vom Spiegel abwenden.

Gleichzeitig fliegt die Tür auf, und Viv betritt den Raum.

»Was treibt ihr da eigentlich?«, wundert sie sich und schaltet das Licht an.

Ich drehe ratlos die Handflächen nach oben.

Jasmin ist mittlerweile auf dem Bett zusammengesunken. Sie hat die Knie mit den Armen umschlungen und starrt mich an, als sei ich der Teufel höchstpersönlich. Laro hingegen hat sich leidlich gefangen, ist aber bleich wie eine Wand.

Verunsichert wage ich einen Blick in den Spiegel: Ich sehe aus wie immer. Möglicherweise etwas blasser als sonst, aber es gibt keinen Grund für die entsetzte Reaktion meiner Freundinnen.

»Deine Augen!«, wimmert Jasmin leise. »Deine Augen!«

Laro beißt auf ihren Fingerknöcheln herum und mustert mich argwöhnisch.

»Mensch, jetzt hört doch auf mit dem Mist«, murre ich verärgert. »Die Idee war ja ganz witzig. Aber es reicht jetzt.«

Viv steht nach wie vor irritiert in der Mitte des Zimmers. »Würde mir mal jemand erklären, was hier los ist?«

Da die beiden anderen noch immer vor Angst wie erstarrt wirken, erkläre ich Viv in wenigen Worten die Situation.

Jasmin und Laro lauschen stumm meinem Bericht.

Als ich am Ende angelangt bin, schüttelt Viv entgeistert den Kopf.

»Ist das euer Ernst? Ihr schafft es, euch mit euren eigenen Gruselgeschichten in Panik zu versetzen? Das muss man erst mal hinkriegen …«

»Hannah hatte keine Augen mehr«, murmelt Laro dumpf. »Stattdessen nur leere Höhlen, aus denen Blut über ihre Wangen gelaufen ist. Ekelhaft.«

Jasmin bestätigt Laros Beschreibung mit einem erstickten Geräusch.

»Du hast nicht geklopft?«, frage ich in Vivs Richtung.

»Ich wusste bis eben nicht einmal, dass eine Gruselgeschichte erzählt wurde«, entgegnet meine beste Freundin.

»Hannah«, versichert Laro eindringlich. »Das war kein Witz. Ich schwör's dir.«

Jasmin schüttelt lediglich den Kopf.

Aufmerksam forsche in den bleichen Gesichtern meiner

Freundinnen nach Anzeichen von Belustigung oder Spott, doch ich werde nicht fündig.

»Ihr wollt mir also erzählen, dass das Ritual funktioniert hat?«, fasse ich misstrauisch zusammen. »Das ist doch kompletter Blödsinn.«

»Vielleicht war es dein Bruder?«, schlägt Laro schließlich zögerlich vor.

»Simon?«, vergewissere ich mich zweifelnd. »Ich weiß gar nicht, ob er zu Hause ist.« Nach einem Blick auf Jasmin wird mir klar, dass ich diesen Ausweg nicht zerstören sollte. Meine Freundin wirkt völlig verängstigt. »Es könnte schon sein, dass zumindest das Klopfen von ihm stammt«, räume ich ein. »Eine solch kindische Aktion würde zu ihm passen.«

»Bisher die schlüssigste Erklärung«, entscheidet Laro, die sich wieder gefangen hat. Jasmin nickt, doch ihr Unbehagen ist weiterhin erkennbar.

»Ich nehme an, dass das Ritual für uns beendet ist«, bemerke ich zynisch, woraufhin mir Viv den Ellbogen in die Seite rammt.

Kurze Zeit später trotten wir die Treppe hinunter zur Haustür. Mit einem komischen Gefühl im Magen registriere ich, dass im Zimmer meines älteren Bruders kein Licht brennt. Er scheint tatsächlich nicht daheim zu sein.

Jasmin schaut ebenfalls auf die nur angelehnte Tür und schluckt hörbar. »Er ist nicht da«, stößt sie hervor, ohne eine von uns anzusehen, und klingt dabei schon wieder, als sei sie den Tränen nahe. »Von ihm kam das Klopfen also nicht.«

»Es tut mir echt leid. Ich wollte nicht …«, fängt Laro hilflos an, verstummt dann aber wieder.

Jasmin gibt ein Geräusch von sich, das verdächtig nach einem Schluchzen klingt. »Ist auch egal«, murmelt sie, während Laro betreten den Kopf senkt. »Ich will nach Hause.«

»Jetzt?«, stößt Viv ungläubig hervor. »Aber wir wollten doch ins Pub?«

»Dieses Mal ohne mich«, entscheidet Jasmin. »Mir ist wirklich nicht nach Feiern zumute. Seid nicht böse.«

Laro betrachtet unbehaglich ihre Schuhspitzen. »Geht mir ähnlich.«

Vivs Blick pendelt zwischen unseren beiden Freundinnen hin und her. »Ist das euer Ernst? Zuerst bekniet ihr uns den kompletten Vormittag, damit wir euch ins Pub begleiten. Jetzt stehen wir perfekt gestylt und bereit zum Aufbruch im Flur, und ihr lasst uns hängen? Wegen dieser lächerlichen Gruselgeschichte?«

Jasmin und Laro nicken unglücklich.

»Hannah?«, wendet sich Viv an mich. »Kommst du mit? Ich hatte doch gehofft, Till heute Abend zu treffen.«

»Klar«, bestätige ich. »Von mir aus kann's losgehen.«

Nachdem sich Laro und Jasmin mit knappen Worten verabschiedet haben, machen wir uns durch den Nieselregen auf den Weg in das Pub unseres Vertrauens.

Laros Beschwörung ist nach wie vor zentrales Thema. Immer wieder diskutieren wir verschiedene Erklärungen, die zu dem Geschehen geführt haben könnten. Eine lose Dachrinne, die vom Wind an den First geschlagen wurde. Simon, der uns einen Streich gespielt hat und seine Abwesenheit nur vorgetäuscht hat. Eine optische Täuschung im Spiegel, hervorgerufen durch schlechte Lichtverhältnisse. Viv glaubt noch immer an einen blöden Scherz von Laro und Jasmin, doch ich habe meine Zweifel. Die beiden hatten sich den ganzen Tag über auf unseren Mädelsabend im Pub gefreut. Sie waren es, die heute Abend unbedingt ausgehen wollten. Außerdem wirkte insbesondere Jasmins Panik unglaublich echt.

Egal wie sehr ich mich bemühe: Ich werde das Gefühl nicht los, dass etwas Eigenartiges geschehen ist.

Als wir an dem kleinen Tisch in der Nähe der Theke Platz nehmen, fühle ich mich auf seltsame Art erleichtert, der Dunkelheit vorerst entkommen zu sein.

Zufrieden widme ich mich meinem Christmas Latte. Diese Spezialität wird hier immer verkauft, und in mir hat man zu jeder Jahreszeit einen dankbaren Abnehmer gefunden.

Sorgfältig wickle ich den kleinen Karamellkeks aus, der zum Kaffee serviert wird, und verfolge amüsiert Vivs heimliche Suche nach Till.

»Nicht da«, stellt sie enttäuscht fest, nachdem sie sich unauffällig umgesehen hat. »Hoffentlich kommt er noch.«

Ich nicke abwesend und schiebe mir das Gebäck in den Mund. Gleichzeitig lasse ich meinen Blick beiläufig durch den Raum schweifen.

Jan!

Direkt an der Theke!

Ich zucke zusammen. Sein unverhofftes Erscheinen bringt mich derartig aus der Fassung, dass mir beim Schlucken ein Krümel im Hals stecken bleibt.

Mit tränenden Augen und hustend hänge ich auf der Tischplatte. Unterdessen klopft mir Viv viel zu fest auf den Rücken und murmelt aufmunternde Dinge wie »Musst du immer so schlingen?«. Wild gestikulierend und nach Luft japsend versuche ich, ihr klarzumachen, dass wenige

Meter entfernt der unglaublichste Typ unserer Schule gemeinsam mit seinen Freunden steht. Gebannt starre ich Richtung Theke und bewundere seine dichten schwarzen Haare, seine schlanke, aber dennoch athletische Figur, die durch sein eng anliegendes T-Shirt und die tief sitzende Jeans zusätzlich betont wird. Vivs amüsiertes Schnauben blende ich nach Kräften aus.

Wäre es nicht toll, wenn er sich umdrehen würde? Unsere Blicke könnten sich für einen Moment treffen. Genau so lange, dass ich ihm ein schmales, mysteriöses Lächeln zuwerfen könnte, durch das er endlich auf mich aufmerksam wird und mich unbedingt kennenlernen will. Da er erst seit Kurzem auf unsere Schule geht und zudem die Oberstufe besucht, hat er mich leider bisher nicht registriert.

Los doch, Jan! Dreh dich um! Hier bin ich!

Er dreht sich um. Unsere Blicke treffen sich.

Ganze zwei Sekunden kann ich seinen stahlblauen Augen standhalten, dann spüre ich, wie mir glühende Hitze in die Wangen steigt. Ich bezweifle, dass ich mit dieser Gesichtsfarbe in irgendeiner Weise mysteriös wirke. Verlegen greife ich nach meinem Christmas Latte, bekomme ihn jedoch nicht richtig zu fassen. Stattdessen fege ich mit dem Handrücken meine Tasse vom Tisch.

Jan zieht die Augenbrauen hoch und mustert mich irritiert. Argh. Was für eine blöde Aktion. Schnell tauche ich unter die Tischplatte ab, um den Schaden zu begutachten. Ich werde einfach den Rest meines Lebens hier verbringen.

Nach einer gefühlten Ewigkeit höre ich Vivs Stimme.

»Hannah, du kannst wieder hochkommen«, sagt sie trocken. »Er ist weg.«

Zögerlich richte ich mich auf und vergrabe das Gesicht in den Handflächen.

»Das eben war unfassbar peinlich«, stelle ich fest.

Viv öffnet den Mund zu einer Antwort, schließt ihn jedoch wieder, ohne etwas zu entgegnen. Hilflos hebt sie die Schultern und seufzt zustimmend. Betreten schauen wir uns an.

»Vielleicht findet er deine Tollpatschigkeit ja charmant?«, spekuliert sie halbherzig.

Das wage ich zu bezweifeln.

Nach dieser beschämenden Aktion will sich bei mir keine richtige Feierlaune mehr einstellen. Von Till ist ebenfalls nichts zu sehen, sodass wir uns bereits nach einer knappen Stunde auf den Nachhauseweg machen.

Leider können wir nur den ersten Teil der Strecke gemeinsam zurücklegen, da wir nicht in der gleichen Straße wohnen. Mit einem Winken verabschieden wir uns an der Kreuzung, die ungefähr die Mitte zwischen unseren Häusern bildet.

Nachdem meine Freundin in der Dunkelheit verschwunden ist, erscheint mir die Nacht plötzlich viel bedrohlicher. Ich klemme meine Handtasche fest unter den Arm und laufe mit schnellen Schritten los.

Durch den strömenden Regen kann ich keine zwei Meter weit sehen. Von allen Seiten umgibt mich Finsternis. Lediglich die kleinen Lichtinseln der Straßenlaternen bieten Schutz vor der Schwärze.

Der Wind hat aufgefrischt, sodass mir die Tropfen ins Gesicht peitschen. Ich ziehe den Kopf ein und wickle mich fester in meine Jacke.

Obwohl die Straße menschenleer ist, bilde ich mir ein, dass sich jemand in der Nähe befindet. Fröstelnd stecke ich die Hände in die Taschen, während in mir eine Kälte emporsteigt, die nichts mit dem schlechten Wetter zu tun hat.

Es fühlt sich an, als würde sich eine Präsenz gerade außerhalb meiner Wahrnehmung bewegen. Ich bin nicht allein. Als ich in mich hineinhorche, bemerke ich verstört, dass sich dieses Gefühl bereits seit dem Verlassen des Pubs eingestellt hat. Der Geist von Eve hinter den Spiegeln, der mir folgt?

Das ist komplett lächerlich. Dennoch beschleunige ich meine Schritte, sodass ich fast rennend unsere Straße erreiche und erst aufatme, als die Haustür hinter mir ins Schloss fällt.

Wenn ich nicht gerade an der perfekten Bloßstellung vor meinem Traumtyp arbeite, bin ich wirklich ein dankbares Opfer für Gruselgeschichten.

In meinem Zimmer angekommen lasse ich mich rücklings aufs Bett fallen. Eigentlich wollte ich ein wenig lesen, aber nach der Blamage im Pub bin ich nicht in der Verfassung, mich auf irgendetwas zu konzentrieren.

Verdammter Mist.

Seit Wochen hoffe ich auf die Gelegenheit, Jans Aufmerksamkeit zu erregen. Heute war es endlich so weit. Aber statt mysteriös zu lächeln, was ich sogar vor dem Spiegel geübt habe, werfe ich mit Kaffeetassen um mich. Deprimiert starre ich an die Decke. Ich habe mich total lächerlich gemacht.

Doch auch ohne diesen blamablen Vorfall hätte ich keine Chance bei Jan. Bereits seit einigen Wochen ist er mit einem Mädchen aus meiner Klasse zusammen. Es scheint ihn nicht zu stören, dass sie erst sechzehn ist. Vor ihrem Anbändeln mit Jan war mir Denise ganz sympathisch. Seit sie aber ihre Krallen in meinen Traumtyp geschlagen hat, könnte ich schon durchdrehen, wenn ich sie aus der Ferne sehe. Gute Noten, wahnsinnig hübsch und immer perfekt gestylt, Gast auf jeder angesagten Party. Sie behält in jeder Situation ihre Selbstsicherheit. Im Gegensatz zu mir, die bereits damit überfordert ist, den Henkel einer Tasse richtig zu greifen.

2 : überfordert

Der nächste Morgen beginnt mit purem Stress, denn ich erwache eine halbe Stunde später als sonst. Anscheinend habe ich vergessen, meinen Wecker zu stellen.

Schnell bürste ich mein schulterlanges, dunkelblondes Haar und fasse es zu einem Pferdeschwanz zusammen. Anschließend tausche ich den Schlafanzug gegen Jeans und T-Shirt, dann schlüpfe ich in meine neuen blauen Chucks. Während ich die Schnürsenkel des zweiten Schuhs binde, hüpfe ich auf einem Bein ins Bad, putze mir die Zähne und betone meine blaugrauen Augen mit ein wenig Make-up. Das muss reichen, auch wenn ich mir am liebsten eine Papiertüte über den Kopf stülpen würde. Der Spiegel zeigt unbarmherzig die Spuren einer unruhigen Nacht. Der seltsame Vorfall gestern Abend spielte dabei aber keine Rolle.

Statt schnell einzuschlafen, habe ich mich im Bett herumgewälzt und mir Gedanken gemacht, mit welchem coolen Spruch ich Jan kundtun könnte, dass mir die Aktion mit der Kaffeetasse keineswegs peinlich ist. Verschiedene mehr oder weniger witzige Wortspiele sind mir eingefallen:

Glück gehabt, dass sie mich nicht für die krasse Tasse zur Kasse gebeten haben. – Hihi, da habe ich wohl eine fliegende Untertasse erschaffen. – War das nicht ganz fan-tasse-tisch gestern?

Bei Tageslicht betrachtet denke ich nicht, dass ich meine kreativen Ideen an den Mann bringen werde. Am besten lasse ich die ganze Sache unter den Tisch fallen – genau wie meine Tasse.

Argh.

Wahrscheinlich messe ich der Blamage viel zu viel Bedeutung bei. Er erinnert sich bestimmt nicht mehr an den Vorfall. Wer weiß, ob ihm überhaupt bewusst ist, dass ich auf seine Schule gehe. Jüngere Schüler sehen für die älteren alle gleich aus. Das kann ich aus Erfahrung sagen.

Nachdem ich mir also selbst glaubwürdig versichern kann, dass keinerlei Gefahr besteht, gebe ich mir einen Ruck und mache mich auf den Weg.

Die ersten beiden Stunden verlaufen ereignislos. Immerhin nimmt mir meine Deutschlehrerin ab, dass ich die Hausaufgabe *mündlich* gemacht habe. Die hektische Handyrecherche kurz vor Unterrichtsbeginn hat sich definitiv gelohnt.

Meine Freundinnen scheinen sich von der vermeintlichen Spukerscheinung erholt zu haben, insbesondere Laro ist aufgedreht und gut gelaunt wie immer. Dennoch vermeiden wir das Thema, als bestünde eine stillschweigende Übereinkunft, nicht mehr darüber zu sprechen.

Je näher die Pause rückt, desto nervöser werde ich. Vergeblich versuche ich, mich zu beruhigen. Er wird mir nicht über den Weg laufen. Das passiert schließlich an den übrigen Tagen nur dann, wenn ich absichtlich an den Räumlichkeiten der Oberstufe vorbeischlendere. Trotzdem verbringe ich die Pause im Panik-Modus, drehe mich ständig um und werfe so lange wilde Blicke in die Gegend, bis mich Viv fragt, ob ich noch alle Tassen im Schrank hätte. Herzlichen Dank für die Erinnerung. Offensichtlich bin ich nicht die Einzige, die sich an schlechten Wortspielen versucht.

Natürlich taucht Jan nicht auf. Sowohl in den Pausen als auch nach Unterrichtsschluss bleibe ich von einer Konfrontation verschont.

Zu Hause angekommen stelle ich mir die Reste vom gestrigen Abendessen in die Mikrowelle. Während ich ungeduldig auf die langsam rotierenden Käsespätzle im Innern des Geräts blicke, sinniere ich über Zeitphänomene. Wenn man versucht, trotz Verspätung den Bus zu kriegen, verfliegen zwei Minuten in Sekundenschnelle. Wartet man jedoch hungrig aufs Essen, kann die gleiche Spanne eine Ewigkeit sein. Ich hypnotisiere den Teller.

Nun mach schon, du blödes Teil! Ich habe Hunger!

Die Mikrowelle gibt einen lang gezogenen Piepton von sich.

Na endlich. Die erste Gabel schiebe ich mir stehend in den Mund, dann besinne ich mich auf meine gute Erziehung und setze mich an den Küchentisch.

Drei Schultage muss ich bis zu Miris *School's out*-Party überstehen, mit der wir den Beginn der Osterferien feiern. Sie hat den gesamten Jahrgang samt Anhang eingeladen. Ich gehe davon aus, dass Jan ebenfalls da sein wird, denn Denise wird garantiert in männlicher Begleitung erscheinen. Natürlich wird sie den ganzen Abend nicht die Finger von ihm lassen. Na gut. Das würde ich genauso machen, wenn dieser Leckerbissen mein Freund wäre.

Spontan fasse ich den Plan, auf der Party etwas ganz Besonderes zu machen. Ich werde zur Abwechslung *nicht* negativ auffallen und mich *nicht* in irgendeiner Form blamieren, sondern endlich mein schmales, mysteriöses Lächeln ausprobieren. Wäre doch eine Schande, wenn ich es umsonst trainiert hätte!

»Hallo, Schatz! Stimmt etwas nicht mit dem Essen? Weshalb ziehst du so ein Gesicht?«

Ertappt zucke ich zusammen, als ich bemerke, dass meine Mutter die Küche betreten hat. Schnell ändere ich den Gesichtsausdruck von geheimnisvoll zu liebenswürdig.

»Hi, Mama. Alles okay. Schmeckt gut«, antworte ich knapp.

»Was hast du heute vor? Viele Hausaufgaben?«

Ich schlucke den letzten Bissen meiner Käsespätzle runter und trinke einen Schluck Saft. »Es hält sich in Grenzen. Sind ja nur drei Tage bis zu den Ferien. Nachher gehe ich mit Viv shoppen. Sie braucht Schuhe für ihr Party-Outfit am Samstag.«

»Ihr zieht schon wieder los? Ihr wart erst gestern Abend unterwegs …«

»Wir waren erst gegen neun hier weg, und ich war früh zu Hause«, verteidige ich mich. »Außerdem läuft in der Schule ohnehin nicht viel. Alle sind schon im Ferienmodus.«

Meine Mutter lächelt geduldig. »In Ordnung. Dann hoffe ich, ihr findet heute die passenden Schuhe. Scheint eine besondere Party zu sein, wenn sie dafür extra neue Sachen kauft.«

»Vermutlich liegt das weniger an der Party als an Till, der auch eingeladen ist«, offenbare ich mit einem Grinsen. Für diesen Verrat würde mir Viv mit Sicherheit an den Hals springen.

»Gibt's für dich ebenfalls einen Grund, dich schick zu machen?«, erkundigt sich meine Mutter vorsichtig.

Ich verdrehe die Augen. »Keinen Grund, der mich bisher wahrgenommen hätte«, murmle ich und verbanne

Jans irritierte Miene nach meiner Tassenaktion aus meinen Gedanken.

»Was nicht ist, kann ja –«, setzt sie an, verstummt jedoch, als sie meinen Gesichtsausdruck sieht. »Egal. Ich spare mir die Weisheiten. Wenn du darüber reden willst, weißt du, wo du mich findest.«

Dankbar nicke ich. Ein Blick und sie merkt, dass sie besser das Thema wechseln sollte. Sie ist wirklich klasse.

»Du denkst daran, dass du um 17 Uhr 30 Klavierstunde hast?«, erinnert sie beiläufig. Sofort legt sich meine kurzzeitig entflammte Mutterliebe wieder.

»Ja. Sicher«, knurre ich undeutlich. Mit einem Anflug von schlechtem Gewissen überlege ich, wann ich zum letzten Mal geübt habe. Mehrere Tage ist das mit Sicherheit schon her.

Seufzend stelle ich meinen Teller in die Spülmaschine und mache mich auf den Weg ins Wohnzimmer. Vor der Klavierstunde sollte ich die Stücke wenigstens einmal gesehen haben. Hoffentlich erkennt die Lehrerin meinen guten Willen an.

Leider ist das nicht der Fall, wie ich drei Stunden später feststellen muss. Nach einem entspannten Nachmittag in der Einkaufspassage sitze ich mit hochgezogenen Schultern am Konzertflügel und muss eine äußerst unangenehme Strafpredigt über mich ergehen lassen. Der Inhalt lässt sich auf einen Satz beschränken: Meine Klavierlehrerin ist keineswegs erbaut von meinen Fortschritten.

Deprimiert trete ich den Heimweg an. Heute Abend werde ich mir ein paar Toastbrote machen, ein wenig lesen und früh ins Bett gehen. Ich muss dringend den Schlaf der vergangenen Nacht nachholen.

In der Küche treffe ich auf Simon, der den Inhalt des

Kühlschranks inspiziert. Ich nehme zwei Brote aus der Packung und werfe sie in den Toaster. Fertig.

»Hey, machst du mir auch welche?«

Ich drehe mich um.

»Du bist siebzehn Jahre alt!«, schnaube ich genervt. »Mach dir dein Zeug selbst. Du hängst schon die ganze Zeit in der Küche rum. Ich bin gerade erst gekommen.«

Geschickt staple ich Käse, Schinken und Tomatenscheiben auf den warmen Toast.

»Aber wenn du's machst, geht es viel schneller!«, hält Simon entgegen.

»Ja klar. Alles geht schneller, wenn man es nicht selbst machen muss. Und natürlich schmeckt es viel besser«, erwidere ich kopfschüttelnd und ergänze mein Abendessen mit zwei Salatblättern. Zufrieden lege ich die zweite Scheibe auf mein Kunstwerk.

Mein Bruder beobachtet interessiert mein Tun. In seine Augen hat sich ein gieriges Funkeln geschlichen.

»Vergiss es«, fauche ich und boxe ihm unsanft gegen den Oberarm.

»Kannst du mir übrigens mal sagen, was das gestern Abend sollte?«, lenke ich von meinem Brot ab. »Du hast Jasmin in echte Panik versetzt.«

»Gestern Abend?«, wiederholt Simon überrascht. Er verschränkt die Arme und lehnt sich locker gegen die Arbeitsplatte.

»Ich war bei Christoph. Wir haben gezockt.«

Misstrauisch studiere ich seine Miene, doch ich kann keine Anzeichen einer Lüge erkennen.

»Was war denn los?«, hakt er nach.

»Nichts Besonderes«, winke ich ab. »Nur ein Missverständnis.«

Ich setze mich an den Küchentisch und beiße schnell in mein Sandwich, um das peinliche Gespräch zu beenden. Definitiv will ich Simon keine neue Munition gegen mich und die *Sumpfhühner* – wie er meine Clique nennt – liefern.

Mein Bruder hebt irritiert die Schultern.

»Du und deine komischen Freundinnen«, murmelt er. Seufzend nimmt er eine Tüte Chips aus dem Küchenschrank, klemmt sie sich unter den Arm und verlässt die Küche.

Am nächsten Morgen fühle ich mich nur leidlich erholt, obwohl ich mich gestern in einem Akt der Selbstbeherrschung von meinem spannenden Buch losgerissen habe und somit tatsächlich früh ins Bett gegangen bin. Ich glaube, ich habe von Kaffeetassen geträumt. Anscheinend beschäftigt mich eine gewisse Begebenheit mehr, als ich zugeben möchte. Dementsprechend gereizt bin ich, als ich mich für die Schule fertig mache.

Ob ich es schaffen kann, ihm die komplette Woche über aus dem Weg zu gehen? Alternativ könnte ich aufhören, derartig zu übertreiben. Mein Gott, ich habe eine Tasse vom Tisch geworfen. Wie tragisch. Vermutlich hat er das längst vergessen. Spätestens auf der Party am Samstag werde ich ihn wiedersehen. Vielleicht ergibt sich eine unverfängliche Gesprächsmöglichkeit, um zu zeigen, wie locker ich mit der Situation umgehe.

Miris Eltern werden dieses Jahr bereits am Freitagmittag statt wie in den Jahren zuvor am Samstagmorgen in Urlaub fahren. Ihrer Meinung nach ist das Töchterchen mit sechzehn Jahren verantwortungsbewusst genug, alleine zu feiern. Ist wohl besser für ihr Seelenheil, dass die

Partyvorbereitungen an ihnen vorbeigehen. Miri hat nicht nur Unmengen an Alkohol geordert, sondern auch diversen Oberstufenschülern eine Zusage entlockt. Diese Party wird definitiv anders als die bisherigen. Vielleicht kann ich Denise etwas in ihren Drink schütten und dann Jan abschleppen?

Dummerweise fehlt mir für die Umsetzung dieses Plans die nötige kriminelle Energie. Schade eigentlich.

Den Schulweg über schwelge ich in verbrecherischen Fantasien, die ein abruptes Ende finden, als ich kurz vor der Pausenhalle einen Blick auf Jan erhasche. Er steht mit dem Rücken zu mir im Flur, sodass ich ihn in Ruhe beobachten kann.

Dieser Typ ist einfach phänomenal. Er trägt schwarze Boots zu eng anliegenden Jeans und einem dunklen T-Shirt, das seine muskulösen Oberarme gut zur Geltung bringt. Seine dichten, schwarzen Haare wirken etwas zerzaust. Ich vermute jedoch, dass er sie mit ein wenig Gel bewusst in diese Form gebracht hat. Es sieht einfach zu gut aus, um keine Absicht zu sein. Jetzt dreht er mir das Profil zu. Ich kann seine gerade Nase und die markanten Wangenknochen erkennen, die ihm einen leicht exotischen Ausdruck verleihen und mich geradezu magisch anziehen.

Nein! Ich gebe gerade das perfekte Klischee eines verliebten Teenagers ab. Nicht nur, dass ich völlig in die Betrachtung dieses Typs vertieft bin. Ich gebe zusätzlich eine genaue Beschreibung seines Aussehens und nutze zu allem Überfluss das Wort *magisch*.

Mit schlechtem Gewissen himmle ich ihn weiter an, versuche aber, die zahlreichen schmückenden Adjektive, die mir bei der Betrachtung in den Sinn kommen, zu verdrängen.

Noch bevor ich meinen unbeabsichtigten Starrangriff beenden kann, dreht sich Jan langsam in meine Richtung, und sein stahlblauer Blick bohrt sich in meinen. Unwillkürlich halte ich die Luft an, nicht fähig, die Verbindung zu lösen. Er verzieht keine Miene. Nichts an ihm lässt erkennen, ob er sich an das Intermezzo im Pub erinnert. Regungslos verharre ich in meiner Position und versuche krampfhaft, standzuhalten. Auf keinen Fall werde ich wieder als Erste aufgeben, auch wenn mir dieser Moment alles abverlangt.

Doch dann geschieht etwas Unerwartetes. Vor Aufregung verliere ich kurzzeitig die Kontrolle über meine Mimik. Ich lächle ihn schüchtern an. Seine Lippen verziehen sich zu einem kaum merklichen, abfälligen Grinsen. Er mustert mich kalt, dreht sich weg und beginnt ein Gespräch mit seinen Freunden, während ich entsetzt versuche, das Ausmaß der Blamage zu bewerten.

Ich ergreife die Flucht. So peinlich!

Wie ein hypnotisiertes Kaninchen habe ich ihn angestarrt und darauf gewartet, dass er mich verschlingt. – Metaphorisch gesprochen. Dann setze ich dem Ganzen die Krone auf, indem ich ihn anlächle. Ich kenne ihn doch gar nicht! Was habe ich mir dabei gedacht? Mit diesem dämlichen Grinsen habe ich endgültig unter Beweis gestellt, dass ich exakt der Vorstellung eines schwärmerischen Mädchens entspreche. Wieso konnte ich nicht souverän reagieren und mich einfach wegdrehen?

Im Nachhinein empfinde ich die Situation als derartig beschämend, dass mich Viv zu Beginn der ersten Stunde völlig aufgelöst an unserem Tisch vorfindet. Weder Trost noch verständnisvolle Worte können mir weiterhelfen. Ich schäme mich wirklich.

Im Kopf spiele ich verschiedene Szenarien durch und quäle mich mit alternativen Reaktionen. Allesamt wären sie besser gewesen als das, was ich getan habe. Ein kühler Blick, leicht die Augenbrauen hochziehen und zuerst wegdrehen. Möglicherweise ein ironisches Lächeln andeuten, das ihm mitteilt: *Ach, du dachtest, ich himmle dich an? Träum weiter. Ich schaue rein zufällig in deine Richtung.*

Gar nicht erst anstarren. Das wär's gewesen!

Den restlichen Vormittag bade ich in Selbstmitleid, durchbrochen von Schuldzuweisungen (*Dieser Idiot hätte meinen Blick nicht erwidern müssen.*) und Vorwürfen (*Zwei Blamagen in drei Tagen. Das ist einfach armselig.*). Ich sollte ernsthaft in Erwägung ziehen, die Party am Wochenende ins Wasser fallen zu lassen. Vor ein paar Stunden erschien sie mir als perfekte Gelegenheit, Jan besser kennenzulernen und zu zeigen, dass ich zu einer normalen Unterhaltung fähig bin. Nach diesem erneuten Zwischenfall glaube ich nicht, dass ich eine Chance bekommen werde.

Vielleicht ist das auch gut so. Es hat den Anschein, als sei Jan kein besonders netter Mensch. An der unangenehmen Situation trage ich nicht die alleinige Schuld. Er hätte durchaus die Möglichkeit gehabt, die Lage mit einem kleinen Lächeln zu entschärfen. Wäre es für ihn so schlimm gewesen, mir zumindest zuzunicken?

Mein Verhalten war merkwürdig, aber nicht unbedingt peinlich. Dazu hat er es mit seinem geringschätzigen Grinsen gemacht. Vermutlich sollte ich einfach aufhören, hinter ihm herzurennen. Wenn sich Gefühle nur leichter abstellen ließen.

3 : verwirrt

Die nächsten beiden Tage vergehen im Vergleich zur bisherigen Woche ereignislos. Je näher der Samstag rückt, desto weniger Lust verspüre ich, auf Miris Party zu gehen. Jan aus der Ferne anzuhimmeln war spannend. Ziel seiner abfälligen Blicke zu sein ist hingegen furchtbar.

Viv nutzt jede freie Minute, um mich zu überreden, sie doch zu begleiten. Tatsächlich haben wir uns schon lange auf den Abend gefreut, denn immerhin wurde eine Menge netter Leute eingeladen. Das werde ich mir nicht von einem Typen kaputt machen lassen, egal wie finster er mich anstarrt.

Fest entschlossen, eine schöne Zeit zu verbringen, stehe ich also am Samstagabend in Minirock, schwarzer Strumpfhose, Stiefeln und meinem neuen grünen Top, das ich am Dienstag im Ausverkauf ergattern konnte, vor Vivs Tür. Einerseits voller Vorfreude, andererseits mit einem unguten Gefühl in der Magengegend. Sicherlich wird Jan ebenfalls da sein. Ich habe nicht die mindeste Motivation, erneut negativ aufzufallen. Immerhin zeugt es von einer gewissen Größe, sich jetzt nicht zu verkriechen.

Als wir vor Miris Haus ankommen und die Musik bereits dermaßen laut zu hören ist, als hätte ich in meinem Zimmer die Anlage komplett aufgedreht, bekomme ich Angst vor meiner eigenen Courage. Auf dem Bett liegen und lesen erscheint mir plötzlich als wirklich erstrebenswerte Idee.

Gerade will ich mich auf dem Absatz umdrehen und davonstürmen, da öffnet Miri die Tür. Mieses Timing! Dann beiße ich eben in den sauren Apfel und gehe Jan, so gut ich kann, aus dem Weg.

Zumindest dieser Plan scheint leicht umsetzbar zu sein, denn das Haus ist bereits voller Leute, von denen ich höchstens die Hälfte kenne. Wo hat Miri all diese Menschen aufgetrieben?

Viv und ich schlagen uns zur Bar durch, um mit einem angemessenen Partygetränk in den Abend zu starten.

Wenig später halte ich einen farbenfrohen Cocktail in den Händen, über dessen genaue Bestandteile sich nur spekulieren lässt. Immerhin habe ich etwas, woran ich mich festhalten kann, und zudem ist er schön bunt.

Mit unseren fragwürdigen Drinks ausgerüstet, schlendern Viv und ich durch die verschiedenen Räume. Miris Haus ist derart groß, dass es schwierig ist, innerhalb der Menschenmasse einen Überblick zu erlangen.

Schließlich landen wir auf der Terrasse. Bei jedem männlichen, schwarzhaarigen Gast zucke ich zusammen und atme anschließend erleichtert wieder auf, weil es sich doch nicht um Jan handelt.

Gleichzeitig ärgere ich mich über mich selbst. Einfach bescheuert, sich von ihm so nervös machen zu lassen.

Wenn er da ist, werden wir uns ohnehin mit Sicherheit irgendwann über den Weg laufen. Die Frage ist lediglich, wann es geschieht.

»Hey, ihr zwei! Schön, dass ihr hier seid!«

Hastig drehe ich mich um und bin erleichtert, als ich Tills hellen Haarschopf hinter mir entdecke. Für einen Moment dachte ich wirklich, dass uns Jan angesprochen hätte. Als ob er mich auf diese Art begrüßen würde. Viv hingegen versteift sich an meiner Seite und weiß offensichtlich nicht, wie sie reagieren soll. Amüsiert mustere ich meine Freundin. Uns ist beiden klar, dass Till der Hauptgrund für unseren Partybesuch ist. Jetzt haben wir ihn endlich gefunden, und Viv verwandelt sich prompt in ein Nervenbündel.

Um die peinliche Situation zu überspielen, setze ich schnell ein strahlendes Lächeln auf. »Hallo, Till! Bist du schon lange da?«

Er schüttelt den Kopf. »Gerade erst gekommen. Ich habe mich bisher nicht einmal mit etwas Trinkbarem eingedeckt. Wartet ihr auf mich? Dann hole ich mir ein Bier und treffe euch wieder.«

Ich nicke erfreut, und Till verschwindet im Haus.

Im selben Moment lässt sich Viv gegen meine Schulter fallen.

»Na großartig. Das habe ich wirklich toll hinbekommen!« Sie presst ihren Handballen gegen die Stirn. »Danke, dass du entsprechend reagiert hast. Da steht er vor mir, und ich kriege kein Wort raus.«

Besänftigend streiche ich über ihren Arm. »Alles in Ordnung! Ist doch nichts passiert. Du kannst ihn begrüßen, wenn er mit seinem Getränk zurückkommt.«

»Und was sage ich dann? Worüber sollen wir reden? Was mache ich, wenn mir keine Gesprächsthemen einfallen? Ich hätte mich viel besser vorbereiten müssen!«, bringt meine Freundin atemlos hervor.

»Viv, nicht durchdrehen. Er hat sich definitiv gefreut, dich zu sehen. Zudem hat er dafür gesorgt, dass er uns wiederfindet. Ich bin sicher, dass es ihm dabei nicht um *meine* Anwesenheit geht«, beruhige ich sie mit einem Grinsen.

Viv schaut mich hoffnungsvoll an. »Er hat mir in der

Pause wirklich schon häufiger zugenickt. Schade, dass er in die Parallelklasse geht, sonst hätten wir wesentlich mehr Gesprächsstoff.«

»Ach Blödsinn. Momentan möchte sowieso niemand über die Schule reden, immerhin sind wir auf einer *School's out*-Party. Sprich mit ihm über deine neueste CD oder über ein Buch, das du gelesen hast. Erzähle ihm von unseren Ferienplänen, berichte von dem witzigen Vorfall im Tanztraining. Komm schon! Du bist toll! Du bringst problemlos eine Unterhaltung in Gang!« Ich nicke vielsagend zur Terrassentür. »Und du kannst direkt loslegen.«

Wenige Sekunden später steht Till mit einem Becher Bier in der Hand neben uns.

»Willkommen zurück«, empfange ich ihn und berühre Viv unauffällig am Bein. Jetzt wäre der perfekte Zeitpunkt, um die Unsicherheit zu überwinden.

»Hi, Till«, sagt sie in betont lockerem Tonfall. Das ist doch immerhin ein Anfang.

Till freut sich offenkundig über ihre Begrüßung.

»Glück gehabt, am Ausschank war keine Schlange!« Er fährt sich mit der freien Hand durch die blonden Haare. »Und, was habt ihr in den Ferien vor?«

Obwohl er die Frage höflicherweise uns beiden gestellt hat, ist klar, dass sie eigentlich Viv gilt, denn er schaut aufmunternd in ihre Richtung. Sie greift das Thema dankbar auf, und wenige Minuten später sind die beiden in ein Gespräch über Campingplätze vertieft. Kurzzeitig empfinde ich einen gewissen Neid, dass die Unterhaltung dermaßen entspannt in Gang gekommen ist. So einfach könnte alles sein, wenn man sich den Richtigen aussucht.

Da die beiden nur Augen füreinander haben, fühle ich mich fehl am Platz. Natürlich weiß ich, dass Viv niemals von mir verlangen würde, zu verschwinden, aber ich möchte nicht stören. Vielleicht ist der Zufall auf meiner Seite, und ich finde Laro oder Jasmin unter den Partygästen.

Kurz berühre ich Viv an der Schulter. »Ich drehe mal eine Runde und schaue, ob die anderen Mädels schon da sind. Treffen wir uns in einer Stunde hier auf der Terrasse?«

Mit einem leichten Kopfschütteln wehre ich ihren unausgesprochenen Einwand ab und stürze mich in die Menge. Wieder bin ich beeindruckt von den vielen Bekannten, die Miri hat. Wahrscheinlich wurden alle mit dem Versprechen von Gratis-Alkohol geködert.

Als ich das Wohnzimmer betrete, lässt mich ein Prickeln zwischen den Schulterblättern innehalten. Obwohl ich mich mitten im Gedränge befinde, fühle ich mich plötzlich beobachtet. Es ist das gleiche sonderbare Gefühl, das ich am Montagabend auf dem Heimweg vom Pub hatte.

Verärgert reibe ich mir über die Unterarme, um die beginnende Gänsehaut zu vertreiben. Ich habe eindeutig eine zu rege Fantasie, wenn mir diese blöde Gruselgeschichte noch immer im Kopf herumspukt. Entschieden straffe ich die Schultern und beschließe, weitere Spinnereien nach Kräften zu unterdrücken und endlich die Party zu genießen.

Zuerst schlage ich mich zur Bar durch und lasse mich auf einen Cocktail ein, der noch farbenfroher ist als die Mischung, die ich davor hatte. Anschließend halte ich Ausschau nach vertrauten Gesichtern. Einige Gäste kenne ich vom Sehen, jedoch nicht gut genug, dass ich mich einfach zu ihnen stellen würde.

Mit beherztem Einsatz meiner Ellbogen kämpfe ich

mich die Treppe hoch und betrete das nächstbeste offene Zimmer.

Der Aufwand hat sich gelohnt. Mehrere Leute aus meiner Klasse, darunter auch Laro und Jasmin, sitzen im Kreis auf dem Boden und spielen laut kichernd *Wahrheit oder Wahrheit*. Diese *originelle* Variante haben wir auf einer Schulfahrt im vergangenen Jahr aus dem Klassiker *Wahrheit oder Pflicht* heraus entwickelt.

Das Prinzip der ursprünglichen Form ist denkbar einfach. Die Spieler sitzen im Kreis auf dem Boden. In der Mitte liegt eine Flasche, die gedreht wird. Ist man unglücklicherweise die Person, auf die der Flaschenhals nach dem Stillstand zeigt, hat man die Wahl zwischen *Wahrheit*, die eine meist unangenehme Frage beinhaltet, oder *Pflicht*, was eine mehr oder weniger sinnvolle, aber vor allem peinliche Aufgabe nach sich zieht. Auf der letzten Klassenfahrt bekam ein Mitschüler die *Pflicht* auferlegt, den Flur der Jugendherberge einmal nackt auf und ab zu rennen. Leider endete er nach der ersten Teilstrecke in den Armen unserer Klassenlehrerin, die den Vorfall nicht halb so lustig fand wie wir. Seitdem traut sich kaum noch jemand, *Pflicht* zu wählen.

Laro strahlt, als sie mich sieht. »Hannah! Wir haben uns schon gewundert, wo ihr steckt! Wo hast du Viv gelassen? Ist sie bei –«

»Sie ist irgendwo unten!«, schneide ich ihr das Wort ab, bevor sie der Runde diverse Informationen über Vivs Interesse an Till preisgibt.

Glücklicherweise deutet Laro meinen warnenden Gesichtsausdruck richtig und wechselt das Thema. »Los, setz dich zu uns und mach mit.«

Seufzend ziehe ich meinen Rock zurecht und lasse mich

auf dem Boden nieder. Zwar habe ich überhaupt keine Lust auf dieses dämliche Spiel, aber alles ist besser, als alleine durchs Haus zu geistern. Zudem ist es denkbar unwahrscheinlich, dass mir Jan in einer Zimmerecke über den Weg läuft.

Völlig unkompliziert werde ich von der Gruppe aufgenommen. Selbst wenn ich wenig für solchen Quatsch übrighabe, muss ich zugeben, dass die Fragen zeitweise ganz lustig sind. Das Glück scheint heute auf meiner Seite zu sein. Bisher zeigte die Flasche kein einziges Mal auf mich, wodurch ich meine Aufmerksamkeit auf die witzigen Geständnisse meiner Mitschüler konzentrieren kann. Speziell unsere Gastgeberin Miri fühlt sich für besonders verfängliche Themen zuständig. Ich kann schwer nachvollziehen, wie man sich daran erfreuen kann, andere in die Enge zu treiben.

Abgelenkt vom Spielgeschehen nehme ich zuerst nicht wahr, dass hinter mir die Person steht, der ich eigentlich aus dem Weg gehen wollte. Plötzlich steigt mir der Geruch eines frischen Aftershaves in die Nase. Die bunten Getränke haben mittlerweile ihre Wirkung voll entfaltet, sodass ich den würzigen, männlichen Duft inhaliere, ohne mir über dessen Quelle Gedanken zu machen. Es riecht einfach fantastisch nach Abenteuer, einem Abend am Lagerfeuer, Erde, die von der Sonne getrocknet wird …

»Hallo zusammen. Kann man noch mitspielen?«

Ich drehe mich um und fühle mich schlagartig wieder nüchtern.

Jan.

Man sollte sich eben nie *zu* sicher fühlen.

Was will er hier? Mit einem Haufen Zehntklässlern ein albernes Spiel machen? Wo ist Denise?

Auch meine Klassenkameraden schauen ihn irritiert an.

Was jetzt? Aufspringen und kopflos aus dem Zimmer rennen? Nein. Aufstehen und jodeln? Definitiv nicht.

Hannah, bleib ernst! Nicht der richtige Zeitpunkt für Galgenhumor. Am liebsten würde ich mich unsichtbar machen. Ich starre also auf den Boden und simuliere Abwesenheit.

Nach einem kurzen Moment der Verwirrung nehmen meine Mitspieler Jan in unsere Runde auf. Mit einer fließenden Bewegung setzt er sich zwischen uns. Das Spiel geht weiter.

»Hannah?«

Laros Stimme lässt mich zusammenzucken. Da ich vollständig mit *Nicht-Auffallen* beschäftigt bin, registriere ich erst mit einiger Verspätung, dass mich alle anschauen.

Die Flasche zeigt auf mich.

Wie komme ich da wieder raus? Was für eine miese Idee, bei diesem blöden Spiel mitzumachen. Wieso musste sich Jan zu uns gesellen? Fällt ihm nicht auf, dass außer ihm kein Oberstufenschüler beteiligt ist?

Mir bleibt nichts anderes übrig, als die Frage möglichst elegant zu beantworten. Miri setzt ein fieses Grinsen auf. Ausgerechnet sie. War ja klar. Ruhig bleiben. Mein Ziel: Heute Abend keine Blamagen!

»Hannah, wie viele Freunde hattest du schon?«, erkundigt sie sich unschuldig.

Ja. Das war's dann mit meinem Plan.

So eine blöde Kuh! Sie will mich bloßstellen. Vermutlich hat sie im Moment von Jans Erscheinen meine Nervosität bemerkt. Ich spüre seinen kühlen Blick auf mir und bemühe mich krampfhaft, die Fassung zu wahren.

»Noch keinen«, murmle ich mit zusammengebissenen

Zähnen. Am liebsten würde ich Miri umbringen. Sie weiß ganz genau, dass ich total unerfahren bin. Und dank ihr ist Jan jetzt ebenfalls darüber informiert. Wieso tut sie mir das an?

Ich höre das Klopfen meines Herzens so laut in den Ohren, dass ich Miris Reaktion kaum registriere. In meinem Kopf dreht sich alles – verdammter Alkohol. Jetzt schnell die Flasche anstupsen und die Sache ist erst mal ausgestanden.

Ich versetze sie in Bewegung. Was, wenn sie bei Jan stehen bleibt? Ich habe keine Ahnung, was ich ihn fragen könnte. Mein Kopf ist leer. Himmel, ich werde mich gleich *richtig* blamieren.

Die Flasche wird auf ihn zeigen. Ich weiß es. Sie wird auf ihn zeigen. Die Flasche …

Die Flasche stoppt mitten in der Bewegung.

Sie zeigt auf Jan. Ich wusste es.

Er fixiert mich. Wieder blendet mein Gehirn alle Störfaktoren aus. Die Welt scheint auf uns beide zusammengeschrumpft zu sein. Wir starren uns an. Mein Kopf ist leer. Ich öffne den Mund, ohne irgendeinen Plan zu haben, was ich gleich sagen werde.

Im selben Moment fliegt die Tür auf, und Denise kommt hereingestürmt. Ich war in meinem ganzen Leben noch nie dermaßen erleichtert. Alle drehen sich zu ihr und beobachten gespannt ihren Auftritt.

»Jan! Kommst du mal bitte?« Sie hat die Hände zu Fäusten geballt, und ihre Stimme klingt angespannt. Mit einem gleichgültigen Schulterzucken steht Jan auf und begleitet Denise in eine Ecke des Raumes, wo sie wild gestikulierend auf ihn einzureden beginnt.

Abwesend drehe ich die Flasche erneut und stelle irgendwem eine nichtssagende Frage. Die Antwort nehme ich kaum wahr, weil ich den offensichtlichen Streit in der Zimmerecke angestrengt verfolge. Wortfetzen dringen an mein Ohr. Die Umgebung ist einfach zu laut, als dass ich alles verstehen könnte.

»… einfach weg … dich überall gesucht … du findest diese Spiele doch sonst albern … so wenig wichtig?«

Dann verlässt Denise den Tränen nahe den Raum. Jan folgt ihr sichtlich genervt. Kurz bevor er durch die Tür tritt, zögert er fast unmerklich, dreht sich um und wirft mir einen kalten Blick aus seinen hellen Augen zu. Der scheint echt ein Problem mit mir zu haben.

Ich schaue auf meine Uhr und erschrecke. Till und Viv stehen vermutlich auf der Terrasse und warten auf mich. Außerdem brauche ich dringend ein wenig Ruhe, um nachzudenken.

Schon bevor ich ins Freie trete, erkenne ich, dass sich die beiden in meiner Abwesenheit nicht gelangweilt haben. Till erzählt gerade eine lustige Geschichte, und Viv hängt an seinen Lippen. Sie stehen zu dicht nebeneinander, um die gegenseitige Anziehungskraft zu leugnen.

»Tut mir leid, dass ich erst jetzt auftauche«, entschuldige ich mich.

Viv wirkt erstaunt. Dann blickt sie mich an und erkennt in Sekundenschnelle, dass etwas nicht in Ordnung ist. Ohne zu zögern, wendet sie sich an Till: »Würdest du uns kurz alleine lassen?«

Till nickt lachend, deutet auf seinen leeren Becher und verschwindet im Haus. Nicht nur sympathisch, sondern auch unkompliziert!

»Was ist los? Ich sehe dir an, dass etwas nicht stimmt. Hast du Jan getroffen?«

Ich seufze zustimmend und informiere Viv schnell über die neuesten Ereignisse.

Sie grinst übers ganze Gesicht. »Ich vermute, er ist wegen dir zur Spielrunde gestoßen. Warum sonst? Er kam rein, sah dich und setzte sich dazu. Denise' Szene passt genau ins Bild.«

»Keine Ahnung, weshalb er überhaupt mitgemacht hat. Ich war jedenfalls nicht der Grund. Er wirkt nicht, als würde er meine Nähe suchen. Bei jeder Gelegenheit mustert er mich finster. Sieht eher aus, als würde ich ihm erbärmlich auf die Nerven gehen.«

Viv trommelt mit den Fingern auf das Geländer. »Vielleicht bist du ihm im Pub doch positiv aufgefallen? Möglicherweise war es nicht schlecht, dass du ihn in der Schule angelächelt hast!«

Ich schüttle lediglich stumm den Kopf. Wer weiß, welche Gründe Jan hatte, *Wahrheit oder Wahrheit* mit uns zu spielen? Laut Denise findet er solche Spielchen albern. Geht mir ähnlich.

Weshalb dann? Ist es sein neues Hobby, in meiner Nähe zu erscheinen, mich aus dem Konzept zu bringen und anschließend mit Blicken aufzuspießen? In dem Fall sollte ich über einen Schulwechsel nachdenken.

In dieser Nacht brauche ich lange, um in den Schlaf zu finden. Es ist nicht nur Jans seltsames Verhalten, das mich grübeln lässt. Immer wieder muss ich an den Augenblick denken, in dem die Flasche aus der vollen Bewegung heraus anhielt. In einem Moment dreht sie sich noch mit ganzer Kraft, im nächsten zeigt sie auf Jan und rührt sich nicht. Wie kann das sein?

War ich derartig betrunken, dass mir einige Sekunden

fehlen? Zugegebenermaßen weiß ich nicht genau, was ich in Form dieser farbenfrohen Cocktails zu mir genommen habe. War es genug Alkohol, um einen – wenn auch kurzen – Blackout zu provozieren? Hat mich jemand unter Drogen gesetzt?

Ich wälze die Gedanken umher, komme aber bloß zu dem unbefriedigenden Schluss, dass ich wirklich weniger vertrage als erwartet. Über dieser Erkenntnis schlafe ich ein.

Mit leichten Kopfschmerzen wache ich am nächsten Morgen auf und setze mich mit einer Tasse Kaffee an den Rechner. Die unerfreuliche Situation des gestrigen Abends steckt mir in den Knochen, und ich bin mir durchaus bewusst, dass ich allein durch Denise' dramatischen Auftritt gerettet wurde. Ohne ihr Erscheinen gäbe es jetzt einen weiteren peinlichen Zwischenfall, über den sich Jan amüsieren könnte.

Nie wieder werde ich ihm unvorbereitet unter die Augen treten.

Bei der Suchmaschine meines Vertrauens gebe ich *spannende Fragen* ein:

Was war zuerst, Huhn oder Ei?

Äh, nein. Damit werde ich sein Herz mit Sicherheit nicht gewinnen.

Vielleicht ist der Begriff *spannend* zu vage. Ich versuche es mit *Gute Fragen beim Flaschendrehen*. Mann, bin ich verzweifelt.

Was ist dein Traum vom vollkommenen Glück?

Zu abgehoben. Ich will mir seinen Blick gar nicht vorstellen, wenn ich ihn mit dieser Frage belästige. Das Internet war schon mal hilfreicher.

Plötzlich fällt mir eine Frage ein, die weder extrem tiefgründig (*Wenn du eine Sache auf der Welt ändern könntest, was wäre es?*) noch total oberflächlich (*Was ist deine Lieblingsfarbe?*) ist.

Wovor hast du Angst?

Wieso habe ich gestern nicht daran gedacht? Nicht so leicht, dass er sich die Antwort aus dem Handgelenk schütteln, aber auch nicht zu persönlich, dass er sie als Angriff auf seine Privatsphäre sehen könnte. Andererseits wäre es möglich, dass er sich durch sie in die Enge getrieben fühlen könnte. Die Recherche gestaltet sich schwieriger als angenommen. Eine *wirklich* perfekte Frage scheint es nicht zu geben.

Den Rest des Sonntags verbringe ich gemütlich mit einem Buch auf der Couch. Meine Eltern, die sich beim gemeinsamen Abendessen nach der Party erkundigen, speise ich mit ein paar verschwommenen Informationen ab. Die wesentlichen Aspekte, wie beispielsweise einen schwarzhaarigen Typen oder ein buntes Getränk, lasse ich vorsichtshalber aus.

4 : sorglos

Am Montagmorgen werde ich nicht vom Klingeln des Weckers, sondern vom Gezwitscher der Vögel vor meinem Fenster geweckt. Osterferien! Vierzehn Tage lang weder frühes Aufstehen noch Hausaufgaben. Perfekt. Ich brauche ganz dringend eine Verschnaufpause. Insbesondere von Jan.

Einerseits bin ich froh, dem Aufruhr an Gefühlen zu entkommen, in den er mich versetzt. Unsere Bekanntschaft scheint unter keinem guten Stern zu stehen. Kann man jemanden nicht mögen, ohne ihn zu kennen? Habe ich ihn womöglich zu offensichtlich bewundert? Fühlt er sich belästigt? Er wirkt grundsätzlich genervt, wenn ich in seiner Nähe auftauche. Andererseits stellt Jans Anblick den unbestrittenen Höhepunkt meines Tages dar. Der Gedanke, zwei Wochen lang darauf zu verzichten, deprimiert mich.

Ein Blick zur Uhr lässt mich aus dem Bett springen und in hektische Betriebsamkeit verfallen. Am frühen Mittag werde ich zum Zelten abgeholt und habe bisher nichts gepackt.

Zuerst widme ich mich im Bad dem Morgenprogramm inklusive einer ausgiebigen Dusche. Wer weiß, wann ich das nächste Mal die Gelegenheit dazu habe? Immerhin werden wir drei Tage in der Wildnis verbringen. Oder zumindest im Wald. Genau genommen zelten wir auf einem

Campingplatz mit Duschen und einem kleinen Gasthaus. Ansonsten wäre ich kaum freiwillig dabei. Trotzdem sollte ich mir Gedanken machen, welches Gepäck das naturnahe Leben erleichtern kann. Vermutlich wäre es sinnvoll gewesen, bereits gestern mit den Vorbereitungen anzufangen.

Ich zerre die große Reisetasche aus der hintersten Ecke meines Schrankes hervor und beginne, Klamotten hineinzuwerfen. In erster Linie achte ich darauf, dass sie eher funktional als todschick sind, aber einigermaßen gut aussehen möchte ich trotzdem. Mehrere Hosen, lange und kurze. Wer weiß, wie das Wetter wird. Tendenziell vielleicht doch lieber eine Jeans mehr einpacken, falls es Gestrüpp, Brennnesseln und Stechmücken gibt. T-Shirts, Kapuzenpullis, ein Berg Unterwäsche, viele Socken, auch dicke, denn die Nächte im April sind empfindlich kalt. Ein Bandana als Schutz gegen die Sonne. Diverse andere Dinge wandern ebenfalls in meine Reisetasche, sodass ich mich abschließend mit vollem Körpereinsatz und -gewicht darauf wälzen muss. Meinen Schlafsack, die Isomatte und mein wunderbar knautschiges Kissen, das sich jeder Schlafumgebung perfekt anpasst, stecke ich in eine große Tüte, die ich auf die Tasche stelle. Nun fehlt nur mein Rucksack mit der Verpflegung. Glücklicherweise wollen wir alle drei Tage am gleichen Zeltplatz verbringen. Zum Wandern wäre ich mit meinem Berg an Ausrüstung nicht fähig. Hoffentlich haben die anderen weniger Teile dabei, ansonsten beginnen die Probleme bereits beim Beladen des Autos.

Ein Blick aus dem Fenster zeigt, dass ich genau zur richtigen Zeit fertig geworden bin. Gerade fährt der weiße Mini-Van von Vivs Eltern vor. Auf der Rückbank erkenne ich Laro und Jasmin, die in eine angeregte Unterhaltung vertieft sind. Mein Gepäck-Größenwahn führt dazu, dass Vivs Vater eine Viertelstunde lang umräumen muss, bis er meine Sachen im Kofferraum unterbekommt. Währenddessen sprechen wir noch einmal die Einkaufsliste durch, die Laro für uns zusammengestellt hat.

Der ausgedehnte Besuch im Supermarkt, der dafür sorgt, dass das Auto bis dicht unter die Decke beladen ist, dauert länger als die anschließende Fahrt. Die anvisierte Campinganlage ist nicht weit entfernt, ansonsten hätten unsere Eltern dem spontanen Kurztrip niemals zugestimmt.

Vivs Vater schüttelt amüsiert den Kopf und stellt fest, dass unser Gepäck eher zu einer zweiwöchigen Expedition als zu einem kleinen Ausflug passen würde. Er kontrolliert nicht nur penibel, ob wir alle unsere Handys eingepackt haben, sondern überprüft auch den Verbandskasten, den er uns aufgeschwatzt hat. Als er jedoch fragt, ob wir entsprechendes Schuhwerk eingepackt hätten und uns zusätzlich beim Aufbau der Zelte helfen will, wird Viv böse und nötigt ihn zur Abfahrt.

Keine gute Idee, wie uns nach wenigen Minuten bewusst wird. Hilflos stehen wir um die beiden Zelte herum, die Viv und Laro mitgebracht haben. Jede von uns hat schon einmal beim Aufbau zugeschaut, aber keine weiß, was wirklich zu tun ist.

Nach einer halben Stunde voller Misserfolge ist die Motivation aufgebraucht. Genervt sitze ich auf unserer Kühlbox und starre die Stangen finster an. Jasmin betrachtet besorgt den Himmel und weist darauf hin, dass die Übernachtung unter einer Parkbank nicht die schlechteste Lösung wäre.

Als Viv die Plane auf den Kopf fällt, nachdem sie gerade

triumphierend den letzten Hering in den Boden geschlagen hat, beschließen Laro und ich, in der nahe gelegenen Schenke nach Unterstützung zu suchen.

Das Café *Zum goldenen Baum* befindet sich auf der anderen Seite der Campinganlage. Obwohl ich eifrig suche, kann ich keinen auch nur im entferntesten goldenen Baum entdecken. Keine Ahnung, woher der Name kommt. Lediglich wenig Zelte oder Wohnmobile nehmen den Platz in Anspruch, was sicherlich daran liegt, dass kaum jemand so verrückt ist, Mitte April zelten zu gehen.

Glücklicherweise ist das Café trotz mangelnder Besucher geöffnet, sodass wir uns mit einem Latte Macchiato stärken können, während Jasmin und Viv wahrscheinlich weiterhin den Kampf gegen den Stoff austragen. Als wir gerade den netten Inhaber bitten wollen, uns als Retter in der Not zu den Zelten zu begleiten und aus der misslichen Lage zu befreien, geht die Tür auf. Zwei mir vage bekannt vorkommende Typen betreten den Raum. Sie setzen sich an den Nachbartisch und lächeln uns freundlich zu.

»Anscheinend sind wir nicht die Einzigen, die mutig genug sind, um in den Osterferien zu zelten. Ihr seid auf unserer Schule, oder?«

Stimmt. Ich flüchte mich in ein verlegenes Lächeln. Glücklicherweise ist Laro zu spontanem Small Talk fähig. »Hey! Schön, dass außer uns noch jemand die Natur genießen will.« Sie kneift die Augen zusammen und mustert den größeren der beiden Jungs. »Du heißt Lucas, oder?«

Er nickt überrascht. »Woher kennst du mich?«

Laro lacht. »Meine kleine Schwester Feli spielt Fußball, und du trainierst ihre Zwergenmannschaft. Was glaubst du, wie häufig dein Name beim Abendessen fällt.« Sie rollt gespielt genervt mit den Augen, und Lucas lacht.

»Wie heißt ihr?«

Obwohl die Frage an uns beide gerichtet ist, schaut er eindeutig Laro an.

»Hannah und Laro«, erwidert sie, während sie zuerst auf mich, dann auf sich selbst zeigt.

Der andere Typ, der nach wie vor namenlos ist, zieht die Augenbrauen hoch. »Laro? Ist das ein Spitzname?«

Laros Augen blitzen. »Genau genommen ist es ein Anagramm aus den mittleren Buchstaben meines Namens. Eigentlich heiße ich Charlotte, hatte aber weder Lust auf Charly noch auf Lotte, also habe ich etwas Eigenes kreiert.«

»Das heißt, du bist das Anagramm, während Hannah das Palindrom ist«, amüsiert sich Lucas. »Wie passend. Lagertonnen-«

»-notregal!«, beendet Laro, und beide strahlen sich an. Ist das wirklich ihr Ernst? Ich hätte nicht erwartet, dass es mehrere Menschen mit der Vorliebe für bescheuerte Palindrome gibt. Ich verdrehe die Augen und fange den Blick von Lucas' Freund auf. In seinem Gesicht zeichnet sich ebenfalls eine Mischung aus Belustigung und Unglaube ab.

»Und wie heißt du?«, wende ich mich an ihn.

»Einfach nur Marius, obwohl mir das gerade ziemlich lahm vorkommt. Vielleicht sollte ich auch etwas Lustiges mit meinem Namen anstellen.«

»Tröste dich, außer Laro findet keiner toll, dass es sich bei *Hannah* um ein Palindrom handelt«, bemerke ich grinsend.

Mit einem Anflug von schlechtem Gewissen denke ich an Jasmin und Viv, die sich darauf verlassen, dass wir mit tatkräftiger Unterstützung zurückkehren.

»Sag mal, habt ihr euer Zelt schon aufgebaut?«, erkundige ich mich harmlos.

»Klar. Direkt als wir angekommen sind.«

Das ist genau, was ich hören wollte.

»Könntet ihr uns helfen?«, bitte ich. »Wir haben diverse Probleme und versuchen seit Stunden, die Teile aufzubauen.«

»Teile? Ihr habt mehrere?«

»Wir sind zu viert unterwegs. Viv und Jasmin kämpfen noch. Allmählich sollten wir zu ihnen zurückgehen. Wir sind schon vor einer guten halben Stunde losgezogen, um Hilfe zu holen.«

Mit einem kurzen Seitenblick auf Laro und Lucas, die in ein angeregtes Gespräch vertieft sind, trinke ich den letzten Schluck meines Latte Macchiato und stehe demonstrativ auf, um an der Theke unsere Rechnung zu bezahlen. Laro erkennt die Aufforderung und nickt Lucas entschuldigend zu.

»Wir müssen echt los. Unsere Freundinnen warten schon. Wie sieht's aus? Seid ihr die Retter in der Not und baut unsere Zelte auf?«

Mit einem Zug stürzt Lucas seinen Kaffee hinunter und springt ebenfalls auf. »Natürlich. Wir gehen gleich mit.«

Marius nickt, und so dauert es nicht lange, bis wir in netter Gesellschaft wieder bei Viv und Jasmin ankommen. Wenige Handgriffe und die Zelte stehen. Anscheinend gibt es einen Trick, den keine von uns kennt. Wir sind derartig erleichtert, dass wir die beiden Jungs spontan zum Grillen einladen. Für drei Tage, von denen der erste bereits fast vorbei ist, haben wir ohnehin viel zu viel Proviant eingekauft.

Unsere Einladung wird begeistert angenommen, sodass

wir eine gute Stunde später einträchtig gemeinsam auf Baumstämmen um das Feuer sitzen und Stockbrot über die Flammen halten. Laro und Lucas führen bereits die nächste lebhafte Diskussion, während sowohl Jasmin als auch Viv mit Marius beschäftigt sind, der eine witzige Schulgeschichte zum Besten gibt. Abwesend starre ich ins Feuer.

Was machen die Jungs hier? Zu zweit, ohne Clique?

Ich mustere die beiden mit forschenden Blicken. Sie sind sehr nett, keine Frage. Vielleicht ein schwules Pärchen, das Zeit für sich braucht? Dem widerspricht aber das offenkundige Interesse, das Lucas Laro entgegenbringt. Möglicherweise waren sie unterwegs, um Mädchen aufzureißen? Da gibt es aber definitiv bessere Plätze als eine fast verlassene Campinganlage.

Ist auch egal. Die beiden sind sympathisch, und der Abend verspricht lustig zu werden. Unbekümmert konzentriere ich mich wieder darauf, den Stock gleichmäßig über dem Feuer zu drehen.

Die Stimmung wird immer ausgelassener, und nach kurzer Zeit haben wir die erste Flasche Rotwein geleert, die ich mit einem Tritt aus dem Kreis befördere.

Marius verfolgt die Bewegung mit den Augen. »Da wir jetzt schon eine leere Flasche haben: Wie wäre es mit einem kleinen Partyspiel?«

Ich stöhne leise auf. Nicht schon wieder. Beim letzten Mal verlief dieser Mist alles andere als erfreulich.

Im Gegensatz zu mir nimmt der Rest der fröhlichen Truppe den Vorschlag jedoch mit Begeisterung auf. Marius bedenkt mich mit einem entschuldigenden Lächeln und angelt nach der Flasche. Ich zucke ergeben mit den Schultern, lehne mich zurück und stütze mich auf die Handflächen. Immerhin spielen wir nicht die *Wahrheit oder Wahr-*

heit-Variante, sondern eine etwas kreativere Version. Jeder Teilnehmer bekommt einen Stift und vier Papierstücke, darauf schreibt er wahlweise Fragen oder Aufgaben. Die einzelnen Runden beginnen jeweils damit, dass ein Zettel gezogen wird. Anschließend bestimmt die Flasche, wer die entsprechende Frage beantworten beziehungsweise Aufgabe erfüllen muss. Da man selbst die eigenen Exemplare ziehen kann, ist diese Spielvariante nicht ganz so peinlich. Allerdings versucht man trotzdem, möglichst frech und gleichzeitig originell zu sein.

Dieses Mal habe ich den anderen gegenüber einen Vorteil, immerhin habe ich den Sonntag genau diesen Blödsinn gegoogelt. Da ich mir die Fragen für andere Anlässe aufheben will, entscheide ich mich für die Praxis-Variante:

- Rufe jemanden an, nur um ihm zu sagen, dass du gerade keine Zeit hast.
- Mache demjenigen, auf den die Flasche als Nächstes zeigt, ein Liebesgeständnis auf Chinesisch.
- Setze dir eine Brötchenhälfte auf den Kopf und singe wahlweise *Ich hab die Haare schön* oder *Ich hab ein Brötchen auf dem Kopf, ich bin ein Döner.*
- Wähle eine Person aus der Gruppe und mache eine Minute lang genau das Gleiche wie sie.

Grinsend falte ich meine Zettel zusammen und werfe sie in eine umfunktionierte Chipsschüssel, an deren Boden noch ein paar fettige Krümel kleben.

Die anderen sind nicht so schnell und bewundern meine spontane Kreativität. Besonders Viv scheint heute Abend Schwierigkeiten mit der Vorbereitung zu haben. Statt die Zettel zu beschriften, kaut sie gedankenverloren auf dem Ende ihres Stiftes herum. Wahrscheinlich malt sie sich aus, wie schön es wäre, wenn Till mitspielen würde. Kurzzeitig hatten wir in Erwägung gezogen, ihn zum Zelten einzuladen, diese Idee jedoch wieder verworfen. Die Freundschaft der beiden ist zu frisch, um direkt drei Tage in Folge miteinander zu verbringen. Außerdem hätte sich die Begeisterung von Laro und Jasmin wohl in Grenzen gehalten, wenn eine von uns in männlicher Begleitung erschienen wäre.

Nach einer Viertelstunde, in der ich einen weiteren Becher Wein getrunken, Stockbrot gegrillt, Gummibärchen gegessen und den anderen teils genervte, teils aufmunternde Blicke zugeworfen habe, sind endlich alle Zettel in der Schüssel. Die Sonne ist inzwischen hinter den Baumwipfeln verschwunden, sodass ich fröstelnd meine Schultern hochziehe. Sofort bietet mir Marius seinen Pullover an, was ich jedoch ablehne. Stattdessen hole ich meinen eigenen aus dem Zelt und kuschle mich hinein.

Die beiden Jungs sind wirklich nett. Ob sie auch anständig sind, wird sich zeigen. Sollten Forderungen wie *Gib der nächsten Person einen Zungenkuss!* auftauchen, dann weiß ich sicher, dass diese nicht von uns Mädchen stammen. Ich mag paranoid sein, aber trotzdem frage ich mich, ob etwas hinter ihrer Anwesenheit steckt. Ich könnte sie einfach fragen. Nach zwei Bechern Wein erscheint mir diese Idee gar nicht abwegig.

Mit meinem unnachahmlichen Charme platze ich mitten in die letzte Planungsphase des Spiels. »Sagt mal. Wieso seid ihr eigentlich hier? Auf dem Campingplatz? Warum zeltet ihr nur zu zweit? Das ist schon ungewöhnlich, besonders im Hinblick auf die Jahreszeit. Damit will ich nicht andeuten, dass ihr zwei –« Ich verstumme, als mir klar wird, welchen Verdacht meine Worte beinhalten.

Kurze und prägnante Formulierungen sind wirklich

meine Stärke. Glücklicherweise amüsieren sich die beiden über das Fragefeuerwerk, obwohl ich angedeutet habe, dass man sie für ein Pärchen halten könnte.

»Eigentlich hatte keiner von uns beiden Lust zum Zelten«, erklärt Marius. »Unser Freund hatte heute Morgen die spontane Idee, *einfach ein wenig ins Grüne zu fahren*. Wir haben in einem Anfall geistiger Umnachtung zugestimmt. Also haben wir unseren Kram gepackt, eine Kühltasche mit Bierflaschen gefüllt, den Grill genommen und gehofft, dass wir auf nette Gesellschaft treffen. Was ja zum Glück der Fall ist.«

Okay, das klingt recht plausibel. Trotzdem hakt Laro nach. »Und dieser *Freund*: Wo ist er? Wieso habt ihr ihn nicht mitgebracht? Sitzt er jetzt seit Stunden alleine im Zelt?«

»Vermutlich. Ich habe ihm vorhin eine Nachricht geschrieben, aber er hat nicht geantwortet. Keine Ahnung, wo er steckt. Vielleicht sollten wir mal nach ihm sehen«, räumt Marius ein.

»Jan hat uns förmlich rausgeschmissen. Er war total gereizt, als wir weg sind«, ergänzt Lucas. »Nachdem er dann Marius zur Sau gemacht hat, weil der …«

Mehr höre ich nicht. Sämtliche Unterhaltungen werden vom Schrillen der Alarmglocken in meinem Kopf übertönt.

Ich erinnere mich wieder daran, woher ich die beiden kenne. Leider zu spät. Sie sind mir aufgefallen, weil ich sie in der Pause schon häufiger bei Jan stehen sah. Das sind Jans *Freunde*.

Na toll! Wäre mir das vorher eingefallen, hätte ich sie auf der Stelle vergraulen können. Diese Gelegenheit habe ich verpasst. Wir sitzen ums Feuer herum und sind kurz davor, ein blödes Spiel zu beginnen.

Anscheinend hat mein Gesicht an Farbe verloren, denn Viv mustert mich besorgt. Immerhin erkennt zumindest eine meiner Freundinnen, dass etwas nicht stimmt. Laro hingegen ist weit davon entfernt und regt an, Jan doch nicht der Einsamkeit zu überlassen, sondern ihn zur geselligen Runde einzuladen. Merkt sie denn nicht, dass es hier um *meinen* Jan geht? Eine weitere Runde Flaschendrehen in seiner Nähe halte ich nicht aus! Der muss ja denken, dass wir nichts anderes machen …

In meinen Szenarien des Schreckens gefangen, bemerke ich zu spät, dass Marius die Feuerstelle verlassen hat. Entweder geht er zu den Toiletten oder ist dabei, mein Leben zu zerstören. Vivs mitfühlender Blick macht mir sofort klar, womit ich zu rechnen habe. Laro sieht ebenfalls unangenehm berührt aus, als sie meinen Gesichtsausdruck wahrnimmt. Diese Reue kommt ein wenig zu spät.

Welche Möglichkeiten bleiben mir? Eine Ohnmacht vortäuschen? Das Zelt in Brand stecken? Einschlafen?

Da Lucas bei uns sitzt, kann ich mich nicht zurückziehen, ohne mein Gesicht zu verlieren. Zumal ich vor wenigen Minuten lustige Fragen gestellt und generell richtig gut gelaunt gewirkt hatte.

War ich ja auch.

So mache ich das Einzige, was mir noch bleibt.

Einatmen. Ausatmen.

Oh Gott, gleich wird Jan hier sein.

Kein Problem. Alles in Ordnung. Ich will ihn doch sehen. Heute Morgen hatte ich bedauert, dass ich ihn zwei Wochen lang nicht anschmachten kann. Manche Wünsche gehen eben schneller in Erfüllung, als einem lieb ist.

Hektisches Luftschnappen.

Ich bin ganz ruhig. Gaaanz ruhig.

Während ich mich immer weiter in meine Panik hineinsteigere, spüre ich plötzlich eine Hand auf meinem Knie. Sie gehört zu Viv, die mir aufmunternd zunickt und flüstert: »Du machst das schon, keine Sorge!«

Vielleicht kommt er gar nicht mit. Sagte Lucas nicht, dass Jan schlechte Laune habe? Womöglich möchte er einfach einen entspannten Abend in der freien Natur verbringen.

Dieser Gedanke hilft mir immerhin, nicht zu hyperventilieren. Zu mehr dient er leider nicht, denn wenige Minuten später höre ich die Schritte von zwei Personen, die sich dem Feuer nähern.

5 unausweichlich

Schon bevor ich ihn sehe, spüre ich seine Anwesenheit wie ein elektrisches Spannungsfeld, das ihn umgibt. Als ich ihm das Gesicht zuwende, stockt mir für einen Moment der Atem. Wie kann der Anblick eines Jungen solche Reaktionen auslösen? Ich will jede Bewegung von ihm beobachten, gleichzeitig traue ich mich kaum, ihn anzuschauen, weil er meinen Blick erwidern könnte. Aus den Augenwinkeln nehme ich jedes Detail, das ich erkennen kann, in mich auf. Die üblichen schwarzen Boots in Kombination mit meiner Lieblingsjeans, ein enges Shirt in Dunkelgrün oder Grau, die genaue Farbe kann ich bei den Lichtverhältnissen nicht ausmachen. Er trägt ein dünnes Lederband, das am Halsausschnitt unter dem Shirt verschwindet. Ich frage mich, was für ein Anhänger daran befestigt ist. Dann betrachte ich sein Gesicht. Die geschwungenen Lippen. Der leichte Bartschatten, der erkennen lässt, dass die letzte Rasur eine Weile her ist, und der seine Wangenknochen noch deutlicher hervortreten lässt. Die gerade Nase. Die Augen, die im flackernden Licht des Feuers hell glänzen und mich fixieren.

Oh nein. Nicht schon wieder.

Haben ihn die anderen bereits begrüßt? Wie viel Zeit habe ich mit Anglotzen verbracht? Soll ich ihm ein lockeres *Hallo!* entgegenschmettern?

Verlegen senke ich die Augenlider und murmle etwas,

das wie *Hrng!* klingt. Mit ein wenig Glück leitet er daraus eine angemessene Begrüßung ab. Er starrt mich regungslos an, dann wandert sein Blick weiter zu meinen Freundinnen. Er grüßt sie freundlich, und Viv, Laro und Jasmin erwidern sein Lächeln.

Der Abend kann nur ein voller Erfolg werden.

Glücklicherweise lässt sich Jan auf der gegenüberliegenden Seite des Feuers nieder, sodass ich zumindest nicht in die Verlegenheit komme, in dem ihn umgebenden Energiefeld zu sitzen. Diese Position hat aber den Nachteil, dass ich nicht mehr weiß, wo ich hinschauen soll. Ich verlege mich also darauf, bemüht geheimnisvoll in die Flammen zu starren. Währenddessen stecke ich all meine Hoffnung in den Gedanken, dass sich keiner mehr an das vorbereitete Flaschendrehen erinnern möge.

»Hey, Mädels, wollten wir nicht Flaschendrehen spielen? Sonst hätten wir ja die Vorbereitungen umsonst gemacht.«

Danke, Lucas. Ich verneige mich vor dieser grandiosen Gedächtnisleistung.

Jasmin beginnt zu kichern, und auch Viv kann ihre Begeisterung schwer verbergen, ganz zu schweigen von Laro, die bereits wie ein Honigkuchenpferd grinst. Schnell versuche ich, einen erfreuten Gesichtsausdruck aufzusetzen. Ich befürchte allerdings, eher auszusehen wie ein Psychopath. Eine gewisse Ähnlichkeit mit dem verrückten Vater aus *Shining* kann man bestimmt erkennen. Jan scheint ebenfalls nicht gerade Feuer und Flamme zu sein. Stattdessen wirft er mir einen finsteren Blick zu und hebt leicht eine Augenbraue.

Mein Gott, was hast du für ein Problem mit mir? Kann ich etwas dafür, dass du hier so unvermittelt auftauchst?

Habe ich dich zum Mitspielen genötigt? War der Flaschendreh-Mist etwa meine Idee? Was habe ich dir bitte getan?

Für eine knappe Sekunde versuche ich, den Kontakt zu erwidern, aber ich schaffe es nicht, dem hellen Blau seiner Augen standzuhalten.

Was hat er bloß gegen mich?

Wittert er mein Blut und kann es kaum erwarten, sich auf mich zu stürzen, wodurch er jedes Mal, wenn ich in seine Nähe komme, mit seiner Selbstbeherrschung ringen muss? Bin ich sein Schicksal, gegen das er sich auflehnt, weil er ein freier Mensch sein will, der Entscheidungen unbeeinflusst trifft? Sind wir Seelenverwandte, und er kann es sich einfach nicht eingestehen, sodass momentan seine einzige Reaktion auf mich in Ablehnung besteht? Ist es in seiner Nähe zu gefährlich für eine normale Sterbliche wie mich? Sicherlich ist er nicht gut für mich und will mich schützen.

Es ist eindeutig. Ich lese zu viel. Und ich befürchte, keine der aufgezeigten Varianten trifft zu, denn eigentlich ist es offenkundig: Jan kann mich nicht leiden. Vermutlich sind unsere zufälligen Zusammentreffen eine Tortur für ihn.

Da kommt mir ein noch schlimmerer Gedanke. Was, wenn er annimmt, *ich* hätte diese Treffen veranlasst? Die Begegnung im Pub, das Lächeln in der Schule. Dann sitze ich vor seiner Nase und spiele Flaschendrehen. Und jetzt kann er nicht einmal mit seinen Freunden in Ruhe zelten, da ich den Campingplatz belagere. Natürlich ist *mir* klar, dass diese Zufälle nicht von mir ausgehen, aber wer weiß, was *er* denkt? Das ist alles unglaublich peinlich! Möglicherweise sollte ich mich für einige Zeit in meinem Zimmer einschließen.

In meine düsteren Gedanken vertieft beobachte ich abwesend, wie Jan zum Beschreiben der vier Zettelchen genötigt wird. Immerhin geht es ihm nicht besser als mir. Selbst schuld. Er hätte ja nicht dazukommen müssen. Es stand ihm frei, weiterhin in seinem Zelt zu schmollen – aus welchen Gründen auch immer.

Nach wenigen Minuten sind seine Beiträge ebenfalls in der Schüssel. Das eigentliche (Trauer-)Spiel des Abends kann beginnen. Viv rührt wild in den Schnipseln herum, zieht einen heraus, faltet ihn auseinander und liest die erste Aufgabe vor: »Hüpfe rückwärts einmal ums Feuer und pfeife dabei die Nationalhymne.«

Mensch, da war ja jemand total kreativ. Die Flasche wird in Bewegung gesetzt. Ich beginne mit meiner altbekannten Hypnose.

Das Teil wird nicht bei mir stehen bleiben. Nicht bei mir.

Lucas. Ich atme auf. So muss das jetzt nur knapp 30 weitere Runden lang laufen. Kein Problem.

Ich will nach Hause.

Lucas scheint auch nicht sehr begeistert zu sein. Hüpfen und pfeifen. Wie spannend. Allerdings muss ich zugeben, dass die Umsetzung ungeahnte Heiterkeitsausbrüche auslöst, als er rückwärts über eine Zeltschnur stolpert und auf Laros Schoß landet. Sie sieht nicht aus, als habe sie etwas dagegen.

Durch meine ständig zunehmende Nervosität kann ich in den folgenden Runden weder genießen, dass sich Marius mit einer Brötchenhälfte auf dem Kopf singend als Döner präsentiert, noch dass Viv wild gestikulierend vor Laro kniet und dieser mit unverständlichen Worten, die ihrer Meinung nach wohl chinesisch klingen sollen, ihre Liebe gesteht. Jan hatte bisher bloß eine Aufgabe bekommen (*Beschreibe deine Unterhose mit drei Worten!*), die er mit einem lässigen »Boxershorts, schwarz, bequem« abtat. Unnötig zu erwähnen, dass ich nach dieser Information minutenlang damit beschäftigt bin, mein inneres Gleichgewicht wiederherzustellen und nicht daran zu denken, wie er in den von ihm beschriebenen Boxershorts aussieht.

Bisher sind fünfzehn Runden gelaufen, und die Flasche hat kein einziges Mal auf mich gezeigt. Trotzdem werde ich fast verrückt vor Anspannung. Auf Dauer kann ich dem Zufall nicht entgehen. Das weiß ich sicher. Bleibt nur zu hoffen, dass ich eine harmlose Aufgabe bekomme.

Unsanft werde ich von Jasmin aus meinen Gedanken gerissen, die den nächsten Zettel auseinandergefaltet hat und vorliest. Ihre Stimme klingt ungläubig. »Nimm ein Bad im nahe gelegenen See.«

Um Himmels willen, wer denkt sich denn so was aus? Man läuft doch immer Gefahr, die eigenen Sachen selbst machen zu müssen? Wir haben *April*! Ich wusste nicht einmal, dass es hier einen See gibt. Forschend schaue ich meinen Mitspielern ins Gesicht, aber alle wirken ebenso überrascht wie ich.

Kurz darauf lüftet sich das Geheimnis, denn Marius kennt als Einziger die genaue Lage des Gewässers. Er hofft wohl darauf, dass eines von uns Mädchen leicht bekleidet ins Wasser hüpft.

Säße mir nicht Jan gegenüber, hätte ich kein Problem damit. Ich würde einfach noch einen Schluck Wein trinken und mich meinem Schicksal ergeben. Aber nicht heute Abend! Ich müsste in Kleidern ins eiskalte Wasser springen, denn ausziehen kommt nicht infrage! Wenn ich geahnt hätte, dass ich mich in Unterwäsche präsentieren muss, würde ich jetzt statt pinkem BH und Snoopy-Slip ein elegantes, schwarzes Ensemble tragen.

Auf gar keinen Fall!

Jasmin setzt die Flasche in Bewegung. Auf Jan sollte der Hals zeigen. Er hatte bisher geradezu unverschämtes Glück und blieb bis auf das eine Mal verschont.

Na los doch, Flasche! Zeig auf Jan! Er soll diese blöde Aufgabe erledigen! Bei der Gelegenheit kann ich gleich nachprüfen, ob die Boxershorts-Information stimmt.

Die Flasche stoppt. Der Hals zeigt auf Jan.

Ein Ruck geht durch seinen Körper. Er hebt den Kopf und schaut mich an. Seine kalten, hellen Augen sprühen vor Zorn, und seine Lippen sind zu einem schmalen Strich zusammengepresst.

Was guckt er mich so an? Ich kann schließlich nichts dafür!

Der Rest der Runde bricht in erleichtertes Gelächter aus. Jeder ist froh, dass er selbst nicht getroffen wurde. Viv wirft mir einen verschwörerischen Blick zu und steht auf. »Dann mal los. Hat jemand Handtücher, damit sich Jan bei der Aktion keine Lungenentzündung holt?«

In bester Laune schlendern wir zum See, der sich tatsächlich in fast unmittelbarer Nähe zum Zeltplatz befindet. Der Nachthimmel ist wolkenlos, sodass die Bäume im fahlen Licht des Mondes harte Schatten werfen. Wenn ich jetzt mit Jan alleine wäre, könnte ich mich ängstlich an ihn schmiegen. Er würde den Arm um mich legen, und wir könnten gemeinsam die geheimnisvolle Atmosphäre genießen. Oder er würde mich mit einem Blick erdolchen und verblutend im Wald liegen lassen.

Im kühlen Wind stehen wir leicht fröstelnd am See und überblicken die bewegungslose, nachtschwarze Wasseroberfläche. Ich verspüre nun doch einen Funken Mitleid. Das Wasser muss zu dieser Jahreszeit eisig sein.

Jan tritt unbeeindruckt an das Ufer und entledigt sich seiner Schuhe samt Socken. Ich muss mich schwer zusammenreißen, um ihn nicht mit offenem Mund anzustarren. Er fasst den unteren Saum seines Shirts und zieht es mit einer fließenden Bewegung über den Kopf. Für einen kurzen Moment steht er reglos da, als würde er nachdenken, dann lässt er den Stoff achtlos zu Boden fallen. Der Anhänger auf seiner Brust, ein seltsam gedrehtes Metallband, glänzt hell im Mondlicht. Die Gespräche und das Gekicher der anderen habe ich ausgeblendet. Meine Wahrnehmung beschränkt sich ausschließlich auf Jan. Er hätte seine Aufgabe auch mit Kleidern bewältigen können. Sicherlich hat er im Zelt genügend Wechselklamotten liegen. Aber nein, er muss sich natürlich ausziehen und meine Zurechnungsfähigkeit auf eine harte Probe stellen. Er schnallt seinen Gürtel auf und öffnet den Knopf seiner Jeans. Mit einer nachlässigen Bewegung zieht er die Hose über die Hüften und streift sie dann vollends ab. Tatsächlich. Er trägt schwarze Boxershorts, allerdings die enge Variante.

Mir wird bewusst, wohin ich gerade starre. Mühsam und unter Aufbietung meiner kompletten Selbstbeherrschung wende ich den Blick ab. Jan dreht leicht den Kopf und lächelt mich spöttisch an. Anscheinend kann man mir sämtliche Gedanken förmlich vom Gesicht ablesen. Okay. Erwischt. Mal wieder.

»Na los, Jan! Worauf wartest du? Das Wasser wird nicht wärmer!«

Die anderen feuern ihn mit lauten Rufen an. Er wendet sich dem Gewässer zu, taxiert kurz die schimmernde Oberfläche und springt, ohne weiter zu zögern, mit einem eleganten Kopfsprung in den See. Die dunklen Wellen schlagen über ihm zusammen, und er verschwindet in der Tiefe.

Was, wenn es unten Schlingpflanzen gibt? Oder wenn der See in Ufernähe nicht tief genug für einen Köpfer ist?

Ein paar Sekunden bin ich vor Angst wie gelähmt und male mir die schlimmsten Szenarien aus, dann durchbricht Jans dunkler Haarschopf wieder die Wasseroberfläche. Er schwimmt das kleine Stück, das er durch den Sprung überwunden hat, zurück zum Ufer und zieht sich an Land. Bevor er sich in die mitgebrachten Handtücher hüllt, kann ich noch einmal seinen perfekten Körper bewundern. Anschließend schaffe ich es tatsächlich, mit den anderen ein wenig rumzuflachsen, während Jan seine Kleider wieder überstreift.

Ganz egal, wie der restliche Abend verläuft, schon allein für diesen Anblick hat sich der komplette Zeltausflug gelohnt! Was ich in den letzten zwanzig Minuten gesehen habe, reicht, um meine Fantasie mindestens für die nächsten zwei Wochen auf Hochtouren laufen zu lassen.

Kurze Zeit später sitzen wir am Feuer und nehmen das Spiel wieder auf. Die kommenden Runden bin ich also erneut damit beschäftigt, zu hoffen, dass die Flasche weiterhin Gnade zeigt und mich vor peinlichen Situationen bewahrt.

Das geht so lange gut, bis Jasmin eine Frage aus der Schüssel fischt, die mich total aus dem Konzept bringt: »Setze dich neben dein Gegenüber und schaue ihm eine Minute lang in die Augen.«

Ungewollt zuckt mein Blick zu der Person, die sich auch nach dem Ausflug an den See noch gegenüber befindet: Jan. Im selben Moment hebt er den Kopf und schaut mich über das Feuer hinweg an. Mein Herz beginnt zu rasen, und ich kämpfe mit plötzlicher Atemnot. Ich drehe mein Gesicht weg. Das halte ich keine zehn Sekunden aus, geschweige denn eine Minute. Diese Aufgabe ist lächerlich, wenn man sie mit Freunden spielt. Viv eine Minute lang anstieren – kein Problem. Selbst Marius und Lucas könnte ich niederstarren. Aber mit Jan als Partner erscheint mir die Umsetzung eher wie eine moderne Art der Folter. Wegschauen kommt nicht infrage. Spätestens dann ist allen klar, wie es um mich steht. Vielleicht habe ich Glück, und der Hals zeigt auf Laro, auf Viv, auf irgendwen! Es ist mir völlig gleich!

Jasmin dreht die Flasche mit Schwung, und die Aufmerksamkeit aller ist auf das grüne Glas gerichtet, das im Feuer schimmert. Ich bin dermaßen hysterisch, dass ich fast vergesse Luft zu holen. Werde ich wieder verschont bleiben?

Dieses Mal nicht. Jede Begegnung mit Jan war bisher eine Blamage. Dieser Abend lief einfach zu gut. Ich werde ihm standhalten müssen.

Immer weiter steigere ich mich in meine Panik hinein.

Die Flasche wird auf mich zeigen. Davon bin ich überzeugt.

Ich weiß es. Die Flasche zeigt auf mich.

Mitten in der Bewegung hält die Flasche abrupt an. Der Hals deutet auf mich. Ein Raunen geht durch unsere Runde. Plötzlich reden alle durcheinander.

»Hat sie jemand mit dem Fuß gestoppt?«

»Kann sie gegen einen Stein gestoßen sein?«

»Ist da ein Loch im Boden?«

Einzig Jan schweigt und beobachtet mich, während der Rest der Gruppe den Rasen rings um die Flasche untersucht. Laro hält das Glas gegen das Licht der Flammen, um eventuelle Beschädigungen zu erkennen. Alles scheint normal zu sein. Doch jeder von uns hat miterlebt, wie das Teil aus der vollen Bewegung heraus stoppte.

Verwirrt setzen sich die anderen wieder auf ihre Plätze. Marius ergreift das Wort: »Okay. Ich spinne doch nicht. Ihr habt es auch gesehen, oder? Die Flasche hat aus der Drehung heraus angehalten und auf sie«, er deutet mit dem Kopf in meine Richtung, »gezeigt.«

Die anderen nicken. Jan betrachtet mich noch immer. Sein Gesicht wirkt fahl im Flammenschein. Mir ist völlig egal, aus welchen Gründen die blöde Flasche angehalten hat. Der Hals zeigte auf mich. Nur darum geht es. Ich befürchte, dass sich sehr bald jemand daran erinnern wird, was das bedeutet.

»Wahrscheinlich haben wir alle zu viel Wein getrunken.«

»Eine kollektive Wahnvorstellung? Wie soll das bitte gehen?«

»Sollen wir wiederholen und schauen, was passiert?«

Laro schüttelt vehement den Kopf. »Wozu? Glaubst du etwa, eine unsichtbare Kraft hat die Flasche angehalten? Wahrscheinlich ist der Boden wirklich uneben. Echt jetzt, man kann aus allem eine große Sache machen. Außerdem musste Hannah heute Abend noch gar nicht ran!«

Dämliche Kuh! In diesem Moment würde ich sie am liebsten ohrfeigen. Sie muss doch mitbekommen haben, wie blöd ich mich bei Miris Party angestellt habe. Immerhin saß sie ebenfalls bei unserer Gruppe.

Warum war mir klar, dass es so kommen würde?

Viv rückt ein Stück von mir ab und fordert Jan mit einer ermunternden Geste auf, neben mir Platz zu nehmen. Mit einem entnervten Seufzen steht er auf und klopft ein paar Grashalme von seiner Hose. Nachdem er die Feuerstelle umrundet hat, setzt er sich direkt neben mich und schaut in die Flammen. Ich rieche den sauberen Geruch des Seewassers und den herben Duft des Aftershaves, der in seinen Kleidern hängt. Derart nah war ich ihm noch nie. Jetzt bloß nicht den Kopf verlieren.

Jasmin scheint Gefallen daran zu finden, Kommandos zu geben. »Okay, die Zeit läuft in drei …«

Ich fixiere sein Gesicht und versuche, meine innere Ruhe zu finden.

»… zwei …«

Kein Problem! Wenn ich es schaffe, sein Profil zu betrachten, dann wird der Rest auch nicht so schwer sein.

»… eins …«

Immerhin ist es nur eine Minute. Ich habe schon Schlimmeres überstanden.

»… jetzt!«

Jan dreht den Kopf, und die volle Wucht seines Blickes trifft mich. Mein erster Impuls ist Wegschauen, aber ich zwinge mich, den Kontakt nicht zu unterbrechen. Das wäre extrem peinlich nach zwei Sekunden. Unter Aufbietung sämtlicher Willenskraft, die an diesem Abend wirklich häufig vonnöten ist, halte ich stand. Hingerissen nehme ich jedes Detail in mich auf. Zur Iris hin werden seine stahlblauen Augen heller, sodass sie noch durchdringender erscheinen. Seine dichten Wimpern bilden dazu einen faszinierenden Kontrast. Ich könnte vollständig in der Betrachtung versinken, wenn er mich nicht so feindselig mustern würde. In Jans Ausdruck liegt eine Kälte, die mir eisige Schauer über den Rücken schickt. Die Spannung, die sich durch sein eindringliches Fixieren zwischen uns aufbaut, raubt mir fast den Atem. Ein Kribbeln breitet sich vom Magen ausgehend in meinem ganzen Körper aus. Selbst wenn ich wollte, könnte ich mich in diesem Moment nicht bewegen. Zu gefesselt bin ich von der Intensität. Ich nehme nichts weiter wahr als Jans brennenden Blick, der den meinen trifft und ihn unnachgiebig festhält.

Erst als Jasmin an meiner Schulter rüttelt und mir »Hannah! Aufwachen! Die Minute ist schon längst vorbei!« ins Ohr brüllt, kann ich mich von ihm lösen. Ich senke den Kopf, weil ich sein geringschätziges Lächeln in diesem Moment nicht ertragen kann. Kein Wort hat er mit mir gewechselt. Woher stammt seine Abneigung? Merkt er nichts von dieser Spannung, welche die Luft zwischen uns geradezu auflädt? Oder handelt es sich dabei lediglich um eine irritierte Reaktion meines Körpers, der mit der übertriebenen Schwärmerei nicht umgehen kann? Bilde ich mir diese heftigen Impulse, die mich in seiner Nähe durchströmen, nur ein?

Seit dem Abend im Pub laufen wir uns wirklich andauernd über den Weg. Und dann ständig diese Flaschendreh-Geschichten! Am Abend der Party sagte Denise doch selbst, dass Jan solche Aktionen albern fände. Wieso kreuzt er aber ständig auf und macht mit? In einen See zu springen ist nicht gerade die überzeugendste Art des Boykotts.

Ich werde ruckartig aus meinen Überlegungen gerissen, als sich Jan von mir abwendet, aufsteht und zu seinem ursprünglichen Platz zurückkehrt.

Jasmin faltet den nächsten Zettel auseinander und stockt. Wortlos starrt sie auf das Papier.

»Jasmin?«, erkundigt sich Viv besorgt. »Alles okay?«

Marius wirft einen Blick auf den Zettel und lacht.

»›Erzähle eine Gruselgeschichte‹«, liest er vor. »So leicht bist du aus der Fassung zu bringen?«

Auch Lucas grinst, während Jan verächtlich die Luft durch die Nase ausstößt.

»Das liegt an dem unheimlichen Zwischenfall letzte Woche«, teilt Laro bereitwillig mit.

»Ein unheimlicher Zwischenfall?«, wiederholt Marius interessiert. »Was ist passiert?«

Schnell gibt Laro die Geschehnisse vom letzten Montag wieder. Lucas und Marius lauschen aufmerksam, während Jan finster ins Feuer starrt.

»Ihr denkt also, Eve hinter den Spiegeln hätte mit euch kommuniziert«, fasst Marius zusammen und bemüht sich nicht einmal, seine Belustigung zu verbergen.

»Keine Ahnung«, entgegnet Laro schulterzuckend. »Auf jeden Fall war es total unheimlich.«

»Ihr habt euch das garantiert eingebildet«, bemerkt Lucas.

»Haben wir nicht«, widerspricht Laro entschieden. »Wir haben es alle drei gehört. Stimmt's, Mädels?« Jasmin und ich nicken schwach.

»Alle drei?«, wundert sich Lucas. »Das heißt, du warst nicht dabei?«, wendet er sich an Viv.

Meine beste Freundin hat die Diskussion still verfolgt.

»Ich war im Bad«, erwidert sie knapp.

»Aha«, stellt Lucas mit einem triumphierenden Unterton fest. »Da habt ihr eure gruselige Eve. Nach dem Klopfen lief eure Fantasie auf Hochtouren, sodass ihr euch die blutenden Augen eingebildet habt.«

»Ich war es nicht«, äußert Viv ruhig.

Sowohl Lucas als auch Marius mustern meine Freundin ungläubig.

»Wer soll es denn sonst gewesen sein?«

»Die einzige Möglichkeit, um das herauszufinden, ist eine Wiederholung der Beschwörung«, folgert Marius.

»Das ist nicht euer Ernst«, ächzt Viv, während Jasmin gleichzeitig »Auf keinen Fall!« hervorstößt.

»Regt euch ab«, besänftigt Laro. »Ich glaube weiterhin, dass es ein Trick war. Von wem auch immer.«

»Lasst es uns ausprobieren«, drängt Marius unternehmungslustig, woraufhin Lucas zustimmend schnaubt. Nur Jan wirkt völlig desinteressiert.

»Was brauchen wir?«, fragt Marius.

Laro zögert kurz, nennt dann aber die nötigen Bestandteile und erklärt sich sogar bereit, den handtellergroßen Spiegel aus ihrem Zelt zu holen.

Jasmin hat sich bis an den äußersten Rand der Feuerstelle zurückgezogen. »Ich mache das sicher nicht noch einmal«, sagt sie mit brüchiger Stimme.

Viv legt ihr beruhigend eine Hand auf die Schulter. »Es wird sowieso nicht funktionieren.«

Ja, das dachte ich beim letzten Mal auch.

6 : unheimlich

Wenige Minuten später hat Marius die passenden Materialien beisammen. Er lehnt den kleinen Spiegel an ein Stück Brennholz, zündet das Teelicht an und schreibt die Buchstaben E,V und E auf einen kleinen Zettel. Während er das Papier faltet, schaut er auffordernd in die Runde.

»Wer spendet das Haar?«

Abwehrend trete ich einen Schritt zurück. »Ich sicher nicht. Ich war beim letzten Mal dran.«

»Lächerlich«, murmelt Jan fast unhörbar. Allmählich glaube ich, dass es mir unmöglich ist, ihn nicht zu nerven.

Laro ergreift mit Daumen und Zeigefinger eines ihrer kastanienbraunen Haare, reißt es mit einer knappen Bewegung aus und hält es Marius wortlos hin.

»Es kann losgehen«, verkündet er munter, woraufhin sich Lucas und Laro neben ihn stellen.

»Zieht das alleine durch«, winkt Viv ab, die neben der eingeschüchterten Jasmin hockt und ihr einen Arm um die Schultern gelegt hat.

Wir sollten den Blödsinn lassen. Es ist grausam, das Ritual trotz Jasmins offensichtlicher Angst durchzuführen.

Auch Jan sitzt nach wie vor reglos am Feuer und macht keine Anstalten, an der Beschwörung teilzunehmen.

Ich kehre unschlüssig zu meinem Platz zurück und lasse mich auf den Baumstamm fallen.

»Hannah?«, bittet Laro mit vorwurfsvollem Unterton.

»Tut mir leid«, wehre ich ab. »Ich kann ebenfalls auf eine Wiederholung verzichten.«

»Dann eben nur wir drei«, entscheidet sie mit einem kurzen Seitenblick auf Jan, der mit keiner Miene zu erkennen gibt, ob er sie gehört hat.

Mit gemischten Gefühlen beobachte ich, wie Lucas das Teelicht zurechtrückt und mit einer Hand gegen einen etwaigen Luftzug abschirmt. Vorsichtig wirft Marius das mit Haar umwickelte Papier in die Flamme.

Unbehaglich schaue ich über die Schulter in die uns umgebende Dunkelheit. Wir scheinen weit und breit die einzigen Menschen zu sein. Alles, was außerhalb des Feuerscheins liegt, wird von der Finsternis verschluckt. Mittlerweile bin ich sicher, dass es eine ganz blöde Idee ist, unser Glück erneut herauszufordern. Schon beim letzten Mal hatten wir keine schlüssige Erklärung gefunden. Was ist, wenn es heute ebenfalls funktioniert?

»Eve hinter den Spiegeln – erwähle uns«, flüstert Laro und klopft mit den Knöcheln die rhythmische Folge an den kleinen Spiegel.

kurz – kurz kurz kurz lang – kurz

Wenn hier, mitten im Wald, das Antwortklopfen ertönt, können wir ausschließen, dass Viv oder Simon ihre Finger im Spiel hatten. Dann muss es Laro gewesen sein. Vielleicht mit der Unterstützung von Jasmin? Aber wie wollen sie das bewerkstelligen? Das Klopfen in meinem Zimmer kam aus den Wänden, von allen Richtungen gleichzeitig.

Das Geräusch wäre zwischen den Bäumen um ein Vielfaches Furcht einflößender. Wieder schaue ich nervös über meine Schulter, als könnte mich jederzeit etwas aus der Dunkelheit anspringen.

Unwillkürlich stelle ich mir den dumpfen Laut vor, mit

dem eine erbarmungslose Faust auf die trockene Rinde der Bäume hämmert, die durch die Wucht des Aufpralls in kleine Teile zersplittert.

kurz – kurz kurz kurz lang – kurz

Meine Kehle schnürt sich zu. Es ist real, das Klopfen. Noch beängstigender als in meiner Vorstellung. Es scheint die uns umgebende Schwärze völlig auszufüllen und gleichzeitig ganz nah zu sein. Das *können* sie nicht inszeniert haben.

kurz – kurz kurz kurz lang – kurz

Eilig studiere ich die Gesichter der anderen. Fassungslosigkeit, Entsetzen und nackte Panik bei uns Mädels. Erschütterung und Unglaube bei den Jungs. Sogar Jan hat den Kopf gehoben. Für einige Sekunden treffen sich unsere Blicke, dann wendet er sich ab und prüft argwöhnisch die Umgebung.

kurz – kurz kurz kurz lang – kurz

Die Stille nach dem letzten Klopfen wirkt bodenlos und endgültig, als wären plötzlich alle Geräusche des Waldes verstummt.

»Damit hätte ich nicht gerechnet«, gibt Lucas zu.

Marius runzelt die Stirn. »Das ist ein Trick. Lasst uns weitermachen. Ansonsten nehme ich euch das nicht ab«, zischt er in unsere Richtung.

Lucas scheint wenig überzeugt, widerspricht aber nicht.

Ich kann ein verzweifeltes Stöhnen nicht unterdrücken. Es ist mehr als deutlich, dass wir Mädchen mindestens genauso verstört sind wie die Jungs. Insbesondere Jasmin ist den Tränen nahe. Sie hat begonnen zu zittern, während Viv leise auf sie einspricht. Laro wirkt unentschlossen, wirft dann jedoch einen Blick auf Lucas, der ihr zulächelt und hilflos mit den Schultern zuckt.

»Den Rest schaffen wir auch noch«, willigt sie ein, aber ihre Stimme klingt so dünn, als wolle sie vor allem sich selbst Mut zusprechen.

»Eve hinter den Spiegeln – erwähle uns«, haucht sie und klopft gegen die Oberfläche.

kurz – kurz kurz kurz lang – kurz

Jetzt wäre der Teil mit den blutenden Augen an der Reihe. Zweifelnd spähe ich zu Laro, die beklommen das schimmernde Glas fixiert. Wird es wirklich wieder funktionieren? Genau wie am Montagabend in meinem Zimmer?

Damit würde jede Möglichkeit eines Tricks wegfallen. Und welche Rolle spielt Jasmin bei dem Ganzen? Bisher hatte ich den Gedanken im Hinterkopf, dass uns eine Tonaufnahme in Panik versetzte, die im passenden Moment abgespielt wurde. Immerhin waren es Jasmin und Laro, welche die Gruselgeschichte vorhin ins Gespräch brachten. Hat womöglich eine von ihnen den Zettel mit der Aufforderung zum Erzählen beschriftet?

Ein Blick auf Jasmin löst meinen Verdacht endgültig in Luft auf. Sie hat ihre Knie mit den Armen umschlungen, und gerade rollt die erste Träne über ihre Wange. Ihre Angst ist echt.

Die Wiederholung dieser Beschwörung war eine selten dämliche Idee. Und blutende Augen sind einfach widerlich.

Beunruhigt vermeide ich es, in Richtung des Spiegels zu sehen, kann aber das Bild, das in meiner Vorstellung aufsteigt, nicht unterdrücken. Laros leere Augenhöhlen, aus denen sich eine dunkle Blutspur den Weg über ihre Wangen bahnt. Ihr verunstaltetes Gesicht, entstellt und grotesk.

Ein ungläubiges Keuchen lässt mich aufschrecken. Lucas, Marius und Laro selbst starren bestürzt auf die reflektierende Fläche. Sie wirken wie gelähmt vor Entsetzen. Anhand ihres schockierten Ausdrucks erübrigt sich die Frage, was sie vor sich sehen. Auf ihren Mienen zeigt sich der blanke Horror.

»Leute«, krächze ich laut in die Stille. »Alles okay?«

Der Klang meiner Stimme bricht den Bann. Laro weicht einen Schritt zurück, während Lucas und Marius an ihren Plätzen verharren und abwechselnd meine Freundin und ihr Spiegelbild anstarren.

»Nein«, murmelt Lucas und fährt sich durch die Haare. »Das kann nicht sein. Diese Augen.« Er schweigt für einen Moment. »Ihr habt das auch gesehen?«

Laro und Marius nicken stumm.

»Das kann nicht sein«, wiederholt Lucas. »Das ist absolut unmöglich.« Hilfe suchend wendet er sich an Jan, der das Geschehen ohne eine Gefühlsregung verfolgt hat.

»Hast du in den Spiegel geschaut?«

»Nichts gesehen«, erwidert er knapp und schafft es, dabei völlig gleichgültig zu wirken.

Besorgt beobachte ich Laro, die sich auffallend still verhält. Mit hundertprozentiger Sicherheit hat sie nichts mit der Sache zu tun. Die Lippen meiner Freundin sind vor Anspannung fast blutig gebissen, und sie hat die Fingernägel so fest in die Handflächen gegraben, dass ihre Knöchel weiß schimmern.

Nur Marius wirkt etwas gefasster als die anderen. Hat er seine Finger im Spiel? Entschieden verwerfe ich den Gedanken, schließlich konnte keiner den Verlauf des Abends vorhersehen.

»Glaubt ihr uns jetzt?«, durchbricht Laro das Schweigen.

Lucas nickt heftig, noch bevor sie zu Ende gesprochen hat. Marius signalisiert ebenfalls seine Zustimmung, legt dann aber den Kopf schräg.

»Ich frage mich, ob beim dritten Mal überhaupt etwas geschehen würde. Klopfen und Lichtreflektionen kann man sich einbilden. Aber bei der letzten Beschwörung wird ja angeblich einer von uns übernommen«, grübelt er mit einem Seitenblick auf Laro.

»Bist du bescheuert?«, fährt sie ihn umgehend an. »Ihr habt uns nicht geglaubt! Jetzt habt ihr selbst gesehen und gehört, dass wir nichts erfunden haben. Lass es gut sein!«

Lucas brummt bestätigend und legt Laro beruhigend die Hand auf den Oberarm.

»Seid doch nicht so feige«, stichelt Marius mit einem gekünstelten Lachen und geht einen Schritt nach vorne. »Was soll schon passieren?«

Als ich realisiere, was er vorhat, ist es bereits zu spät.

»Eve hinter den Spiegeln – erwähle uns«, rezitiert er forsch und schlägt den bekannten Rhythmus an das Glas.

kurz – kurz kurz kurz lang – kurz

Damit ist die Beschwörung abgeschlossen.

Bisher ist ausnahmslos alles so eingetreten, wie es prophezeit wurde. Laros Geschichte deckt sich mit der Realität. Zuerst das Anwortklopfen, dann die blutenden Augen. Somit müsste jetzt Eves Geist erscheinen und einen von uns in Besitz nehmen. Laro, denn zu ihr gehört das Haar, das verbrannt wurde.

Misstrauisch beäuge ich meine Freundin. Auch Lucas und Marius mustern sie argwöhnisch. Die atemlose Stille wird nur durch das gelegentliche Knacken des Lagerfeuers und Jasmins leisem Schluchzen durchbrochen.

Und wenn es doch funktioniert? Beklommen male ich

mir aus, wie Laros Körper sich plötzlich wie von einer fremden Macht gelenkt aufrichtet und mit schier übermenschlicher Kraft den Spiegel zerbricht. Mit den spitzen Scherben geht sie auf eine hübsche Person los, um ihr die Augen auszustechen.

Trotz der furchterregenden Vorstellung verziehe ich kurz die Lippen. Die attraktivste Person an diesem Feuer ist Jan. Sicher hasst er das Ritual, weil ihm klar ist, dass er in unmittelbarer Gefahr schwebt. Verbissen unterdrücke ich das hysterische Kichern, das in mir emporsteigt. Die Anspannung scheint sich auf meinen Verstand niederzuschlagen.

Das Lachen bleibt mir jedoch in der Kehle stecken, als mein Blick wieder auf Laro fällt. Meine Freundin hat sich zu ihrer kompletten Größe aufgerichtet. Plötzlich wirkt sie trotz ihres schlanken Körperbaus einschüchternd und bedrohlich. Mit einer beiläufigen Bewegung versetzt sie Marius, der noch immer vor dem Spiegel steht, einen brutalen Stoß gegen die Schulter. Er keucht schmerzerfüllt und taumelt nach hinten. Laro setzt ihren Weg unbeirrt fort. Ich weiß genau, was jetzt passieren wird, und doch kann ich nicht das Geringste dagegen tun.

Laro ergreift den Spiegel mit beiden Händen. Mit einer mühelosen Bewegung zerbricht sie das massive Glas.

Eine Hälfte lässt sie achtlos zu Boden fallen, doch die andere umklammert sie derartig fest, dass unmittelbar Blut von ihrer rechten Handfläche auf den Waldboden tropft.

Mit der spitzen und scharfkantigen Scherbe, die im Flammenschein rubinrot glitzert, dreht sie sich zu uns um.

Ich bin vor Angst wie erstarrt, während uns Laro taxiert und ihr Opfer auswählt.

Für einen Moment scheint es, als sei die Zeit eingefroren. Dann geschehen mehrere Dinge gleichzeitig. Mit einem Knurren stürzt sich Laro auf Jan, die gezackte Scherbe hoch erhoben. Dieser schnellt derartig rasch in die Höhe, als habe er ihren Angriff vorhergesehen.

Trotzdem schafft er es nicht, Laros rohem Ansturm vollständig zu entkommen. Ich stöhne auf, als sie nach Jans Augen hackt, diese aber verfehlt und ihm stattdessen das spitze Glas seitlich über den Oberarm zieht.

Als Laro erkennt, dass sie ihr Ziel nicht getroffen hat, zischt sie wütend und geht zu einer erneuten Attacke über. Dieses Mal ist Jan jedoch vorbereitet.

Als Laro wieder mit voller Gewalt auf ihn eindringt, hebt er ihr die Außenseite des linken Arms diagonal entgegen. Er fängt den Hieb ab, ergreift mit einer fließenden Bewegung ihr Handgelenk und dreht es so, dass Laro mit einem schmerzerfüllten Keuchen die Scherbe fallen lässt.

Gleichzeitig schreit er meinen Namen.

»Hannah!«

Der warnende Ton in seiner Stimme reißt mich aus meiner Erstarrung. Im gleichen Moment fällt Laro kraftlos auf die Knie.

Vorsichtig nähere ich mich meiner Freundin, die ungleichmäßig atmend den Boden fixiert, jede Sekunde darauf gefasst, dass sie aufspringt und auf mich losgeht. Schnell befördere ich mit dem Fuß die Scherbe aus ihrer Reichweite.

»Laro?«, flüstere ich zaghaft. »Bist du wieder da?«

»Alles okay«, antwortet sie und umklammert dabei ihre blutende rechte Hand. »Ist er stark verletzt?«

Zögerlich spähe ich zu Jan, der noch immer an der gleichen Position steht. Bis auf die schmale, blutrote Spur, die schräg von seinem Oberarm bis zum Ellbogen verläuft, zeigt er keine Anzeichen des zurückliegenden Kampfes. Er mustert uns kühl, und doch gilt seine Aufmerksamkeit nicht seiner Angreiferin, sondern mir.

»Für mich reicht das heute Abend«, informiert er knapp, dreht sich um und verschwindet mit wenigen Schritten in der Dunkelheit.

Hilflos stehen wir um das Feuer herum. Es herrscht erschütterte Stille. Keiner traut sich, die Fragen zu stellen, die uns allen auf der Zunge liegen.

Schließlich zieht Jasmin mit zittrigen Fingern ihr Handy aus der Tasche.

»Ich bleibe keine Sekunde länger hier«, verkündet sie erstickt, während sie fahrig auf dem Display herumtippt. »Soll euch mein Vater auch mit nach Hause nehmen?«

Laro massiert sich verstört die Schläfen. Seit ihrer Frage nach Jans Verletzungen hat sie keinen Ton mehr gesprochen.

Viv und ich tauschen einen Blick. Ich hebe unentschlossen die Schultern. Was werden meine Eltern sagen, wenn ich mitten in der Nacht daheim auftauche? Zumal ich definitiv zu viel Wein hatte?

Viv nimmt mir die Entscheidung ab.

»Wir bleiben«, bestimmt sie unsicher, woraufhin ich mein Einverständnis signalisiere.

»Dann bleibe ich auch«, beschließt Laro heiser, woraufhin ich ihr meinen Arm um die Schultern lege. Viv holt Verbandszeug aus dem Zelt und verarztet Laros Handfläche.

Nach dem Telefonat mit ihrem Vater packt Jasmin, ohne viel zu sprechen, ihre Sachen. Lucas und Marius sitzen ebenfalls auffällig wortkarg am Feuer und verabschieden sich, wenige Minuten bevor das Auto von Jasmins Vater auf dem Campingplatz vorfährt.

Laro, Viv und ich beschließen einstimmig, den nächsten Tag abzuwarten, bevor wir uns mit dem heutigen Geschehen beschäftigen. Als wir in unsere Schlafsäcke kriechen, simuliere ich Müdigkeit und täusche mit regelmäßigen, tiefen Atemzügen einen Blitzschlaf vor. In meinem Kopf herrscht jedoch nach wie vor Aufruhr. An Entspannung ist nicht zu denken. Die Beschwörung. Das Klopfen. Das Spiegelbild. Laros Angriff auf Jan und dessen abgeklärte Reaktion. Er hat die Gefahrensituation gezielt entschärft. Nicht auszudenken, wenn Laro auf einen von uns losgegangen wäre. Wir hätten nicht den Hauch einer Chance gehabt. Haben wir tatsächlich durch das Ritual einen Geist beschworen? Unmittelbar bildet sich wieder eine Gänsehaut auf meinen Armen. Verärgert verbiete ich mir weitere Überlegungen, bis die Sonne aufgegangen ist.

Stattdessen konzentriere ich meine Gedanken auf Jan.

Sein plötzliches Auftauchen. Sein Körper im Mondlicht. Die Gefühle, welche die Minute Blickkontakt in mir ausgelöst hat. Die Härte und die Ablehnung in seinen Augen. Wie können unsere Treffen gleichzeitig durch den Zufall begünstigt sein und trotzdem immer so schrecklich falsch ablaufen? Müssten wir uns nicht lachend über die Launen der Natur amüsieren, die uns jedes Mal unter den unmöglichsten Voraussetzungen zusammenführt?

Ich verbringe eine alles andere als erholsame Nacht, angefüllt mit wirren und beklemmenden Träumen, und bin froh, als ich rings um das Zelt herum das Zwitschern der Vögel höre, die den neuen Tag begrüßen.

7 : bemerkenswert

Als wir uns an der Feuerstelle zum gemeinsamen Frühstück einfinden, erkenne ich gleich, dass meine Freundinnen ebenfalls unruhige Stunden hinter sich haben. Viv sieht genauso müde aus, wie ich mich fühle, und Laro gähnt immer wieder verstohlen. Sie hat den Verband um ihre Hand gewechselt und versucht, die Finger möglichst stillzuhalten. Stumm sitzen wir auf den Baumstämmen und genießen die ersten Sonnenstrahlen, die schräg durch die Wipfel der Bäume fallen.

»Lasst uns über gestern reden«, fordert Laro unvermittelt.

Ich richte mich auf und mustere meine Freundin aufmerksam.

»Ich habe die halbe Nacht wach gelegen und mir Gedanken gemacht«, beginnt sie. »Ich habe keine Ahnung, was genau geschehen ist. Aber eines will ich festhalten: Ich weigere mich, an Geister zu glauben.«

Erleichtert atme ich auf. Wenn sogar Laro, die unmittelbar betroffen war, nicht durchdreht, dann schaffe ich das auch.

Gespannt lausche ich ihrer weiteren Erklärung. Auch Viv hat sich ein wenig vorgebeugt.

»Es muss also eine Gemeinsamkeit geben. Etwas, das auf uns alle zutrifft«, folgert Laro. »Ich tippe auf den Alkohol.«

Irritiert ziehe ich eine Augenbraue hoch.

»Alkohol«, wiederhole ich skeptisch.

»Ja«, bestätigt Laro entschieden. »Überlegt mal. Wir alle haben den gleichen Wein getrunken. Was ist, wenn etwas mit dem Zeug nicht gestimmt hat? Wenn es so vergoren war, dass es zu Halluzinationen führt? Oder verunreinigt? Mit irgendwelchen Chemikalien versetzt? Keine Ahnung.«

Viv und ich tauschen einen zweifelnden Blick. Diese Erklärung ist genauso gut – oder schlecht – wie jede andere. Zumindest bietet sie die Chance, ein übersinnliches Phänomen auszuschließen.

»Die Geschichte mit der Flasche war auch ziemlich seltsam. Und das war weit vor der Beschwörung«, wirft Viv ein. »Das spricht auch dafür, dass irgendetwas mit dem Wein nicht in Ordnung war.«

Laro nickt zustimmend. »Ich könnte schwören, dass sie an etwas gestoßen ist, aber da war nichts. Wie soll das passiert sein? Es wird wohl kaum Eve gewesen sein, welche die Flasche auf unheimliche Art und Weise gestoppt hat.«

Alle lachen gezwungen – inklusive mir, aber in meinem Kopf nimmt ein beklemmender Gedanke Form an. Es war nicht das erste Mal, dass eine Flasche mitten in der Drehung stoppte. Auf Miris Party habe ich die gleiche Situation schon einmal erlebt. Dabei war Jan ebenfalls anwesend. Hat er etwas damit zu tun? Angenommen, Jan könnte irgendwie das Flaschendrehen manipulieren – würde er es nicht zu etwas Sinnvollerem nutzen, als sich selbst in den See zu manövrieren? Vielleicht wollte er zeigen, wie gut er in Boxershorts aussieht? Unwahrscheinlich. Wie erklärt diese Theorie die Gelegenheiten, bei denen die Flasche auf mich zeigte? Warum sollte er eine Frage von mir hören oder mir eine Minute lang in die Augen schauen wollen? Jan als Flaschengeist kann ich wohl ausschließen.

Ich versuche, mich möglichst genau an die Situation von gestern Abend zu erinnern. Die Flasche wurde von Jasmin in Bewegung versetzt. Ich war in größter Panik und, noch bevor der Hals auf mich zeigte, davon überzeugt, dass es mich treffen würde. Genau das ist anschließend eingetreten. Habe ich hellseherische Fähigkeiten? Die könnte ich gewinnbringend für einen tadellosen Abi-Schnitt einsetzen. Hätte sich aber diese Hellsicht nicht schon in anderen Situationen zeigen müssen?

Oder ich bin Telekinetiker! Diese Idee gefällt mir. *Accio Kaffeetasse! Komm herbei und sorge dafür, dass ich mich nie wieder unnötig bewegen muss.*

Anscheinend zeichnet sich ein Grinsen auf meinem Gesicht ab, denn Laro fragt irritiert, was ich denn an Wildschweinen so amüsant fände. Mir ist da wohl eine wesentliche Gesprächswendung entgangen.

»Tut mir leid, Mädels. Ich kann mich momentan überhaupt nicht konzentrieren«, entschuldige ich mich zerstreut.

Viv nickt mitfühlend, doch Laro zieht fragend die Augenbrauen hoch. »Wieso denn das? Immer noch wegen der Eve-Sache?«

Ich schüttle seufzend Kopf.

»Weshalb dann?«, hakt Laro nach.

Viv stöhnt. »Ist doch offensichtlich. Bemühe mal deine Gehirnzellen und erinnere dich, in welcher Gesellschaft wir uns gestern Abend befanden. Hast du mal darauf geachtet, wie sie sich benimmt, wenn Jan in der Nähe ist?«

Laro schlägt sich mit der flachen Hand an die Stirn.

»Und ich habe dich genötigt, diese Starr-Aufgabe zu machen. Oh nein. Ich hatte das überhaupt nicht auf dem Schirm. Wie lange findest du ihn schon toll? Und warum wissen alle Bescheid außer mir?«

»Eigentlich wollte ich es komplett für mich behalten«, antworte ich besänftigend, »aber das war schwer möglich, nachdem ich im Pub eine Kaffeetasse ruiniert habe, weil er mich derartig aus dem Konzept gebracht hat.«

Viv lacht. »Ach Hannah, glaubst du echt, dass ich das erst bei dieser Gelegenheit bemerkt habe? Du bist so durchschaubar.«

Beleidigt verschränke ich die Arme. »Okay, dann wusstest du es eben früher. Auch egal, da sich unsere Beziehung eher zurückentwickelt als aufbaut.«

Laro mustert mich ernst. »Ich sag's nicht gerne, aber anscheinend hat er irgendein Problem mit dir. Sein Gesichtsausdruck, wenn er dich betrachtet, gefällt mir gar nicht. Als würde er dich abgrundtief hassen.« Im Prinzip schätze ich Laros direkte Art, doch auf diese schonungslose Einschätzung hätte ich gerne verzichtet. »Aber nach gestern Abend bin vermutlich ich sein Lieblingsfeind Nummer eins«, ergänzt sie zynisch.

Ich muss mich beherrschen, damit mir nicht die Tränen in die Augen treten. »Ich weiß, wie er mich ansieht«, presse ich erstickt hervor. »Es fällt mir ja selbst auf. Zu allem Übel laufen wir uns ständig über den Weg. Wenn ich wenigstens etwas Abstand gewinnen könnte, um mit der Situation klarzukommen.«

»Ich bin nicht sicher«, wendet Viv ein. »Kann es wirklich Zufall sein, dass er andauernd in ihrer Nähe auftaucht? Vielleicht hat er doch Interesse und nur eine äußerst unglückliche Art, es zu zeigen.«

Laro reagiert auf Vivs Erklärungsversuch mit einem skeptischen Schnauben.

Für diese Diskussion kann ich einfach keine Kraft mehr aufbringen. »Seid mir nicht böse, aber ich brauche ein paar Minuten für mich. Ich setze mich ans Seeufer und stoße nachher wieder zu euch, ja?«

»Bist du sicher, dass wir nicht mitkommen sollen?« Viv macht Anstalten aufzustehen.

»Bleibt sitzen. Ich möchte wirklich allein sein.«

Unter den besorgten Mienen meiner Freundinnen nehme ich die Wasserflasche und stolpere Richtung See davon.

Dort angekommen lasse ich mich am Ufer nieder, ganz nahe bei der Stelle, an welcher Jan gestern Nacht aus dem Wasser gestiegen ist. Gedankenverloren betrachte ich das Sonnenlicht, das durch die Baumwipfel fällt und die glatte Oberfläche des Waldsees berührt.

Während der ersten fünfzehn Runden zeigte die Flasche kein einziges Mal auf mich. Ein unwahrscheinlicher Zufall, der den anderen ebenfalls nicht verborgen blieb. Immerhin war Laro ganz eifrig darauf bedacht, mich auch einmal in Aktion zu sehen.

Es beschränkt sich jedoch nicht nur darauf, dass ich verschont blieb. Ich habe mir außerdem gewünscht, dass Jan den Auftrag erhält, in den See zu springen. Das ist ebenfalls prompt in Erfüllung gegangen. Als anschließend die Blickkontakt-Aufgabe vorgelesen wurde, war ich von Anfang an sicher, dass die Flasche auf mich zeigen wird. Genauso verhielt es sich im Übrigen auf Miris Party.

Vier merkwürdige Situationen innerhalb weniger Tage, die beiden verstörenden Eve-Vorfälle nicht eingerechnet. Nachdenklich betrachte ich meine fast leere Wasserflasche neben mir. Möglicherweise ist es der Restalkohol im Blut, der Schlafmangel oder beides zusammen, aber plötzlich kommt mir eine Idee. Ich werde den Flaschendreh-Versuch wiederholen. Dieses Mal aber mit entsprechender Planung.

Auf spaßige Art und Weise habe ich schon häufiger getestet, ob ich magische Fähigkeiten besitze. Ich stellte den Zufallsmodus bei der Stereo-Anlage ein und versuchte, mein Lieblingslied per Gedankenkraft herbeizuwünschen. Ich hypnotisierte den Toaster und rief *Jetzt!*, in der Hoffnung, dass die goldbraun geröstete Scheibe in genau diesem Moment hochspringen würde. Ich motivierte das Telefon mit *Klingel doch endlich, du blödes Teil!* und glaubte an Gedankenübertragung, sollte in diesem Augenblick tatsächlich ein Anruf eingegangen sein.

Bei mir ist es wie bei jedem anderen: Manchmal funktioniert es, manchmal nicht. Bisher bin ich nicht auf die Idee gekommen, besondere Fähigkeiten zu haben, die über eine gepflegte Verrücktheit hinausgehen.

Wenig überzeugt greife ich nach meiner Wasserflasche und trinke die letzten Schlucke. Anschließend lege ich sie neben mich und versetze sie mit einer Drehung in Schwung. Gebannt starre ich auf das Plastik, das im Sonnenlicht glitzert. Was genau erwarte ich jetzt? Eine plötzliche Eingebung?

Die Kreise werden langsamer, und der Hals zeigt auf den See.

Ein Zeichen! Ich sollte die blöde Flasche versenken.

Noch ein Versuch. Diesmal werde ich meinem Testobjekt aber mitteilen, was ich von ihm will. Erneut stoße ich die Flasche an.

Flasche! Zeig auf mich! Zeig auf mich!

Hinter mir höre ich plötzlich ein Knacken. Erschrocken drehe ich mich um. Eine Amsel schaut mich ertappt an. Als ich mich wieder der Flasche zuwende, deutet diese auf mich. War das Zufall? Danke, doofes Vieh!

Letzter Versuch. Allmählich komme ich mir richtig blöd vor. Wieder versetze ich das Teil in Bewegung und beabsichtige, mich diesmal von nichts ablenken zu lassen. Die Flasche dreht sich schnell im Kreis, und ich konzentriere mich so stark, dass ich nur von einem Gedanken beherrscht werde:

Zeig auf mich. Zeig auf mich. Jetzt.

Die Flasche bremst abrupt ab, als hätte sie jemand festgehalten. Sie zeigt zweifelsfrei auf mich.

Entgeistert starre ich auf das glänzende Plastik und frage mich, was gerade geschehen ist. Vordergründig betrachtet liegt das natürlich auf der Hand. Ich habe der Flasche befohlen, anzuhalten und auf mich zu zeigen. Genau das hat sie getan. Aber schon alleine dieses Eingeständnis eröffnet eine derartige Menge an Fragen, dass mir ganz schwindlig wird.

Was ich zuerst brauche, ist Klarheit.

Noch einmal versetze ich die Flasche in Drehung, bin jedoch so nervös, dass ich kaum einen sinnvollen Gedanken fassen kann. Es ist nicht weiter verwunderlich, dass das Teil immer langsamer wird und schließlich auf die Bäume zeigt.

Das hat keinen Zweck. Habe ich mir die Sache lediglich eingebildet und jage gerade einer Halluzination nach? Der Sand, auf dem die Flasche liegt, bildet eine gerade Fläche. Zwar gibt es ein paar Steinchen, diese sind jedoch zu weit weg, als dass mein Testobjekt sie hätte berühren können. Obwohl ich mir merkwürdig vorkomme, wedele ich in der näheren Umgebung der Flasche durch die Luft. Sogar unsichtbare Fäden wären eine schlüssigere Erklärung als die Gedankenkraft-Variante. Vielleicht mit einem Magneten, der an der Flasche befestigt wurde?

Klar. Ein Magnet für Miris Party, einer für die Weinflasche gestern Abend, dann wieder einer für meine Wasserflasche heute Morgen. Das ist unmöglich. Niemand könnte ein solches Täuschungsmanöver derart großflächig anlegen.

Erdbeben? An drei verschiedenen Tagen? Außerdem wäre das nicht nur mir aufgefallen.

Dann wende ich mich doch dem Gedanken zu, den ich zuvor so weit wie möglich von mir weggeschoben habe. Die wahrscheinlichste und unwahrscheinlichste Begründung zugleich ist, dass tatsächlich ich selbst die Flasche manipuliert habe. Wenn das wirklich der Fall gewesen sein sollte, dann kann ich es wieder tun.

Zum gefühlt hundertsten Mal gebe ich der Flasche einen Schubs, sodass sie sich schnell im Kreis dreht. Dann blende ich alles aus bis auf einen Gedanken.

Zeig auf mich. Na los. Zeig auf mich. Jetzt.

Ein Ruck – die Flasche liegt. Wieder deutet der Hals auf mich. Ich befeuchte meine vor Anspannung trockenen Lippen mit der Zunge und verharre reglos in meiner halb knienden Position. Kein Zweifel.

Die nächste halbe Stunde verbringe ich mit Feldversuchen, jedoch bleibt das Ergebnis gleich. Egal ob mit geschlossenen Augen, mit dem Rücken zur Flasche, liegend, stehend oder hüpfend: Sobald ich meine Gedankenkraft fokussiere, zeigt der Hals auf die von mir gewünschte Position. Zuerst nur auf mich, dann werde ich mutiger und lasse die Flasche auf den See und die umliegenden Bäume deuten. Schließlich bin ich so experimentierfreudig, dass ich mich in eine Brücke begebe und die Flasche auf meine Knöchel zeigen lasse. Auch das funktioniert. Wenn mich jemand beobachten würde, wäre es spätestens jetzt um meinen Ruf geschehen. Allmählich bekomme ich Spaß an der Sache. Total abartig ist es ja nicht, eine Flasche zu manipulieren.

Zeit, den Schwierigkeitsgrad ein wenig zu steigern. Beim nächsten Schwung befehle ich der Flasche, auf den Himmel zu zeigen. Mal sehen, wie sie das bewerkstelligen will. Zwei Sekunden später sitze ich mit offenem Mund vor meinem Testobjekt, das nicht mehr wie zuvor auf dem Boden liegt, sondern senkrecht steht und mit dem Hals nach oben zeigt.

Das ist jetzt nicht mehr witzig.

Plötzlich weicht alle Energie aus meinem Körper, und ich lasse mich kraftlos in den Sand fallen. Die ganze Sache und die damit einhergehenden Schlussfolgerungen sind im Moment einfach zu viel für mich. Ich kann damit nicht umgehen. Wie reagiert man, wenn man plötzlich Kräfte entwickelt oder schon immer hatte, von denen man selbst nicht im Geringsten etwas ahnte? Auf einmal bin ich zu etwas Besonderem geworden. Ich kann etwas, das andere Menschen nicht können, und ich bin nicht in der Lage, dieses Wissen für mich zu behalten.

Einem Impuls folgend ergreife ich die Flasche und schleudere sie mit einem heftigen Wurf weit auf den See hinaus. Dann drehe ich mich ruckartig um und stapfe zurück zu meinen Freunden.

Die Wahl fällt mir nicht schwer. Laro ist zwar auf eine positive Art und Weise durchgeknallt, hat aber gestern Abend genug durchgemacht. Ich weiß nicht, wie sie mein *Problem* aufnehmen würde. Bei Viv bin ich sicher, dass sie mir zuhören und zumindest eine Chance geben wird. Zudem ist sie meine beste Freundin.

Glücklicherweise bietet sich bald die passende Gelegenheit, sie ins Vertrauen zu ziehen. Nachdem wir uns gegen aufgewärmte Dosenravioli und für Schnitzel mit Pommes im Café *Zum goldenen Baum* als Mittagessen entschieden haben, verabschiedet sich Laro, um eine Wandertour mit Lucas und Marius zu unternehmen. Interessanterweise gibt sie sich keine große Mühe, uns zum Mitkommen zu überreden. Vermutlich will sie die Gelegenheit nutzen, insbesondere Lucas in Ruhe besser kennenzulernen.

8 : überzeugt

Unauffällig beobachte ich, in welche Richtung der Wandertrupp aufbricht, und lotse dann Viv unter dem Vorwand, ein Sonnenbad nehmen zu wollen, an das wohlbekannte Seeufer. Ihre höchst irritierte Miene, mit der sie zuerst den mittlerweile bewölkten Himmel und anschließend mich selbst betrachtet, ignoriere ich.

Am Wasser angekommen machen wir es uns auf einer Decke bequem. Noch bevor wir richtig sitzen, schaut mich Viv gespannt an. »Okay. Du hast meine volle Aufmerksamkeit.«

Sie kennt mich einfach zu gut. Anscheinend bin ich ein offenes Buch. Blöd nur, dass ich mir im Vorhinein keine einzige Floskel überlegt habe, mit der ich dieses kuriose Gespräch einleiten kann. Ich öffne den Mund und schließe ihn wieder, ohne etwas zu sagen.

»Geht es um Jan?«, mutmaßt sie. »Falls du darüber reden möchtest: Ich finde es auch mehr als seltsam, dass er ständig und überall auftaucht. Ob aber Interesse an dir besteht, das ist schwer zu beurteilen. Denn die Blicke, die er dir zuwirft, sind teilweise wirklich übel.«

»Es geht nicht um Jan«, winke ich ab. »Mir ist etwas Komisches aufgefallen, und ich weiß nicht, wie ich damit umgehen soll.«

Viv sagt nichts. Sie schaut mich einfach an und schweigt. Sie setzt mich nicht unter Druck und lässt mir die Zeit, die ich brauche. So kann ich mir in Ruhe die Worte zurechtlegen, die meine Beobachtung auf verständliche Art und Weise beschreiben.

»Du erinnerst dich an meinen Bericht über das Partyspiel bei Miri? Die Flasche hielt plötzlich an und zeigte auf mich, woraufhin ich mich fast hochgradig blamiert hätte«, beginne ich kompliziert.

Viv lacht und nickt. »Du hast erzählt, dass dich ausgerechnet Denise vor der Katastrophe bewahrt hat.«

»Ist dir aufgefallen, dass wir gestern ein ganz ähnliches Erlebnis hatten?«, leite ich unbeholfen über.

»Wovon sprichst du? Schon wieder von der Beschwörung?«, fragt Viv verwirrt. »Ich dachte, wir hatten uns auf zu viel Alkohol geeinigt und wollten dieses Thema abhaken.«

»Nein, es geht nicht um die Beschwörung«, widerspreche ich. »Als ausgewählt wurde, wer eine Minute Blickkontakt halten muss, hat die Flasche plötzlich auf mich gezeigt«, erkläre ich ungeduldig. »Genau wie bei Miris Party!«

»Ach, *das* meinst du«, stellt Viv fest und reißt die Augen auf. »Hatten wir nicht geklärt, dass auch diese Halluzination auf den Wein zurückzuführen sein muss?«

Ich stoße angespannt die Luft durch die Nase aus.

»Ich denke, das lag an mir«, gestehe ich. »Die Flasche wurde von mir angehalten.«

Jetzt ist es raus.

Vivs Augen werden noch größer als zuvor. »Wie hast du das gemacht? Es sah total echt aus. Ich hätte schwören können, dass die Flasche in der Bewegung gestoppt wurde. Ganz plötzlich! Du hättest mir vorher sagen können, dass du einen solchen Trick planst. Hast du etwa doch etwas mit der Beschwörung zu tun?«

Das hätte ich mir denken können. Sie hält es für einen großartigen Zaubertrick, den ich ausprobiert habe. Gewissermaßen ist es das auch. Wahrscheinlich kann sie nur eine Demonstration überzeugen.

»Nein, kein Trick!«, versichere ich. »Ich glaube, dass ich die Flasche mittels Gedankenkraft angehalten habe.«

»Gedankenkraft«, wiederholt sie ungläubig.

»Wenn ich mich ganz stark konzentriere und mein komplettes Denken auf die Flasche fokussiere, kann ich die Richtung, in die der Hals weist, bestimmen«, eröffne ich.

Viv setzt zu einer Antwort an. Schnell spreche ich weiter und ziehe dabei eine leere Weinflasche aus dem Rucksack. Die Wasserflasche habe ich ja in einem Anfall geistiger Umnachtung in den See geschleudert.

»Warte, ich zeige es dir. Ich werde sie hier in Bewegung setzen und danach auf dich deuten lassen. Sag nichts, schau einfach zu.«

Mit einer fahrigen Bewegung stoße ich die Flasche an.

Zeig auf Viv! Na los, zeig auf Viv!

Mein Demonstrationsobjekt dreht sich schnell im Kreis und wird immer langsamer und langsamer, bis es zum Stehen kommt. Der Hals zeigt Richtung Viv, zumindest mit ein wenig gutem Willen.

»Hannah, wirklich beeindruckend, aber das sah mir eher nach Zufall aus«, äußert meine Freundin zögerlich.

Mann, ist das peinlich. Vorhin hat es doch funktioniert, und mein Wunsch war zu diesem Zeitpunkt nicht größer, als es jetzt der Fall ist.

Noch mal!

Verbissen schubse ich die Flasche an, die wieder vom schnellen Kreiseln ins langsame Trudeln übergeht und schließlich auf den See zeigt. Ein kurzer Blick auf Viv bestätigt mir, dass sie die ganze Vorführung äußerst amüsant findet.

»Für einen Moment hatte ich dir echt geglaubt, dass du das Flaschendrehen gestern Abend manipuliert hast, Scherzkeks!« Sie kichert belustigt.

Schon oft habe ich mich beim Lesen meiner geliebten Fantasy-Bücher gefragt, warum der ansonsten zurechnungsfähige Protagonist sich keinem mitteilt, nachdem er seine Gabe entdeckt hat. Jedes Mal wenn diese typische Geheimniskrämerei losging, war ich genervt und dachte mir, dass doch alles viel einfacher wäre, wenn dieser sogenannte Held einen Freund ins Vertrauen ziehen würde. Aber nein. Alles Einzelkämpfer, die wahlweise ihre Freunde vor dem Bösen schützen wollen oder einfach Angst vor deren Reaktion haben. Jetzt bin ich in der gleichen Situation, will es besser machen, und es funktioniert nicht!

Wie würde ich an Vivs Stelle reagieren, wenn meine beste Freundin plötzlich behaupten würde, besondere Kräfte zu haben und Flaschen mittels Gedanken stoppen zu können?

Insgeheim würde ich mich fragen, ob sie ganz richtig im Kopf ist. Doch auf jeden Fall würde ich mir ihren Bericht anhören und aufmerksam bei einer Demonstration zuschauen. Genau wie Viv. Ich kann ihr wegen ihrer Reaktion keine Vorwürfe machen. Die einzige Möglichkeit, die ich habe, ist das Trainieren des Flaschentricks, um zu beweisen, dass ich nicht völlig verrückt geworden bin.

»Na gut, dann eben keine weitere Flaschenmagie«, sage ich in betont lockerem Ton und starte unmittelbar einen Ablenkungsversuch. »Kannst du dir irgendeinen Grund vorstellen, warum Jan mich dermaßen finster mustert?«

Das war definitiv die mieseste Überleitung aller Zeiten.

Viv scheint das ähnlich zu sehen und schaut mich irritiert an. »Hannah, alles in Ordnung mit dir? Irgendwie wirkst du verwirrt. Sollte die Sache mit der Flasche jetzt ein Witz sein? Weshalb willst du plötzlich doch über Jan sprechen?«

»Tut mir leid«, entschuldige ich mich. »Im Moment fühle ich mich einfach total überfordert und extrem hin- und hergerissen. Einerseits will ich Jan wiedersehen, mich mit ihm unterhalten und ihn kennenlernen. Auf der anderen Seite ist jedes Treffen schlimmer als das vorhergehende. Er scheint mich zu verachten, und ich habe nicht die geringste Ahnung, warum. Ist es denn schlimm, wenn ich ihn anschaue? Es ist ja nicht so, als würde ich ihm hinterherschleichen. *Er* ist doch derjenige, der ständig in *meiner* Nähe erscheint. Bisher ist er jedes Mal nach mir eingetroffen. Wie kann er mir das übel nehmen? Ich verstehe es nicht. Soll er doch einfach wegbleiben, wenn ich ihn derartig nerve!»

Atemlos lasse ich mich nach hinten auf die Decke fallen, schaue in den Himmel und beobachte die vorbeitreibenden Wolken.

Viv streicht mir mitfühlend über den Arm. »Ich kann mir vorstellen, dass es für dich schrecklich ist. Aber ganz ehrlich: Ich denke, dass Jans ständiges Auftauchen in deiner Nähe kein Zufall ist, denn dazu geschieht es viel zu häufig. Klar, es wäre denkbar, dass er hinter einer von uns anderen her ist, aber die Blicke, die er dir zuwirft, sprechen eine andere Sprache.«

»Ja, sie teilen mir mit: Hannah, stirb!«, ergänze ich tonlos.

Viv lacht. »Wichtig ist, *dass* er dich anschaut. Du bist ihm nicht egal. Das ist doch was.«

Sie ist einfach eine unerschütterliche Optimistin. Kein Wunder. Die Beziehung zu Till entwickelt sich bilderbuchreif, und es scheint lediglich eine Frage der Zeit, bis die beiden ein Paar sind.

Schweigend liegen Viv und ich nebeneinander auf der Decke und hängen unseren Gedanken nach. Offenbar müssen wir beide eingeschlafen sein, denn als ich die Augen öffne, steht die Sonne wesentlich tiefer als zuvor. Meine Armbanduhr bestätigt den Verdacht. Es ist kurz vor sechs, und die anderen werden sich fragen, wo wir abgeblieben sind. Schnell wecke ich Viv, die unserem gemütlichen Plätzchen einen bedauernden Blick schenkt, dann jedoch mit der zusammengerollten Decke unter dem Arm hinter mir hertrottet. Anscheinend war die Nacht im Zelt für keine von uns beiden erholsam.

An der Feuerstelle angekommen, erwartet uns Laro mit einem amüsierten Grinsen. »Na, ihr zwei Langschläfer, habt ihr schon einen steifen Nacken vom harten Seeufer? Wir haben einige entzückende Bilder von euch schlummernden Grazien geschossen.«

Sie haben also Fotos gemacht, statt uns zu wecken. Ich bin nicht sicher, ob das als Freundschaftsdienst zu werten ist, zumal Laros vergnügte Miene eher auf pure Gemeinheit schließen lässt. Immerhin konnten wir uns erholen, sodass wir dank des Mittagsschlafes den Abend in bester Stimmung verbringen. Zumindest Viv und ich. Laro scheint sich ohne ihre neuesten Bekanntschaften, mit denen sie den Nachmittag verbracht hat, ein wenig einsam zu fühlen. Die beiden Jungs mussten am frühen Abend gezwungenermaßen abreisen, da sich Jan strikt weigerte, eine weitere Nacht auf dem Zeltplatz zu verbringen. Selbst schuld, wenn man sich von einer solch unausgeglichenen Person herumkutschieren lässt. Ich für meinen Teil bin froh, dass ich ihn heute nicht mehr gesehen habe. Ganz ehrlich, ich bin auch ohne Medusa nervlich am Limit.

Nach dem Abendessen sitzen wir noch ein wenig zusammen. Laro, der man die Müdigkeit deutlich ansieht, verabschiedet sich früh. Viv und ich hingegen verweilen gut gelaunt am Feuer, lassen die Weinflasche kreisen und reden über alles Mögliche. Die heiklen Themen *Beschwörung* und *Flaschendrehen* vermeiden wir jedoch. Viv, weil sie bemerkt, dass mir mein vermeintlicher Witz peinlich zu sein scheint. Ich, weil ich mir zuerst Klarheit über die Entdeckung verschaffen will.

Meine Gedanken kehren unaufhörlich zu den Erlebnissen des heutigen Tages zurück, und ich bin froh, als ich endlich ganz für mich in meinem Schlafsack liege und neben mir Vivs regelmäßige Atemzüge höre, die darauf schließen lassen, dass sie eingeschlafen ist.

Mittlerweile frage ich mich, ob das Flaschenerlebnis bloß ein echt wirkender Traum war, und ich tatsächlich schlafend am Seeufer lag, statt durch Gedankenkraft Dinge zu beeinflussen. Diese gesamte Geschichte ist völlig bizarr. Sollte ich wirklich eine besondere Gabe haben, wird sich diese wohl kaum auf Plastikflaschen beschränken. Könnte ich mich auf irgendeinen Gegenstand konzentrieren und ihn bewegen? Das muss ich ausprobieren. Am besten sofort. Allerdings ohne aufzustehen, sonst wecke ich Viv. Außerdem ist es ausgesprochen gemütlich in meinem Schlafsack. Ich brauche also einen Testgegenstand in unmittelbarer Nähe.

Suchend lasse ich meinen Blick durch das dunkle Zelt schweifen, kann aber nichts erkennen. Wo ist meine Taschenlampe? Gestern Abend löschten die Jungs das Feuer, sodass wir uns zuvor im Schein der Flammen in die Zelte zurückziehen konnten. Heute hatten wir nur Vivs Exemplar in Benutzung, das sie unter ihr Kopfkissen gelegt hat – glaube ich zumindest. Auf jeden Fall kann ich es dort nicht herauskramen. Meine eigene Taschenlampe steckt im Seitenfach der Reisetasche. Ob ich sie anschalten kann?

Ich beginne, mir meine Stablampe genau vorzustellen. Sie ist recht groß und aus schwarzem Metall. Am vorderen Ende, wo sich die Kunststoffscheibe mit den dahinterliegenden Leuchtdioden befindet, verbreitert sie sich ein wenig. Ist sie angeschaltet, wirft sie einen starken Lichtkegel, den man schon von Weitem sieht.

Konzentrieren.

Lampe! Leuchte!

Ich komme mir wirklich blöd vor. Wo steht eigentlich meine Tasche? Am Ende sehe ich den Erfolg nicht, weil sie in der Ecke unter einem Kleiderberg begraben liegt. Mit zusammengekniffenen Augen starre ich in die Schwärze und kann nach einiger Zeit tatsächlich einen Umriss ausmachen, der meine Tasche sein könnte. Zwischen uns schläft allerdings Viv. Sollte es mir nicht gelingen, die Lampe per Gedankenkraft anzuschalten, ist die Testreihe ohnehin für heute beendet. Meine Freundin würde mit Sicherheit aufwachen, wenn ich im vergeblichen Versuch, die Tasche zu erreichen, auf sie falle.

Na los. Konzentration.

In der Dunkelheit fixiere ich den Schatten, den ich für die Tasche halte, und stelle mir meine Lampe im Seitenfach genau vor. Es ist völlig still. Nichts stört meine Konzentration. Mein komplettes Denken ist nur auf einen Wunsch ausgerichtet.

Leuchte! Taschenlampe, leuchte! Jetzt!

Plötzlich ist das Zelt von diffusem Dämmerlicht erfüllt. Die Quelle ist definitiv in meiner Reisetasche.

Neben mir schlägt Viv die Augen auf.

»Hannah? Alles in Ordnung? Wieso hast du Licht gemacht?«, murmelt sie schläfrig. Dann wandert ihr Blick zu mir, und sie setzt sich ruckartig auf. »Wo hast du die Lampe?«

Suchend schaut sie sich im Zelt um, während ich nach wie vor ungläubig auf meine leuchtende Reisetasche starre.

Viv folgt meinem Blick und lacht erleichtert auf. »Ach so, du hast sie wieder in die Tasche gesteckt. Bist du über mich geklettert? Ist mir gar nicht aufgefallen.«

Nein, bin ich nicht. Aber jede Erklärung wäre sinnlos, und wir hätten die gleiche Situation wie heute Morgen am See. Ich muss es ihr zeigen. Ich muss es beweisen.

Während mich Viv irritiert mustert und auf eine Antwort wartet, blende ich sie komplett aus und richte wieder das gesamte Denken auf die Taschenlampe. Mit ganzer Kraft konzentriere ich meinen Willen auf einen Gedanken:

Geh aus! Taschenlampe! Erlösche! Geh aus!

Es wird stockdunkel. Die Finsternis wirkt schwärzer als vorher, da sich unsere Augen bereits an die Helligkeit gewöhnt hatten.

Ich habe es geschafft. Durch reine Konzentration. Nun habe ich endlich jemanden, mit dem ich alles teilen kann!

»Hannah?« Vivs Stimme klingt dünn in der Dunkelheit.

Jäh wird mir bewusst, dass ich bisher keinen Gedanken an meine Freundin verschwendet habe. Wie muss es ihr gehen, wenn sie mit einer Verrückten im Zelt sitzt, die eine Lightshow abzieht und dabei sämtliche Fragen überhört?

»Entschuldige. Alles in Ordnung bei mir. Die Taschenlampe ... das war ich«, verkünde ich mit mühevoll unterdrückter Begeisterung.

Viv seufzt. »Mensch, lass doch den Quatsch. Für einen Moment hatte ich echt Angst! Geht's wieder um die Gedankenkraft-Geschichte? Ich dachte, dieser Witz hätte schon heute Nachmittag sein Ende gefunden.«

»Ich habe die Taschenlampe nicht nur an-, sondern auch wieder ausgeschaltet. Wie erklärst du dir das sonst?«

Irgendwie hatte ich mir das anders vorgestellt. Nein, das muss ich korrigieren. Eigentlich habe ich mir gar nichts vorgestellt. Wer hätte schon damit rechnen können, dass es noch einmal funktioniert?

»Keine Ahnung«, knurrt Viv gereizt. »Hast du eine Fernbedienung? Eine Zeitschaltuhr? Was weiß ich! Ich bin müde und war gerade am Einschlafen. Können wir die Zaubertricks auf morgen verschieben?«

»Nein! Können wir nicht!«, entgegne ich heftig. »Viv, du bist meine beste Freundin. Wenn du mir nicht glaubst, wer dann? Es funktioniert über Gedankenkraft und Konzentration. Warte! Ich wiederhole es!«

Bevor Viv widersprechen kann, richte ich wieder meine volle Aufmerksamkeit auf die Taschenlampe und befehle ihr zu leuchten. Fast augenblicklich ist das Zelt wieder von schwachem Schein erfüllt, sodass ich Viv sehe, der alle Farbe aus dem Gesicht gewichen ist. Ich hebe meine Hände, damit sie sehen kann, dass sie leer sind. Ein kurzer Moment der Konzentration und das Licht ist wieder aus.

Ruhig warte ich in der Dunkelheit auf Vivs Reaktion.

Nach einer gefühlten Ewigkeit höre ich ihre Stimme. »Schalte das Licht bitte wieder ein.«

Kein Problem. Einen Moment später treffen sich unsere Blicke.

Viv greift mit einer Hand unter das Kissen und zieht ihre eigene Taschenlampe hervor. »Nimm mir das bitte nicht übel. Du bist meine beste Freundin, und ich würde dir alles glauben. Aber bei einer solch abgedrehten Geschichte brauche ich mehr Beweise. Wenn diese seltsame Kraft bei verschiedenen Flaschen und bei deiner Taschenlampe funktioniert, dann wird sie auf meine ebenfalls anwendbar sein. Schalte sie ein!«

Viv balanciert auffordernd die Lampe auf ihrer Handfläche.

Da ist sie, die Gelegenheit, meiner Freundin zu beweisen, dass ich sie nicht täuschen will, dass ich *wirklich* Dinge beeinflussen kann. Mir ist schwindlig vor Anspannung. Eine solche Chance werde ich nicht noch einmal erhalten.

Ich richte meine volle Konzentration auf Vivs Lampe.

Leuchte! Jetzt!

Der Lichtkegel lässt das Innere des Zeltes plötzlich in einem grellen Schein erstrahlen. Geblendet schließe ich die Augen. Viv lässt mit einem erstickten Keuchen die Lampe fallen. Ihre Blicke zucken zwischen der Lichtquelle und mir hin und her. Ganz überzeugt wirkt sie trotzdem nicht. Ich muss mehr zeigen, weitere Beweise bringen.

Zeit, etwas Neues auszuprobieren, solange sie hier sitzt und nicht schreiend wegläuft.

Wieder fokussiere ich meine gesamte Gedankenkraft auf die Lampe, die zwischen uns auf Vivs Schlafsack liegt, und formuliere unter totaler Konzentration meinen Befehl. Sie zuckt einmal, dann bewegt sie sich in einem perfekten Halbkreis in Vivs Hand zurück. Diese wirkt vor Entsetzen wie erstarrt und schaut mich mit angstgeweiteten Augen an.

»Alles in Ordnung?«, vergewissere ich mich zaghaft.

Das klingt jetzt total scheinheilig. Andererseits hätte sie mir gleich glauben können.

»Du warst das wirklich, oder? Du hast … du kannst … deine Hände«, stammelt Viv. »Du hattest nichts in der Hand. Wie hast du das gemacht? Das ist … verstörend.«

Wie soll ich etwas erklären, das ich selbst nicht verstehe? Am besten fange ich von vorne an und fasse die komplette Entwicklung zusammen.

Etwas weniger durcheinander als am vergangenen Nachmittag beschreibe ich die Ereignisse, die zu meiner Entdeckung geführt haben. Nach ungefähr zwanzig Minuten bin ich wieder in der Gegenwart angelangt. Viv schweigt für derart lange Zeit, dass ich fast annehme, sie sei trotz des hell erleuchteten Zeltes eingeschlafen. Dann höre ich jedoch, wie sie tief einatmet.

»Hannah … das ist unglaublich. Heute Mittag war ich echt davon überzeugt, dass du mich auf den Arm nimmst. Du hättest sagen können, dass du es tatsächlich ernst meinst. Mir kam dein Themenwechsel schon merkwürdig vor, aber ich hätte nie erwartet, dass –«

»Ich glaub's ja selbst kaum«, falle ich ihr ins Wort. »Kannst du dir vorstellen, wie ich mich heute Morgen gefühlt habe, als ich mit dem ganzen Gewicht dieser Entdeckung alleine am Seeufer saß? Es ist so unwirklich.«

Stumm sitzen wir uns gegenüber, denn ich möchte Viv die Zeit geben, diese Einsicht zu verarbeiten – oder es zumindest zu versuchen.

Unvermittelt hören wir Laros Stimme aus dem Nachbarzelt. »Sagt mal, was treibt ihr beide eigentlich? Ihr habt jetzt schon bestimmt seit einer Viertelstunde die Festbeleuchtung an. Schon auf die Idee gekommen, dass hier nebenan jemand schlafen möchte, der sich durch euer Theater gestört fühlen könnte?«

Schnell rufen wir eine Mischung entschuldigender Erklärungen nach drüben und schalten dann schnellstmöglich das Licht aus – auf herkömmlichem Wege. Dennoch ist an Schlaf nicht zu denken. An Experimente leider auch nicht, denn ich bin trotz unseres Mittagsschläfchens am See dermaßen müde, dass ich keine Konzentration für weitere Wunder aufbringen kann. So reden wir bis spät in die Nacht und schlafen schließlich erschöpft ein.

9 : begabt

Als ich am nächsten Morgen erwache, kommen mir die Erlebnisse des gestrigen Tages wie ein merkwürdiger Traum vor. Mittels Gedankenkraft Flaschen anhalten, Lampen einschalten und durch die Luft fliegen lassen? Sehr weit hergeholt.

Ein Blick auf Viv zeigt mir, dass diese noch von schönen Träumen umfangen ist. Zumindest sind ihre Lippen zu einem leichten Lächeln verzogen, was ihre Züge weich und entspannt wirken lässt. Allmählich hat sie wirklich genug geschlafen. Ich will wissen, ob ich Blödsinn zusammengeträumt habe. Immerhin könnten wir gemeinsam darüber lachen.

Na los, Viv! Aufwachen!

Sie schlägt die Augen auf.

Ach du Schande. War ich das? Habe ich sie mittels Gedankenkraft geweckt?

»Guten Morgen!« Gähnend setzt sie sich auf. »So ein schöner Traum und dann bin ich urplötzlich wach. Schade, ich hätte gerne etwas mehr Zeit in Tills Armen verbracht.«

Ich grinse verschmitzt. »Das erklärt zumindest den entrückten Gesichtsausdruck!«

»Hey, beobachtest du mich etwa beim Schlafen?«, fragt Viv entrüstet, lacht aber schon wieder, als sie meine zerknirschte Miene sieht. Wie auf Kommando sprechen wir beide das Thema an, das uns beschäftigt.

»Hast du heute Nacht wirklich die Taschenlampe in meine Hand schweben lassen?«

»Haben wir heute Nacht irgendwelche Experimente mit Gedankenkraft und Taschenlampen gemacht?«

Sprachlos starren wir einander an und versuchen, die Gewissheit zu akzeptieren, dass keine von uns geträumt hat; zumindest nicht im Bezug auf die Taschenlampentricks.

Zögernd prüft Viv die Alternativen. »Gibt es gemeinschaftliche Träume? Ich glaube nicht, oder? Außerdem fühlt sich die Erinnerung verdammt echt an.«

Ich bin ebenfalls ziemlich von der Wahrhaftigkeit des Geschehens überzeugt. Vor allem, da ich mir einbilde, eben Viv aus dem Schlaf herbeigewünscht zu haben. Leider haben meine Empfindungen bisher kein Gleichgewicht zwischen *ungemein aufgeregt* und *außerordentlich angsterfüllt* gefunden. In diesem Moment überwiegt die Furcht.

»Was soll ich jetzt tun? Was stimmt denn nicht mit mir?«, presse ich verzweifelt hervor.

Viv steht auf und läuft gebückt durch das Zelt. Tröstend nimmt sie mich in die Arme. »Hannah, keine Panik. Es bringt überhaupt nichts, jetzt auszuflippen. Die ganze Sache ist total spannend. Ich sage dir, wie wir weiter vorgehen: Wir frühstücken jetzt gemütlich mit Laro. Danach packen wir und warten, bis uns mein Vater mit dem Auto abholt. Heute Nacht schlafen wir uns richtig aus und treffen uns morgen früh auf einen Kaffee, um weiter darüber zu reden.«

Ich nicke ergeben und beginne, meine wild über das Zelt verteilte Kleidung einzusammeln und in die Reisetasche zu stopfen. Immer das Gleiche bei solchen Ausflügen. Man packt alles ordentlich und fein säuberlich gefaltet ein.

Am Ziel angekommen wird alles wahllos herausgerissen und kurz vor der Heimfahrt wieder zusammengeknüllt. Kein Wunder, dass die Tasche am Ende eines Aufenthalts immer kleiner wirkt als zu Beginn.

Kurze Zeit später frühstücken wir gemeinsam mit Laro. Glücklicherweise ist deren einzige Reaktion auf die vergangene Nacht eine spöttische Bemerkung über die leeren Batterien unserer Taschenlampen.

Zusammen schlagen wir die Zelte ab, was wesentlich einfacher ist als der Aufbau, und sind gerade fertig, als der weiße Van die Waldstraße entlanggefahren kommt. Wir laden unser Gepäck ins Auto, lassen uns dankbar in die weichen Sitze fallen und dösen vor uns hin. Um den Ausflug entsprechend ausklingen zu lassen, belagern wir das Wohnzimmer von Vivs Familie und schauen unter lautem Gekicher blöde Filme an. Gegen Abend dreht Vivs Vater dann die Runde und fährt Laro und mich nach Hause.

Meine Familie wartet bereits mit dem Abendessen auf mich. Während mein Vater nur anerkennend etwas von seiner zähen Tochter murmelt, die unbeeindruckt der Wildnis trotzt, fordert meine Mutter einen genauen Bericht der vergangenen Tage.

»Und Schatz, wie war euer Mädelsurlaub?«, erkundigt sie sich unschuldig. »Hattet ihr Spaß?«

»Klar, es war super!«, würge ich zwischen zwei Löffeln Gemüsesuppe hervor und bin mir im selben Moment bewusst, dass meine Mutter nun denkt, wir hätten nicht genügend zu essen bekommen.

Simon verdreht die Augen und murmelt: »Wie spaßig kann es schon gewesen sein, wenn diese vier Gewitterziegen zusammen unterwegs waren?«

Ich schaue ihn böse an, ziehe es aber vor, nichts zu sagen.

Stattdessen erzähle ich ausführlich von unseren Erlebnissen im Wald, wobei ich auch Marius und Lucas nicht außen vor lasse. Jans Auftauchen verschweige ich jedoch. Er scheint mir kein passendes Thema für den Esstisch zu sein. Als die Namen der Jungs fallen, horcht meine Mutter auf. Offenbar rechnet sie damit, dass ich mich für einen der beiden interessieren könnte. Schnell mache ich in meinem Bericht klar, dass Marius überhaupt nicht mein Typ ist, während Laro bereits ein Auge auf Lucas geworfen hat. Simon verschluckt sich fast vor Lachen und hustet in seine Serviette.

Nach dem Essen befülle ich die Waschmaschine und verschwinde anschließend in meinem Zimmer, wo ich mich mit einem Buch aufs Bett lege. Die nötige Konzentration aufzubringen, fällt mir jedoch schwer, sodass ich nach kurzer Zeit das Licht lösche.

Unaufhörlich dreht sich das Karussell in meinem Kopf. Angestrengt bemühe ich mich, meinen Verstand zu leeren und einfach an gar nichts zu denken. Wenn ich lange genug in die Dunkelheit starre, wird mich die Müdigkeit irgendwann überwältigen.

Als ich am nächsten Morgen die Augen aufschlage, erinnere ich mich für einen sorgenfreien Moment an nichts, dann bricht wieder alles über mich herein. Übersinnliche Fähigkeiten. Gedankenimpulse. Mentale Kraft.

Im ausgeschlafenen Zustand scheint die Sache zwar beunruhigend, jedoch nicht mehr vollkommen verstörend zu sein. Trotzdem bin ich unschlüssig, ob das Treffen mit Viv wirklich bei uns zu Hause stattfinden sollte. Wenn wir diverse Experimente starten wollen, wäre es wohl besser, dies an einen einsameren Ort zu verlegen.

Das sage ich ihr auch, als wir kurze Zeit später telefonieren. Statt des Kaffees einigen wir uns darauf, joggen zu gehen. Müde schlurfe ich ins Bad und mache mich fertig. Anschließend ziehe ich Shorts, ein Tanktop und meine Turnschuhe an, sodass ich kurze Zeit später in der morgendlichen Aprilsonne die Straße entlangtrabe. Es ist zwar nicht sonderlich warm, aber durch die Bewegung friere ich nicht.

Ungefähr nach einem halben Kilometer fällt mir auf, dass ich vor Aufregung das Frühstück vergessen habe. Lediglich an eine Nachricht für meine Mutter habe ich gedacht. Obwohl zwischen unserem Telefonat und dem jetzigen Moment erst eine knappe Stunde vergangen ist, steht Viv schon an der Laterne und wartet auf mich.

»Lass uns in die Weinberge laufen«, schlägt sie vor.

Einträchtig joggen wir nebeneinanderher, jede in ihre Gedanken vertieft. Schon nach kurzer Zeit haben wir die letzten Häuser hinter uns gelassen. Zu unserer Linken befindet sich in ungefähr einem Kilometer Entfernung der Waldrand, auf der rechten Seite erstrecken sich Reben, so weit das Auge reicht. Keuchend lassen wir uns auf die nächste Bank fallen und genießen die Ruhe um uns herum, die nur von unseren schnellen Atemzügen durchbrochen wird.

Schließlich stützt Viv ihre Ellbogen auf die Knie und legt das Kinn in die Handflächen. »In Ordnung. Womit sollen wir anfangen?«

»Keine Ahnung«, entgegne ich unentschlossen.

Viv hebt die Augenbrauen und mustert mich auffordernd.

»Gerade komme ich mir richtig blöd vor«, gestehe ich. »Wir sitzen mitten im Grünen und haben vor, meine magischen Kräfte zu prüfen. Schon komisch.«

»Über *komisch* sind wir hinweg, seit du dafür gesorgt

hast, dass die Taschenlampe in meinen Händen landet«, verbessert mich Viv. »Wir sind jetzt eher bei *abgefahren* angekommen.« Sie grinst halbherzig. »Na los, probiere etwas aus!«

Ich schaue mich suchend um und entdecke einen kleinen Stein, der neben meinem rechten Fuß liegt.

Vorsichtig formuliere ich einen Gedankenimpuls.

Schwebe.

Während mich Viv weiterhin beobachtet, beginnt der Stein langsam nach oben zu steigen, bis er auf der Höhe meiner Augen reglos in der Luft verharrt. Ohne den Befehl abreißen zu lassen, deute ich mit einer fast unmerklichen Bewegung auf das fliegende Objekt vor uns. Viv dreht den Kopf und gibt einen erstickten Laut von sich. Mit großen Augen starrt sie den Stein an und drückt ihren Rücken an die Lehne der Bank, sodass sie ganz gerade sitzt. Ihre Haut hat einen leicht gräulichen Farbton angenommen. Schnell beende ich den ersten Testlauf und lasse den Stein zu Boden sinken.

»Überrascht?«, wende ich mich zaghaft an Viv.

»Verstört«, erwidert sie knapp.

»Entschuldigung.«

Längere Zeit bleibt es still zwischen uns.

Als Viv schließlich wieder zum Sprechen ansetzt, klingt ihre Stimme heiser. »Ich habe das unterschätzt. Die Nacht im Zelt kam mir im Nachhinein wie eine Schauergeschichte vor. Wir waren wegen der blöden Eve-Sache sowieso total durcheinander. Ich hatte irgendwie nicht damit gerechnet, dass du es *wirklich* kannst. Das zieht mir den Boden unter den Füßen weg.«

Beschämt lasse ich den Kopf hängen. Ich hätte wohl genauer darüber nachdenken sollen, wie sie sich fühlt. Stattdessen war ich ausschließlich damit beschäftigt, die direkten Auswirkungen auf mich selbst zu analysieren. Ich kann meine Kraft nicht wegwünschen, aber muss ich deshalb meine beste Freundin damit belasten? Wäre es nicht sinnvoller gewesen, einfach mal die Klappe zu halten und weniger egoistisch zu sein? Diese Einsicht kommt leider ein wenig zu spät.

»Ich verstehe dich«, versichere ich schnell. »Ich kann akzeptieren, wenn du vorläufig den Kontakt zu mir abbrechen willst. Mir bleibt keine Wahl. Ich kann diese Fähigkeit nicht einfach loswerden.«

Na super, das klang jetzt, als würde ich in Selbstmitleid versinken. Wie hilfreich.

»Nein, Hannah. Das ist es nicht. Ich habe keine Angst vor dir. Es ist nur«, sie sucht nach den richtigen Worten, »so absolut unglaublich. Ich kann mir vage vorstellen, wie du dich fühlen musst. Einerseits ist es das Coolste, andererseits das Beängstigendste, was ich bisher erlebt habe. Du solltest herausfinden, wozu du fähig bist.«

Ich muss es herausfinden. Nicht mehr *wir* wie zuvor, sondern lediglich der Singular. Zieht sie sich zurück? Geht sie auf Abstand?

»Es scheint eine Art der Telekinese zu sein – wobei ich bisher nichts anderes ausprobiert habe, als Gegenstände zu manipulieren«, versuche ich mich an einer Erklärung.

»Okay. Telekinese also auf jeden Fall«, überlegt Viv. »Hast du schon getestet, ob du ebenfalls über telepathische Fähigkeiten verfügst?«

Ich schlucke. »Nein. Daran hatte ich bisher nicht gedacht.«

»Sollen wir es probieren?«, erkundigt sie sich behutsam.

Stumm nicke ich.

Viv legt die Stirn in Falten. »Woran denke ich?«

»An Till?«, mutmaße ich spontan.

»Ja! Das ist richtig!« Sie reißt verblüfft die Augen auf. »Oh mein Gott! Du kannst Gedanken lesen!«

»Ach Quatsch! Ich habe geraten und auf etwas Naheliegendes getippt«, winke ich lachend ab.

»Sehr witzig«, grummelt Viv. Amüsiert nehme ich zur Kenntnis, dass sich ihre Wangen leicht gerötet haben.

»Komm, lass es uns noch einmal probieren«, fordert mich meine Freundin auf.

Ich konzentriere mich voll auf ihre Gedanken.

Nichts. Ich habe nicht die geringste Ahnung, woran meine Freundin gerade denkt.

»Keinen Schimmer. Wirklich überhaupt nicht.«

»Das ist irgendwie beruhigend.« Viv zwingt sich zu einem Lächeln. »Du solltest deine Grenzen weiter ausloten. Möglicherweise handelt es sich nicht um Telepathie, geht aber trotzdem über reine Telekinese hinaus.«

Der beklommene Ausdruck in ihrem Gesicht zeigt mir deutlich, dass sie auf das Gegenteil hofft. Unter meinem forschenden Blick zuckt sie ertappt zusammen.

»Okay. Ehrlich gesagt hoffe ich, dass du nur Telekinetiker bist«, gibt sie zu. »Dafür existiert immerhin ein Wort. Es wäre nicht so fremd.«

Nachdenklich betrachte ich die nähere Umgebung. Was könnte ich ausprobieren, das nicht in den Bereich der Telekinese fällt?

»Keine Ahnung, wie ich das überprüfen kann«, äußere ich schließlich. »Vorschläge?«

Viv schaut sich ebenfalls um. Ihr Blick bleibt an einem Stück Holz hängen, das am Wegesrand liegt. »Wie wäre es, wenn du dieses Teil in Flammen aufgehen ließest?«

Schnell dreht sie sich einmal um sich selbst und zieht die Schultern hoch, als würde sie frieren. »Kein Mensch weit und breit.«

»Bist du sicher, dass wir das probieren wollen?«, wende ich zweifelnd ein. »Was ist, wenn es funktioniert?«

Viv schüttelt den Kopf. »Ich weiß es nicht. Ich weiß es wirklich nicht. Wenn das funktioniert, dann übersteigt diese Kraft alles uns Bekannte. Und ich will gar nicht wissen, was das bedeutet. Andererseits nutzt es nichts, wenn wir die Augen davor verschließen. Versuche es.«

Ich richte mich ein wenig auf und fixiere das Holzstück. Der Gedanke beginnt sich in meinem Kopf zu formen, doch bevor ich den entsprechenden Impuls ausgeben kann, zögere ich. Wird Viv verkraften, wenn ich etwas vor ihren Augen in Flammen aufgehen lasse? Ich bezweifle es. Sie war durch das bloße Anheben des Steines völlig eingeschüchtert. Ich sollte sie nicht mit meinen Problemen belasten. Besser, sie geht davon aus, dass sich meine Fähigkeit auf Telekinese beschränkt. Doch so ist es nicht. Das fühle ich ganz deutlich. Ich spüre intuitiv, dass ich zu mehr in der Lage bin. Ich *weiß*, dass es funktionieren würde.

Nach längerer Zeit des Starrens höre ich neben mir ein Rascheln. Viv beugt sich vor. »Hannah?«

Ich wende den Blick von dem Stück Holz ab.

»Es klappt nicht«, lüge ich mit schlechtem Gewissen.

Erleichtert atmet Viv aus und strahlt mich an. »Also bist du Telekinetikerin. Das klingt gleich viel weniger bedrohlich! Es hätte mir wirklich Angst gemacht, wenn du zum Beispiel in der Lage gewesen wärst, Feuer zu legen. Ich muss zugeben, dass –«, sie verstummt. »Egal. Blödsinn.«

»Was musst du zugeben? Du hast damit angefangen. Jetzt sprich es auch aus«, beharre ich.

»Eves Beschwörung«, beginnt Viv und fixiert ihre Fußspitzen. »Ich habe mich gefragt, ob deine Gabe etwas damit zu tun haben könnte. Das können wir zum Glück ausschließen. Es wäre auch zu krass. Sicherlich war doch etwas mit dem Wein nicht in Ordnung«, schließt sie lachend.

Auch ich setze ein Lächeln auf, aber im Innern bemerke ich eine Kälte, die langsam Besitz von meinem Körper ergreift.

»In deiner Familie kann sonst niemand etwas Ungewöhnliches, oder?«, vergewissert sich Viv.

»Nicht, dass ich wüsste. Aber ein unauffälliges Nachhaken kann definitiv nicht schaden.«

Ein perfekter Vorwand, um aufzustehen und den Heimweg anzutreten. Außerdem gibt es bald Mittagessen, und Viv wird ebenfalls von ihrer Familie erwartet. Besser, wir brechen jetzt auf, bevor sie weitere Testideen hat, bei denen ich nicht weiß, wie ich reagieren soll. Mit einem letzten Blick auf das Holzstück setze ich mich in Bewegung, und wir joggen stumm zurück.

Beim Mittagessen fällt meiner Mutter natürlich die ungewöhnliche Schweigsamkeit auf.

»Schatz, ist alles in Ordnung mit dir?«, erkundigt sie sich besorgt.

Simon schnaubt ungnädig. »Lass sie! Ist doch angenehm, wenn sie uns mal nicht vollquatscht.«

Wohlweislich ignoriere ich meinen charmanten Bruder und formuliere vorsichtig die Frage, die mir schon die ganze Zeit im Kopf herumspukt. »Alles bestens! Ich lese gerade ein extrem spannendes Buch, in dem es um besondere Fähigkeiten geht, die von Generation zu Generation weitervererbt werden. Wäre es nicht aufregend, wenn es das bei uns gäbe?«

Simon beginnt prustend zu lachen, und auch der Gesichtsausdruck meiner Mutter kann nur als höchst belustigt beschrieben werden.

»Da muss ich dich enttäuschen. Weder dein Vater noch ich besitzen außergewöhnliche Kräfte, die wir an euch vererben könnten. Ich habe es ja nicht einmal geschafft, meinen Sinn für Ordnung weiterzugeben«, ihr Blick wandert zu Simon, und sie zieht die Augenbrauen hoch, »geschweige denn meine Tischmanieren.«

Meinen Bruder scheint das herzlich wenig zu stören.

»Magische Fähigkeiten!« Er kichert vor sich hin. »Hannah, du liest zu viel. Hoffentlich kommt bald ein Vampir und nimmt dich mit.«

»*Eine* besondere Kraft hast du auf jeden Fall bekommen«, kontere ich. »Du bist so nervig, dass es nicht mit rechten Dingen zugehen kann.«

Als ich am Nachmittag alleine im Haus bin, kann ich die Ungewissheit nicht mehr ertragen. Mit einem Buntstift bewaffnet betrete ich die Küche, nehme eine Auflaufform aus dem Schrank und stelle sie auf den Tisch. Anschließend lege ich den Stift hinein und beginne, mich zu konzentrieren.

Zuerst fällt es mir schwer, meine Gedanken zu fokussieren, doch dann schaffe ich es, den entsprechenden Befehl zu formulieren.

Brenne, Buntstift. Jetzt!

Eine dünne Rauchfahne ringelt sich aus der Form nach oben. Kurze Zeit später wird der Buntstift von Flammen verschlungen. Ich sitze am Tisch und beobachte das Schauspiel ohne jegliche Emotion. Erst als der Stift zu einem kleinen Haufen Asche geworden ist, kommt wieder

Bewegung in meinen Körper. Ich stehe auf und öffne Türen und Fenster, damit der verbrannte Geruch verschwunden ist, bevor meine Familie wieder nach Hause kommt.

Tief in mir wusste ich bereits, dass ich dazu fähig sein würde. Trotzdem fühle ich mich wie betäubt.

Dinge verändern durch Gedankenkraft. Das ist nicht nur Furcht einflößend, sondern kann durchaus gefährlich werden. Zögerlich wende ich mich Vivs Verdacht zu.

Eves Beschwörung. Ich frage mich, ob deine Gabe etwas damit zu tun haben könnte.

Die Antwort liegt auf der Hand, und die daraus resultierende Schlussfolgerung rammt sich wie ein Messer in meinen Magen.

Ich manipuliere die Realität durch gedankliche Befehle. Durch meine *Vorstellungskraft.*

Zittrig hole ich Luft, doch ich habe das Gefühl, dass der Sauerstoff meine Lungen nicht erreicht.

Eves Beschwörung.

In beiden Fällen hatte ich mir ausgemalt, wie beängstigend das Antwortklopfen sein würde. Ebenso der Anblick des Spiegelbildes, das ich verstörend genau vor Augen hatte. Und schließlich Laros Angriff auf Jan.

Hatte ich nicht zuvor noch amüsiert festgestellt, dass er als attraktivste Person am Feuer in akuter Gefahr sei?

Entsetzt balle ich die Hände zu Fäusten. Es war nicht Eves Geist, der Laro durchdrehen ließ und Jan in Lebensgefahr gebracht hat.

Ich war es.

10 : unvorhersehbar

Im Verlauf der Ferien probiere ich halbherzig die ein oder andere Sache aus. Ich bin noch immer unschlüssig, wie ich mit meiner neu entdeckten Fähigkeit umgehen soll. Schon nach wenigen Tagen bemerke ich, dass ich mich verbessere und die selbst gestellten Aufgaben in kürzerer Zeit erledige. Zudem bin ich nach und nach in der Lage, mehr Dinge gleichzeitig zu tun. Parallel zu dieser Steigerung kristallisiert sich jedoch ein Problem heraus. Seit ich mir meiner Fähigkeit bewusst bin, geschieht es häufig, dass ich sie einsetze, ohne es wirklich geplant zu haben. Je stärker ich werde, desto vorsichtiger muss ich sein. Nach wie vor bin ich nicht sicher, was ich von dieser Entwicklung halten soll. Zeitweise wünsche ich mir, einfach nur normal zu sein, während ich im nächsten Augenblick wieder Feuer und Flamme bin. Ich muss meine Moralvorstellungen komplett überdenken und für mich selbst entscheiden, wo ich Grenzen setzen will.

Am meisten macht mir jedoch mein schlechtes Gewissen zu schaffen. Obwohl mir klar ist, dass der Vorfall auf dem Zeltplatz nicht absichtlich geschah, werde ich von Schuldgefühlen zermürbt. Ich habe meine Freunde in ernsthafte Gefahr gebracht. Ich habe sie beeinflusst, ohne es überhaupt zu merken.

Einige wenige Male verabrede ich mich mit Viv, halte aber ansonsten Abstand, denn ich spüre, dass sie sich in meiner Nähe unwohl fühlt. Auf keinen Fall darf sie erfahren, wer wirklich für die Eskalation auf dem Zeltplatz verantwortlich war. Ihre beunruhigten Blicke zeigen deutlich, dass sie bereits jetzt nicht weiß, wie sie mit mir umgehen soll. Manchmal fühle ich mich sehr einsam. Kein Wunder. Bisher waren wir zwei gleichgestellte Freundinnen auf einer Wellenlänge, und jetzt lege ich plötzlich Superkräfte an den Tag. Wir entfernen uns voneinander, und ich kann nichts dagegen tun. Natürlich mache ich ihr keine Vorwürfe deswegen. Ich kann sie gut verstehen. Seit diesem Tag am See ist mein Leben ganz anders geworden. *Ich* bin anders geworden. Nichts ist mehr wie zuvor, und ich fühle mich extrem verwirrt und überfordert.

Den Sonntag vor Schulbeginn verbringe ich fast komplett grübelnd in meinem Zimmer, sodass ich am nächsten Morgen wirklich froh bin, mit einem klaren Ziel aufzustehen und auf andere Gedanken zu kommen, selbst wenn es sich dabei um die Schule handelt. Mittlerweile erscheint mir auch ein zufälliges Zusammentreffen mit Jan nicht mehr als Furcht einflößend. Dann spießt er mich eben mit Blicken auf. Ich werde sie an mir abprallen lassen. Diese Antipathie ist sein persönliches Problem, nicht meines. Ich hoffe, meine Gelassenheit löst sich nicht in Luft auf, sobald ich ihm zum ersten Mal über den Weg laufe.

Von meinen Freundinnen werde ich herzlich empfangen und gefragt, warum ich mich in der letzten Woche so rargemacht hätte, woraufhin mir Viv ein verständnisvolles Lächeln zuwirft.

Sofort fällt mir auf, dass unsere Clique nicht komplett ist.

»Wo ist Jasmin?«, erkundige ich mich.

Laros Miene verdunkelt sich schlagartig. »Sie meinte,

sie brauche Abstand von uns«, erklärt sie mit gedämpfter Stimme. »Sie hat die … Sache schlecht verkraftet und macht eine Therapie.«

Beschämt beiße ich mir auf die Lippen und schaue zu Boden. Meine Freundin muss wegen mir zum Psychologen? Ich könnte den Vorfall aufklären, doch wäre eine Offenbarung meiner Gedankenkräfte besser? Ich fürchte nicht.

Bevor mich das schlechte Gewissen überwältigt, beginnt Laro von ihren gelungenen Ferien zu schwärmen. Eine willkommene Ablenkung. Sie hat viel Zeit mit Lucas verbracht, und ihr Gesicht leuchtet, sobald sein Name fällt. Die Frage, ob die beiden ein Paar sind, erübrigt sich, als Lucas zu unserer Gruppe stößt, Laro von hinten mit den Armen umschlingt und ihr einen zärtlichen Kuss auf die Wange drückt.

In diesem Moment fällt mir schlagartig ein, dass ich mich in den kompletten Ferien kein einziges Mal bei Viv nach Till erkundigt habe. Ich war so sehr mit mir selbst beschäftigt, dass ich das Liebesleben meiner besten Freundin total vergessen habe. Schnell packe ich sie am Arm und ziehe sie ein Stück von den anderen weg.

»Oh Gott, Viv, es tut mir leid«, flüstere ich.

Sie schaut mich verständnislos an. »Was tut dir leid? Habe ich was verpasst?«

»Ich habe kein einziges Mal gefragt, wie es mit Till läuft. Bitte verzeihe mir«, entschuldige ich mich.

»Blödsinn. Mach dir keine Gedanken darum. Ich weiß, was gerade bei dir los ist. Da ist das absolut verständlich. Wir haben uns in den Ferien tatsächlich einmal verabredet, und heute gehen wir gleich nach der Schule gemeinsam Mittagessen«, bringt sie mich auf den neuesten Stand.

»Das freut mich total für dich! Bitte denke nicht, dass mir das egal ist. Ich wünsche dir wirklich das Beste!«, versichere ich.

»Das weiß ich doch.« Sie nimmt mich kurz in den Arm, und ich fühle mich ihr nahe wie schon lange nicht mehr.

Bevor der Unterricht beginnt, unternehmen wir einen kleinen Umweg, um zu überprüfen, ob heute möglicherweise unliebsame Stunden ausfallen. Am entsprechenden Aushang ist wenig Betrieb. Anscheinend sind unsere Mitschüler bereits auf dem Weg in ihre Klassenzimmer. Nach einem kurzen Blick – Pech gehabt, alle Lehrer da! – setzen wir uns wieder in Bewegung. Unvermittelt spüre ich eine Hand auf meinem Arm, deren Berührung mir Stromstöße durch den Körper jagt. Gleichzeitig bleibt Viv neben mir abrupt stehen und reißt die Augen auf.

Jan.

Jans Hand.

Jans Hand auf meinem Arm.

Ich halte die Luft an.

»Hallo, Hannah!«, grüßt er mich mit dunkler Stimme. Viv würdigt er keines Blickes.

Hey, das konsequente Übersehen war doch für mich reserviert!

Ich drehe mich zu ihm um. Er setzt ein liebenswürdiges Lächeln auf, dann zieht er seine Hand zurück, nickt mir noch einmal zu und verschwindet im nächstgelegenen Flur.

Völlig fertig, verwirrt und überhaupt total neben der Spur lasse ich mich von Viv zu unserem Klassenraum schieben. Rücksichtsvoll sorgt sie dafür, dass ich auf meinem Platz lande und sogar die richtigen Bücher auf den Tisch werfe. Ich habe mich getäuscht. Er ist mir ganz und gar nicht egal.

Was um Himmels willen war das?

Hat er getrunken? Etwas geraucht? Drogen genommen? Zu viele der komischen roten Süßigkeiten vom Hausmeisterkiosk gegessen?

Wo war der stechende Blick?

Er hat mich gegrüßt. Und nicht nur mit einem schnöden *Hallo*, sondern namentlich! Irrtum ausgeschlossen, er hat definitiv mich damit gemeint.

In diesem Moment ist mir meine Kraft völlig egal. Zum ersten Mal seit knapp zwei Wochen denke ich nicht daran, was sich in meinem Leben grundlegend geändert hat.

Er hat gelächelt! Jan hat *mich* angelächelt!

Egal von welcher Seite ich es betrachte, dieses Verhalten ist befremdlich. Seit unserem ersten zufälligen Treffen strafte er mich ausschließlich mit Verachtung. Kein Wort hat er freiwillig mit mir gewechselt. Plötzlich grüßt er mich und verstärkt diese Annäherung zusätzlich mit einer Berührung? Dieser Wandel ist für mich absolut unerklärlich, doch auf Viv ist Verlass. Sie kann umgehend mit einer Interpretation aufwarten.

»Möglicherweise hat er Zeit gebraucht, um sich seiner Gefühle bewusst zu werden?«, mutmaßt sie. »Ihr kennt euch noch nicht lange, und es ist erst drei Wochen her, dass du ihm aufgefallen bist. Jetzt hat er eben festgestellt, dass du toll bist – ganz meine Meinung übrigens. Ich bin schon wirklich gespannt, wie es weitergeht zwischen euch beiden.«

Ja, das bin ich auch.

Der Rest des Schultages verläuft für mich alles andere als entspannt, da ich jede Sekunde mit Jans unverhofftem Auftauchen rechne. Fahrig packe ich nach der letzten Stunde meine Sachen zusammen und lege meinen Füller in das Mäppchen. Gerade will ich den Reißverschluss zuziehen, als es mir unversehens aus der Hand rutscht und sich sämtliche Stifte sowie diverser Kleinkram auf den Boden ergießen. Seufzend verschwinde ich unter den Tisch, um mein Hab und Gut wieder einzusammeln.

Als endlich wieder alles an seinem Platz ist, bin ich die Letzte im Raum. Der Rest der Klasse hat den Saal bereits verlassen. Auch Viv konnte nicht auf mich warten, schließlich ist sie mit Till zum Mittagessen verabredet. Während ich mein Mäppchen in den Rucksack quetsche, trete ich auf den Flur hinaus und gebe der Tür hinter mir einen Tritt, sodass sie ins Schloss fällt. Dann hebe ich den Kopf und erstarre.

Jan steht lässig an die Wand gegenüber gelehnt. Sein Rucksack liegt achtlos neben seinen Füßen. Heute trägt er zu seinen üblichen Jeans ein weißes T-Shirt, das seine Augen in noch intensiverem Blau erscheinen lässt. Er hat die Arme vor der Brust verschränkt und blickt mich unverwandt an. In seinem Ausdruck kann ich zwar keine besondere Wärme, aber immerhin auch keine Ablehnung entdecken. Dafür fühle ich mich, als wäre in meinem Magen ein neuer Vergnügungspark inklusive spektakulärer Achterbahnen eröffnet worden. Gut, ich könnte die üblichen Schmetterlinge oder einen Ameisenhaufen als Vergleich heranziehen, aber diese Analogien treffen es nicht einmal im Ansatz.

Zwei Dinge werden mir klar:

Er wartet definitiv auf mich, denn sonst ist niemand mehr da.

Und ich werde mit ihm reden müssen, denn er wird mich gleich ansprechen.

»Hannah«, sagt er mit einem Lächeln.

Da ist er, der gefürchtete Moment. Ich muss etwas erwidern.

»Hi, Jan«, entgegne ich lahm. Vor lauter Verlegenheit wechsle ich den Rucksack von meiner linken auf die rechte Schulter. Ob er erwartet, dass ich etwas Geistreiches hervorbringe?

Offenbar nicht, denn er stößt sich von der Wand ab, sodass er direkt vor mir steht.

»Du hast noch eine Frage offen vom Flaschendrehen auf Miris Party«, informiert er mich gelassen.

Stimmt. Und ich war damals unglaublich dankbar für die von Denise veranlasste Unterbrechung. Nun lauert er mir nach der Schule auf, nur um diese Frage einzufordern? Ich hätte eine hübsche Summe darauf verwettet, dass er das schon längst wieder vergessen hat.

Erneut bin ich komplett überfordert, obwohl ich mich genau auf diesen unwahrscheinlichen Fall vorbereitet hatte. Die Ergebnisse meiner Internetrecherche sind wie weggefegt. Mein Kopf ist völlig leer. Dieses Mal wird Denise nicht auftauchen, um mich zu retten. Ob sie nach ihrem Streit auf der Party weiterhin befreundet sind?

»Bist du noch mit Denise zusammen?«, spreche ich die erste Frage aus, die mir in den Sinn kommt.

Umgehend werde ich glühend rot. Was für ein verdammt peinlicher Ausrutscher! Woher kam diese unnötige Eingebung? Wozu die ganze Sucherei im Netz, wenn ich dann alles durch meine impulsive Unbesonnenheit ruiniere?

Wovor hast du Angst?

Das war die Frage, die aus meiner ganzen Vorbereitung hervorging. War ja klar, dass sie mir *jetzt* einfällt. Zu spät! Sogar ein entgeistertes *Was willst du eigentlich von mir?* wäre besser gewesen als das, was mir rausgerutscht ist.

Am liebsten würde ich mich unsichtbar machen. Mangels Alternativen versuche ich, meine Augen nicht abzuwenden und so zu tun, als fände ich die Antwort nicht sonderlich interessant. Dabei ist mir allerdings bewusst, dass mich meine Gesichtsfarbe gnadenlos als Lügnerin enttarnt.

Jan überrascht mich ein weiteres Mal. Kein finsteres Verziehen seines Gesichtes, kein böses Fixieren, kein höhnisches Schnauben. Er hält nur weiter meinen Blick fest und antwortet grinsend: »Nein. Wir haben uns vor den Osterferien getrennt.«

Mein Herz schlägt mir bis zum Hals. Jan ist also nicht mehr vergeben. Möglicherweise war die Frage doch nützlich.

Plötzlich wird mir bewusst, dass ich ihn noch immer schweigend anstarre. Offensichtlich wartet er auf irgendeine Erwiderung oder zumindest auf eine Reaktion. Leider fällt mir absolut nichts ein. Nach einem weiteren unangenehmen Moment durchbricht Jan die Stille. »Würdest du mit mir ausgehen?«

Sonderlich gesprächig ist er nicht. Wir haben kaum drei Sätze miteinander gewechselt, bevor er zur Sache kommt. Es dauert einige Sekunden, bis die Bedeutung seiner Aussage mein Gehirn erreicht. Langsam realisiere ich, dass er mich gerade um eine Verabredung gebeten hat.

Jan will Zeit mit mir verbringen?

Oh mein Gott. Mein Puls schnellt in die Höhe, und ich habe Schwierigkeiten, ausreichend Sauerstoff in meine Lungen zu bekommen. Krampfhaft bemühe ich mich, mir meine Aufregung nicht anmerken zu lassen.

»Ja. Klar«, presse ich atemlos hervor und ärgere mich umgehend über mein übertriebenes Verhalten.

Jan fixiert mich abwartend. Als er erkennt, dass von mir

keine weitere Rückmeldung zu erwarten ist, stößt er leise die Luft aus.

»Kino. Morgen Abend ist Sneakpreview um 20 Uhr. Ich hole dich ab.«

So, wie er es sagt, klingt es eher nach einer Feststellung als nach einer Frage. Ich muss zustimmen. Mir bleibt gar nichts anderes übrig. Etwas Gegenteiliges hätte ich ohnehin nie im Sinn gehabt.

Ich nicke schwach. Jan hebt die Hand und legt sie für einen Sekundenbruchteil auf meinen Oberarm; eine federleichte Berührung, die mir eine Hitzewelle durch den Körper jagt. Er deutet ein Lächeln an, hebt seinen Rucksack vom Boden auf, dreht sich um und geht, während ich bewegungslos zurückbleibe und nicht fassen kann, was eben geschehen ist.

Noch bevor ich mich wieder gefangen habe, höre ich Schritte, die sich eilig nähern. War die Verabredung lediglich ein schlechter Scherz auf meine Kosten? Kommt er zurück, um mir zu sagen, dass ich nur veralbert wurde?

Während ich den Gang beobachte, rechne ich mit dem Schlimmsten und atme auf, als Denise um die Ecke biegt.

»Du Miststück!«

Anscheinend habe ich mich zu früh gefreut. Da sie ziemlich aufgebracht ist, ziehe ich es vor, erst mal den Mund zu halten und zu hören, was sie mir vorwirft.

»Anderen Frauen den Freund auszuspannen ist das Letzte! Das absolut Letzte!«, faucht sie wütend. Ihre blauen Augen blitzen vor Zorn. Im Groben ist mir schon bewusst, dass es um Jan geht. Was *ich* dabei getan haben soll, ist mir allerdings schleierhaft.

Ich öffne den Mund und klappe ihn wieder zu, als sich die nächste Hasstirade über mich ergießt.

»Tu nicht so unschuldig! Mich täuschst du nicht! Das war doch alles von Anfang an dein Plan! Du bist seit Wochen scharf auf ihn! Gib's doch zu! Du schmeißt dich an ihn ran. Du bist erbärmlich!«

»Denise, ich habe nicht –«, beginne ich.

»Halt deine verdammte Klappe, du blöde Kuh«, unterbricht sie mich. »Lüg mich nicht an! Ich habe alles gehört! Ihr geht morgen ins Kino!«

Allmählich reicht es mir.

»Wenn du unser Gespräch belauscht hast, dann dürfte dir klar sein, dass *er* es war, der *mich* gefragt hat! Nicht umgekehrt!«, betone ich verärgert. Es ist unfair, derart über mich herzufallen.

Sie scheint mich nicht gehört zu haben und schreit in höchster Lautstärke weiter. Falls sich noch jemand in der Schule befindet, ist das echt peinlich. Für sie *und* für mich gleichermaßen. Hoffentlich hat Jan das Gebäude bereits verlassen.

»Du wusstest ganz genau, dass er mit mir zusammen ist! Beziehungen zerstören ist das Letzte! Aber das ist dir egal, oder?«, attackiert mich Denise und wird dabei immer lauter.

Ich schaue verlegen zu Boden.

»Ach, ist dir das peinlich? Bin *ich* dir peinlich? Soll doch die ganze Schule hören, was für eine verlogene Schlampe du bist! Du widerst mich an!«

Immer weiter steigert sie sich in ihren Zorn hinein. Es wird nicht mehr lange dauern, bis sie mit Fäusten auf mich losgeht. Angestrengt überlege ich, wie die Situation entschärft werden kann.

»Denise, bitte beruhige dich. Ich habe dir Jan nicht ausgespannt«, versichere ich. »Es stimmt, ich finde ihn toll.

Aber ich habe keinen Annäherungsversuch unternommen. Du hast das Gespräch eben gehört. *Er* ist derjenige, der *mich* gefragt hat. Mich trifft keine Schuld!«

Da kommt mir eine Idee. Gedankenlesen kann ich nicht. Doch mit mentaler Beeinflussung verhält es sich anders.

Ohne länger darüber nachzudenken, formuliere ich einen passenden Impuls, den ich ihr spontan zuschiebe.

Glaube mir. Ich sage die Wahrheit. Glaube mir.

Plötzlich weicht alle Kraft aus ihr. Von einem Moment auf den anderen fällt sie weinend in sich zusammen und lehnt mit hängenden Schultern an der Wand, während ihr die Tränen die Wangen hinunterlaufen. Ein Bild des Elends und direkt empfinde ich Mitgefühl.

»Ja. Er hat *dich* gefragt«, wiederholt sie verzweifelt.

Kurzzeitig überlege ich, ob ich ihr tröstend die Hand auf den Arm legen soll, entscheide mich aber angesichts der Vorwürfe, die sie mir eben entgegengeschmettert hat, dagegen.

Während ich stumm neben ihr stehe und warte, muss ich ein Gähnen unterdrücken. Mit den Fingerspitzen massiere ich meine Schläfen und versuche, die Müdigkeit zu vertreiben.

Denise zieht zitternd die Luft ein und setzt zu einer neuen Erklärung an. »Entschuldige, dass ich eben so aggressiv war. Ich habe es nicht mehr ausgehalten. Er hat mich einfach abserviert. Ohne Erklärung. Die ganzen Ferien habe ich überlegt, ob es an mir liegt. Ich wollte ihn fragen, was ich falsch gemacht habe und ob er uns noch eine Chance gibt. Und dann sehe ich euch.«

Erneut schluchzt sie auf. »Es ist seine Entscheidung, mit wem er zusammen sein will. Ich bin es wohl nicht mehr.«

Nun lege ich ihr doch die Hand auf den Arm. Ihr Kummer ist für mich schwer zu ertragen, zumal ich ja irgendwie in die Sache verwickelt bin. Wenn ich nur wüsste, was man in einer solchen Situation sagt.

»Tut mir leid«, murmle ich und hebe ratlos die Schultern.

Ich war schon mal kreativer, aber mir fällt absolut nichts Aufbauendes ein. Denise lässt sich zu Boden sinken und legt ihren Kopf auf die Knie. Ich setze mich neben sie und schweige. Nach einiger Zeit werden ihre Schluchzer seltener und leiser.

»Auf der Party von Susanne hat er mich gefragt, ob ich mit ihm ausgehen will. Das ist noch keinen Monat her«, erzählt sie schließlich.

Wer ist Susanne? Warum war ich nicht eingeladen? Egal, das spielt jetzt wirklich keine Rolle.

»Ich konnte es nicht glauben, dass er mit mir zusammen sein will. Ich war total glücklich.«

Ja, das kann ich verstehen. Mir geht es gerade ähnlich. Nichtsdestotrotz schweige ich, denn es ist offensichtlich, dass Denise jetzt einen guten Zuhörer braucht.

»Ich verstehe nicht, dass er es auf diese Art getan hat. Bedeutet ihm unsere gemeinsame Zeit gar nichts? Es kam total überraschend. Wir sind zusammen auf Miris Party gegangen, und er war plötzlich weg. Ohne etwas zu sagen! Ich habe ihn überall gesucht. Dann kam ich ins Zimmer und habe ihn beim Flaschendrehen entdeckt.« Sie sieht mich resigniert an. »Jetzt weiß ich ja, warum er mitgemacht hat. Wir sind raus in den Garten, und da sagt er mir, dass es aus ist. Sonst nichts. Lässt mich stehen, als hätte es die letzten Wochen nicht gegeben. Mistkerl.«

Ich nicke nachdenklich. Wenn das wirklich so gelaufen ist, sollte ich bei Jan sehr vorsichtig sein. Das ist definitiv nicht die Art und Weise, auf die man seine Freundin – oder überhaupt irgendjemanden – behandeln sollte. Ich werfe einen Blick auf Denise, die in sich zusammengesunken auf dem Boden kauert. Sie ist völlig am Ende, und ich habe keine Ahnung, was ich für sie tun kann. Schweigend sitzen wir geraume Zeit nebeneinander und warten, bis sie sich wieder gefangen hat. Schließlich steht sie seufzend auf und klopft sich den Staub von der Hose.

»Es tut mir leid, dass ich auf dich losgegangen bin. Danke fürs Zuhören«, murmelt sie. Ohne mich anzusehen, dreht sie sich um und geht.

Noch lange danach stehe ich im Flur und denke nach. Die ganze Zeit habe ich sie glühend um Jan beneidet und als Konkurrentin betrachtet. Jetzt erfahre ich, dass sie in gewisser Weise genauso unsicher ist, wie ich es selbst bin. Wir beide können nicht nachvollziehen, weshalb er sich plötzlich für mich interessiert. Spielt er nur mit uns? Denise war völlig am Ende. Welche Folgerungen lässt die Schlussmachaktion hinsichtlich Jans Charakter zu? Hat Denise die Situation falsch dargestellt? Verletzte Gefühle, Eifersucht – sie hätte guten Grund, ihren Ex-Freund in schlechtem Licht zu präsentieren. Jan ist undurchschaubar. Wiegt das Zusammensein mit ihm das Risiko, verletzt zu werden, auf? Ich darf mich nicht von seinem Äußeren blenden lassen. Stattdessen sollte ich seinem Charakter mehr Aufmerksamkeit schenken.

Mit ungefähr einstündiger Verspätung trete ich den Heimweg an und kann es kaum erwarten, endlich Viv anzurufen und ihr die neuesten Ereignisse zu berichten. Kaum zu glauben, was alles passiert, wenn wir das Schulgelände getrennt verlassen. Sie wird begeistert sein, da bin ich sicher. Endlich habe ich wieder etwas zu erzählen, das nicht meine Kraft zum Inhalt hat! Außerdem möchte ich wissen, wie ihr Mittagessen mit Till gelaufen ist.

Genervt stehe ich an der Fußgängerampel und warte darauf, dass sie endlich grün wird. Auf der anderen Seite befindet sich ein kleines Mädchen mit einer großen Schultasche auf dem Rücken, das im Gegensatz zu mir geduldig auf das Licht schaut.

Ich hasse rote Ampeln. Dieses Rumstehen ist echt ein Sinnbild für verlorene Lebenszeit.

Na los, blödes Teil, nun werde schon grün.

Endlich springt die Ampel um, und ich überquere zügig die Straße.

Jäh werde ich aus meinen Gedanken gerissen, als ein Auto mit quietschenden Reifen knapp neben mir zum Stehen kommt. Der Fahrer drückt lange auf die Hupe und zeigt wild gestikulierend auf die Ampel. Dann macht er eine unmissverständliche Geste, lässt seinen Wagen wieder an und fährt weiter. Ein Blick auf die Fußgängerampel verschafft mir Gewissheit: definitiv grün. Ich hatte also alles Recht dazu, die Straße zu überqueren. Was für ein Idiot! Der ist mit Sicherheit bei Rot gefahren, ansonsten hätte er mich nicht beinahe umgenietet. Das war eben unfassbar knapp. Wenn er nur eine Millisekunde später gebremst hätte, wäre es um mich geschehen gewesen. Kopfschüttelnd laufe ich weiter. So ein blöder Penner sollte nicht im Auto auf die Menschheit losgelassen werden! Wahrscheinlich farbenblind und zusätzlich unfähig zu erkennen, wo das Lichtchen brennt!

Im selben Moment geht *mir* ein Licht auf. Schlagartig bleibe ich stehen. Das Mädchen mit der Schultasche wartet noch immer und starrt mich aus großen Augen an. Im Gegensatz zu mir hat sie sich nicht bewegt – weil ihre Ampel nach wie vor die Farbe Rot zeigt. Trage ich etwa selbst für diesen Beinahe-Unfall die Verantwortung? Ich habe ungeduldig die Ampel gemustert und mir gewünscht, sie würde endlich grün werden. Habe ich nicht sogar den entsprechenden Befehl formuliert? Besteht die Möglichkeit, dass sowohl meine Ampel als auch die des Autofahrers grün war? Seinem Wutausbruch nach zu urteilen, fühlte er sich im Recht.

Ein eisiger Schauer läuft mir über den Rücken. Ich habe eine Ampel manipuliert, allerdings nur meine. Für die Autofahrer änderte sich nichts. Wahrscheinlich war die Ampel für die Fußgänger der gegenüberliegenden Seite nach wie vor rot, denn meine Konzentration galt einzig dem Exemplar, das ich vor mir sah.

Diese verdammte Kraft. Wie konnte ich so verantwortungslos damit umgehen? Ich muss in der Lage sein, meine Gedankenimpulse unter Kontrolle zu halten.

Spätestens nach dieser knapp abgewendeten Katastrophe muss ich anerkennen, dass ich meine Fähigkeit unbewusst nutze und zu einer Gefahr für meine Umwelt werde. Diese Sache hätte bei Weitem schlimmer ausgehen können.

11 : entfremdet

Zu Hause angekommen begrüße ich meine Mutter und murmle etwas von einem *harten ersten Schultag*. Einfühlsam, wie sie ist, fragt sie nicht nach dem Grund meiner Verspätung, sondern schöpft mir wortlos eine Portion Gemüsereis auf den Teller und erlaubt zudem, dass ich zum Essen auf mein Zimmer gehe. Gedankenverloren setze ich mich an den Schreibtisch und merke kaum, was ich zu mir nehme. Nachdem ich mir die letzte Gabel in den Mund geschoben habe, greife ich zum Telefon und wähle Vivs Nummer. Hoffentlich ist sie bereits von ihrer Verabredung mit Till zurück. Ich brauche dringend einen Gesprächspartner.

Kurze Zeit später atme ich auf, als ich ihre Stimme am Apparat höre.

»Hey, wie lief dein Mittagessen mit Till?«, erkundige ich mich ohne Umschweife. »Ich will alles wissen!«

Die nächsten zehn Minuten verbringe ich damit, mich zusammenzureißen und mühevoll auf Vivs Bericht zu konzentrieren. Das bin ich meiner besten Freundin schuldig.

Immerhin lief ihr Treffen sehr gut. Till hat die Rechnung übernommen und sie am Wochenende zu einem Filmabend eingeladen. Vermutlich wird er ihr spätestens dann seine Gefühle gestehen. Die Glückliche.

Nachdem wir sämtliche Aussagen und Gesten Tills erschöpfend analysiert haben, ergibt sich endlich die Gelegenheit, die neuesten Ereignisse in Bezug auf Jan durchzusprechen.

Viv reagiert zuerst mit verblüfftem Schweigen, zeigt dann aber ehrliche Freude. »Er hat dich gefragt, ob du mit ihm ins Kino gehst«, wiederholt sie. »Das ist der Wahnsinn! Weißt du schon, was du anziehst?«

Ich seufze. »Nein, bisher nicht. Jans Einladung war nämlich nicht die einzige merkwürdige Begegnung, die ich nach der Schule hatte.«

Kurze Zeit später ist Viv auch über Denise' grandiosen Auftritt im Bilde und wirkt schockiert. »Das klingt ja, als sei sie geradezu über dich hergefallen! Du Arme!«

»Für einen Moment war ich sicher, dass sie sich gleich mit Zähnen und Klauen auf mich stürzen würde«, schildere ich die Situation.

Viv lacht. »Wie hast du den unausweichlichen Angriff abgewehrt? Hast du sie festgehalten?«

»Nein, das war nicht nötig«, erwidere ich leichthin. »Ich habe gesagt, dass ich nie bewusst versucht habe, ihr Jan auszuspannen.«

»Das hat sie dir abgenommen? Nachdem sie vorher auf dich losgehen wollte?«, äußert Viv zweifelnd.

Sie hat recht. Wieso hat mir Denise mit einem Mal geglaubt? Durch Jans plötzliches Erscheinen und durch das Erlebnis an der Ampel war ich derartig abgelenkt, dass ich mir kaum Gedanken über den Gesprächsverlauf gemacht hatte.

Bis jetzt. Mir wird klar, dass ich Denise nur mit der Hilfe meiner Fähigkeit überzeugen konnte. Ich habe sozusagen ihrem Gehirn vorgegeben, was sie denken soll.

»Hannah? Bist du noch da?«

»Viv … ich habe Denise durch meine Kraft manipuliert«, gestehe ich zaghaft. »Ich habe ihr den Gedanken eingegeben, mir zu glauben.«

Am anderen Ende der Leitung bleibt es still, dann höre ich, wie Viv tief einatmet. »Bist du sicher?«

Ich bejahe.

Wieder schweigt Viv für eine unerträglich lange Weile. Langsam machen sich Zweifel in mir breit. Warum habe ich ihr das erzählt? Hatte ich nicht den Vorsatz gefasst, meine beste Freundin so wenig wie möglich zu belasten?

Als Viv schließlich zum Sprechen ansetzt, klingt ihre Stimme hart. »Wir hatten deine telepathischen Kräfte in den Ferien überprüft. Kannst du doch Gedanken lesen?«

Obwohl sie es nicht sehen kann, schüttle ich entschieden den Kopf. »Nein! In diese Richtung geht es nicht.«

Viv lacht künstlich. »Na immerhin. Aber wie zur Hölle kommst du auf die Idee, gedankliche Befehle auszugeben? Gibt es weitere Informationen zu deiner Kraft, von denen ich nichts weiß?«

»Ich habe damals gar nicht ernsthaft versucht, das Holzstück zu entzünden. Es wäre mir gelungen«, offenbare ich spontan und beiße mir auf die Unterlippe. Dieses Detail wollte ich eigentlich für mich behalten.

»Du sagtest, es würde nicht funktionieren«, antwortet Viv gepresst. »Hast du mich belogen?«

»Ja«, gebe ich zu und wickle verlegen eine Haarsträhne um meinen Zeigefinger.

»Warum?«, fragt sie leise. »Warum hast du das getan? Ich dachte, du vertraust mir.«

»Das tue ich«, versuche ich, sie zu besänftigen. »Viv, du musst das verstehen. Ich hatte das Gefühl, dass dir schon die Telekinese-Sache zu viel ist. Ich wollte dich nicht weiter belasten.«

»Ich, ich, ich!«, faucht sie gereizt. »Es geht immer nur um dich, oder? Du wolltest *mich* nicht belasten? Glaubst du nicht, dass ich meine Wahl selbst treffen kann? Du kannst nicht für mich entscheiden, Hannah! Ich dachte, wir wären gleichgestellte Freundinnen. Seit du diese Kraft entwickelt hast, bist du so selbstgerecht geworden. Ich kenne dich überhaupt nicht mehr. Manchmal bist du wie eine Fremde für mich. Zuerst lügst du mich an, dann muss ich in den Ferien um jedes Treffen mit dir betteln, und nun erzählst du mir nebenbei, dass du Gedanken manipulieren kannst? Was verschweigst du mir sonst noch?«

»Die Sache mit Eve …«, setze ich vage an.

»Das warst *du*? Ich lag richtig mit meinem Verdacht?«, unterbricht mich Viv ungläubig.

»Ja«, erwidere ich knapp. Meine Freundin atmet tief durch, während ich beklommen auf ihre Reaktion warte.

»Wie konntest du nur!«, stößt sie wütend hervor. »Dieses Erlebnis war der blanke Horror! Jan wurde verletzt, Jasmin ist in psychologischer Behandlung, und ich selbst habe noch immer Albträume! Laro geht es nicht anders! Dass du den anderen davon nichts erzählst, kann ich ansatzweise nachvollziehen. Aber weshalb verheimlichst du es *mir*?«

Hilflos hebe ich die Schultern, obwohl sie die Geste am Telefon nicht sehen kann.

»Ich wusste damals ja selbst nicht, was ich tue«, verteidige ich mich. »Erst jetzt bekomme ich eine Ahnung vom Ausmaß dieser Fähigkeit. Und dass die Sache mit Denise heute nicht in Ordnung war, weiß ich selbst.«

»Nicht in Ordnung?« Vivs Stimme wechselt in eine höhere Tonlage. »Du gibst anderen Menschen Dinge ein, die nicht von ihnen selbst stammen, und findest das *nicht in Ordnung*? Du dringst in ihre privatesten Bereiche vor! Hannah, das ist verdammt angsteinflößend! *Du* bist verdammt angsteinflößend! Du bist zu weit gegangen! Mag sein, dass der Vorfall auf dem Campingplatz ein Ausrutscher war, aber heute warst du dir im Klaren darüber, was du tust!«

Ich widerspreche nicht, obwohl ich weiß, dass ihr Ärger dadurch weiter zunehmen wird.

»Das ist echt unheimlich!« Durchs Telefon höre ich, wie Viv zittrig Luft holt. »Versprich mir, dass du dir nie Zutritt zu meinem Kopf verschaffst!« Sie verstummt abrupt. »Oder hast du vielleicht schon …?«

»Viv! Nein! Das würde ich niemals tun!«, beteure ich. »Wirklich! Du musst mir glauben!«

Wieder herrscht Stille zwischen uns, und ich ahne, dass sie überlegt, ob ich sie durch das Telefon beeinflussen kann. Ist es so schwer zu verstehen, dass ich Denise beruhigen wollte? In diesem Moment war ich dermaßen hilflos, dass mir jede Idee gelegen kam. Es ist nicht zu leugnen, dass die Situation durch mein Eingreifen entschärft wurde. Trotzdem habe ich eine Grenze überschritten und dadurch Denise' Privatsphäre mit Füßen getreten. Das ist der wesentliche Punkt. Das ist der Aspekt, um den es Viv geht. Und sie hat recht.

Während der restlichen Konversation ist die Stimmung angespannt. Wir diskutieren noch kurz über mögliche Outfits, die ich am kommenden Tag tragen könnte. Keine von uns beiden ist richtig bei der Sache, sodass wir uns wenig später unangenehm berührt voneinander verabschieden.

12 : aufgewühlt

In der Nacht von Montag auf Dienstag finde ich keinen Schlaf. Die Gedanken, die sich unaufhörlich in meinem Kopf drehen, lassen mich einfach nicht zur Ruhe kommen.

In das Gehirn anderer Menschen eindringen und dieses manipulieren? Wie könnte ich eine solche Macht haben wollen? Nie wieder werde ich mir sicher sein können, ob Zuneigung, die eine Person für mich empfindet, wirklich von ihr ausgeht, oder ob ihr diese Gefühle von mir eingepflanzt wurden. Werde ich jemals wieder um meiner selbst willen gemocht werden? War das bisher überhaupt der Fall? Wie lange habe ich bereits Menschen gelenkt, bevor ich mir meiner Fähigkeit bewusst wurde? Hätte ich Viv besser nichts davon erzählen und sie in dem Glauben lassen sollen, meine Kraft beträfe nur Dinge? Habe ich unsere Freundschaft aufs Spiel gesetzt? Sicher ist, dass ich meine Konzentrationsfähigkeit trainieren muss, damit mir eine solche Situation wie das Umschalten der Ampel zukünftig erspart bleibt. Zerstreut bin ich eine Gefahr für mich und meine Mitmenschen. Ich muss mir immer und jederzeit meiner Wünsche bewusst sein.

Das zweite Thema, um welches meine Gedanken kreisen, ist Jan. Ich kann Denise' verzweifeltes Gesicht nicht vergessen, als sie mir erzählte, auf welche Art und Weise er mit ihr Schluss gemacht hatte. Ohne Erklärung. Ohne dabei irgendeine Emotion zu zeigen. Hat er sie wirklich für mich verlassen, als er die Beziehung vor den Ferien beendete? Wie passt der Zeltausflug ins Bild? Hätte er sich nicht zumindest ein wenig freundlicher verhalten müssen? Egal aus welcher Perspektive ich Jans Verhalten betrachte, es ergibt überhaupt keinen Sinn.

Den Morgen verbringe ich im Dämmerzustand. Aufgrund fehlenden Schlafes fühle ich mich total übernächtigt und habe eher Ähnlichkeit mit einem Zombie als mit einer Sechzehnjährigen, die am gleichen Abend eine wichtige Verabredung hat und dabei unglaublich schön aussehen sollte.

Viv verhält sich mir gegenüber äußerst kühl. Sie scheint mir den gestrigen Streit noch immer nachzutragen. Unsere Gespräche beschränken sich auf das Nötigste, und ich bin froh, als ich die Schule verlassen kann.

Immerhin schaffe ich es, mich am Nachmittag hinzulegen und ein paar Stunden Schlaf nachzuholen, wodurch die Klavierstunde leider ausfallen muss. Glücklicherweise ist der Rest meiner Familie ausgeflogen, sodass mein Vergehen unbemerkt bleibt.

Den Wecker habe ich mir vorsichtshalber auf 18 Uhr gestellt. Dadurch bleibt mir ausreichend Zeit, um mich fertig zu machen. Eine Inspektion meines Kleiderschranks sagt mir, dass ein langwieriger Entscheidungsprozess ansteht. Ich besitze einfach zu viele Klamotten, und nichts davon scheint mir passend für den geplanten Abend.

Ein Kleid? Viel zu elegant, wir besuchen schließlich nicht die Oper. Ein Rock mit Top? Nein, er soll ja nicht denken, ich hätte mich extra für ihn in Schale geworfen. Ganz abgesehen davon ist es im Kino ohnehin dunkel.

Also bleibt nur eine Hose. Zu schick soll es nicht sein, daher greife ich zu Jeans, die ich mit meinen Chucks kombiniere. Als Oberteil wähle ich eine kragenlose tiefblaue Bluse mit tailliertem Schnitt und halblangen Ärmeln. Meine frisch gewaschenen Haare lasse ich offen, ein schöner Kontrast zu dem *Ich bin in Eile*-Pferdeschwanz, den ich meistens in der Schule trage. Nachdem ich Lidschatten aufgelegt, beim Auftragen des Lidstriches vor Aufregung fast ein Auge eingebüßt und meine Wimpern mit Mascara versehen habe, betrachte ich mich prüfend im Spiegel. Definitiv habe ich schon schlimmer ausgesehen. Eigentlich gefalle ich mir ziemlich gut.

Auf der Uhr im Bad sehe ich, dass es kurz nach sieben ist. Jan sagte lediglich, er wolle mich zur Sneakpreview um 20 Uhr abholen. Er kann jederzeit vor der Tür stehen. Immerhin scheint er zu wissen, wo ich wohne, denn er hat nicht nach der Adresse gefragt. Hoffentlich ist heute das Glück mit uns, sodass ein guter Film präsentiert wird. Normalerweise liebe ich die Sneakpreview. Man hat keine Ahnung, was einen erwartet, und sitzt völlig unvoreingenommen im Kino. Doch heute bin ich viel zu nervös, um mich auf die gespannte Vorfreude einzulassen. Wenn ich auch nur eine Kussszene neben Jan ertragen muss, versinke ich im Erdboden.

Das Geräusch der Klingel beendet die von mir entworfenen Horrorszenarien der Peinlichkeit.

Er ist da.

Ich nehme all meinen Mut zusammen, gehe die Treppe hinunter und öffne die Tür. Jan blickt mir aus seinen stahlblauen Augen ernst entgegen. Er trägt eine blaue Jeans, einen breiten, schwarzen Gürtel und ein graues Hemd. Die linke Hand hat er in seine Hosentasche gesteckt, während er mir mit der rechten Hand eine einzelne Mohnblume überreicht.

»Guten Abend«, sagt er gelassen.

Ich erwidere seine Begrüßung, dann flüchte ich mich in ein verlegenes Lächeln und murmle: »Das wäre doch nicht nötig gewesen.«

Schnell verschwinde ich im Haus, stelle die Blume ins Wasser und verstecke sie in meinem Zimmer, um neugierige Fragen meiner Familie zu vermeiden. Dabei nutze ich die Gelegenheit, meinen Herzschlag wieder auf ein normales Maß hinunterzubeschwören. Keine Minute in seiner Nähe und ich fühle mich wie nach einem 800-Meter-Lauf. Wie soll ich den restlichen Abend überstehen? Was ist, wenn es unangenehme Gesprächspausen gibt? Prinzipiell bin ich einigermaßen wortgewandt, aber in Jans Nähe büße ich meine komplette Schlagfertigkeit ein.

Ich hole einmal tief Luft, dann kehre ich zur Haustür zurück. Jan sieht noch immer genauso gut aus wie zuvor, und ich merke, wie sich mein Herzschlag erneut beschleunigt. Wenn das so weitergeht, liege ich mit einem Herzinfarkt am Boden, bevor wir ins Auto gestiegen sind.

»Fertig?«

Ich nicke und ziehe die Tür hinter mir zu. Jan legt mir seine Hand leicht auf den Rücken, genau zwischen die Schulterblätter, und ich zucke zusammen. Meine komplette Wahrnehmung ist plötzlich auf diesen einen Punkt konzentriert. Wie ferngesteuert lasse ich mich von ihm den Gartenweg hinunterführen. Von der Berührung strahlt in alle Richtungen Wärme aus.

»Hannah?«

Mir wird bewusst, dass wir vor einem schwarzen Alfa Romeo stehen. Jan hat die Beifahrertür geöffnet und mustert mich abwartend. An dieser Verzögerung ist er selbst schuld, er hätte mich ja nicht gleich anfassen und total aus dem Konzept bringen müssen. Schnell steige ich ein, und Jan schließt die Tür. Sehr zuvorkommend, das muss ich zugeben.

Frustriert lasse ich mich in den Ledersitz sinken und gerate schon wieder an die Grenzen meiner Selbstbeherrschung, als sich Jan hinter das Steuer setzt und der frischherbe Geruch seines Rasierwassers den Wagen erfüllt. Am liebsten würde ich meine Nase in einem Taschentuch vergraben. Damit wäre zumindest gewährleistet, dass ich eine halbwegs sinnvolle Konversation betreiben kann.

Komm schon, Hannah! Stell dich nicht so an! Wenn du dich weiterhin von deinen Hormonen steuern lässt, wird es das erste und gleichzeitig letzte Mal sein, dass er mit dir ausgeht!

Jan lässt den Motor an, und ich wage einen kurzen Blick auf sein Profil. Konzentriert schaut er auf die Straße und beißt sich leicht auf die Unterlippe. Ich bewundere seine schmalen Hände, die das Lenkrad so fest umschließen, dass die Knöchel hell hervortreten. Ist er etwa ebenfalls nervös? Seine ganze Körperhaltung wirkt angespannt, und sonderlich gesprächig ist er auch nicht. Kein großer Unterschied zu seinem üblichen Verhalten in meiner Gegenwart.

Schweigend sitzen wir nebeneinander. Ich empfinde seine Anwesenheit als derart intensiv, dass der Aufenthalt in seiner unmittelbaren Nähe fast unerträglich für mich ist. Verzweifelt suche ich nach Gesprächsthemen, aber mein Kopf ist wie leer gefegt.

Schließlich unterbricht Jan die unangenehme Stille. »Wie ich sehe, seid ihr gut aus der Wildnis zurückgekommen.«

War das nun eine Frage oder eine Feststellung?

Mangels Alternativen antworte ich und hoffe, dass sich ein Gespräch ergibt. »Ja, wir wurden nach knapp drei Tagen von Vivs Vater abgeholt. Ihr habt nur eine Nacht auf dem Platz verbracht, oder?«

Jan nickt, ohne dabei seinen Blick von der Straße zu nehmen. Wieder sitzen wir schweigend nebeneinander. Anstrengend.

Wieso fragt er mich, ob ich mit ihm ausgehe, wenn er offensichtlich so wenig Interesse an einer Unterhaltung hat? Ich sollte nicht unfair sein. Vielleicht muss er sich wirklich auf den Verkehr konzentrieren. Verstohlen betrachte ich ihn aus dem Augenwinkel. Mit sicherer Hand lenkt er den Wagen durch die Innenstadt.

Wenige Minuten später parken wir in direkter Nähe des Kinos. Bevor ich mit meinen vor Nervosität zitternden Fingern den Gurt gelöst habe, steht Jan schon an meiner Seite und öffnet die Tür.

Ich verlasse das Auto mehr oder weniger elegant und beglückwünsche mich im Stillen dazu, keinen Rock als Abendgarderobe gewählt zu haben. Niemals hätte ich damit so geschickt aussteigen können.

Jan schließt meine Tür, und wir betreten gemeinsam das Foyer. Während ich mich ängstlich nach Klassenkameraden oder anderen Bekannten umsehe, geht Jan auf geradem Weg zur Kasse, wo er zwei bereits auf seinen Namen reservierte Karten kauft. Anschließend reiht er sich in die Schlange am Kiosk ein.

»Cola light?«, fragt er mich über eine Schulter.

Ich nicke. Momentan bin ich ohnehin in der Stimmung, jeden von ihm vorgebrachten Vorschlag zu akzeptieren. Nun sind wir bereits seit einer knappen halben Stunde unterwegs und haben noch keine drei Sätze gewechselt.

In fünfzehn Minuten beginnt der Film, sodass wir uns bereits auf den Weg zu unseren Plätzen machen. Wieder liegt Jans Hand mit einer sanften Berührung auf meinem Rücken und sorgt dafür, dass ich kurz davor bin, ein Fall für den Notarzt zu werden.

Leider erhalte ich auch im Kinosaal keine Gelegenheit zur Regeneration, denn nur eine Armstütze trennt mich von ihm. Verkrampft falte ich die Hände im Schoß, damit mein Ellbogen keinesfalls mit seinem in Berührung kommt. Jan scheint weniger besorgt zu sein. Er legt den Arm auf die Lehne, sodass wir bloß wenige Zentimeter voneinander entfernt sind. Diese Fast-Berührung und dazu sein maskuliner Duft, den ich seit der Autofahrt in der Nase habe, sind zu viel für mich. Mein Magen schlägt Salti, und ich frage mich zum wiederholten Male, wie ich diesen Abend überstehen soll.

»Ist alles in Ordnung mit dir?«, erkundigt sich Jan. »Du wirkst nervös.«

Offenbar zeichnen sich die Empfindungen deutlich auf meinen Zügen ab. Hervorragend. Ich zwinge mich zu einem Lächeln und nicke. Anscheinend nicht sonderlich überzeugend. Jan dreht sich komplett zu mir um und neigt seinen Kopf ein wenig in meine Richtung. Gut, dass ich sitze, denn meine Knie werden schon wieder weich.

»Tut mir leid. Du musst mich für einen Idioten halten«, entschuldigt er sich unverhofft. »Ich lade dich ein und bin dann nicht fähig, ein Gespräch zu führen.«

Stumm starre ich ihn an. Jetzt bin ich eher diejenige, die nicht fähig ist, ein Gespräch zu führen. Jan lässt sich von meinem hochintelligenten Gesichtsausdruck nicht beirren und spricht weiter. »Seit dem Abend im Pub gehst du mir nicht mehr aus dem Kopf. Ich will dich kennenlernen.«

Nun nehme ich doch meinen Mut zusammen und antworte. »Hättest du das nicht anders signalisieren können als mit finsteren Blicken? Ich dachte, du hasst mich abgrundtief …«

Jan dreht ausweichend den Kopf. »Nicht immer ist einem sofort klar, was zu tun ist.«

Was für eine kryptische Aussage. Was meint er damit?

Skeptisch mustere ich ihn, entscheide mich dann aber doch dafür, mit dieser Antwort auf humorvolle Art und Weise umzugehen und rette mich in ein verlegenes Lachen.

Zum Glück erlischt kurz darauf das Licht, und die Filmvorschau beginnt. Ich nutze die Dunkelheit, um Jan unauffällig von der Seite zu beobachten. Dabei versuche ich, den Kopf so wenig wie möglich zu drehen; ein schwieriges Unterfangen. Seine Überwachung erfordert viel Aufmerksamkeit, wodurch ich vom Hauptfilm kaum etwas wahrnehme. Ich glaube, es geht um Bomben und Autos, aber sicher bin ich nicht.

Jan scheint ganz in die Handlung vertieft zu sein, sodass ich allmählich entspannter werde. Schließlich traue ich mich sogar, meinen Arm, der durch die unnatürliche Haltung schon steif geworden ist, auf die im Moment freie Armstütze zu legen. Auf der Leinwand spielt sich eine rasante Verfolgungsjagd inklusive wilder Schießerei ab, die mich kurzzeitig von meinem Nachbarn ablenkt.

Umso fassungsloser bin ich, als ich plötzlich Jans Arm neben mir spüre und sich seine kühlen Fingerspitzen locker auf meine Hand legen. Mit einem Schlag fühle ich mich wieder nur auf diesen einen Berührungspunkt reduziert, von welchem Impulse wie elektrische Schläge durch meinen ganzen Körper jagen. Erstarrt zur vollkommenen

Bewegungslosigkeit verbringe ich den Rest des Filmes als Statue und lasse zu, dass mir Jan leicht über den Handrücken streicht.

Er hat definitiv mehr Erfahrung als ich, immerhin ist er knapp zwei Jahre älter. Ich hatte bisher noch keinen Freund und bin in der Hinsicht völlig ahnungslos. Seit Monaten male ich mir solche Situationen wieder und wieder aus. Sollte sich das nicht eher langsam entwickeln? In meiner Fantasie läuft es so ab, dass wir Schritt für Schritt mehr übereinander erfahren, Vertrauen aufbauen und uns dadurch annähern. Erst dann ist der Körperkontakt dran.

Andererseits hat seine Methode ihre Vorteile. Das kann ich nicht leugnen. Aber hätte ich nicht vorher bemerken müssen, dass er sich für mich interessiert? Was ist mit Denise' Schilderung? Trotzdem ist seine Berührung so angenehm und aufregend, dass ich es nicht schaffe, ihm meine Hand zu entziehen. Ich muss mir dringend klar darüber werden, was ich will, ohne dass ausschließlich die Hormone mein Denken und Fühlen bestimmen.

Kurz bevor das Licht wieder angeht, zieht Jan seine Hand zurück. Während der Abspann läuft, stehen wir auf und verlassen das Kino, diesmal ohne jeglichen Körperkontakt. Ich bin fast enttäuscht, seine Hand nicht auf meinem Rücken zu spüren. So viel zum Thema Selbstbestimmung ohne Hormone. Andererseits brauche ich jetzt ein wenig Zeit für mich, um zu entscheiden, was ich will – und *wann* ich es will.

»Möchtest du etwas trinken gehen?« Jans Stimme klingt rau, nachdem wir fast zwei Stunden geschwiegen haben.

Er möchte noch mehr gemeinsame Zeit verbringen, obwohl bisher nicht einmal im Ansatz eine Unterhaltung zustande gekommen ist? Oder vielleicht gerade deshalb? Trotzdem ist mein Bedarf an peinlichen Gesprächspausen fürs Erste gedeckt. »Sei mir nicht böse, aber gerade will ich einfach nach Hause. Der ganze Abend mit dir war …«, fast hätte ich *anstrengend* gesagt, »aufreibend, sodass ich mir erst über einige Dinge klar werden muss.«

Habe ich das gerade wirklich getan? Der Traumtyp schlechthin will noch länger mit mir zusammen sein, und ich habe ihn vertröstet?

Jans Miene verdüstert sich. Trotzdem zwingt er sich zu einem Lächeln, das jedoch seine Augen nicht erreicht.

»Dann fahre ich dich direkt nach Hause«, bemerkt er schulterzuckend.

Die Autofahrt verbringen wir in gewohntem Schweigen. Ein Seitenblick auf Jans Profil zeigt, dass er die Zähne so fest aufeinandergebissen hat, dass seine Kieferknochen hervortreten. Das Licht der Laternen lässt seine Haare noch schwärzer, seine Haut noch heller erscheinen, und wieder sind die Knöchel seiner Hände weiß vor Anspannung.

Was für ein merkwürdiger und gleichzeitig faszinierender Abend. Hoffentlich habe ich diese Sache zwischen uns mit meinem Wunsch, nach Hause zurückzukehren, nicht beendet, bevor sie überhaupt begonnen hat.

Jan parkt seinen Alfa am Straßenrand, steigt aus und umrundet ihn zügig, um mir wieder die Tür zu öffnen. Die Fenster unseres Hauses sind dunkel. Der Rest meiner Familie hat sich also schon zur Ruhe begeben. Ein Glück. Meinem Vater hätte ich glatt zugetraut, dass er sich auf die Lauer legt, um zu kontrollieren, wann ich auftauche. Immerhin ist es bereits halb elf und alle – ich eingeschlossen – müssen morgen früh aufstehen.

»Ich begleite dich«, beschließt Jan.

Zuerst die Blume, dann das Aufhalten der Tür, das selbstverständliche Zahlen im Kino – ein Gentleman durch und durch. Natürlich liefert er mich wohlbehalten wieder ab.

Gemeinsam laufen wir den Gartenweg entlang. Ich will gerade in meiner Handtasche nach dem Schlüssel kramen, als mich Jan sanft an der Schulter fasst und zu sich herumdreht. Er neigt den Kopf langsam zu mir herunter, während er mich keine Sekunde aus den Augen lässt.

Ich verfalle in Panik. Er wird mich doch jetzt nicht küssen wollen? Weicht unsere Wahrnehmung des Abends dermaßen voneinander ab? Die Unterhaltung heute, falls man diesen Wortwechsel überhaupt als solche bezeichnen kann, hat meine Vorbehalte nicht aus dem Weg geräumt. Im Gegenteil. Das geht mir zu schnell. Noch immer habe ich Denise' gebrochene und tränenerstickte Stimme im Hinterkopf, die mir völlig fassungslos von dem plötzlichen Ende der Beziehung berichtet. Zudem erinnere ich mich nur zu gut an die abfälligen und zum Teil hasserfüllten Blicke. Solange ich dafür keine zufriedenstellende Erklärung erhalten habe, kann ich mich ihm nicht überlassen, egal, wie mich die Vorstellung, Jan zu küssen, auch anzieht.

Und so drehe ich den Kopf zur Seite.

Jan weicht schlagartig zurück und vergrößert den Abstand zwischen uns. Er sieht mich an. Seine hellen Augen glühen vor Zorn. Bevor ich irgendwie reagieren kann, hat er schon wieder einen Schritt auf mich zugetan und packt mich bei den Handgelenken. Meine Tasche fällt unbemerkt zu Boden, während ich ihn mit weit aufgerissenen Augen anstarre. Er stößt mich heftig zurück. Zugleich verlagert er sein Gewicht und drückt meine Hände rechts und links von meinem Kopf gegen das raue Holz der Haustür. Er befindet sich derart dicht vor mir, dass ich kaum Spielraum habe. Mit einer fließenden Bewegung überwindet er den letzten Abstand zwischen uns. Mit seinen Beinen drückt er meine Hüfte gegen die Tür und steht nun so nahe, dass ich mich überhaupt nicht mehr rühren kann.

Er hat mich überfallen. Für jegliche Gegenwehr ist es viel zu spät. Ich kann mich nicht widersetzen. Trotzdem spanne ich alle Muskeln an und versuche, mich aus seinem Griff zu winden, schaffe es aber nicht einmal, meine Hände ein winziges Stück zu bewegen. Ohne zu zögern, nutzt Jan seine Überlegenheit aus. Er senkt den Kopf, sodass sich unsere Gesichter auf gleicher Höhe befinden, und fixiert mich nochmals durchdringend. Dann beugt er sich vor und küsst mich.

Im selben Moment scheint meine Wahrnehmung zu explodieren. Ich vergesse den harten Glanz seiner Augen, die gnadenlose Zurschaustellung seiner Dominanz und sogar den Umstand, dass er mich gegen meinen Willen festhält und weiterhin mit seinem Körper gegen die Haustür drückt.

Sein Kuss ist genauso kraftvoll wie er selbst. Fordernd treffen seine Lippen auf meine, und schlagartig konzentrieren sich meine kompletten Empfindungen ausschließlich auf das wunderbare und erregende Gefühl, das diese erzwungene Berührung in meinem Magen auslöst. Noch immer hält er mich mit festem Griff. Mittlerweile bin ich froh darüber, da ich spüre, wie mir meine Beine den Dienst versagen wollen. Ließe er mich los, würde ich langsam mit dem Rücken die Haustür hinunterrutschen.

Mit leichtem Druck seiner Zunge öffnet er meine Lippen. In diesem Moment gibt es für mich kein Halten mehr.

Ich lege meine ganze Sehnsucht, mein ganzes Verlangen in diesen Kuss. Unsere Zungenspitzen berühren sich, und mir wird klar, dass er mich in diesem Moment komplett überwältigt hat. Mit seinem gesamten Gewicht drückt er sich an mich, während ich in der Tiefe unserer Berührung versinke, die Funken der Erregung durch meinen Körper flackern lässt. In diesen endlosen Sekunden gibt es einzig Jan und mich auf der Welt. Ich würde alles für ihn tun.

Jäh werde ich aus dem Rausch gerissen, als Jan meine Hände loslässt, einen Schritt zurück macht und mir dabei ein letztes Mal in die Augen schaut.

Wortlos dreht er sich um, geht den Gartenweg hinunter und setzt sich hinter das Steuer. Er lässt das Auto an und fährt los, ohne mich eines weiteren Blickes zu würdigen. Wie befürchtet sind meine Knie so wacklig, dass ich mich nicht auf den Beinen halten kann und auf der Türschwelle zusammensinke.

In mir toben widersprüchliche Gefühle. Ich kann mich nicht entscheiden, wem der größere Hass gilt. Jan, der mich gegen meinen Willen überwältigt und meine Schwäche ausgenutzt hat, oder mir selbst, die es noch nicht einmal im Ansatz geschafft hat, sich zur Wehr zu setzen und einfach alles mit sich geschehen ließ. Er hat knallhart meine Hormone gegen meinen Verstand ausgespielt. Wer gewonnen hat, muss ich nicht näher erläutern. Ob das eiskalte Berechnung seinerseits war? Ich fürchte schon, denn er hat – im Gegensatz zu mir – zu keiner Zeit die Kontrolle verloren.

Er ist für mich absolut undurchschaubar. Das übt einerseits einen gewissen Reiz aus, andererseits macht es mich verrückt.

Wieso hat er den Kuss so plötzlich abgebrochen? Warum hat er mich überhaupt geküsst, obwohl doch offensichtlich war, dass ich das nicht wollte? Hatte er von Anfang an geplant, dass der Abend auf diese Art endet? Die ganze Zeit über war er ein echter wenn auch wortkarger Kavalier. War alles nur eine Farce? Zeigte er eben sein wahres Gesicht? Oder wurde er von der Leidenschaft überwältigt? Lächerlich. Dazu war sein Angriff viel zu systematisch ausgeführt. So küsst man nicht mit vernebeltem Verstand.

Ich bin verdammt wütend auf ihn. Wie konnte er meine körperliche Reaktion auf ihn dermaßen ausnutzen? Andererseits scheint die Chemie zwischen uns zu stimmen, dessen bin ich mir mittlerweile sicher. Wozu brauche ich mit jemandem, der so küssen kann, eine emotionale Bindung?

Energisch schüttle ich diese oberflächlichen Gedanken ab und ziehe mich am Türgriff hoch. In meiner Tasche krame ich nach dem Schlüssel und versenke diesen beim fünften Zielversuch erfolgreich im Schloss. Völlig neben mir taumle ich die Treppen hoch, putze meine Zähne und falle ins Bett, wo ich erschöpft einschlafe.

13 : versöhnt

Am nächsten Morgen fühle ich mich nach wie vor völlig ausgelaugt und spiele kurz mit dem Gedanken, mich im Bett herumzudrehen und daheimzubleiben. Andererseits steht eine lange Aussprache mit Viv auf dem Programm. Zwar kann ich verstehen, dass sie verängstigt ist und die Sorge hat, ich könnte in ihrem Kopf herumstöbern, trotzdem bin ich ihre beste Freundin. Wir haben uns bisher immer alles anvertraut. Ich will nicht zulassen, dass wir uns entfremden und ich dadurch riskiere, sie zu verlieren. Außerdem muss ich ihr dringend vom gestrigen Abend erzählen, denn damit werde ich nicht alleine fertig.

Nachdem ich mich wahllos an meinem Kleiderschrank bedient habe, führe ich eine kurze Unterhaltung mit meiner Mutter. Sie fragt, ob ich gestern einen schönen Abend hatte.

Ja, auf die ein oder andere Weise kann man das schon sagen.

Schnell kontrolliere ich meine Schulsachen und schlinge im Stehen zwei Toasts hinunter, dann mache ich mich auf den Weg zur Schule.

Viv wartet bereits an der Eingangstür und überfällt mich mit einem Schwall von Worten.

»Es tut mir leid! Ich habe vorgestern dermaßen bescheuert reagiert! Und dass ich dich gestern ignoriert habe, war auch echt fies. Es war so erschreckend, als du ganz nebenbei erwähntest, dass du nicht nur für die Eve-Sache verantwortlich bist, sondern zusätzlich Denise deinen Willen aufgezwungen und in ihren Kopf geschaut hast. Oh nein! Ich fange schon wieder an. Entschuldige! Du bist meine beste Freundin, und ich vertraue dir. Es tut mir unendlich leid, dass ich dich ausgerechnet vor der Verabredung mit Jan hängen ließ. Ich konnte die ganze Nacht nicht schlafen. Ich habe wirklich ein schlechtes Gewissen. Total egoistisch von mir, diese Reaktion! Wie muss es dir erst …«

Ich lege ihr meine Hand auf den Arm. »Viv, es ist in Ordnung. Glaube mir, ich bin genauso schockiert über das Ausmaß wie du. Ich kann deine Reaktion absolut nachvollziehen. Es war bescheuert, dich anzulügen. Es tut mir leid. Ich würde die Kraft niemals bei dir einsetzen, das schwöre ich! Woher soll ich wissen, ob mich mein Gegenüber wirklich mag, wenn ich seine Gedanken manipuliere? Mir war nicht bewusst, was ich bei Denise bewirke. Es war eine Panikreaktion. Ich muss dringend irgendetwas für meine innere Ruhe tun. Yoga vielleicht.«

Viv lächelt mich erleichtert an. »Du kannst dir gar nicht vorstellen, wie froh ich bin, dass du nicht böse auf mich bist. Du hättest wirklich allen Grund dazu. So benimmt man sich nicht als Freundin. Die ganze Nacht habe ich …«

»Es ist okay. *Wirklich!* Im Gegensatz zu dir habe ich gestern Nacht nicht einmal im Ansatz über diese Sache nachgedacht. Ich habe momentan andere Sorgen.«

Vivs Augen werden groß. »Oh nein. War der Abend mit Jan ein Reinfall? Oder wart ihr gar nicht gemeinsam unterwegs? Was ist passiert?«

Obwohl ich es kaum erwarten kann, meine Erlebnisse endlich mit ihr zu teilen, reiße ich mich zusammen.

»Ich schätze, du willst eine minutiöse Schilderung des Abends.« Viv nickt wild. »Aber dafür brauche ich Zeit. Vor dem Unterricht schaffen wir das nicht mehr. Lass es uns auf die große Pause vertagen, ja?«

Viv seufzt enttäuscht. »Dann gib mir zumindest einen kleinen Hinweis. Würdest du sagen, dass der Abend ein Erfolg war?«, erkundigt sie sich neugierig.

»Hängt davon ab, aus wessen Sicht. Für Jan mit Sicherheit«, entgegne ich vage.

Mir wird immer noch schwindlig, wenn ich an diesen – im wahrsten Sinne des Wortes – fesselnden Moment vor unserer Haustür denke. Unter Vivs höchst irritierten Blicken drehe ich mich um, und wir machen uns gemeinsam auf den Weg zum Klassenzimmer.

Im Verlauf der ersten beiden Stunden bemerke ich immer wieder, wie sie mich von ihrem Platz aus mustert. Als schließlich die Pausenklingel ertönt, lässt Viv alles stehen und liegen und zieht mich hinter sich her in eine abgeschiedene Ecke. Beklommen schaue ich mich um, ob Jan in der Nähe steht und diese peinliche Aktion womöglich amüsiert beobachtet. Glücklicherweise ist weit und breit nichts von ihm zu sehen.

»Na los, erzähl schon. Ich will alles wissen!«, fordert sie ungeduldig.

»Es war ziemlich krass. Jan ist wirklich ein Rätsel. Schon die Einladung hat mich verwundert«, beginne ich.

»Das ging mir ähnlich«, stimmt Viv zu. »Es ist zwar klar, dass er auf irgendeine Art und Weise Interesse an dir hat, aber sein Verhalten ist wirklich schwer einschätzbar.«

»Absolut richtig. Zur Begrüßung hat er mir eine Blume überreicht. Schon auf dem Weg zu seinem Auto lag dann seine Hand auf meinem Rücken. Die Tür hielt er auch auf.«

»Das klingt, als sei er echt charmant«, stellt Viv versonnen fest. »Ich bin beeindruckt.«

»Das sagst du nur, weil du nicht weißt, welches Ende der Abend gefunden hat. Im Auto haben wir uns nur angeschwiegen. Es war unglaublich anstrengend. Er sah ebenfalls nicht aus, als würde er die Fahrt genießen, hat das Lenkrad geradezu umklammert und die ganze Zeit auf seine Lippen gebissen. Ich war dankbar, als wir endlich im Kino ankamen. Dort besorgte er gleich Karten und Getränke. Wir setzten uns auf die Plätze und warteten auf den Hauptfilm.« Nach einer kurzen Pause fahre ich fort. »Während des Films hat er seine Hand auf meine gelegt und mich gestreichelt.«

»Was?!« Viv starrt mich ungläubig an. Allmählich habe ich Zweifel, ob sie die restlichen Erlebnisse des Abends verkraften wird. »So plötzlich? Vor lauter Angst, mich zu überfallen, hat Till erst nach ewiger Zeit um ein Date gebeten, und Jan … Ich meine, ihr kennt euch gar nicht! Da kann er doch nicht unmittelbar auf Tuchfühlung gehen!«

Hat die eine Ahnung, was er kann.

»Wie hast du reagiert? Hast du deine Hand weggezogen?«, fragt Viv gespannt.

Peinliche Momente des Abends – Teil 1.

»Nein«, antworte ich verlegen und bewundere den schmutzigen Flurboden. »Ich habe meine Hand liegen lassen – den ganzen Film über.«

»Er hat während des kompletten Films deine Hand gehalten?«, wiederholt Viv, wobei ihre Stimme immer höher wird.

Eigentlich erst ab der Actionszene, aber das spielt wohl keine Rolle.

»Ja«, erwidere ich knapp.

Viv seufzt. »Wow, wie krass. Ich verstehe nur nicht, wieso der Abend nicht gelungen gewesen sein soll. Du willst ihn schon seit Monaten. Da ist das vertretbar. Gab es denn einen Gute-Nacht-Kuss, nachdem er dich heimgebracht hatte?«

»Dazu komme ich gleich. Er hat gefragt, ob wir noch etwas trinken wollen. Ich habe abgelehnt. Ich war einfach zu verwirrt. Zuerst durchbohrt er mich mit feindseligen Blicken, und plötzlich sollte alles derart einfach sein? Zudem war Denise' Erzählung über sein unerwartetes Schlussmachen zu frisch in meiner Erinnerung. Ich wollte nicht genauso von ihm getäuscht werden, wie es bei ihr der Fall war. Keine Ahnung, wie leicht sie es ihm gemacht hat. Eigentlich erscheint sie mir nicht so naiv.«

Viv nickt verständnisvoll. »Klar. Finde ich gut, dass du dich nicht Hals über Kopf hineingestürzt hast!«

»Das glaubst du. Jan sah das anders. Er hat mich zur Haustür gebracht und wollte mich küssen.«

»Der ist wirklich schnell bei der Sache. Das traut man ihm gar nicht zu, wenn man ihn sieht. Aber stille Wasser sind bekanntlich tief. Was hast du gemacht?«

»Ich bin ihm ausgewichen, da ich in dem Moment komplett überfordert war und erst meine Gedanken sortieren wollte.«

»Verständlich!« Viv schaut mich mit auf die Seite gelegtem Kopf mitfühlend an. »Ich vermute, dass ihn das in seiner männlichen Ehre verletzte und er dich dann an der Haustür abserviert hat. Liege ich richtig?«

»Du liegst komplett daneben«, widerspreche ich mit einem leichten Grinsen. Als ob Jan so berechenbar wäre. »Er hat mich festgehalten und zu einem Kuss gezwungen.«

Viv öffnet den Mund und schließt ihn wieder, ohne

dass irgendein Laut entsteht. Scheint, als müsste ich die Unterhaltung bestreiten, bis sie sich erholt hat.

»Er hat mich geküsst, bis ich fast umgekippt bin. Dann hat er mich wortlos stehen lassen. Ende der Geschichte«, fasse ich knapp zusammen.

»Moment. Nochmals langsam und eins nach dem anderen. Du wolltest nicht, dass er dich küsst. Er hat dich festgehalten und gezwungen?«, hakt Viv nach. »Wie geht das denn?«

»Er hat meine Handgelenke umschlossen und mich gegen die Haustür gedrückt. Da gab es wenig Ausweichmöglichkeiten.«

»Während des gesamten Kusses?«

»Ja.«

»Das klingt … beängstigend. Oder?« Unvermittelt reißt Viv die Augen auf. »Wieso hast du ihn dir nicht mit deiner Kraft vom Hals gehalten? Damit kannst du doch so ziemlich alles bewirken.«

Peinliche Momente des Abends – Teil 2.

»Ich habe nicht daran gedacht«, gebe ich zu.

»Nicht dein Ernst«, schimpft Viv empört. »Er hat dich *gezwungen*! Das ist Nötigung! Du hast nicht daran gedacht? Kannst du mir das erklären?«

Es wird immer schlimmer. Mittlerweile bin ich knallrot angelaufen und würde vor Scham am liebsten im Boden versinken. »Im ersten Moment war ich entsetzt. Und dann …« Ich verstumme.

Über die Züge meiner Freundin huscht die Erkenntnis. »… und dann wolltest du gar nicht mehr, dass er dich loslässt«, beendet sie meinen Satz. »Stimmt's?«

Ich stöhne resigniert. »Kann sein. Viv, ich weiß nicht, was da abgelaufen ist, aber meine Reaktion auf ihn war der Wahnsinn. Mit einem Mal war mein Gehirn komplett abgeschaltet, und als er auch noch mit der Zunge –«

Vivs Schrei unterbricht mich. »Was?!«

Nicht das erste Mal, dass sie das im Verlauf des Gespräches sagt. Sie muss ernsthaft erschüttert sein, denn ansonsten wiederholt sie sich weniger oft. Verlegen lächelnd schaue ich auf den Boden und warte, bis sich Viv wieder beruhigt hat. Eigentlich sollte *ich* diejenige sein, die getröstet wird.

»Ich fasse zusammen: Er hat dich festgehalten, geküsst – mit Zunge – und dich schließlich stehen lassen?«, zählt Viv auf.

Ich nicke.

»Was für ein Arschloch«, zischt sie aufgebracht. »Was wirst du jetzt tun?«

»Ich weiß es nicht. Dass er meine körperliche Reaktion so ausnutzen konnte, ist demütigend. Ich wollte wirklich nicht, dass er mich küsst. Als sich jedoch unsere Lippen berührten, fand ich es total anziehend.« Ich vergrabe mein Gesicht in den Händen. »Keine Ahnung, wieso er weg ist. Er ist unberechenbar. Im ersten Moment höflich und zuvorkommend, im nächsten jähzornig und aggressiv. Als ob ich ihn absichtlich provoziert hätte!«

Vivs Antwort wird von der Klingel übertönt, die den Beginn der nächsten Stunde ankündigt. In Gedanken versunken trotten wir zu unserem Saal und lassen die weiteren Schulstunden über uns ergehen.

In der nächsten Pause debattieren wir erneut über mögliche Beweggründe, kommen aber zu keinem zufriedenstellenden Urteil.

Von Jan sehe ich den ganzen Tag über nichts. Dafür stoße ich nach Schulschluss fast mit Denise zusammen, die mich mit dünnen Lippen und zusammengezogenen Augenbrauen anfunkelt, dann jedoch wortlos an mir vorüberstürmt. Viv schaut ihr unsicher hinterher. Sie misst mich mit einem nachdenklichen Stirnrunzeln und nimmt mir das Versprechen ab, sehr vorsichtig zu sein und mich sofort bei ihr zu melden, sollte es Neuigkeiten geben.

Vorsichtig – das klingt für mich wie ein schlechter Witz. Als ob es in Jans Nähe irgendeine Rolle spielen würde, wenn ich versuche, vorsichtig zu sein.

Am Nachmittag widme ich meine Zeit zur Abwechslung der Schule, die ich bereits über die Ferien erfolgreich ignoriert habe. Bis auf Mathe sind meine Zensuren zwar recht gut, aber das ist kein Grund, mich bis zum Notenschluss hängen zu lassen. Ich muss es ja nicht darauf anlegen.

Zuerst die Kraft, dann Jan – ich weiß kaum, wo mir der Kopf steht und mit welchem Problem ich mich zuerst befassen soll.

Er ist ein solcher Schwachkopf! Wie kann man sich bitte derartig aufführen? Gottes Geschenk an die Frauenwelt? Besser, er hält sich von mir fern! Ansonsten kann er was erleben!

Die Gelegenheit zur Konfrontation kommt schneller als erhofft. Bereits zwei Tage später passt mich Jan in der Pause ab. Immerhin war mir eine kurze Phase der Ruhe vergönnt. Er hat die Gabe, dann zuzuschlagen, wenn ich gerade alleine bin. In der nächsten Stunde soll Viv ein Geschichtsreferat halten und hat vergessen, die Handouts fertigzustellen, weswegen sie sich hektisch auf den Weg zum Kopierer gemacht hat.

Umso besser. Der kann sich auf etwas gefasst machen!

Glücklicherweise sind wir an einem belebten Ort, er wird mir also nichts tun.

»Guten Morgen, Hannah.« Er nickt mir zu und lächelt. Seine Hände behält er bei sich, zudem wahrt er einen gewissen Abstand.

Ich hole tief Luft.

»Ich muss mich bei dir entschuldigen«, gesteht er, bevor ich loslegen kann. »Es tut mir leid.«

Verdammt! Er war schneller und hat mich aus dem Konzept gebracht – mal wieder. Wie kanzelt man jemanden ab, der sich gerade entschuldigt hat?

Vorsichtshalber schweige ich und funkle ihn dabei wutentbrannt an. Wenn er nur nicht so verflucht gut aussehen – äh, lassen wir das. Ich bete darum, dass er in meinem Blick ausschließlich Ablehnung und Ärger erkennt und nicht das, was meine explosive Gefühlsmischung zusätzlich beinhaltet.

Für kurze Zeit herrscht Stille zwischen uns, sodass ich meine Fassung zurückgewinnen kann. Mit schräg gelegtem Kopf mustere ich ihn kühl und ziehe dabei leicht die Brauen hoch.

»Ich hätte deine Wünsche respektieren sollen«, gibt er widerstrebend zu.

Ich verschränke meine Arme vor der Brust und schaue ihn herausfordernd an. »Machst du das immer auf diese Art? Dir einfach nehmen, was du willst?«

Für einen Moment schließt Jan resigniert die Augen. »Ganz plötzlich *musste* ich dich einfach küssen. Ich kam nicht gegen den Wunsch an. Obwohl du mich zuvor abgewiesen hattest.« Der unbeteiligte Klang seiner Stimme steht in krassem Gegensatz zu seinen Worten. »Ich konnte nicht anders. Es hat mich überwältigt. *Du* hast mich überwältigt.«

Ich? Überwältigt? Mich beschleicht ein unerträglicher

Gedanke. Was, wenn ich ihn mittels meiner Kraft zu dem Kuss brachte? Setzte ich die Fähigkeit möglicherweise doch ein, ohne mir dessen bewusst zu sein? Stand ich selbst so wenig hinter meiner Zurückweisung? Bin *ich* diejenige, die *ihn* gezwungen hat?

Anscheinend zeichnen sich wechselnde Emotionen auf meinen Zügen ab, denn Jan mustert mich irritiert.

»Entschuldige. Ich hätte dich nicht überfallen dürfen. Weder heute noch am Dienstag«, formuliert er sorgfältig. »Würdest du mir eine letzte Chance geben? Ich möchte dich gerne zum Kaffeetrinken einladen. Im Einkaufszentrum. Da sind eine Menge Menschen, sodass du nicht in Gefahr schwebst.« Mit einem spöttischen Lächeln schaut er an mir vorbei.

Ich bin völlig durch den Wind. Wenn dieser Kuss durch meine Kraft veranlasst wurde, trifft Jan keine Schuld. In dem Fall hat er sich tadellos benommen. Kein Wunder, dass er danach die Flucht ergriffen hat. Ist es auch mir selbst zuzuschreiben, dass er wieder mit mir ausgehen will?

»Hannah?« Jan berührt mich sanft am Oberarm, und ich werde von einer warmen Welle überflutet. Offenbar brauche ich zu lange, also entscheide ich aus dem Bauch heraus.

Ich nicke zustimmend.

»Schön«, äußert Jan gleichgültig. »Heute Nachmittag, 16 Uhr, in der Kaffeebar des Einkaufszentrums?«

Da seine Hand nach wie vor meine Haut berührt, habe ich Schwierigkeiten mit der Artikulation einer sinnvollen Antwort. Daher nicke ich erneut.

Mit leichtem Druck seiner Fingerspitzen streicht er von meiner Schulter bis zum Handgelenk, lächelt mich an und geht. Bewegungslos stehe ich da und schaue ihm hinterher, während ich warte, dass sich mein Herzschlag auf ein normales Maß reduziert.

Als Viv kurz vor Stundenbeginn von ihrem Kopiermarathon zurückkehrt, sitze ich völlig fertig auf meinem Platz. Leider habe ich keine Gelegenheit, ihr von meinem schlimmen Verdacht zu erzählen. Der Lehrer winkt sie sofort nach vorne. Sie soll die Stunde mit ihrem Vortrag eröffnen. Zu meiner Schande muss ich gestehen, dass ich kein einziges Wort wahrnehme, das sie im Verlauf ihres Referates sagt. Stattdessen ergehe ich mich in unguten Gedanken, durchbrochen von Selbstvorwürfen.

Innerhalb des letzten Monats passierten zwei Dinge:

Ich entdeckte meine Fähigkeit.

Jan wurde auf mich aufmerksam.

Bisher habe ich diese beiden Sachverhalte nicht miteinander in Verbindung gebracht. Wie konnte ich das übersehen?

Wochenlang hatte Jan mir gegenüber nur Verachtung empfunden, und auf einmal interessiert er sich für mich? So sehr, dass er sogar unmittelbar mit Denise Schluss macht? Ich habe nicht nur die Beziehung der beiden auf dem Gewissen, sondern auch dafür gesorgt, dass Jan mich mag. Wie armselig ist das denn?

Kurz davor, in Tränen auszubrechen, erzähle ich dem Lehrer, mir sei schlecht und ich bräuchte frische Luft. Hektisch flüchte ich auf die Toilette, wo ich mich in eine leere Kabine setze und meinen Gefühlen freien Lauf lasse.

Viv, die nach längerer Zeit geschickt wurde, um zu schauen, ob mit mir alles in Ordnung ist, findet mich völlig verheult und aufgelöst vor.

»Hannah, was ist los? Du sahst schon zu Stundenbeginn besorgniserregend aus.«

»Es ist diese verdammte Kraft!«, wimmere ich erstickt. »Hat es dich nicht gewundert, woher Jans plötzliches Interesse stammt? Ich glaube, ich zwinge ihn dazu, mich zu mögen. Der Kuss vorgestern – ich fürchte, *er* wurde von *mir* dazu genötigt. Unbewusst. Wie soll ich je Klarheit über mir entgegengebrachte Gefühle haben, wenn ich nie weiß, ob diese echt sind oder nicht? Mag mich überhaupt irgendjemand wirklich?«

Nun schluchze ich haltlos, während mir Viv beruhigend den Arm um die Schultern legt.

»Hannah, wir sind schon ewig beste Freundinnen. Lange, bevor du diese Kraft entdeckt hast«, sagt sie sanft. »Wir mögen uns, weil wir toll miteinander reden und alles teilen können, weil wir gemeinsam Spaß haben und weil wir uns gegenseitig vertrauen. Das ist nichts, was du mit deiner Kraft erreichen kannst.«

Ich bin mir nicht sicher, nicke jedoch, da ich ihr einfach glauben möchte.

»Lass mich weiter über die Sache nachdenken«, fährt sie fort. »Ich bin sicher, dass wir eine Möglichkeit finden, damit umzugehen.« Mit diesen Worten nimmt sie meine Hand und zieht mich hinter sich her. Kurze Zeit später sitzen wir wieder im Unterricht, wo ich mit einem Allergieschub mein total verquollenes Gesicht begründe.

Nach der Schule nimmt mich Viv beiseite. »Ich habe eine Idee!«, verkündet sie optimistisch.

»Dir ist tatsächlich etwas eingefallen?«, versichere ich mich skeptisch.

»Du musst eine Versuchsreihe starten.«

Ich schaue sie verständnislos an. »Wie stellst du dir das vor? Welche Versuche soll ich dieses Mal machen?«

»Probiere an Fremden aus, wie deine Gabe wirkt. Bisher hast du sie erst einmal bewusst bei anderen Menschen eingesetzt. Es wäre denkbar, dass es sich genauso wie bei Gegenständen verhält und du Konzentration aufbringen musst, um etwas zu bewirken. Allerdings«, sie zögert fast unmerklich, »solltest du darauf achten, gewisse Grenzen zu respektieren. Damit will ich nicht sagen, dass du etwas anderes überhaupt in Betracht ziehen würdest«, schiebt sie schnell hinterher.

»Viv, du kannst mir vertrauen. Ich war mir bei Denise nicht bewusst, was ich bewirke. Es war eine Kurzschlussreaktion«, beteure ich.

»Das weiß ich«, erwidert sie spontan. »Bitte entschuldige. Keine Ahnung, warum ich das überhaupt gesagt habe. Teste deine Kraft, damit du ermitteln kannst, ob du sie ausschließlich bewusst einsetzt. Dann wirst du zumindest erkennen, dass dich deine Freunde aufgrund deines tollen Charakters und nicht wegen irgendwelcher Zaubertricks mögen.«

Das erscheint mir logisch. Leider ist es nicht die Lösung für all meine Probleme.

»Aber was mit Jan ist, weiß ich noch immer nicht«, gebe ich zu bedenken.

»Das nicht«, räumt sie ein, »aber du bist dann auf dem besten Weg, es herauszufinden. Wenn ihr euch wieder trefft, musst du dir deiner Empfindungen jederzeit bewusst sein, damit du genau weißt, was von ihm kommt und was von dir.«

Wenn's weiter nichts ist. Kein Problem. In Jans Gegenwart war ich schon immer absolut Herr über meine Gedanken- und Gefühlswelt.

14 : gelenkt

Ganz in Gedanken versunken mache ich mich auf den Heimweg und überlege, wie ich die von Viv vorgeschlagene Versuchsreihe am schnellsten in die Tat umsetzen kann. Es wäre gut, wenn ich zumindest einen Plan hätte, bevor ich Jan in der Kaffeebar treffe.

Zu Hause schlinge ich das Mittagessen hinunter und widme mich kurz den Hausaufgaben, damit ich den Rest des Wochenendes keinen Gedanken mehr daran verschwenden muss. Anschließend breche ich in Jeans und schwarzem Top zum Einkaufszentrum auf – gestylt genug, um auf Jan einen hoffentlich guten Eindruck zu machen, aber nicht so extrem, dass ich auffallen würde.

An meinem Ziel angekommen prüfe ich die Uhrzeit. Noch eine knappe Stunde. Das dürfte zumindest für die ein oder andere Studie am lebenden Objekt reichen.

Ich setze mich auf die Mauer des Wunschbrunnens, in dem Touristen unterschiedlichste Geldbeträge versenken, die ihrem Glück auf die Sprünge helfen sollen, und schaue der vorbeitreibenden Menge zu.

Blickkontakt ist mein erster Punkt auf der Liste, die ich mir während der Busfahrt überlegt habe. Ich suche nach einer Person, die völlig mit sich selbst beschäftigt ist und nicht das geringste Interesse an mir zeigt.

Kurze Zeit später werde ich fündig. Eine junge Frau schiebt mit einer Hand einen grauen Kinderwagen, mit der anderen Hand versucht sie, ein etwa vierjähriges Mädchen festzuhalten, das im Begriff ist, sich loszureißen. Sie schreit der Kleinen etwas zu, steuert einen ungefähr fünf Meter entfernten Stehtisch an, wühlt hektisch in ihrer Umhängetasche und befördert daraus Milchpulver, eine Thermoskanne sowie eine Babyflasche ans Tageslicht. Sicherlich wird ihre ganze Aufmerksamkeit der Zubereitung der Mahlzeit gelten. Ich beginne, mich zu konzentrieren.

Sieh her. Na los, dreh dich um! Sieh zu mir.

Die junge Frau hebt den Kopf und schaut zielstrebig in meine Richtung. Ich bekomme einen solchen Schreck, dass ich fast rückwärts in den Brunnen falle, und senke die Lider.

Okay, Punkt 1 abgehakt. Während ich die Mutter beobachtet habe, gab es nicht die geringsten Anzeichen mentaler Beeinflussung. Erst in dem Moment, als ich einen ganz konkreten Befehl gegeben hatte, erzielte ich eine Reaktion.

So weit, so gut. Kommen wir zu Punkt 2.

Wieder lasse ich meinen Blick schweifen und suche nach einem Testobjekt, welches denkbar wenig Interesse an mir hat. Ein Mann im Anzug mit einem Laptop, der gehetzt seine gebratenen Nudeln vom China-Imbiss verzehrt und dabei immer wieder auf den Tasten herumhämmert, erscheint mir als geeigneter Proband.

Sprich mich an. Lass dein Essen und deinen Laptop am Tisch zurück! Komm her und sprich mich an. Sofort!

Der Mann erhebt sich und kommt zielstrebig auf mich zu. Er bleibt direkt vor mir stehen.

»Hallo«, sagt er entschlossen.

»Hi«, erwidere ich freundlich. »Kann ich Ihnen helfen?«

»Ja. Nein«, stammelt er verwirrt. »Ich weiß es nicht …«

Er tut mir leid, wie er stotternd und total durcheinander

vor mir steht. Ich möchte diese unangenehme Situation, an der ich die Schuld trage, nicht unnötig herauszögern.

»Halten Sie es nicht für leichtsinnig, Ihr teures Notebook allein und unbeaufsichtigt auf dem Tisch stehen zu lassen?«, frage ich sanft.

Er schaut panisch zu seinem Laptop, dann wieder zu mir und murmelt: »Ja, natürlich. Du hast recht. Ich weiß nicht, was in mich gefahren ist. Bitte entschuldige die Störung.«

Mit diesen Worten dreht er sich um und eilt kopflos zum Tisch zurück, wo er seine Sachen in rekordverdächtigem Tempo zusammenpackt. Anschließend sucht er mit einem irritierten Blick in meine Richtung das Weite.

Versuch Nummer 2 kann ich ebenfalls als Erfolg verbuchen. Bis zum Einsetzen meiner Kraft wusste dieser Herr nicht einmal von meiner Existenz.

Zeit für den finalen Test.

Ich will herausfinden, ob ich jemanden zwingen kann, etwas gegen seinen Willen zu tun. Falls es funktioniert, möchte ich zusätzlich ermitteln, wie stark ich mich dafür konzentrieren muss. Ganz ehrlich: Ich weiß nicht, auf welches Ergebnis ich hoffen soll.

Wieder schaue ich mich auf der Suche nach einem Opfer – das ist die einzig treffende Bezeichnung – um. Kurz darauf sehe ich einen ungefähr vierzehnjährigen Jungen, der gerade sein Handy zurück in den Rucksack steckt. Ansonsten scheint er keine weiteren technischen Geräte bei sich zu haben. Perfekt.

Im ersten Moment fehlt mir der Mut, um diese Aktion durchzuziehen, aber ich brauche so viel Gewissheit, wie ich bekommen kann.

Allmählich forme ich den passenden Gedanken. Der arme Kerl soll in Kürze in den Brunnen springen.

Noch lässt nichts auf die entsprechende Tat schließen.

Gut. Das einfache Denken hat also keine Auswirkungen.

Ich beschließe, dass der Typ in den Brunnen springt. Jetzt gleich.

Nichts passiert. Er ist weiterhin trocken.

Nun konzentriere ich meine Kraft auf einen einzigen Impuls.

Wirf deinen Rucksack hin und spring in den Brunnen. Spring!

Der Junge lässt seinen Rucksack schlagartig zu Boden fallen und rennt los. Er überwindet die Steinmauer mit einem einzigen Sprung und taucht unter gewaltigem Gespritze ins Wasser. Dummerweise direkt neben mir, sodass nicht nur er bis auf die Haut durchnässt ist.

Dieser Plan beinhaltet gewisse Schwächen. Das muss ich zugeben, als ich meine tropfende Kleidung in Augenschein nehme. Während der arme Kerl unter dem Gelächter der Umstehenden verdattert aus dem Brunnen klettert, fühle ich einen Anflug von Erschöpfung. Die starke Konzentration, die für das Erteilen des Befehls nötig war, verschafft mir leichte Kopfschmerzen. Ich stehe auf und bewege mich, eine nasse Spur auf dem Boden hinterlassend, Richtung Damentoilette. Ich friere. Geschieht mir recht. Ich hätte das auch eleganter umsetzen können.

Wie soll ich das Jan erklären?

Erst dann wird mir bewusst, was diese Geschehnisse für meine Fähigkeit bedeuten. Anscheinend kann ich jeder beliebigen Person meinen Willen aufdrängen, auch wenn dieser keineswegs ihren eigenen Interessen entspricht. Nicht nur geschickte Manipulation, sondern direkter Zwang. Immerhin muss ich mich mit voller Gedankenkraft konkret darauf konzentrieren. Vermutlich habe ich auch bei Eves Beschwörung unbewusst Befehle ausgegeben, ohne die Folgen zu erahnen. Ein solches Versehen würde mir jetzt nicht mehr passieren.

Ich atme auf, bis sich aus dem Gedankengang eine Frage ergibt, die mich erneut beunruhigt. Wie verhält es sich, wenn ich mir etwas glühend wünsche? Vielleicht war das bei Jan der Fall. Ich weiß jetzt zwar, dass ich die Menschen zumindest in der Regel nicht unabsichtlich manipuliere, aber in Bezug auf den gestrigen Abend bringt mich diese Erkenntnis in keinster Weise weiter.

»Hannah?«, reißt mich eine Stimme aus meinen Überlegungen.

Jan.

Ich erstarre. Bleibt mir denn nichts erspart? Bis zu unserer Verabredung sind es noch zwanzig Minuten!

Zwanzig Minuten, die ausgereicht hätten, um mich notdürftig zu trocknen. Im schlimmsten Fall hätte ich auch ein neues Outfit besorgen können. Zu spät. Danke, Jan. Furchtbares Timing.

Krampfhaft bemühe ich mich, mir meinen Unwillen nicht anmerken zu lassen. Stattdessen setze ich ein zuversichtliches Lächeln auf und drehe mich wenig begeistert um.

»Hey. 16 Uhr in der Kaffeebar, oder?«, begrüße ich ihn und kann dabei einen leicht gereizten Tonfall nicht unterdrücken. »Was machst du denn schon hier?«

»Dich beobachten, wie du von verrückten Teenagern mit Wasser bespritzt wirst. Dir anschließend laut rufend folgen, was du gekonnt ignoriert hast«, zählt Jan ungerührt auf.

»Du hast mich gerufen? Entschuldige, das habe ich

nicht gehört.« Dann dämmert mir, was er gerade gesagt hat.

»Du hast zugeschaut, als sich dieser Bekloppte in den Brunnen gestürzt hat?«, frage ich zaghaft nach.

Jans Miene ist unergründlich. »Ja.«

»Perfekt, dann muss ich dir wenigstens nicht erklären, warum ich so aussehe«, versuche ich mich an einem lockeren Spruch.

Mit einem knappen Lächeln mustert mich Jan von oben bis unten. Er tastet mich mit seinen Blicken geradezu ab. Unangenehm wird mir bewusst, dass mein Top nass an der Haut klebt und eher betont als verdeckt. Im Stillen beglückwünsche ich mich zu meiner Farbwahl. Nicht auszudenken, wenn ich in einem durchsichtigen weißen Shirt vor Jan stünde. Aber auch so ist mir die Situation mehr als peinlich.

»Zuerst sollten wir trockene Kleider für dich holen«, stellt er schließlich fest.

Ich nicke seufzend.

»Am besten, du bleibst hier stehen, bevor du die komplette Galerie unter Wasser setzt. Ich bin gleich wieder da.« Ohne meine Reaktion abzuwarten, dreht er sich um und verschwindet in der Menschenmenge. Ich bleibe tropfend zurück und komme zu dem Schluss, dass er wirklich hilfsbereit ist.

Kurze Zeit später kehrt er zurück. Über seinem Arm hängen nicht nur Shirt und Jeansrock, sondern auch ein flauschiges Handtuch sowie ein BH. Jetzt übertreibt er aber. Ich bin doch nicht bis auf die Haut durchnässt. Und wenn ich es wäre, würde ich es nicht zugeben. Er hat Unterwäsche für mich besorgt, und ich laufe zum zweiten Mal in knapp zehn Minuten vor Scham rot an. Unangenehm berührt nehme ich die Sachen mit einem gemurmelten Dank in Empfang und verschwinde im Höchsttempo auf die Damentoilette. Ganz deutlich spüre ich seine Augen auf mir, widerstehe aber dem Impuls, mich noch einmal umzudrehen.

Vor den Waschbecken ziehe ich unter irritiertem Starren der anwesenden Frauen Top und Hose aus und hülle mich in das weiche Handtuch. Anschließend krame ich in der Handtasche nach meiner Bürste und beginne mein Haar, das sich aufgrund der Feuchtigkeit lockt, zu entwirren. Nachdem mir wieder halbwegs warm geworden ist, schließe ich mich in einer Kabine ein und begutachte dort die Sachen, die mir Jan auf die Schnelle gekauft hat. Als Erstes fällt mir der hellblaue, mit Spitze versetze BH aus hauchzartem Stoff auf, der extrem teuer aussieht. Erneut laufe ich rot an. Da aber mein eigenes Exemplar nass und klamm ist, unterdrücke ich den Wunsch, schreiend wegzulaufen, und streife mir den neuen BH über. Er sitzt perfekt. Beunruhigend. Insbesondere in Kombination mit Jans vieldeutigen Blicken.

Schnell ziehe ich die anderen von ihm ausgewählten Kleider an und stehe in höchstem Maß beeindruckt vor dem Spiegel. Auch Rock und T-Shirt passen. Zum Glück sind meine Beine glatt rasiert, denn das von Jan ausgewählte Teil endet bereits oberhalb der Knie. Woher kennt der Kerl meine Kleidergröße? Hatte er schon so viele Freundinnen, dass er das dermaßen gut einschätzen kann?

Was für ein Glück, dass er es nicht für nötig empfunden hat, einen Slip zu kaufen. Ansonsten würde ich jetzt aus dem Fenster steigen, anstatt zu ihm zurückzukehren.

Ich wickle meine nassen Kleider in das Handtuch und

stopfe alles in meine Handtasche, die sich nun in sämtliche Richtungen ausbeult. Anschließend atme ich tief durch und verlasse die Toilette.

Jan steht am gleichen Platz, an dem ich ihn zurückgelassen habe. Er hat die Arme verschränkt und betrachtet mich. Sein Blick wandert abschätzend über meinen Körper, und ich frage mich, ob ihm gefällt, was er sieht. Leider kann ich an seinen hellen Augen nicht die geringste Gefühlsregung ablesen.

»Passen die Sachen?«, erkundigt er sich höflich.

»Ja, sogar ausgesprochen gut«, bestätige ich. »Du hast alles exakt geschätzt. Wie viel schulde ich dir?«

Jan schüttelt den Kopf und hebt abwehrend die Hände.

»Geh mit mir Kaffee trinken. Das ist für den Moment alles, was ich von dir will.« Das provozierende Lachen, das er in den Satz integriert, klingt wirklich sexy. Wieder werden meine Knie weich. Immerhin sinke ich nicht in mich zusammen. Eine definitive Steigerung.

Kurze Zeit später sitze ich mit einem Chai Latte in der Kaffeebar, während Jan eine Cola bestellt hat. Dieses Mal nehme ich mir fest vor, das Getränk auf dem Tisch zu lassen. Erinnert er sich überhaupt an diesen Vorfall im Pub?

Jan folgt meinem Blick, der gedankenverloren auf die Tasse gerichtet ist. »Als du mir zum ersten Mal aufgefallen bist, hattest du auch eine Tasse vor dir stehen. Wir haben uns angeschaut, dann hast du mit dem Handrücken das Teil vom Tisch gewischt. War damals auch ein Chai Latte drin?«

Ja. Offensichtlich erinnert er sich.

»Nein. Im Pub hatte ich einen Christmas Latte. Mein Lieblingsgetränk. Bestelle ich dort immer«, entgegne ich peinlich berührt. »Lediglich an diesem einen Abend habe ich ihn nicht getrunken, sondern unter den Tisch geschüttet.«

Jan antwortet wieder mit diesem leicht rauen Lachen, das ich bis tief in meinen Magen spüre.

Wir verbringen einen kurzweiligen Nachmittag. Unsere Gespräche sind zwar weder tiefgründig noch besonders spannend, doch ich merke deutlich, dass sich Jan um mich bemüht. Zwischendurch bestellt er sich sogar auch einen Chai Latte – mein persönlicher Höhepunkt des Tages. Endlich mal eine Gemeinsamkeit!

Als ich auf die Uhr schaue, bin ich erschrocken, wie spät es bereits ist.

»Bis ich zu Hause bin, ist es sicher 19 Uhr. Meine Eltern drehen durch«, erkläre ich verlegen. »Wir haben uns heute nicht gesehen, und ich habe keinen Zettel geschrieben.«

Hastig suche ich meine Sachen zusammen und stehe auf. Währenddessen denke ich mit einem unguten Gefühl darüber nach, wie mein überstürzter Aufbruch auf Jan wirken muss. Wird er mich jetzt für unreif halten? Zu abhängig von meinen Eltern, weil sie sich Sorgen um mich machen? Immerhin ist er schon volljährig. Andererseits hat er das Treffen heute so spontan vorgeschlagen, dass ich gar keine Möglichkeit hatte, vorher zu planen. Folglich ist es nicht mein Fehler.

Wenn ich mich beeile, erwische ich den Bus um 18 Uhr 30.

Jan steht ebenfalls auf. »Auf die Gefahr hin, dass du das Angebot missverstehst: Ich bin mit dem Auto da und würde dich sehr gerne nach Hause bringen.«

Ich durchbohre ihn mit einem finsteren Blick, den er mit einem entwaffnenden Lächeln quittiert.

»Keine verbotenen Kussattacken, kein unerlaubtes Über-dich-Herfallen. Ich verspreche es!«

Schade. Und gut, dass ich das eben nicht laut gesagt habe. Angesichts des netten Nachmittags, den wir verbracht haben, gehe ich zögernd auf das Angebot ein. »Das wäre super. Ich würde zwanzig Minuten gewinnen und müsste nicht sofort losrennen.«

Schnell geht Jan zur Kasse und begleicht die Rechnung für uns beide. Zuerst die Kleider, jetzt der Kaffee. Ich nehme mir vor, beim nächsten Mal auf jeden Fall alles selbst zu zahlen – wenn es ein nächstes Mal gibt. Widerstrebend muss ich mir eingestehen, dass meine Jan-Begeisterung durch das bessere Kennenlernen einen empfindlichen Dämpfer erfahren hat. Er ist unbestreitbar attraktiv, jedoch auch ziemlich oberflächlich. Zudem erschien mir sein Interesse unecht und aufgesetzt. Meint er es wirklich ernst mit mir? Ich weiß nicht recht. Irgendetwas an ihm ist sonderbar.

Eine knappe halbe Stunde später erreichen wir unser Haus, und ich löse meinen Gurt. Wie gewohnt öffnet mir Jan die Beifahrertür, macht dann aber einen Schritt zurück und lehnt sich an sein Auto.

»Das war ein sehr schöner Nachmittag mit dir. Vielen Dank dafür. Ich hoffe, dass wir das bald wiederholen können.« Er zögert kurz. »Hast du spontan Lust, heute Abend noch etwas zu unternehmen? Um 21 Uhr treffe ich mich mit ein paar Freunden im Schwimmbad. Wir nutzen den Spätbadetarif.«

Mein erster Impuls ist Ablehnung. Mit Jan ins Schwimmbad?

Wie soll mein Herz das mitmachen? Schon bei der Erinnerung an Jan am Seeufer schlägt es Kapriolen. Natürlich war unser gemeinsamer Nachmittag schön. Doch dermaßen toll, dass ich auch den Abend in seiner Nähe verbringen will, war er nicht. Allerdings könnte ich ebenso gut die Gelegenheit nutzen, um mir über meine Gefühle klar zu werden. Keine Frage. Jan ist das heißeste männliche Wesen unter der Sonne. Nett ist er auch, meistens zumindest. Doch bringe ich ihm echte Zuneigung entgegen? Empfindungen, die über bloßes Verlangen hinausgehen? Kann Jans Charakter mit seinem perfekten Erscheinungsbild mithalten? Ist es mir möglich, objektiv zu urteilen, obwohl mein Gehirn in seiner Nähe nicht gerade der aktivste Teil des Körpers ist? Ein wenig Abstand, um etwas Sicherheit zu gewinnen, wäre wohl nicht verkehrt. Hormone gegen gesunden Menschenverstand.

Jan beobachtet mich und wartet still auf meine Entscheidung.

Gehe ich ein Risiko ein, wenn ich mitkomme? Wird er wieder etwas gegen meinen Willen tun? War das überhaupt der Fall? Oder war ich es doch selbst? Der Kuss hat mir gefallen, das lässt sich nicht bestreiten. Trotzdem wollte ich nicht. Doch heute haben wir den kompletten Nachmittag miteinander verbracht. Weder im Einkaufszentrum noch auf der Autofahrt hat Jan irgendetwas getan, um meinen Argwohn zu stärken. Er hat sich wirklich Mühe gegeben. Außerdem sagte er selbst, dass er sich mit einigen Freunden im Schwimmbad treffen wolle. Wir werden uns also nicht alleine und halbnackt gegenüberstehen, während uns das warme Wasser umspült. Nun ja. Zumindest nicht alleine.

Ich werde rot und stelle fest, dass mich Jan weiterhin anschaut. Richtig, er wartet auf eine Antwort. Das wäre mir wegen meiner eindeutig zu regen Fantasie fast entfallen.

»Okay. Ich gebe meinen Eltern Bescheid und packe meine Badesachen«, entscheide ich spontan.

Kaum wahrnehmbar gleitet ein zufriedenes Lächeln über Jans Züge. Schnell wendet er sich ab und geht mit langen Schritten zur Fahrerseite. »Ich warte im Auto auf dich.«

Mit einem zerstreuten Nicken in seine Richtung laufe ich unseren Gartenweg entlang. Was habe ich eben auf seinem Gesicht gesehen? Genugtuung? Triumph, weil er mich erneut so leicht um den Finger gewickelt hat? Ist es ein Fehler, den Abend in seiner Gesellschaft zu verbringen? Wir sind nicht alleine dort. Es gibt keinen Grund zur Beunruhigung. Jan war den ganzen Tag über zurückhaltend und zuvorkommend. Warum sollte sich das ändern? Immerhin hat er versprochen, seine Finger bei sich zu behalten. Trotzdem verbleibt ein mulmiges Gefühl in meiner Magengrube.

Als ich unser Haus betrete, bin ich noch immer zwiegespalten. Auf der einen Seite kann ich Jan nicht bedingungslos vertrauen. So naiv, den Kuss zu vergessen, bin ich nicht. Andererseits wäre es ein Verbrechen, mir seinen Anblick in Badehosen entgehen zu lassen. Mit einem Grinsen betrete ich die unterste Treppenstufe.

»Schatz?«

Ich drehe mich über die rechte Schulter zu meiner Mutter um.

»Hi, Mama!«, grüße ich abgelenkt.

»Sagtest du nicht, du seist zum Abendessen da? Wir haben uns gewundert, wo du bleibst. Na gut, *ich* habe mich gewundert. Dein Bruder hat freudig deine Portion verspeist. Zusätzlich zu seiner eigenen.«

»Tut mir leid. Ich hatte heute eine Verabredung mit einem tollen Jungen.« Ich schlucke. »Momentan bin ich einfach durcheinander.«

Meine Mutter nickt verständnisvoll. »Wie ist es gelaufen?«

»Ziemlich gut, glaube ich. Er hat gefragt, ob wir ins Schwimmbad gehen. Ist das für dich in Ordnung?«

Meine Mutter hebt unschlüssig die Schultern. »Jetzt noch?«

»Wir nutzen den Spätbadetarif«, erkläre ich betont harmlos.

»Sicher«, stimmt sie nach einer kurzen Pause zu. »Solange du spätestens um Mitternacht wieder da bist. Ist es der gleiche junge Mann, mit dem du am Dienstag im Kino warst?«

»Genau der«, bestätige ich.

»Das freut mich. Als Einkaufsbegleitung scheint er schon mal geeignet zu sein«, bemerkt sie mit einem Blick auf meine neuen Kleider. »Hoffentlich bekomme ich ihn bald zu Gesicht.«

»Wenn du unauffällig aus dem Fenster sehen möchtest: Er wartet draußen im Auto auf mich.«

Die Augen meiner Mutter zucken zur Haustür. »Wie wäre es, wenn ich ihn –«

»Vergiss es! Das wäre einfach nur peinlich!« Nervös zupfe ich am Bund meines T-Shirts. »Ich verspreche, dass du ihn kennenlernst, falls wir uns wirklich häufiger treffen. Aber jetzt nicht!«

Meine Mutter lacht. »Entschuldige. Das war eine schlechte Idee. Er muss ein interessanter Typ sein, wenn er dich dermaßen aus dem Konzept bringt.«

Seufzend gehe ich die Treppe hinauf. Interessant trifft es nicht im Ansatz. Spannend, anziehend, bemerkenswert.

Und über alle Maßen heiß. Aber auch unberechenbar, aggressiv und Furcht einflößend. So lange habe ich ihn aus der Ferne angeschmachtet, und nun kann ich kaum mit dem Facettenreichtum seiner Persönlichkeit umgehen. Bei jedem Treffen überrascht er mich aufs Neue. Heute Morgen hätte ich ihm am liebsten den Hals umgedreht, während ich mich am Nachmittag stundenlang mit ihm unterhalten habe.

Auch in Bezug auf meine Fähigkeit war der heutige Tag voll neuer Eindrücke. Durch Gedankenkraft Personen zum Blickkontakt oder zum Herkommen zu zwingen, gäbe schon genug Grund zur Besorgnis. Dass der Junge aber geradewegs in den Brunnen gesprungen ist, obwohl das deutlich gegen seinen Willen war, ist höchst beunruhigend. Unbarmherzig drängt sich der Gedanke an die Konsequenzen auf. Könnte ich jemanden animieren, von einer Brücke oder einem Hochhaus zu springen? Sich die Pulsadern aufzuschneiden? Wo endet meine Macht?

Ich drücke meine Handballen gegen die geschlossenen Augen. Solche Überlegungen darf ich nicht zulassen. Ich werde das niemals herausfinden, das schwöre ich! Solange ich die Kontrolle behalte, gerät keiner in Gefahr.

Schlagartig fällt mir ein, dass Jan unten im Auto auf mich wartet, während ich persönliche Gewissensfragen erörtere, statt nach meinem Bikini zu suchen. Kopfschüttelnd beginne ich, den Schrank zu durchwühlen. Kurze Zeit später fördere ich mein blau-grün kariertes Lieblingsmodell zutage und stopfe es in die Badetasche.

15 : bedroht

Um Jan nicht noch länger warten zu lassen, verzichte ich darauf, mich umzuziehen, und stürme in den Kleidern, die er mir gekauft hat, die Treppe hinunter. Schnell streife ich meine Jeansjacke über, verabschiede mich von meiner Mutter und renne nach draußen.

In dem Moment, in welchem die Haustür hinter mir ins Schloss fällt, wandelt sich meine Hektik zu mühsamer Gelassenheit. Jan soll nicht auf die Idee kommen, dass ich mich für ihn abhetze.

Als er mich erblickt, steckt er das Handy, in das er gerade gesprochen hat, in die Tasche. Er kommt mir entgegen und verstaut wortlos meine Badesachen im Kofferraum. Sofort steigen wieder Zweifel hoch. Dafür ist es zu spät. Wenn ich mich jetzt doch umentscheide, hält er mich für total bescheuert. Vermutlich reagiere ich total über, nur weil er mir nicht vor Begeisterung um den Hals fällt.

Verunsichert lasse ich mich auf dem Beifahrersitz nieder, während Jan meine Tür schließt. Er scheint sich nicht sonderlich auf den Abend in meiner Gesellschaft zu freuen. Ob er lieber mit seinen Freunden alleine wäre? Weshalb hat er dann gefragt? Angespannt klammere ich mich an der Sitzkante fest. Meine Fingernägel graben sich in das glatte Leder, und ich drehe mich ein wenig zur Seite, um Jan aus den Augenwinkeln zu beobachten. Er schaut stur geradeaus und macht keine Anstalten, die unangenehme Stille zu durchbrechen. Ganz toll.

Wieder starre ich auf die Straße und kann einen überraschten Laut nicht unterdrücken. »Jan.«

Er wendet mir leicht das Gesicht zu. »Ja?«

»Du weißt, dass wir zum Schwimmbad in die andere Richtung fahren müssen?«, versichere ich mich zaghaft.

Seine Augen blitzen spöttisch auf. »Ja.«

Wieder ist es still zwischen uns. Als ich gerade zur nächsten Frage ansetzen will, spricht er weiter.

»Ich muss meine Sporttasche holen. Keine Angst. Wir haben fast zwei Stunden Zeit, bis wir die anderen treffen.«

Resigniert nicke ich. So war das nicht abgemacht. Diesen Umweg erwähnt er zum ersten Mal. Alleine mit Jan in dessen Zuhause? Das ist genau die Situation, die ich vermeiden wollte. Ich prüfe meine Armbanduhr. Kurz nach sieben. Die Chancen stehen gut, dass seine Eltern da sind. Ich schüttle den Kopf. Blödsinn. Selbst wenn das nicht der Fall ist, gibt es keinen Grund, sich Sorgen zu machen. Er wird nicht erwarten, dass ich ihm ins Haus folge, immerhin hat er mich auch nicht begleitet. Ich werde einfach im Auto auf ihn warten. Sofort wird mir ein wenig leichter ums Herz.

»Wo wohnst du eigentlich? Wäre gut zu wissen, dass du nicht vorhast, mich zu entführen«, erkundige ich mich verkrampft.

Er wirft mir einen unergründlichen Seitenblick zu. »Meine Eltern haben den alten Bahnhof, der ein Stück vor der Stadt liegt, gekauft und restauriert.«

Aufgrund ausgedehnter Radtouren mit meiner Familie weiß ich genau, welches Gebäude er meint.

»In diesem Haus wohnt ihr?«, vergewissere ich mich nervös. »Ziemlich abgelegen.«

»Absolut«, stimmt er zu. »Du kannst dir vorstellen, wie unpraktisch es ohne Auto ist. Busse fahren nicht, die Bahnlinie ist stillgelegt. Zumindest gibt es keine Nachbarn, die sich über laute Musik oder Ähnliches beschweren. Das ist aber der einzige Vorteil.«

Leidlich beruhigt lehne ich mich in den Sitz zurück. Reicht es nicht, dass wir spontan bei Jan vorbeifahren? Muss er zudem so weit außerhalb wohnen?

Nach ungefähr zehn Minuten erreichen wir die Einfahrt seines Elternhauses, die von grauem Kies bedeckt ist. Beeindruckt begutachte ich das weiße Gebäude, das vom Schein der untergehenden Sonne in rötliches Licht getaucht wird, wodurch es sich hell von den dunkleren Schatten der Bäume abhebt. Hinter den Fenstern im Erdgeschoss kann ich einen Lichtschein ausmachen. Jans Eltern sind zu Hause.

Erleichtert lasse ich meinen Atem entweichen, den ich unbewusst angehalten hatte. Direkt neben dem weitläufigen Gebäude befindet sich eine große Garage, die auf mindestens zwei weitere Autos schließen lässt. Eines ist klar: Die Familie hat Geld. Viel Geld.

Jan parkt seinen Alfa direkt vor der Haustür und macht den Motor aus. »Möchtest du mit hineinkommen? Ich brauche nicht lange.«

Entschieden lehne ich ab. »Ich warte hier auf dich.«

»Bist du sicher?« Er deutet mit einer knappen Bewegung in Richtung Haustür, auf deren Schwelle eine Frau steht und uns zuwinkt. Jans Mutter.

Oh nein. Auf keinen Fall kann ich unter diesen Umständen im Auto bleiben. Nachdem sie mich bereits gesehen hat, wäre es nicht nur unhöflich, sondern geradezu beleidigend, sie nicht zu begrüßen. Nachdem ich Jan einen imaginären Dolchstoß zwischen die Schulterblätter gejagt habe, steige ich seufzend aus und folge ihm mit zusammengebissenen Zähnen die Treppe hinauf zur Haustür.

Seine Mutter trägt ein dunkelblaues Cocktailkleid und flache Schuhe. Sie sieht unglaublich jung aus, lächelt uns an und reicht mir die Hand. »Schön, Sie kennenzulernen. Fast hätten wir uns verpasst. Wir sind im Begriff zu gehen. Dein Vater«, sie betont das Wort merkwürdig und nickt Jan zu, »hat einen Tisch für uns reserviert.«

In diesem Augenblick tritt auch Jans Vater durch die Tür, als hätte er auf sein Stichwort gewartet. Im Gegensatz zu seinem Sohn sind seine Haare hellbraun und leicht gelockt. Er begrüßt mich freundlich. Anders als seine Frau fragt er nach meinem Namen, was ihn direkt sympathisch macht.

Nachdem sich Jans Eltern beiläufig nach unseren Plänen zur Abendgestaltung erkundigt und diese mit wenig Interesse zur Kenntnis genommen haben, fahren sie in ihrer blauen Limousine davon. Wir sind allein.

Bevor ich wieder zum Auto flüchten kann, legt Jan seine Hand auf meinen Rücken und schiebt mich nachdrücklich in den Flur. »Warte doch kurz im Wohnzimmer auf mich.«

Vom Feuer seiner Berührung abgelenkt, befolge ich die Aufforderung, ohne nachzudenken, und setze mich auf die Couch im Wohnbereich. Das ist der einzig passende Begriff für den Raum, denn *Wohnzimmer* wäre eine schamlose Untertreibung. Die Möbel sehen aus, als würden sie einem Katalog für Inneneinrichtung entstammen. Helles Leder, matter Stahl und blitzendes Glas, so weit das Auge reicht. Wer putzt das alles? Keinesfalls Jans Mutter. Zumindest sahen ihre perfekt manikürten Hände nicht aus, als seien sie jemals mit Putzwasser in Kontakt gekommen. Zudem liegen überhaupt keine typischen Gebrauchsgegenstände herum, wie ich es von unserem Wohnzimmer kenne. Alles ist tadellos aufgeräumt. Nichts lässt darauf schließen, dass in diesem Haus eine mindestens dreiköpfige Familie wohnt. Hat Jan eigentlich Geschwister? Ich habe keine Ahnung.

Er steht noch immer in der Tür und wartet auf meine Reaktion. Angestrengt schaue ich auf der Suche nach den richtigen Worten im Raum umher. »Euer Haus könnte wirklich für eine Wohnzeitschrift abgelichtet werden«, bemerke ich höflich und bereue die folgende Frage bereits, während ich sie ausspreche: »Ist dein Zimmer auch so exklusiv?«

Jan lässt die Gelegenheit, die ich ihm unvorsichtigerweise geboten habe, nicht ungenutzt.

»Begleite mich nach oben, damit du dir selbst ein Bild machen kannst.« Mit zwei großen Schritten ist er bei mir und zieht mich hoch. Bestimmt legt er mir die rechte Hand zwischen die Schulterblätter und dirigiert mich mit minimalen Bewegungen die Treppen hinauf ins obere Stockwerk.

In sein Zimmer? Am liebsten würde ich mich losreißen und flüchten. Es ist mir ganz und gar nicht geheuer, mit ihm alleine zu sein, ohne eine Menschenseele weit und breit. Die nächsten Häuser sind mindestens 500 Meter entfernt. Kein Wunder. Niemand wollte nah an der Bahnlinie wohnen, und es war nicht absehbar, dass diese stillgelegt werden würde. Wie lange wohnt Jan bereits hier? Immerhin geht er erst seit Januar auf unsere Schule. Zum zweiten Mal innerhalb der letzten fünf Minuten wird mir bewusst, dass ich rein gar nichts über ihn weiß. Beunruhigt beiße ich mir auf die Unterlippe.

Mir ist klar, dass ich es möglicherweise mit meinem Misstrauen übertreibe, aber er ist so verschlossen, dass ich keine Ahnung habe, was in ihm vorgeht. Wie konnte ein gemütlicher Tag in der Einkaufspassage plötzlich zu einer solch prekären Situation führen? Alleine mit einem gänzlich Fremden in dessen Haus?

Jan scheint meine Nervosität zu spüren, denn als wir die Galerie erreichen, verzieht er kurz die Lippen zu einem zynischen Lächeln. Bin ich ihm in die Falle gegangen? Ich will nicht mehr bei ihm sein. Ich will hier raus. Verzweifelt bemühe ich mich um eine ruhige Atmung. Nur schnell seine Sporttasche holen, dann können wir uns auf den Weg ins Schwimmbad machen.

Während wir auf seine Zimmertür zugehen, lässt er seine Hand langsam abwärts gleiten, sodass sie auf meinem unteren Rücken liegt. Merkwürdige glitzernde Teilchen tanzen vor meinen Augen, und ich bete insgeheim, dass er die Berührung nicht weiter nach unten fortsetzt, sonst werde ich umkippen. Die allmählich aufkeimende Panik liefert sich mit meiner Schwäche für Jan einen heftigen Kampf.

Durch einen leichten Druck seiner Handfläche auf meine Hüfte schiebt er mich in sein Zimmer und schließt, ohne den Körperkontakt abzubrechen, die Tür hinter uns. Entschieden verdränge ich den Gedanken, dass er mir damit den letzten Fluchtweg abschneidet. Er wird mir nichts tun.

Mit einer schnellen Bewegung dreht er sich zu mir um, sodass wir direkt voreinander stehen. Seine hellen Augen scheinen zu glühen, während er mich mit einem durchdringenden Blick mustert und mit der linken Hand meinen Oberarm umschließt.

Ich möchte zurückweichen, kann mich seinem stählernen Griff jedoch nicht entziehen. Der Ausdruck in seinem Gesicht macht mir Angst. Ich will Abstand.

»Jan«, setze ich beklommen an.

Statt mich loszulassen, hält er mich noch fester und geht einen Schritt auf mich zu, wodurch ich das Gleichgewicht verliere und rückwärts an die Wand stoße. Zum zweiten Mal innerhalb einer Woche werde ich von ihm gegen meinen Willen festgehalten. Wenn es nicht so Furcht einflößend wäre, würde ich über meine eigene Naivität lachen. Dieses Mal ist ausgeschlossen, dass ich es bin, die ihm ihren Willen aufzwingt. Dazu bin ich viel zu erschüttert und verängstigt.

Habe ich ihm zu voreilig mein Vertrauen geschenkt? Hätte mir sein Verhalten und auch Denise' Erfahrung keine Warnung sein müssen?

Diese Angst ist lächerlich. Er hat sich den ganzen Tag über korrekt benommen. Er wird nichts tun, was ich nicht möchte. Er hat es *versprochen*. Er wird rechtzeitig aufhören.

Jans Finger wandern über meine Hüfte weiter nach unten, bis sie auf der hinteren Tasche meines Rockes liegen. Er löst den Griff um meinen Arm und schiebt seine Hand unter den Kragen meine Jacke. Bevor ich widersprechen kann, fährt er an der Schulter beginnend mit den Fingerspitzen die Konturen meines Oberkörpers entlang und hinterlässt eine Flammenspur.

Was tut er da? Im Vergleich zu dieser Aktion verblasst der Kuss am Dienstag zu einer farblosen Erinnerung. In mir prallen gegensätzliche Gefühle aufeinander. Einerseits habe ich diesen Moment immer und immer wieder herbeigesehnt. Andererseits läuft alles schrecklich falsch. In meiner Fantasie ging die Annäherung von uns beiden aus. Ich weiß genau, dass ich eine Intensivierung bereuen würde. Ich bin noch nicht so weit.

Erneut setze ich zu einem Protest an. Er erstickt ihn, indem er meinen Mund mit seinen Lippen verschließt. Sein Kuss ist so hart und drängend, dass es mir den Atem verschlägt. Die Glitzerpartikel vor meinen Augen vermehren sich schlagartig. Ich will ihn von mir wegdrücken und stemme mich verzweifelt gegen seine Brust. Gleichzeitig habe ich nicht die Kraft, irgendetwas anderes zu tun als das, was Jan mir aufzwingt.

Obwohl ich es vorher nicht für möglich gehalten hatte, nimmt sein Kuss weiter an Intensität zu. Als er sich fest an mich drückt, brandet mein Verlangen nach ihm empor und überrollt mich wie eine gigantische Welle. Während seine rechte Hand auf meinem Rock liegt, ergreift er mit der anderen meine Hände und führt sie über mir zusammen. Meine Gelenke sind so schmal, dass er sie mühelos umfassen kann. Bevor ich protestieren kann, merke ich, wie unsere Zungen aufeinandertreffen, und versinke wieder in einem Wirbel aus Leidenschaft.

Von den widersprüchlichen Gefühlen abgelenkt, entgeht mir zuerst völlig, dass Jan meinen Rocksaum ergriffen hat und ihn nach oben zieht, während seine Finger dabei meinen Oberschenkel streifen.

Erst als ich einen kühlen Luftzug an einer Stelle spüre, die eigentlich vom Rock bedeckt sein sollte, wird mir klar, dass wirklich alles viel zu schnell geht.

Ich kenne Jan nicht im Geringsten. Er ist der erste Mann überhaupt, den ich geküsst habe.

Mag sein, dass er erfahrener ist, aber muss ich mich deshalb bedingungslos fügen?

Ich will nicht.

Warum habe ich mich nicht rechtzeitig gewehrt? Hätte ich mich wehren können?

Ich versuche, mich von ihm zu lösen, doch er hat sich so geschickt positioniert, dass ich keine Chance habe. Seine langen Finger umschließen meine Handgelenke mit unerbittlicher Stärke. Wieder habe ich mich ihm arglos ausgeliefert. Habe ich nichts dazugelernt? Weshalb war ich nicht vorsichtiger? Ein Tag Süßholz raspeln hat ausgereicht, damit ich in die Falle gehe. So wenig musste er investieren.

Ist es das, was er wirklich will?

So leicht konnte er mich manipulieren.

Wieso fällt mir das erst jetzt auf? Meinte er es jemals ernst mit mir? Wie konnte ich auf ihn reinfallen? Verbirgt sich hinter seiner attraktiven Hülle ein derartig skrupelloser Mensch?

Beim letzten Mal hat er mich nur zu einem Kuss gezwungen. Darüber sind wir heute weit hinaus. Worauf dieser Übergriff abzielt, ist glasklar.

Jan schiebt unerbittlich seinen Oberschenkel zwischen meine Beine, sodass der Rock komplett hochrutscht. Der grobe Stoff seiner Jeans scheuert über meine bloße Haut.

Ich habe Angst. Er wird keine Rücksicht auf meine Wünsche nehmen. Ich will nicht. Er wird nicht aufhören.

Ich versuche, mit aller Kraft von ihm loszukommen. Er muss doch merken, dass ich mich wehre. Es ist ihm egal. Wieder hat er mich genau da, wo er mich haben will. Dieses Mal sind wir allein. Niemand ist in der Nähe, der mir zu Hilfe kommen kann.

Das ist kein Zufall mehr. Er muss das geplant haben.

Diese Erkenntnis trifft direkt mein Innerstes.

Der kurze Rock, den ich statt meiner Jeans trage. Die spontane Einladung. Vermutlich wartet kein Mensch im Schwimmbad auf uns. Die Sachen, die er angeblich noch holen muss. Das abgelegene Haus. Seine Eltern, die weggefahren sind.

Ich habe es ihm so leicht gemacht.

Allein.

Er hat mich getäuscht.

Ich habe der falschen Person vertraut und werde nun die Konsequenzen tragen müssen.

Er wird mich zwingen.

Ich schließe die Augen.

Bitte.

Nicht hier.

Nicht auf diese Art und Weise.

Bitte nicht.

Vergeblich versuche ich, mich mit voller Kraft aufzubäumen, doch für Jan ist es ein Leichtes, mich festzuhalten. Er presst sich noch brutaler an mich. Ich fühle die kalte, harte Wand in meinem Rücken.

Kein Entkommen.

Keine Luft mehr.

Kann nicht mehr atmen.

Ich will nicht.

Lass mich in Ruhe.

Geh weg.

Nimm deine Finger von mir.

Fass mich nicht an.

Geh weg!

Weg!

WEG!

Plötzlich bin ich frei. Bevor ich meine Augen wieder geöffnet habe, höre ich einen dumpfen Schlag und ein grauenerregendes Knacken.

Jan hält mich nicht mehr in seinem Griff gefangen.

Er liegt leblos an der gegenüberliegenden Wand.

16 : schuldig

Was habe ich getan?

Schwer atmend stehe ich mit dem Rücken an der Wand. Ich bin zu keinem klaren Gedanken mehr fähig. Den Blick konstant auf Jan geheftet, durchquere ich langsam den Raum, während mir ein Horrorszenario nach dem anderen in den Sinn kommt. Kurz bevor ich ihn erreiche, bleibe ich stehen und schaue auf ihn herab. Er liegt mit dem Gesicht zur Wand am Boden. Sein Oberkörper ist leicht gedreht. Ich kann kein Lebenszeichen erkennen.

Was soll ich jetzt tun?

Ist er ungünstig an der Wand aufgeschlagen?

Habe ich ihm das Genick gebrochen?

Habe ich ihn umgebracht?

Vor meinen Augen verschwimmt alles.

Das wollte ich nicht. Natürlich nicht.

Und jetzt vergeude ich wertvolle Zeit, indem ich mich selbst bemitleide, statt Erste Hilfe zu leisten – sollte dies noch möglich sein.

Ich lasse mich neben Jan auf die Knie fallen, strecke zögernd meine Hand aus und halte die Luft an. Ich schließe die Augen. Unter Aufbietung meiner kompletten Selbstbeherrschung berühre ich seinen Hals und zucke zurück, als hätte ich mich verbrannt. Entsetzt starre ich auf meine Fingerspitzen. Sie sind feucht und glänzend rot. Bittere Galle steigt meinen Hals empor. Ich schlucke hart und beiße mir so fest auf die Lippen, dass mich der scharfe Schmerz aus meiner Benommenheit reißt.

Ist Jan tot?

Nachdem ich tief ausgeatmet habe, strecke ich erneut den Arm aus. Dieses Mal berühre ich die andere Seite seines Halses. Zuerst fühle ich gar nichts, doch dann wird mir fast schwindlig vor Erleichterung. Kaum merklich ist Jans Puls zu spüren, flatterig und schnell. Ich habe ihn nicht umgebracht. Er lebt. Zumindest für den Moment.

Krampfhaft versuche ich, die Spirale aus Panik und Hysterie zu stoppen, die sich in meinem Kopf unaufhörlich dreht.

Was soll ich jetzt machen?

Ich weiß nicht, in welchem Winkel Jan an der Wand aufgetroffen ist. Sollte das Rückgrat verletzt sein, darf er auf keinen Fall bewegt werden. Ich nehme meinen ganzen Mut zusammen und fasse an Jans dem Boden zugewandte Schulter. Als ich die warme Nässe seines Blutes fühle, wird mir wieder schlecht. Mit fest aufeinandergebissenen Zähnen taste ich vorsichtig seine Halsbeuge ab. Meine Kehle schnürt sich zu, als ich plötzlich auf etwas Spitzes treffe. Von trockenen Schluchzern geschüttelt beuge ich mich über Jan und werfe einen Blick auf seine Schulter.

Knochen.

Beim Aufprall muss etwas gesplittert sein und sich durch die darüberliegende Haut geschoben haben. Es hebt sich bleich von dem dunklen Blut ab. Ohne weiter nachzudenken, taste ich den Bereich um Jans Verletzung ab. Der ehemals weiße Teppichboden ist scharlachrot und trieft vor Nässe. Vollgesaugt mit Jans Blut. Und die Wunde blutet weiter. Bei diesem Anblick kann ich mich nur knapp davon abhalten, mich zu übergeben. Hilflos knie ich vor Jan und versuche, die aufsteigenden Tränen zurückzudrängen, als die Erkenntnis brutal über mich hereinbricht. Er wird verbluten, wenn ich weiter untätig bleibe.

Hektisch springe ich auf und schaue ziellos im Zimmer umher.

Druckverband.

Ich muss ihm einen Druckverband anlegen, damit er nicht noch mehr Blut verliert. Jedoch habe ich keine Ahnung, wie man diesen bindet, geschweige denn an der Schulter.

Ich muss etwas tun.

Jan liegt bewusstlos und totenbleich am Boden.

Ich muss ihm helfen.

Er wird verbluten.

Verzweifelt drücke ich meine Handflächen gegen die Schläfen. Ich kann keine Erste Hilfe leisten, doch die Zeit wird knapp. Gehetzt suche ich nach einem Ausweg.

Die Kraft.

Kann ich damit die Blutung stoppen? Kann ich *heilen*?

Unsicher nähere ich mich Jan. Wie konkret muss der Befehl zum Heilen ausgegeben werden? Wird es überhaupt funktionieren?

Mir bleibt keine andere Wahl.

Verbissen fixiere ich den Knochen, der aus Jans Schulter ragt.

Füge dich wieder zusammen.

Voller Konzentration fokussiere ich meine gesamte Gedankenkraft.

Wunde, schließe dich!

Der Knochen bewegt sich. Erneut ergießt sich ein Schwall Blut auf den Boden. Ungewollt wende ich den Blick ab. Als ich mich wenige Sekunden später wieder in der Lage fühle, hinzusehen, hat sich die Wunde geschlossen. Jan liegt jedoch nach wie vor reglos in seinem Blut.

Im nächsten Moment fühle ich mich, als sei mein Körper seiner gesamten Energie beraubt worden. Die Schwerkraft zieht mich mit erbarmungsloser Stärke nach unten, und eine Welle der Erschöpfung schlägt über mir zusammen. Ich kann mich kaum auf den Beinen halten.

Hilfe holen.

Krankenwagen.

Ich taumle zum Telefon auf Jans Nachttisch und wähle den Notruf. Während das Freizeichen ertönt, kommt mir ein beunruhigender Gedanke. Wie erkläre ich, was passiert ist?

Unmöglich. Ein schmales, 16-jähriges Mädchen, das einen offensichtlich viel stärkeren Jungen an die Wand schmettert? Wenn ich nicht dabei gewesen wäre, könnte ich es selbst nicht glauben.

Ich bin so müde.

Wie in einem schlechten Krimi lege ich den Saum meines T-Shirts über den Hörer. Als sich am anderen Ende jemand meldet, nenne ich flüsternd die nötigen Informationen und lege auf, bevor Rückfragen gestellt werden können.

Todmüde.

Schwankend taste ich mich die Treppe nach unten und umklammere dabei verkrampft das Geländer. Mit einer unkontrollierten Bewegung stoße ich die Haustür auf.

Ausruhen. Ich muss schlafen.

Nein. Ich muss sichergehen, dass Jan versorgt wird.

Statt zusammenzubrechen, schleppe ich mich wieder ins obere Stockwerk. Dort schaue ich mich nach einem geeigneten Versteck um, in dem ich unbemerkt warten und kontrollieren kann, ob er gefunden wird. Meine Wahl fällt auf den fast leeren Kleiderschrank im perfekt aufgeräumten Schlafzimmer seiner Eltern. Mit jeder Sekunde verliere ich mehr Energie. Ich fühle mich wie eine leere Hülle. Ich bin so erschöpft.

Am Ende.

Jan.

Mit aller Macht konzentriere ich mich auf seinen Namen. Ich darf nicht einschlafen. Ich muss dafür sorgen, dass er Hilfe erhält.

Mit letzter Kraft wanke ich in sein Zimmer zurück, stütze mich auf die Fensterbank und lehne meine Stirn gegen das kühle Glas der Scheibe.

Das Blut.

In meinem Magen bildet sich ein kalter Knoten. Bei dieser Menge werden die Sanitäter nicht zögern, die Polizei zu benachrichtigen. Vor allem, da bei Jan keine sichtbaren Verletzungen erkennbar sind. Niemals werde ich schnell genug das Haus verlassen können. Wenn ich warte, bis das Rettungsteam eintrifft, habe ich keine Chance mehr, ungesehen zu verschwinden.

Mein Sichtfeld verschwimmt. Ich blinzle mehrmals und versuche, meine Augen wieder scharf zu stellen.

Ich kann Jan jetzt nicht alleine lassen.

Erneut falle ich neben ihm auf die Knie und mustere den durchweichten Teppichboden. Obwohl kein neues Blut hinzukommt, wirkt der dunkle Fleck unter ihm größer.

So viel Blut. Ich muss es aufwischen. Hektisch lasse ich meinen Blick durchs Zimmer schweifen und entdecke einen hellgrauen Kapuzenpullover, der über dem Schreibtischstuhl hängt. Schnell stehe ich auf und suche an der Tischkante Halt, weil mir schwarz vor Augen wird. Als ich mich wieder gefangen habe, nehme ich das Kleidungsstück und drücke es vorsichtig auf den feucht glänzenden Teppich.

Kein Erfolg. Natürlich nicht.

Das Zeug muss weg. Während ich wie besessen mit dem Pullover über den Boden schrubbe, laufen mir die Tränen hinunter. Ich kann Jan nicht in seinem Blut liegen lassen. Mit dem Unterarm wische ich mir ein paar verklebte Haarsträhnen aus dem Gesicht. Ich kann nicht mehr. Entmutigt richte ich mich halb auf und starre das verfluchte Blut an, das sich mittlerweile überall zu befinden scheint. Es wird einfach nicht weniger.

Mit verzweifelter Kraft gebe ich einen Befehl aus.

Sauge das komplette Blut auf.

Von Schwindel überwältigt schaffe ich es nicht mehr, mich aufrecht zu halten, und kippe zur Seite. Mein Kopf schlägt unsanft auf den Boden. Statt gerinnender Feuchtigkeit fühle ich trockene, weiche Fasern unter meiner Wange.

Ich öffne die Augen.

Der Teppich ist makellos sauber. Ebenso Jans Haut und seine Kleider, die eben noch blutverschmiert waren. Im Austausch dafür umklammere ich den Kapuzenpullover, dessen ehemals hellgrauer Stoff einen schmutzigen Rotton angenommen hat. Nach einem Blick auf die undefinierbare Stoffmasse, die schwer in meinen Händen liegt, werde ich von starker Übelkeit erfasst. Das metallisch riechende Knäuel fest an meine Brust gepresst, versuche ich, flach ein- und auszuatmen, während ich mich darauf konzentriere, bei Bewusstsein zu bleiben.

Nach einer gefühlten Ewigkeit fährt schließlich der Krankenwagen auf den Hof und zwei Sanitäter steigen aus.

Nach einem letzten Blick auf Jan, der unverändert reglos und kreidebleich am Boden liegt, torkle ich aus dem Zimmer, um mein Versteck aufzusuchen.

Ich kann nicht mehr. Erledigt.

Durch die leicht geöffnete Schranktür höre ich, wie die beiden Männer zögernd das Haus betreten und ihr weiteres Vorgehen planen.

»Keiner da. War ja absehbar. Man hatte uns schon gewarnt, dass es sich um einen Scherzanruf handeln könnte.«

»Sollen wir nicht noch das obere Stockwerk in Augenschein nehmen?«

»Meinst du wirklich? Du siehst doch, dass hier niemand ist.«

Was, wenn sie fahren, ohne Jan zu finden?

Das darf ich nicht zulassen.

Kraftlos.

Letzte Reserven mobilisieren.

Konzentration.

Oberes Stockwerk. Erstes Zimmer auf der linken Seite. Schaut da nach! Geht hoch!

»Ich bin dafür, dass wir trotzdem oben nachschauen.«

Mein Sichtfeld beginnt, an den Rändern zu zerfließen.

Die beiden Männer setzen sich in Bewegung und trampeln die Treppe hoch. Vor meinen Augen bilden sich dunkle Flecken.

»Da liegt tatsächlich einer.«

Sie haben ihn gefunden.

Um mich herum wird es schwarz.

17 : ruhelos

Als ich wieder zu mir komme, habe ich hämmernde Kopfschmerzen. Mühevoll versuche ich, meine Augen zu öffnen. Meine Lider sind schwer. Am liebsten würde ich wieder in die Bewusstlosigkeit zurückfallen, so ausgelaugt fühle ich mich. Geschwächt stütze ich mich auf den rechten Unterarm und hebe mit höchster Anstrengung den Kopf. Sofort werde ich von heftigem Schwindel überfallen. Peinigende Stiche bohren sich wie weiß glühende Pfeile in meine Schläfen. Mein Mund ist völlig ausgetrocknet, und ich nehme einen unangenehmen Geschmack auf der Zunge wahr. Müde lasse ich den Kopf wieder auf die weiche Unterlage sinken, und ein süßlich metallischer Geruch steigt mir in die Nase. Ich bin tatsächlich auf Jans blutigem Pullover ohnmächtig geworden.

Haben sie ihn mitgenommen?

Wie viel Zeit ist vergangen, seit ich das Bewusstsein verloren habe?

Ich muss das Haus so schnell wie möglich verlassen.

Den zusammengeknüllten Pullover unter dem Arm stütze ich mich auf Knie und Handflächen und richte mich unsicher auf. Beim Verlassen des Schrankes zittere ich heftig, sodass ich mich an der Tür festklammern muss und beinahe erneut zu Boden gehe. Bevor ich den Flur betrete, lausche ich angespannt. Es ist völlig still.

Mit wackligen Knien taste ich mich durch den Gang

in Jans Zimmer. Der Raum ist leer, also verlasse ich das Haus.

Mittlerweile ist es stockdunkel geworden. Von der Stadt höre ich leise den verwehten Klang der Kirchturmglocke, die neun Mal schlägt.

Spätbadetarif. Sollte tatsächlich jemand mit Jan im Schwimmbad verabredet sein, wird er heute vergeblich warten.

Kraftlos mache ich mich auf den Heimweg, die gesamte Konzentration darauf gerichtet, einen Fuß vor den anderen zu setzen. Jans Elternhaus befindet sich so weit außerhalb, dass es keine Straßenlaternen gibt. In völliger Finsternis schleppe ich mich durch Wald und Weinberge und schaue nur selten auf, um sicherzugehen, dass ich auf die Lichter der Stadt zulaufe. Jans Pullover habe ich wie einen Rettungsanker an meine Brust gedrückt.

Ich fühle mich vollkommen leer. Die Nutzung der Kraft hat mich ausgehöhlt, mir meine Energie geraubt. Was ich zuvor als leichten Anflug von Müdigkeit wahrgenommen hatte, traf mich danach mit voller Härte. Bereits nachdem ich Jan weggeschleudert hatte, fühlte ich mich schwach. Die Heilung und der anschließende gedankliche Befehl an die Sanitäter waren zu viel für mich. Ich habe die Warnsignale ignoriert und muss nun dafür büßen. Meine Macht ist also nicht unendlich. Ich habe die Grenzen gefunden.

Wie betäubt wanke ich die Straße entlang. Die undurchdringliche Schwärze befindet sich nicht nur um mich herum, sondern auch in meinem Innern. Ich kann keinen klaren Gedanken fassen.

Eine Ewigkeit später, es muss kurz vor Mitternacht sein, komme ich völlig ausgelaugt und unterkühlt zu Hause an. Ich erinnere mich kaum an die vergangenen drei Stunden, in denen ich mich durch die Dunkelheit gequält habe. Meine Kleider, die von Jans Blut steif und verkrustet sind, kratzen unangenehm auf meiner Haut. Sein Pullover fühlt sich mittlerweile klamm in meinen Händen an.

Nach mehreren Versuchen schaffe ich es, die Haustür aufzuschließen. Glücklicherweise bleibe ich unentdeckt, als ich mich erschöpft und völlig verdreckt am Wohnzimmer vorbeischleiche und die Treppe hinauftorkle. Ich will gar nicht wissen, auf welche Gedanken meine Mutter käme, wenn ich ihr nach einem vermeintlichen Abend im Schwimmbad in diesem Zustand unter die Augen treten würde.

Im Bad trenne ich mich zögernd von Jans Pullover, schäle mich aus meinen ruinierten Kleidern, verstaue alles in einem Plastikbeutel und wickle das gesamte Bündel in ein Handtuch, um es bis zur nächsten Müllabfuhr in meinem Zimmer zu verstecken. Anschließend stelle ich mich unter die Dusche und wasche die Spuren des grässlichen Tages ab.

Während das heiße Wasser auf mich prasselt, löst sich plötzlich die Sperre in mir. Ich lasse meinen Tränen freien Lauf.

Wie konnte er mir das antun?

Er hat meine Arglosigkeit ausgenutzt. Mich eiskalt manipuliert. Mit meinen Gefühlen gespielt.

Hätte er es wirklich zum Äußersten kommen lassen? Gegen meinen Willen?

Er wollte mich zwingen.

Hat er das geplant? Oder wurde er von seinen Empfindungen überwältigt?

Er hat dafür bezahlt.

Trifft mich die Schuld an dieser Katastrophe? Kann ich

ausschließen, dass ich ihn auf irgendeine Art ermutigt habe? Konnte er die Signale meines Körpers besser deuten als ich selbst? Wollte ich ihn eigentlich doch? War lediglich mein Verstand im Weg?

Verzweifelt kneife ich die Lider zusammen.

Und wenn er nun tot ist?

Meine Reaktion ist durch nichts zu rechtfertigen. Ich habe völlig übertrieben. Die Schuldgefühle fressen mich auf. Sollte Jan im Koma liegen, gelähmt sein oder einen anderen bleibenden Schaden behalten, würde ich es mir niemals verzeihen. Sobald ich die Augen schließe, durchlebe ich diesen schrecklichen Moment, in dem Jans Körper an die Wand prallt und dann leblos am Boden liegt.

Ich stelle die Temperatur hoch. Das heiße Wasser gräbt sich jetzt wie Nadelstiche in meine Haut. Es tut weh, aber der Gedanke an Jan ist schlimmer. Ich drehe weiter und beiße vor Schmerz die Zähne fest aufeinander.

Jans unnachgiebiger Griff um meinen Oberarm. Seine Hand auf meinem Rücken. Sein Kuss.

Wie konnte er mir das antun?

Jan bewusstlos am Boden. Sein Gesicht totenbleich. Sein Puls kaum vorhanden.

Hat er überlebt?

Der spitze Knochen, der aus seiner Schulter ragte. Überall Blut.

Was habe ich getan?

»Hannah? Bist du bald fertig? Schon auf die Idee gekommen, dass andere Leute irgendwann ins Bett wollen?«

Simons spöttische Bemerkung reißt mich aus meinen quälenden Selbstvorwürfen. Schnell drehe ich das Wasser ab und hülle mich in ein großes Handtuch. Meine Haut ist glühend rot.

Nachdem ich meine Haare weitgehend trocken geföhnt und die Zähne geputzt habe, verlasse ich das Bad und gehe an meinem Bruder vorbei. Das Bündel mit den blutverschmierten Kleidern habe ich möglichst unauffällig unter den Arm geklemmt.

Simon schießt wütende Blicke auf mich ab, sagt jedoch nichts. Schnell ziehe ich meinen Schlafanzug an, schalte das Licht aus und verkrieche mich unter der Bettdecke.

Als meine Mutter wenig später ins Zimmer kommt, stelle ich mich mit langen, gleichmäßigen Atemzügen schlafend. Sie bleibt neben mir stehen, seufzt und streichelt mir liebevoll über das Haar. In diesem Moment möchte ich am liebsten in ihren Armen zusammenbrechen und ihr alles erzählen. Doch bevor ich mir ein Herz fassen kann, hat sie das Zimmer wieder verlassen. Ich bleibe alleine zurück und weine mich in den Schlaf.

Das folgende Wochenende gehört zu den schlimmsten Tagen meines Lebens.

Was ist, wenn Jan nicht mehr aufwacht?

Was ist, wenn Jan aufwacht?

Jeden Augenblick rechne ich damit, dass die Polizei vor unserer Tür steht, um mich mit meinem Vergehen zu konfrontieren. Doch nichts passiert und ich versinke weiter in meiner Lethargie. Meine Eltern akzeptieren stillschweigend, dass ich nicht bereit bin, mit ihnen zu reden. Lediglich Simon geht mir zunehmend auf die Nerven, bis mein Vater ihn mit einem scharfen Zischen zum Schweigen bringt.

Am Montagmorgen fühle ich mich nur geringfügig besser. Am liebsten würde ich die Schule heute ausfallen lassen, aber der Gedanke an den sorgenvollen Blick meiner Mutter treibt mich aus dem Bett. Sie würde mir eine Entschuldigung schreiben, doch dann wäre auch eine Erklärung fällig.

Nachdem ich mich halbwegs präsentabel hergerichtet habe – leider reicht mein Make-up für die dunklen Augenringe, die mir im Spiegel entgegenstarren, nicht aus –, versuche ich, mir meiner Familie gegenüber nichts anmerken zu lassen. Der bekümmerte Ausdruck auf dem Gesicht meiner Mutter zeigt jedoch deutlich, dass dieses Vorhaben gründlich gescheitert ist. Nachdem mein Vater und Simon kurz nacheinander die Küche verlassen haben, stellt sie sich dicht neben mich.

»Schatz. Du weißt, dass du mir alles sagen kannst«, bemerkt sie sanft. Plötzlich habe ich einen so dicken Kloß im Hals, dass ich lediglich stumm nicken kann. Ich schlucke, und als ich endlich wieder sprechen kann, ohne dabei in Tränen auszubrechen, klingt meine Stimme heiser. »Der Freitagabend ist nicht sonderlich erfolgreich verlaufen.«

Jan hat mich bedrängt, und als Reaktion darauf habe ich ihn an die gegenüberliegende Wand geschmettert. Den Krankenwagen konnte ich zwar anrufen, aber dann habe ich mich im Schrank versteckt und bin ohnmächtig geworden.

Nein, zu der Erklärung, welche diese Geschichte hinter sich herziehen würde, fühle ich mich momentan nicht in der Lage.

»Ich muss mir einfach über ein paar Dinge klar werden«, weiche ich aus. »Lieb, dass du fragst.«

Meine Mutter seufzt und berührt mit ihrer Hand leicht meine Wange. »Wenn du jemanden zum Zuhören oder Reden brauchst – du weißt, ich bin für dich da.«

Erneut steigen mir die Tränen in die Augen. Schnell drehe ich mich zur Seite und ergreife mit einem Blick auf die Uhr meinen Rucksack. »Ich muss wirklich los! Wir sehen uns heute Nachmittag.« Ohne eine Antwort abzuwarten, stürme ich aus dem Haus.

In der Schule angekommen begebe ich mich auf direktem Weg zu den Mädchentoiletten, wo ich mich bis zum Unterrichtsbeginn einschließe. Erst als die Klingel ertönt, setze ich mich in Bewegung, sodass ich nur ganz knapp vor dem Lehrer das Klassenzimmer betrete und mich atemlos auf meinen Platz fallen lasse. Viv flüstere ich auf ihren fragenden Blick hin »Verschlafen!« zu, was sie vorerst zufriedenstellt. Ihre hochgezogenen Augenbrauen geben mir jedoch zu verstehen, dass sie spätestens in der Pause einen detaillierten Bericht erwartet.

Wie wird sie reagieren? Mit Unbehagen denke ich an den Moment zurück, in dem ihr klar wurde, dass ich andere Menschen mental beeinflussen kann. Wie wird sie sich verhalten, wenn sie begreift, dass ich Jan jetzt zum zweiten Mal verletzt habe? Besonders da ich nichts über Jans Zustand in Erfahrung gebracht habe, obwohl der Vorfall bereits zwei Tage her ist. Ich kann nicht einmal sicher sein, dass er noch lebt. Viv wird mich für ein Monster halten, und ganz unrecht hat sie damit nicht. Wie kann ich ihr etwas aufbürden, womit ich selbst nicht zurechtkomme? Wäre es nicht egoistisch, jemanden ins Vertrauen zu ziehen, egal ob meine Mutter oder meine beste Freundin, damit ich mich besser fühle? Sollte ich sie nicht schützen?

Während der Lehrer vorne an der Tafel einen scheinbar endlosen Monolog hält und meine Mitschüler in Trance redet, wirke ich von außen genauso gelangweilt und träge wie alle anderen, doch in meinem Innern tobt ein Sturm.

Zum ersten Mal erkenne ich, dass das Zusammenleben in einer Gruppe bloß möglich ist, wenn die Mitglieder einander ähneln und vergleichbare Ausgangssituationen aufweisen können. Meine Kraft bedeutet nicht nur, dass ich Grenzen überschreiten kann, sondern dass mir plötzlich neue Schranken gesetzt sind. Unversehens bin ich zum Außenseiter geworden, der einen Teil seines wahren Ichs geheim hält. Unfreiwillig – aber macht das einen Unterschied?

Viv schlägt sich toll als beste Freundin. Aber wie verhielte es sich, wenn sie das Ausmaß meiner Fähigkeit in seiner ganzen Tragweite begreifen würde? Wenn sie wüsste, dass ich Jan durch einen einfachen Gedankenbefehl schwer verletzt oder sogar getötet habe? An seine Schulter, die ich mit einem simplen Impuls richten konnte, und die unmittelbar folgenden Konsequenzen will ich gar nicht denken.

Könnte sie sich in meiner Gesellschaft noch wohlfühlen? Würde sie nicht in ständiger Angst leben, mich zu verärgern und damit ihre Sicherheit zu gefährden?

Ich kann und will unsere Freundschaft nicht aufs Spiel setzen. In der Pause werde ich ihr erzählen, dass Jan am Freitagnachmittag nicht aufgetaucht ist und ich so enttäuscht war, dass ich mich für das komplette Wochenende in meinem Zimmer verkrochen habe. Das erklärt zumindest mein derangiertes Äußeres.

Der Gedanke an Freitag stößt in meinem Kopf eine Tür auf, und augenblicklich greifen Angst und Gewissensbisse wieder nach mir. Hätte ich nicht bei Jan bleiben und ihn ins Krankenhaus begleiten müssen? Nun sitze ich hier im

Unterricht, als sei nichts gewesen, ohne die geringste Information über seinen Zustand.

Habe ich ihn schwer verletzt? Ist er überhaupt wieder zu sich gekommen? Was habe ich ihm angetan?

Im gleichen Maß, in dem meine Angst um Jan wächst, entfaltet sich auch meine Wut auf ihn. Ich habe völlig überreagiert. Das ist mir bewusst. Meine Tat war brutal und extrem, doch geschah sie aus Notwehr heraus. Ein ungeplanter Reflex. Ganz im Gegensatz zu Jan, der genau wusste, was er tat.

Was wäre passiert, wenn ich mich nicht gewehrt hätte? Wie viel Zwang hätte er ausgeübt? Wie sehr seine Überlegenheit ausgenutzt? Wäre er bis zum Äußersten gegangen?

Mit einem Schaudern erinnere ich mich an die erbarmungslose Kraft, mit der er mich festhielt und berührte. Nichtsdestotrotz sitze *ich* wohlbehalten in der Schule, während *er* im Krankenhaus liegt. Zumindest hoffe ich, dass er sich dort befindet.

Wurde er von seinen Hormonen überwältigt? Hat er um Fassung gekämpft, um wenig später von mir abzulassen? Hätte ich ihm mehr Zeit geben müssen? Habe ich mich klar genug ausgedrückt? Wollte er mir überhaupt etwas tun? Hat er es verdient, so hart gegen die Wand geschleudert zu werden, dass er bewusstlos wird und im schlimmsten Fall nie wieder aufwacht?

Und dann bricht erneut dieser eigensüchtige Gedanke an die Oberfläche, den ich am liebsten in den hintersten Winkel meines Gehirns verbannen würde.

Was wird Jan erzählen, wenn er zu sich kommt?

Sowohl den Sanitätern als auch den Ärzten wird klar sein, dass er sich nicht selbst bewusstlos geschlagen hat.

Sobald er meinen Namen ins Spiel bringt, werden Ermittlungen anlaufen, die sich mit dem Geschehen beschäftigen.

Unwillkürlich schaue ich mich im Klassenraum um. Natürlich ist alles wie zuvor. Keine Polizei, die in den Saal gestürmt kommt, um mich zu verhören.

Egoistische Idiotin. Zuerst sollte ich herausfinden, wie es Jan geht. Für die Sorge um mich bleibt ausreichend Zeit. Spätestens, wenn ich in Gewahrsam genommen werde …

Das ist lächerlich. Trotzdem ist mir schlecht vor Angst.

Den Rest des Vormittags verbringe ich in einem Zustand geistiger Abwesenheit. Bei jedem lauten Geräusch, von denen es in einer Schule Unmengen gibt, zucke ich zusammen und erwarte, von der Polizei abgeführt zu werden.

In der Pause tische ich Viv die erfundene Geschichte auf und sehe dabei so elend aus, dass sie nicht auf den Gedanken kommt, daran zu zweifeln. Sie widerspricht ebenfalls nicht, als ich mich gleich nach der Schule alleine auf den Heimweg mache.

In meinem Kopf ist nur Platz für zwei Gedanken:

Wie geht es Jan?

Wann werden sie mich zum Verhör holen?

Mittlerweile ist mir klar, dass meine Tat Folgen haben wird. Dass ich bisher unbehelligt geblieben bin, kann bloß bedeuten, dass Jan nicht zu sich gekommen ist. Vor Sorge nehme ich meine Umwelt wie durch einen dichten Nebel wahr. Die Stunden fließen ineinander. Nichts kann mich aus meiner vermeintlichen Lethargie reißen.

Nach zwei Tagen ohne etwas von Jan gehört zu haben, bin ich zumindest sicher, dass er nicht in der Schule war. Außer Viv hat mich niemand auf sein Fehlen angesprochen. Ihr konnte ich glaubhaft versichern, dass ich keine Ahnung habe, wo er steckt.

Ist er überhaupt wieder aufgewacht? Hätte ich nicht längst ein Zusammentreffen mit der Polizei überstehen müssen? Was, wenn er wirklich tot ist?

Ich halte diese Ungewissheit nicht mehr aus. Ich brauche Klarheit über das Ausmaß meiner Tat. Ich muss ihn sehen. Das ortsansässige Krankenhaus kann ich ohne Weiteres nach der Schule mit dem Bus erreichen.

18 : gereizt

Bereits während ich mich im Bus auf einem Sitz niederlasse, verspüre ich erste Zweifel. Garantiert bin ich die letzte Person, die er jetzt sehen will, sofern er überhaupt bei Bewusstsein ist. Werde ich mit der Schuld leben können, sollte das nicht der Fall sein? Ich presse die Lippen zusammen und versuche, ruhig zu atmen. Um mich abzulenken, schaue ich aus dem Fenster. Die Außenwelt zieht wie eine undefinierbare Masse an mir vorbei. Statt der Spiegelung meines Gesichtes in der Scheibe habe ich Jans leblosen Körper am Fuß der Wand vor Augen. Ich schließe die Lider, doch das Bild ändert sich nicht.

Viel zu schnell sind wir am Zielort angekommen, und wenige Minuten später stehe ich auf dem Gehweg vor dem Krankenhaus, das sich in bleiernem Grau vom fahlen Blau des Himmels abhebt. So groß und bedrohlich erschien es mir bisher nie. Ich bohre meine Fingernägel in die Handflächen und hole tief Luft, dann betrete ich das Gebäude. Der große Eingangsbereich, von dem verschiedene Gänge abzweigen, ist fast leer.

Das Schild an der Rezeption verrät mir, aus welchem Grund:

Besuchszeiten 15 – 17 Uhr.

Noch anderthalb Stunden, bis ich mich nach Jan erkundigen kann.

Ich setze mich auf eine Bank in der Nische ganz in der

Ecke und blättere fahrig in einem Magazin. Die Zeit dehnt sich wie Gummi, und nach fünf Minuten bin ich kurz davor, das Krankenhaus fluchtartig zu verlassen. Ich halte diese Warterei nicht aus.

Ohne einen weiteren Gedanken stehe ich auf und stelle mich an die Empfangstheke, hinter der eine Dame in weißer Tracht wild gestikulierend ins Telefon schreit. Nachdem sie den Hörer aufgeknallt hat, dreht sie sich ungeduldig zu mir herum.

»Was?«, knurrt sie mürrisch.

»Ich möchte gerne meinen Freund besuchen, er heißt –«

Sie tippt mit ihren manikürten Fingernägeln gegen das Schild. »Tut mir leid, Besuchszeit erst ab 15 Uhr. Da gibt es keine Sonderregelungen. Auch die junge Liebe muss warten.«

»Können Sie keine Ausnahme machen?«, bitte ich eindringlich.

»Besuchszeit ab 15 Uhr. Ich mache die Regeln nicht, ich sorge nur dafür, dass sie eingehalten werden«, informiert sie mich kühl.

Ich muss zu Jan. Jetzt. Zumal ich nicht einmal sicher bin, dass er sich wirklich hier im Krankenhaus befindet. Ich brauche Klarheit.

Sag mir, in welchem Zimmer Jan Darstein liegt, und lass mich vorbei!

»Ich denke, ich kann eine Ausnahme machen. Offenbar ist der Besuch wirklich sehr dringend«, lenkt sie ein und tippt etwas in ihren Computer. »Er liegt in Zimmer 352, dritter Stock, links neben den Aufzügen.« Mit diesen Worten winkt sie mich vorbei, und ich betrete die Kabine, bevor sie es sich anders überlegen kann. Kurz bin ich von der Dimension meiner Gabe erschüttert, die der

Empfangsdame eine Antwort entlockt hat, ohne dass ich die dazugehörige Frage stellen musste. Dann überflutet mich eine Welle der Erleichterung, dicht gefolgt von Beklommenheit.

Jan.

Er ist hier. Er lebt. Und gleich werde ich ihn wiedersehen.

Mit einem leisen Schaben gleiten die Türen des Aufzuges auseinander. Ich bin im dritten Stock angekommen.

Bevor mich der Mut verlässt, überwinde ich die wenigen Schritte, die mich von Jans Zimmer trennen. Ich klopfe an.

»Ja?«

Mein Herz schlägt bis zum Hals, als ich den abgedunkelten Raum betrete. Im Bett vor dem Fenster liegt Jan und blickt mich an. Für einen Moment scheint mir, als könne ich Unsicherheit auf seinen Zügen erkennen. Doch bevor ich mich vergewissern kann, hat er bereits ein zurückhaltendes Grinsen aufgesetzt. Das dämmrige Licht lässt seine Züge blass erscheinen. Sein Gesicht scheint etwas schmaler geworden zu sein. Das Haar hebt sich tintenschwarz vom hellen Weiß des Kopfkissens ab. Es wirkt zerzaust und länger.

Erst jetzt erkenne ich, dass wir nicht alleine im Zimmer sind. Ein nett aussehender Arzt mit schütterem Haar und Brille hebt seinen Blick von einer Akte und lächelt mich an. »Sie müssen Jans Freundin sein. Ansonsten kann ich mir nicht erklären, wieso Sie außerhalb der Besuchszeiten hier auftauchen.«

»Ääh … Ich …« Stotternd ringe ich um eine passende Antwort.

Glücklicherweise rettet mich Jan aus der peinlichen

Situation. »Genau. Das ist Hannah. Meine Freundin«, sagt er und grinst erleichtert.

Seine *Freundin*? Habe ich etwas verpasst?

Die Freude bei meinem Anblick ist mehr als seltsam. Erinnert er sich nicht mehr an den verhängnisvollen Abend?

Der Arzt lacht. »Es beruhigt mich, dass du zumindest *das* noch weißt. Die Gedächtnislücke scheint sich auf den Tag des Unfalls zu beschränken.«

Nun wendet er sich mir zu. »Am Freitagabend wurde dein Freund vom Krankenwagen in der Notaufnahme abgeliefert. Bewusstlos. Mehrere Rippen gebrochen und eine schwere Gehirnerschütterung. Er kann sich beim besten Willen nicht daran erinnern, was passiert ist.«

Ich starre stumm auf meine ineinander verschränkten Hände und suche krampfhaft nach einer lockeren Erwiderung. Schließlich flüchte ich mich in ein verlegenes Lächeln.

»Natürlich. Es muss schwer für dich sein, deinen Freund so zu sehen. Ich vergesse immer wieder, dass der Anblick eines Krankenzimmers nicht für alle Menschen zum Alltag gehört.« Er klemmt sich die Akte unter den Arm und geht zur Tür, wobei er mir im Vorbeilaufen ermunternd auf die Schulter klopft. »Keine Sorge, er befindet sich auf dem Weg der Besserung. Ich lasse euch beide jetzt allein, damit es sich wenigstens gelohnt hat, dass du dich an der Rezeption vorbeigeschlichen hast.« Mit einem leisen Lachen verlässt er den Raum und schließt die Tür hinter sich, während ich total verwirrt mitten im Zimmer stehe.

Wieso geht er derart leichtfertig über Jans Gedächtnisverlust hinweg? Müssten nicht diverse Ermittlungen laufen, um zu ergründen, was am Freitagabend geschehen ist? Sollte nicht der Arzt selbst von Beruf aus Interesse an der Aufklärung haben? Gebrochene Rippen und eine Gehirnerschütterung kann man sich wohl kaum selbst zufügen. Umso merkwürdiger, dass er mir nicht eine einzige Frage gestellt hat.

Jan hat sich halb aufgesetzt, sodass die Bettdecke nur über seinen Beinen liegt. Sein Oberkörper ist mit einem festsitzenden, weißen Verband fixiert, dessen Anblick umgehend dafür sorgt, dass sich mein Gewissen lautstark meldet. Jan folgt meinem Blick.

»Das sieht schlimmer aus, als es ist«, sagt er besänftigend. »Die Gehirnerschütterung stellt definitiv den schmerzhafteren und unangenehmeren Teil dar.«

Das trägt nicht gerade zu meiner Entspannung bei. Ich presse die Lippen zusammen und gehe ein paar Schritte auf Jan zu. Leider habe ich keine Idee, wie ich ein Gespräch in Gang bringen könnte.

Er erinnert sich an nichts. Soll ich ihm die Wahrheit anvertrauen? Wird er mir Glauben schenken?

Vermutlich nicht, was wiederum eine weitere Demonstration meiner Kraft nach sich ziehen würde. Wahrscheinlich ist es besser, dass er nichts mehr weiß. Klar, er hat sich nicht vorbildlich verhalten, aber im Nachhinein wirkt seine Tat verglichen mit meinem Vergehen beinahe lächerlich. Es ist wohl am besten, seinem Gedächtnis nicht auf die Sprünge zu helfen. Ich werde ihm erzählen, dass wir uns am Freitagabend nach dem Besuch im Einkaufszentrum dermaßen gestritten hätten, dass ich alleine heimgelaufen wäre.

Obwohl ich mir bewusst bin, dass diese Entscheidung nicht in Ordnung ist, scheint es die sinnvollste Lösung für uns beide zu sein. Dicht vor Jans Bett bleibe ich stehen und verschränke die Arme vor der Brust, wohl wissend, dass ich es eher für mich als für ihn tue.

»Es tut mir leid, dass ich den Freitagabend nicht mit dir verbracht habe«, setze ich zu der niederträchtigen Lüge an.

Jan hebt leicht den Kopf und sieht mir geradewegs ins Gesicht, als könnte er meine Absicht erkennen. Seine Miene ist ernst, sein Blick von eisiger Kälte erfüllt.

»Ich erinnere mich. Du kannst dir die Lügen sparen.«

Ich schrecke zurück, als hätte er zum Schlag ausgeholt.

»Du … du erinnerst dich? Aber wieso … der Arzt … ich …«

Jan taxiert mich mit seinen hellen Augen. »Ich erinnere mich an jede Sekunde dieses Nachmittags, bevor du mich gegen die Wand geschleudert und liegen gelassen hast. *Du* bist der Grund für meine Verletzungen. Die Frage ist nur, wie du das vollbracht hast. Du bist mir eine Erklärung schuldig. Du hast mich bewusstlos geschlagen und bist abgehauen?«

Mir schießen die Tränen in die Augen, und ich weiche so weit zurück, bis ich die Türklinke in meinem Rücken spüre. Jans spontaner Angriff hat mich völlig unvorbereitet getroffen.

»Ich … es tut mir leid …«

Zu mehr als unzusammenhängendem Gestammel bin ich nicht in der Lage, deshalb drehe ich mich um, verlasse fluchtartig das Krankenzimmer und knalle die Tür hinter mir zu. Draußen lehne ich mich schwer atmend an die Wand.

Glücklicherweise hat niemand meinen alles andere als ruhmreichen Abgang beobachtet, sodass ich mir die Zeit nehmen kann, Gedanken und Gefühle zu ordnen. Ich bin ins Krankenhaus gekommen und war bereit zur Aufarbeitung der Ereignisse des Wochenendes. Ursprünglich war es nicht meine Absicht, ihn mit einer Lüge abzuspeisen. Ich wollte mich entschuldigen, ganz nüchtern über den Vorfall sprechen und möglicherweise sogar die Rolle erläutern, die meine Kraft dabei gespielt hat. Der Entschluss geriet erst ins Wanken, als mir der Arzt von der fehlenden Erinnerung berichtete. Plötzlich wirkte alles ganz einfach.

Jans angeblicher Gedächtnisverlust erscheint nun wie ein Test. Eine Prüfung, bei der ich versagt habe. Hätte ich vorgehabt, die Wahrheit zu erzählen, hätte ich anders reagiert und wäre nicht so leicht aus dem Konzept zu bringen gewesen.

Kann ich jemals irgendetwas richtig machen?

Blind vor Zorn stürze ich den Flur entlang, fahre mit dem Aufzug nach unten und verlasse das Krankenhaus. Völlig neben mir irre ich ziellos durch die Straßen, unfähig, mich auf etwas anderes als das Chaos in meinem Kopf zu konzentrieren.

Warum das Vortäuschen des Gedächtnisverlustes? Nur um mich erneut vorzuführen? Oder wollte er wirklich prüfen, ob ich ihm die Wahrheit sagen würde? Falls es so ist, bin ich gescheitert. Aber weshalb sollte er das tun? Wie kann er wütend auf mich sein, obwohl *er* derjenige ist, der *mich* bedrängt hat? Sieht er nicht, dass er ebenfalls Schuld an der Situation trägt? Ich weiß, dass ich einen großen Fehler begangen habe. Ich habe ihn in Gefahr gebracht, völlig übertrieben, und es tut mir leid! Aber das war nicht geplant! Deshalb bin ich schließlich ins Krankenhaus gefahren. Doch er hätte bereits nach dem unfreiwilligen Kuss am Dienstag wissen müssen, dass ich mich von ihm bedrängt fühle. Das hat ihn nicht abgehalten. Im Gegenteil. Er führte sich auf, als würde ich ihn ermuntern. Zugegebenermaßen war es nicht klug von mir, gleich danach wieder mit ihm loszuziehen. Hat ihn das in dem Glauben bestärkt, es sei lediglich eine Masche von mir, die Unberührbare zu spielen? Habe ich ihn unabsichtlich herausgefordert?

Ich will wissen, was er dazu sagt, und nicht die ganze Schuld auf mich nehmen. Ich will hören, was er zu seiner Verteidigung vorzubringen hat. Ich werde in sein Zimmer zurückkehren und mich dieses Mal nicht in die Flucht treiben lassen.

Abrupt drehe ich mich um und schlage wieder den Weg zum Krankenhaus ein. Die Hände zu Fäusten geballt und mit zusammengebissenen Zähnen presche ich durch die Eingangshalle und sehe dabei wohl so Furcht einflößend aus, dass sich nicht einmal die Empfangsdame traut, mir in die Quere zu kommen.

Grimmig reiße ich die Tür auf und stürme in Jans Zimmer. Bevor er irgendein Wort an mich richten kann, baue ich mich vor seinem Bett auf und verschränke die Arme.

»Was fällt dir ein, mich so zu behandeln?«, fahre ich ihn an. »Ja! Ich habe dich an die Wand geknallt. Aber hast du Spatzenhirn dich schon einmal gefragt, aus welchem Grund? Meinst du vielleicht, ich war gerade in der Stimmung dazu? Glaubst du, ich mache das öfter?«

Jan starrt mich mit offenem Mund an. Meine über Tage hinweg aufgestauten Emotionen bahnen sich ihren Weg an die Oberfläche. Angst, Schuld, Trauer, Scham, Sorge, Erleichterung verschmelzen zu einer alles unterdrückenden Wut – auf mich selbst und auf Jan, der mich in diese Situation gebracht hat.

Mit beißendem Sarkasmus gehe ich weiter auf ihn los. »Ach, hast du den Teil des Abends etwa schon vergessen? Du hast mich in euer Haus, schlimmer noch, in dein Zimmer gelockt! Und dort hast du mich bedrängt, obwohl ich dich zurückgewiesen habe! Du hast es dir selbst zuzuschreiben, dass ich mich zur Wehr gesetzt habe! Was hast du erwartet? Dass ich mich dir willig hingebe, weil du so ein toller Hecht bist? Da täuschst du dich aber gewaltig! Schon am Dienstagabend hast du mich gegen meinen Willen geküsst. Erwartest du etwa, dass ich jetzt angekrochen komme und die ganze Schuld auf mich nehme? Du Schwachkopf bist mindestens genauso verantwortlich für den Mist hier! Bilde dir bloß nicht ein, du könntest mich manipulieren! Keine Ahnung, weshalb ich dir nach dem ersten Überfall eine weitere Chance gegeben habe. Mein Vertrauen in dich war verschwendet! Ich war dermaßen bescheuert, überhaupt eine Freundschaft mit dir in Erwägung zu ziehen. Du hast alles gründlich vermasselt!«

Von meiner Schimpftirade völlig außer Atem lasse ich mich auf einen Stuhl fallen, den ich zuvor unsanft und unter lautem Gepolter vom Tisch weggezogen habe.

Jan lehnt halb aufgerichtet in seinen Kissen und erduldet stumm meinen Ausbruch. Er massiert mit den Fingerspitzen seine Stirn, als wolle er Kopfschmerzen vertreiben. Geschieht ihm recht. Am liebsten würde ich wieder von vorne losbrüllen. Mit blitzenden Augen funkle ich ihn an und warte auf seine Verteidigung. Nur allzu gerne bin ich bereit, ihm erneut den Kopf zurechtzurücken, sollte meine Ansprache nicht für die nötige Einsicht gesorgt haben.

Einige Minuten ist es vollkommen ruhig im Zimmer. Ich sitze angespannt auf meinem Stuhl und starre Jan böse an. Er hat den Kopf in die Hände gelegt, sodass ich sein Gesicht nicht sehen kann. Wenn er sich jetzt entschuldigt, gehe ich ihm an die Kehle. Das garantiere ich.

»Ich bin ein Idiot«, gibt er schließlich zu.

Interessiert betrachte ich ihn und nicke zustimmend.

Dieser Erkenntnis habe ich nichts hinzuzufügen. Mal sehen, ob noch weitere Geistesblitze folgen. Nachdem ich nun weiß, dass er keine bleibenden Schäden davontragen wird, sind meine Schuldgefühle gänzlich verschwunden. Stattdessen verfüge ich über einen offenbar unerschöpflichen Vorrat an Entrüstung.

Jan spricht leise weiter. »Ich dachte, du würdest das von mir erwarten –«

Aufgebracht falle ich ihm ins Wort. »Du *dachtest*? Mit welchem Teil deines Körpers? Das Gehirn kann es nicht gewesen sein!«

Hinter seinen Händen dringt ein Geräusch hervor, das verdächtig nach einem erstickten Lachen klingt. Erbost springe ich vom Stuhl und baue mich vor seinem Bett auf.

»Findest du das komisch, du Spinner? Du dachtest, ich würde das von dir *erwarten*! Was denn bitte? Dass du über mich herfällst und jeder Widerstand zwecklos ist? Welche Frau auf dieser Welt würde so etwas *erwarten*?« Ich werde immer lauter, sodass ich ihn bei meinen letzten Worten regelrecht anschreie. »Oder glaubst du, meine Wünsche besser einschätzen zu können als ich selbst? Dann lass es dir noch einmal in aller Deutlichkeit gesagt sein: Ich! Wollte! Nicht!«

Jan schaut entgeistert zu mir auf und schweigt. Er scheint sich der Gefahr, in der er schwebt, bewusst zu sein. Ich bin kurz davor, mich auf ihn zu stürzen und zu vollenden, was ich am Freitag begonnen habe.

»Ich bin achtzehn«, beginnt er zögerlich. »Ich hatte schon einige Freundinnen, die zum Teil älter waren als ich selbst.« Er hält kurz inne und versichert sich, dass ich bereit bin, ihm zuzuhören. Mit einer knappen Geste signalisiere ich ihm, weiterzusprechen. Ich bin gespannt, wie er seinen Kopf aus der Schlinge ziehen will.

»Ein Kuss beim ersten Date ist nichts Besonderes für mich. Und für die Frauen, mit denen ich zusammen war, ebenfalls nicht.«

Mit zusammengekniffenen Augen fixiere ich ihn. »Wie viele Freundinnen hattest du schon?«

Jan hält meinem Blick stand. »Fünf. Wirklich verliebt war ich nicht. Während wir zusammen waren, habe ich mir Verliebtheit eingebildet. Im Nachhinein betrachtet ging es nur um Sex. Wir hatten unseren Spaß miteinander. Zumindest so lange, bis ich merkte, dass die andere Person Gefühle für mich entwickelte, die ich nicht erwidern konnte. Das war dann der Moment, in dem ich Schluss gemacht habe.«

Unschlüssig denke ich darüber nach, ob ich Jan Glauben schenken soll. Eine hübsche Geschichte hat er sich da ausgedacht. Anscheinend spiegeln sich die Zweifel deutlich in meiner Mimik wider, denn Jan seufzt. »Bei unseren Treffen wirktest du so kühl und selbstbewusst, dass ich annahm, du hättest schon einige Erfahrung mit Männern.«

»Blödsinn!«, unterbreche ich ihn verärgert. »Ich hatte noch keinen Freund! Du saßt doch daneben, als beim Flaschendrehen darüber gesprochen wurde!«

Jan beißt sich verlegen auf die Unterlippe. »Daran hatte ich mich nicht mehr erinnert«, gesteht er. »Und deine Küsse waren eine weitere scheinbare Bestätigung. So küsst niemand, der darin keine Übung hat. Dachte ich.«

Empört weiche ich ein Stück von ihm zurück. »Da hast du dich wohl getäuscht. Du bist nicht nur der erste Mann, den ich geküsst habe, sondern auch der erste, der mir an die Wäsche gegangen ist. Glückwunsch, du Frauenversteher!«

Während ich ihm die Worte entgegenschmettere, wird mir bewusst, welche Botschaft seine Erklärung zudem beinhaltet. Er ist der Meinung, ich würde gut küssen. Wenn das mal kein Kompliment von einem erfahrenen …

Äh. Nein.

Jan richtet sich ein wenig auf. »Du willst mir allen Ernstes erzählen, dass du noch keinen vor mir geküsst hast?«

Ich bejahe stumm. Forschend schaut er mich an und scheint zu überlegen, ob er mir glauben kann. Dann weicht plötzlich alle Spannung aus seinem Körper.

»Ich habe dich völlig falsch eingeschätzt«, offenbart er niedergeschlagen. Er lässt den Kopf nach vorne sinken und greift sich mit der Hand in den Nacken. »Ich hätte nicht vergessen dürfen, dass du bisher keinen Freund hattest. Mir hätte in diesem Moment auffallen müssen, dass du kein Theater spielst, um dich interessant zu machen. Du hattest wirklich Angst vor mir?«, vergewissert er sich beklommen. Ich nicke unglücklich, woraufhin er kurz die Augen schließt.

»Ich habe dich in eine katastrophale Lage gebracht«, fährt er nach einer längeren Pause leise fort. »Es tut mir leid. Ich hätte dich nicht bedrängen dürfen. Ich hoffe, du kannst mir das irgendwann verzeihen.« Er schaut mir offen ins Gesicht, und ich kann in seiner Miene nicht die geringste Spur von Unaufrichtigkeit erkennen. »Mein Verhalten war völlig unangebracht, sowohl nach dem Kino als auch an dem Abend in meinem Zimmer. Ich trage die volle Verantwortung für die Eskalation. Deine Reaktion war angemessen. Aber wie …«

Die heikle Frage steht unausgesprochen zwischen uns im Raum. Gerade fühle ich mich nicht in der Lage, ihm von meiner Kraft zu erzählen. Seine Entschuldigung bringt mich völlig aus dem Konzept. Ich muss hier raus. Ich werde mich nicht unüberlegt in die nächste Schlacht stürzen.

Mit einem knappen Lächeln bewege ich mich vom Bett weg.

»Gut, dann ist das ja geklärt. Ich bin froh, dass du nicht schwer verletzt bist. Gute Besserung!«, murmle ich, während ich mich abwende. Ohne Jan eines weiteren Blickes zu würdigen, trete ich auf den Gang hinaus und schließe die Tür hinter mir.

19 : eingeweiht

Nur knappe vierundzwanzig Stunden später stehe ich wieder auf dem Krankenhausflur vor dem Zimmer mit der Nummer 352 und frage mich, ob ich eigentlich von allen guten Geistern verlassen bin. Den kompletten gestrigen Tag, die letzte Nacht sowie den heutigen Morgen habe ich damit verbracht, Gedanken in meinem Kopf herumzuwälzen und jede vorstellbare Reaktion samt möglicher Folgen durchzuspielen. Nach allem, was sich Jan geleistet hat, wäre es am naheliegendsten, den Kontakt abzubrechen und ihm, soweit umsetzbar, aus dem Weg zu gehen. Er hat mich schlecht behandelt und mein Vertrauen auf übelste Art und Weise missbraucht. Seit unserem ersten Aufeinandertreffen führte mir Jan mit jedem Blick, jeder Geste meine Unterlegenheit vor Augen. Er war nie wirklich nett zu mir, sondern hat lediglich meine kindische Verliebtheit ausgenutzt.

Doch gestern änderte sich die Situation.

Zum ersten Mal befanden wir uns auf Augenhöhe. Er hat mir aufmerksam zugehört und mich ernst genommen. Ich hatte nicht das Gefühl, von ihm verspottet oder belächelt zu werden. Im Verlauf der Auseinandersetzung haben wir mehr gesprochen als in unseren anderen Unterhaltungen zusammen. Seine Entschuldigung klang aufrichtig, und ich vermute, dass er die Wahrheit sagte. Selbst wenn das nicht der Fall war, kann ich mich mittlerweile verteidigen. Er stellt keine Gefahr für mich dar, das muss ihm ebenfalls klar sein. Außerdem ahnt er, dass sein Zusammenstoß mit der Wand nicht mit rechten Dingen zugegangen ist. Ich bin ihm eine Erklärung schuldig.

Ohne meinen Entschluss ein weiteres Mal zu überdenken, drücke ich die Klinke nieder und betrete das Zimmer. Auch heute sind die Vorhänge zugezogen, sodass der Raum im Halbdunkeln liegt. Als ich die Tür schließe, wendet sich Jan mir zu und nimmt seine Kopfhörer von den Ohren. »Hey.«

»Hey«, erwidere ich und bleibe verlegen in der Mitte des Zimmers stehen. Nachdem ich mich davon überzeugt habe, dass wir alleine sind, setze ich mich an den Besuchertisch neben seinem Bett. Mehrere Minuten mustere ich eingehend die Tischplatte und nehme endlich meinen Mut zusammen. »Du hast recht. Ich schulde dir eine Erklärung.«

Er beobachtet mich stumm und deutet ein Nicken an.

»Vor ein paar Wochen habe ich entdeckt, dass ich durch pure Gedankenkraft Dinge geschehen lassen kann.« Ich halte kurz inne und warte darauf, dass Jan seine Zweifel zum Ausdruck bringt, doch er schweigt. »Beim Flaschendrehen die Flasche stoppen.« Ich werde rot bei der Erinnerung, dass er auf meinen Wunsch hin halbnackt in den See springen musste, und hoffe, dass er diese logische Konsequenz nicht nachvollzieht. Die Eve-Sache spare ich wohlweislich aus. Für dieses Geständnis ist es zu früh. »Licht an- und ausschalten, die Zeit meines Essens in der Mikrowelle verkürzen, Ampeln umschalten, Dinge schweben lassen. Solche Sachen eben.«

Bisher habe ich nur den harmloseren Aspekt meiner Kraft erwähnt. Doch wenn ich schon beim Beichten bin, kann ich gleich mit der ganzen Wahrheit herausrücken. Ich werde sehen, wie er mit dem Rest zurechtkommt, wenn er mir überhaupt Glauben schenkt. Bisher kann ich auf seinem Gesicht nicht die geringste Regung erkennen. Seine Miene ist undurchdringlich.

Die folgenden Worte fallen mir extrem schwer.

»Der Kuss an der Haustür – ich bin bis jetzt nicht sicher, ob er von dir ausging oder ob ich dich mittels meiner Kraft dazu gebracht habe, weil es doch das war, was ich wollte«, gestehe ich leise und ignoriere Jans Stirnrunzeln. »Seit letztem Freitag habe ich allerdings die starke Vermutung, dass ich es nicht gewesen bin. Du hast mir wahnsinnige Angst eingejagt. Ich hatte mich in meinem ganzen Leben noch nie dermaßen bedroht gefühlt wie an diesem Abend in deinem Zimmer. Ich wollte dich wegschieben, aber du warst zu stark. Ich wollte widersprechen, aber du hast mir nicht zugehört.« Ich unterdrücke ein Schaudern. »Ich konnte mich nicht wehren. Du hast nicht von mir abgelassen. Mein Entsetzen wurde immer größer, sodass irgendwann lediglich Platz für diesen einen Wunsch in mir war. Ich wollte dich wegstoßen. So kräftig und so weit weg wie möglich. Ich habe den Impuls nicht absichtlich ausgegeben, der dich an die Wand geschmettert hat. Trotzdem habe ich es getan. Es tut mir leid.«

Jan starrt auf seine Hände, die auf der Bettdecke liegen. Als er schließlich spricht, klingt seine Stimme belegt. »Ich hatte keine Ahnung, dass dieser Abend so beängstigend für dich war. Mir ist gestern klar geworden, dass ich einen Fehler gemacht habe. Im Nachhinein verstehe ich nicht, wie ich die Situation derartig missverstehen konnte. Ich hätte dir das niemals antun dürfen. Es tut mir leid.«

Nichts wäre mir lieber, als ihm zu vertrauen. Doch mein

Glaube an ihn ist nachhaltig erschüttert. Trotzdem akzeptiere ich seine Entschuldigung mit einem leichten Neigen des Kopfes.

Jan greift nach dem Glas, das auf dem Nachttisch steht, und trinkt bedächtig einen Schluck Wasser. Ungeduldig beobachte ich seine Bewegungen und warte darauf, wie er auf meine Offenbarung reagiert.

»Und?«, dränge ich, nachdem ich die Stille nicht mehr aushalte. »Ich habe dir gerade mein größtes Geheimnis verraten. Könntest du dich dazu äußern, statt dich seelenruhig deinem Wasser zu widmen?«

Jan verzieht kurz die Lippen zu einem amüsierten Lächeln. »Entschuldige. Ich habe keine Ahnung, was ich von deiner Geschichte halten soll. Ist das echt dein Ernst?«

»Momentan bin ich absolut nicht in der Stimmung, Witze zu machen, da kannst du dir sicher sein«, bestätige ich düster.

Jan fährt sich mit der Hand durch die Haare. »Dinge schweben lassen, Licht ausschalten. Das klingt wie aus einem Gruselfilm.«

»Ich verstehe deine Zweifel«, gebe ich zu. »Aber wie erklärst du dir dann deine nähere Bekanntschaft mit der Wand?«

Er zögert. »Es ging alles so schnell. Ehrlich gesagt habe ich eher damit gerechnet, dass du irgendeine Kampfsportart betreibst. In einem Augenblick habe ich dich geküsst, im nächsten reißt mich etwas von dir weg, katapultiert mich durchs Zimmer und schmettert mich an die gegenüberliegende Wand. Okay. Die Kampfsporttheorie ist fragwürdig. Aber deine Erklärung wirkt auch nicht gerade plausibel …«

Konzentriert fokussiere ich die Porzellanvase, die mit einer armseligen Plastikrose vor mir auf dem Tisch steht.

Erhebe dich ein kleines Stück von der Oberfläche. Schwebe!

Das Behältnis schwebt samt künstlicher Blume ungefähr dreißig Zentimeter in die Luft und bleibt dort stehen. Ohne den Gedankenimpuls abreißen zu lassen, deute ich mit einer knappen Bewegung auf den Tisch. Jans Blick wechselt in hoher Geschwindigkeit von mir zur Plastikrose und wieder zurück. Dabei zeigt sein Gesicht einen derart fassungslosen Ausdruck, dass ich mir ein belustigtes Schmunzeln nicht verkneifen kann.

Mit einem schmerzerfüllten Stöhnen setzt er sich auf, lässt sich von der Bettkante rutschen und geht langsam auf den Tisch zu. Er streckt vorsichtig seinen Arm aus und prüft mit der Handfläche die das Flugobjekt umgebende Luft.

Mein Grinsen wird breiter. »Überzeugt?«

Jan massiert sich mit den Fingerspitzen die Schläfen und schüttelt leicht den Kopf. »Das ist unmöglich.«

Beiläufig lasse ich die Vase wieder abwärts schweben, um sie auf ihrem ursprünglichen Platz abzustellen. Gleichzeitig wird mir bewusst, dass sich Jan direkt neben mir befindet. Durch seine Nähe abgelenkt, fällt die Landung der Vase härter aus als geplant. Mit einem Klirren zerbricht sie in unzählige Scherben.

»Mist!«, fauche ich, während ich das Chaos auf Tisch und Boden beäuge. »Das mache ich nachher weg. Immerhin war kein Wasser drin.«

Jan reagiert mit keiner Miene auf meine Tollpatschigkeit. Er geht ein paar Schritte rückwärts und lässt sich wieder aufs Bett sinken. »Seit wann kannst du … das?«

»Ich weiß es nicht. Ich habe bloß zufällig herausgefunden, dass ich diese Kraft besitze. Keine Ahnung, wie lange ich sie schon unbewusst nutze.«

»Wie findet man so etwas *zufällig* heraus?«

»Hast du beim Flaschendrehen noch nie die Flasche beschworen, nicht bei dir zu stoppen?«

Jan lacht. »Doch. Hat nur leider nicht viel genutzt«, antwortet er mit einem vielsagenden Blick in meine Richtung. »Bei dir schon, oder?«

»Ja«, erwidere ich schlicht, ohne auf seine Stichelei näher einzugehen. »Irgendwann kam ich auf die Idee, die Flasche in einem von mir gewählten Moment anzuhalten.«

Auf Jans Gesicht zeigt sich Erkenntnis. »Dir habe ich das Bad im See zu verdanken. Wirklich ein toller Moment, um die Drehung abzubremsen«, provoziert er mich mit einem Augenzwinkern.

»Du sahst aus, als bekäme dir eine Abkühlung gut«, kontere ich. »Außerdem war es keine Absicht. Erst am nächsten Tag wurde mir wirklich klar, dass da irgendetwas merkwürdig lief. Und dann habe ich experimentiert.«

»Was hast du alles getestet?«, erkundigt er sich interessiert.

»Einige Dinge habe ich ja vorhin schon genannt. Die Stereoanlage ohne Fernbedienung steuern. Die Zeit der Mikrowelle verkürzen. Einmal wäre ich fast überfahren worden, weil ich aus Ungeduld unabsichtlich eine Ampel umgestellt habe. Einen Bleistift in Flammen aufgehen lassen«, zähle ich auf. »Ich weiß selbst nicht, wo die Grenzen liegen.«

»Vorhin sagtest du, du seist unsicher gewesen, ob du mich zu dem Kuss vor deiner Haustür gezwungen hast. Heißt das, du kannst nicht nur Gegenstände, sondern auch Menschen kontrollieren?« Er macht eine kurze Pause, während ich unbehaglich den Fußboden betrachte.

»Und was mich noch viel mehr beunruhigt: Woher weißt du das?«

Von meiner nächsten Antwort hängt der weitere Verlauf des Gesprächs ab. Ich beiße mir auf die Unterlippe, während ich krampfhaft überlege, was ich entgegnen soll.

»Freitagnachmittag im Einkaufszentrum. Der Junge, der neben mir in den Brunnen gesprungen ist. Ich habe den mentalen Befehl dazu gegeben«, murmle ich widerstrebend.

Jan starrt mich völlig entsetzt an. Sofort machen sich in mir Zweifel breit. Wie konnte ich so blöd sein, unsere instabile Beziehung einem solchen Schlag auszusetzen?

»Du kannst Menschen dazu bringen, etwas zu tun, was sie selbst gar nicht wollen?«, vergewissert er sich bestürzt.

»Scheint so. Ehrlich gesagt habe ich mich nicht eingehend damit beschäftigt. Meiner Meinung nach habe ich in den Köpfen von anderen nichts zu suchen.« Bei dieser Beteuerung fühle ich mich ein wenig unwohl, da sie genaugenommen nicht zutrifft.

Jan wirkt erleichtert. »Ich bin froh, dass du das so siehst. Der Gedanke, dass ich für meine Entscheidungen nicht selbst verantwortlich sein könnte, macht mich nervös.«

»Keine Sorge«, besänftige ich ihn. »Vor ein paar Wochen hatte ich das gleiche Gespräch mit Viv. Sie sieht das wie du.«

»Viv?«, wiederholt er verwirrt.

»Meine beste Freundin? Lange blonde Locken, ansteckendes Lachen?«, erinnere ich spöttisch.

Jan neigt zustimmend den Kopf. »Ja klar. Du hast ihr von deiner Kraft erzählt?«

»Ich war auf dem Zeltplatz dermaßen aufgewühlt von

meiner Entdeckung, dass ich unbedingt mit jemandem darüber reden musste«, verteidige ich mich spontan.

»Wie hat sie reagiert?«

»Ähnlich wie du«, berichte ich. »Zuerst hat sie mir nicht geglaubt. Meine erste Demonstration ging schief, sodass sie dachte, alles sei lediglich ein Witz gewesen. Dann ließ ich eine Taschenlampe in ihre Hände fliegen, und sie war überzeugt.«

»Was meintest du damit, dass sie die Sache wie ich sieht?«, hakt Jan nach.

»Als ich ihr davon erzählt habe, dass ich in die Gedanken von Menschen eingreifen kann, ist sie völlig ausgeflippt. Sie meinte, es sei falsch, das überhaupt in Erwägung zu ziehen. Und sie hat recht damit. Ich habe es nur getan, um meine Grenzen zu testen.«

Und um Denise zu beruhigen. Und um ohne großen Aufwand an der Rezeptionistin vorbeizukommen. Diese beiden Situationen lasse ich jedoch unerwähnt. Heikle Angelegenheit. Ablenkung.

»Als ich dich gestern zum ersten Mal besucht habe, sagte der Arzt, du könntest dich an nichts erinnern«, wechsle ich das Thema. »Warum die Geschichte von dem Gedächtnisverlust?«

Jan legt den Kopf schräg und zieht leicht die Augenbrauen hoch. »Wer würde mir glauben, dass ich von einem sechzehnjährigen Mädchen außer Gefecht gesetzt wurde? Zudem wollte ich zuerst mit dir reden, um zu verstehen, was überhaupt vorgefallen ist. Als ich am Samstagabend zu mir kam, lag ich in diesem Zimmer mit grausamen Kopfschmerzen. Jeder Atemzug war eine Qual. Ich erinnerte mich noch daran, wie ich durch die Luft flog und an die Wand knallte. Mir war klar, dass es nicht mit rechten Dingen zugegangen sein konnte. Ich fand keine zufriedenstellende Erklärung. Aber eines wusste ich mit Sicherheit. *Du* bist es gewesen. Außer uns befand sich niemand im Haus, der hätte eingreifen können, und an Geister glaube ich nicht.«

»Du lagst leblos an der Wand. Und dieses entsetzliche Knacken beim Aufprall.« Ich stocke bei der Erinnerung. »Ich dachte, ich hätte dich umgebracht. Dann habe ich den Notruf gewählt und mich versteckt, bis die Sanitäter dich fanden.«

»Dann warst du es also?«

Worauf bezieht er sich? Ich habe mich bereits für die Wandgeschichte entschuldigt. Natürlich war *ich* es. Verständnislos lege ich die Stirn in Falten.

»Du hast den Krankenwagen gerufen und dafür gesorgt, dass man sich umgehend um mich gekümmert hat?«, präzisiert Jan.

»Natürlich«, bestätige ich. »Das war ich dir schuldig.«

Nachdenklich streicht Jan seine Bettdecke glatt. »Das spricht für dich. Damit hätte ich nicht gerechnet.«

»Wie meinst du das?«

»So, wie ich auf dich losgegangen bin, wäre es dir nicht zu verdenken gewesen, wenn du mich einfach meinem Schicksal überlassen hättest«, erklärt er. »Du hast Mut und Mitgefühl bewiesen.«

Ich überlege kurz. »Ich glaube, du überschätzt mich. Ich wollte dich nicht verletzen. Hätte ich dich absichtlich an die Wand geknallt, wäre ich so schnell wie möglich verschwunden. Da ich aber überhaupt nicht damit gerechnet habe, war ich ganz krank vor Sorge um dich.«

Jan schenkt mir ein warmes Lächeln. »Dafür bin ich dir dankbar. Hast du …« Unsicher sucht er nach den richtigen

Worten. »Darf ich mehr über deine Gabe erfahren? Oder ist dir das Thema unangenehm?«

Zweifelnd ziehe ich die Schultern hoch.

»Das hängt davon ab. Diese Fähigkeit«, frage ich zögernd, »ist sie für dich in Ordnung?«

Die Gesprächspause, während ich auf Jans Antwort warte, erscheint mir quälend lang. Schließlich setzt er sich etwas aufrechter hin und zieht vor Schmerzen scharf die Luft ein.

»Ich möchte ehrlich sein. Ich weiß es nicht. Als mein Kopf am Samstag wieder halbwegs benutzbar war, habe ich mir das Hirn zermartert, um eine Erklärung für dein Verhalten zu finden. Keine Chance. Es war mir völlig schleierhaft, wie du die Kraft aufbringen konntest, mich mit solch verstörendem Ergebnis durch den Raum zu schleudern. Stundenlang lag ich reglos im Bett und dachte darüber nach, ob beziehungsweise wie du mich töten wolltest.« Ich öffne den Mund zum Protest, doch er lässt mich nicht zu Wort kommen. »Ich kann es nicht fassen, was du getan hast und wozu du in der Lage bist. Das verschafft mir Albträume. Mir ist jetzt klar, dass du aus Notwehr heraus gehandelt hast. Aber wäre ich nur ein wenig anders an der Wand aufgekommen, würde ich hier nicht mehr liegen«, stellt er nüchtern fest. »Offenbar hast du diese Gabe nicht vollständig unter Kontrolle. Wie kann ich wissen, dass du sie nicht erneut gegen mich einsetzen wirst? Wie kann ich in deiner Nähe jemals sicher sein?«

Ich schlucke hart. Genau diese Frage beschäftigt mich seit Tagen immer und immer wieder. Jan ahnt nicht, wie nahe er dem Tod wirklich war.

»Ich weiß es nicht. Ich verstehe ja selbst nicht, wie es funktioniert.« Ich kauere mich auf meinem Stuhl zusammen, ziehe die Knie an die Brust und umschlinge sie mit den Armen.

Jan seufzt und fährt sich hilflos mit der Hand durchs Haar. »Die Situation ist … schwierig. Einerseits ist mir diese Gabe und alles, was damit zusammenhängt, wirklich unheimlich. Ich bin erstaunt, dass ich dir nach deiner Demonstration noch normal gegenübersitze und nicht ausraste. Durch Gedankenkraft Dinge geschehen lassen, ist wirklich schräg. Andererseits mag ich dich und möchte Zeit in deiner Nähe verbringen.« Er grinst mich zaghaft an. »Ich könnte das Risiko auf mich nehmen, wenn du mir ebenfalls eine weitere Chance gibst.«

»Eine weitere Chance?«, wiederhole ich irritiert.

»Ich habe dich bedrängt«, ruft er mir ins Gedächtnis. »Durch mein unachtsames Verhalten habe ich einiges zerstört. Ich möchte mir deine Freundschaft verdienen.«

Ich fixiere meine Fußspitzen. »Ich würde es gerne langsam angehen lassen«, murmle ich verlegen.

»Du bestimmst das Tempo«, verspricht er.

Unsicher erwidere ich sein Lächeln, während sich in mir große Erleichterung ausbreitet. Ich hatte fest damit gerechnet, dass sich unsere Beziehung nach dem katastrophalen Abend nicht mehr erholen würde, doch das Gegenteil ist der Fall. Ich fühle mich wohl in Jans Nähe und ich genieße unsere plötzlich so vertrauten Gespräche.

Mit einem Mal fällt mir auf, dass es still zwischen uns geworden ist. Habe ich eine Frage überhört? Seinem Ausdruck nach zu urteilen, scheint das der Fall zu sein.

Belustigt beugt er sich ein wenig nach vorne. »Okay. Anscheinend ist mein letzter Satz nicht angekommen. Ich würde gerne mehr über die Gabe erfahren und so viel verstehen wie möglich. Einverstanden?«

Ich nicke zustimmend. »Nur zu. Frag, was du willst.«

»Habe ich das richtig verstanden? Du musst dich auf einen Befehl konzentrieren, um ihn in die Tat umzusetzen. Es reicht also nicht aus, wenn du dir unterbewusst etwas wünschst?«

»Zumindest denke ich, dass es auf diese Art funktioniert«, bejahe ich.

Jan runzelt die Stirn. »Wie groß sind die Dinge, die du bisher bewegt hast?«

»Das Größte, was ich bisher bewegt habe, bist du.« Ich schmunzle, doch Jan bleibt ernst.

»Könntest du alles in diesem Zimmer anheben?«

Ich betrachte prüfend den ganz in Weiß gehaltenen Raum. »Warum nicht? Bisher habe ich keine Grenzen entdeckt. Allerdings war ich nicht sonderlich motiviert, diese Kraft auszuprobieren.«

Jan lehnt sich verwundert zurück.

»Weshalb?«, fragt er.

»Die Sache war mir von Anfang an unheimlich. Und es wurde nicht besser, als ich Vivs Reaktion beobachtet habe. Bei jeder Gelegenheit hatte ich Angst, etwas Falsches zu tun. Sie abzuschrecken und von mir wegzustoßen. Und alleine sind diese Versuche weniger spaßig.«

»Kann ich verstehen«, stimmt er zu und mustert mich ernst. »Ich würde gerne mit dir zusammen die Möglichkeiten deiner Gabe erforschen.«

Um seinem intensiven Blick auszuweichen, lasse ich mich auf die Knie sinken und beginne, die Scherben der Vase aufzusammeln.

»Okay«, sage ich Richtung Boden, völlig überfordert mit der Situation.

Jan erkennt meine Unsicherheit sofort.

»Ich bin zu aufdringlich«, bemerkt er schuldbewusst.

»Nein, das ist es nicht«, widerspreche ich schnell und hebe den Kopf. »Ich bin bloß ... verdammt!« Zischend ziehe ich die Luft ein. »Ich habe mich verletzt.« Missmutig betrachte ich den tiefen Schnitt an der Seite meines Zeigefingers. Hastig drehe ich die Hand, damit kein Blut auf den Boden tropft. »Hast du ein Tempo?«

Jan lässt sich vom Bett rutschen und zieht ein Taschentuch aus der Packung, die auf seinem Nachttisch liegt.

»Entspann dich«, ordnet er sanft an. Ich gehorche unmittelbar. Jan nimmt meine Hand und drückt vorsichtig das Tuch auf die Wunde. Von seiner Berührung strahlt Wärme in alle Richtungen aus. Obwohl er äußerst behutsam vorgeht, zucke ich zusammen.

»Tut es sehr weh?«, erkundigt er sich einfühlsam.

»Es geht. Brennt nur ein wenig«, knurre ich mit zusammengebissenen Zähnen. Immerhin ist *er* derjenige mit mehreren gebrochenen Rippen und einer Gehirnerschütterung. »Geschieht mir recht. Ich hätte aufpassen sollen, wo ich hingreife.«

Jan starrt abwesend auf meine Finger, die er noch immer umfasst. »Kannst du dich nicht mithilfe deiner Gabe heilen?«, überfällt er mich unvermittelt.

Ich versteife mich und entreiße ihm meine Hand.

Heilen?

Schlagartig bahnt sich die Erinnerung an den vergangenen Freitag einen Weg an die Oberfläche.

»Hannah?«, bohrt er aufmerksam nach.

»Keine Ahnung«, blocke ich ab, während ich mich bemühe, das Unbehagen loszuwerden, das von mir Besitz ergriffen hat.

»Was spricht dagegen, es auszuprobieren?«

»Nichts«, räume ich zögerlich ein, während Jan geduldig wartet.

»Eigentlich spricht nichts dagegen«, wiederhole ich nachdenklich. Kurzentschlossen fixiere ich den Schnitt und fokussiere meine Gedanken.

Schließe dich.

Nichts passiert, obwohl ich voller Konzentration bei der Sache bin. Erneut gebe ich den Impuls aus, dieses Mal mit mehr Nachdruck.

Wunde, schließe dich. Heile.

Keine Veränderung. Der Schnitt blutet weiterhin. Die Schmerzen haben sich ebenfalls nicht verändert.

Zum ersten Mal lässt mich meine Kraft im Stich. Warum?

Bisher gelang alles, was mir in den Sinn kam. Soweit ich mich erinnern kann, habe ich sogar dieselben Befehle formuliert, die ich bei Jans Heilung genutzt hatte.

»Es funktioniert nicht. Keine Ahnung, warum.« Abwesend wische ich mir eine Haarsträhne aus dem Gesicht. »Scheint so, als könne ich mich selbst nicht beeinflussen. Schade. Das wäre auch zu praktisch gewesen.«

Jan sinkt zurück auf das Bett. »Vielleicht ist eine Heilung generell unmöglich«, mutmaßt er.

Gereizt schüttle ich den Kopf. »Heilen funktioniert.« Als mir bewusst wird, was ich gerade verraten habe, verstumme ich abrupt.

Jan ist mein Ausrutscher natürlich nicht entgangen.

»Woher weißt du das?«, hakt er unerbittlich nach.

Mit schmalen Augen blitze ich ihn an. »Ich weiß das, weil ich es schon einmal getan habe«, zische ich abwehrend.

Auf Jans Miene zeichnet sich deutliches Erstaunen ab. »Du hast es bereits ausprobiert?«

Ich nicke. »Aber ich werde es nicht wiederholen.«

Jans Blick zuckt zu seinem verbundenen Brustkorb. Bevor er etwas äußern kann, spreche ich weiter. »Es tut mir leid, dass ich für die Schmerzen, die du aushalten musst, verantwortlich bin. Aber ich werde dich mit Sicherheit nicht heilen.«

Jan dreht ratlos die Handflächen nach oben. »Das akzeptiere ich natürlich. Aber ... warum?«

»Bei der letzten Heilung habe ich so viel von meiner eigenen Energie dafür gegeben, dass ich anschließend in Ohnmacht gefallen bin. Es ist gefährlich!«, fauche ich mit verschränkten Armen.

»Wann hast du –«, beginnt er.

»Kannst du dir das nicht denken?«, falle ich ihm ins Wort. »Der Grund, aus dem du im Krankenhaus und nicht auf dem Friedhof bist! Du hattest nicht nur eine Gehirnerschütterung und gebrochene Rippen davongetragen. Dein Schulterknochen war zersplittert und hatte sich durch die Haut gebohrt. Du hattest eine Menge Blut verloren, und ich wusste nicht, ob du den Verlust überleben würdest. Also habe ich dich geheilt. Und bin danach umgekippt. Das gesamte Wochenende war nötig zur Regeneration. Ich habe mich gefühlt wie erschlagen.«

Verstört starrt mich Jan an.

»Du warst bereits kalkweiß, dein Puls war praktisch nicht mehr vorhanden, und die Wunde hörte einfach nicht auf zu bluten«, berichte ich mit erstickter Stimme.

Er schluckt. »Du hast mir das Leben gerettet?«

»Kann sein. Aber zuvor habe ich dein Leben in Gefahr gebracht. Außerdem bin ich mir im Nachhinein keineswegs sicher, dass du wirklich verblutet wärst. Wahrscheinlich war meine Panik ungerechtfertigt.«

»Ich weiß nicht, was ich sagen soll.« Er runzelt die Stirn. »Ich wäre fast verblutet?«

»Ja.«

»Wieso war dann im ganzen Zimmer kein Tropfen Blut zu finden?«, forscht er nach.

»Weil ich nach der Heilung alles mithilfe der Kraft von deinem hellgrauen Kapuzenpulli aufsaugen ließ. Der ist hinüber. Tut mir leid.«

»Das hast du auch noch getan?«, versichert er sich fassungslos. »Und anschließend hast du gewartet, bis die Sanitäter eingetroffen sind?»

»Ja. Das war auch gut so. Fast hätten sie das Haus ohne dich verlassen. Ich musste ihnen einen Schubs in die passende Richtung geben.« Jans Ausdruck wandelt sich von Verwunderung zu Bestürzung. Schnell fahre ich fort. »Allerdings war ich dabei schon kurz vor der Besinnungslosigkeit. Die hat mich dann ereilt, nachdem sie dich gefunden hatten.«

Ungläubig beugt er sich nach vorne. »Du hast also nach diesem Brunnen-Experiment im Einkaufszentrum deine Gabe nicht nur dazu genutzt, mich an die Wand zu schleudern, sondern zusätzlich, um mich von einer lebensbedrohlichen Verletzung zu heilen, das komplette Blut aufzusaugen *und* die Sanitäter ins obere Stockwerk zu schicken?«

»Die Nutzung der Kraft laugt aus. Das wurde mir an diesem Tag bewusst. Ich habe es offensichtlich übertrieben. Wie gesagt war das komplette Wochenende zur Erholung nötig.«

»Das ist besorgniserregend. Was wird passieren, wenn du endgültig über deine Kräfte gehst? Wenn es sogar deine Lebensenergie ist, mit der du bezahlst?«

»Ich will es nicht herausfinden, doch ich kann es mir denken«, entgegne ich schaudernd. »In Zukunft werde ich genau darauf achten, wie viel mich die verschiedenen Befehle kosten.«

»Einerseits ist es beruhigend, dass deine Gabe gewissen Gesetzen unterworfen ist, und dass die Energie, die du aufwendest, nicht aus dem Nichts kommt. Andererseits ist es bedenklich, dass du dich dadurch selbst in Gefahr begibst. Pass auf dich auf. Handle verantwortungsvoll.«

Ich verdrehe die Augen und lache. »Wie alt bist du? Fünfzig?« Jan verzieht ungehalten den Mund, kann sich ein Grinsen aber nicht verkneifen.

Die folgenden Stunden verbringen wir mit angeregten Gesprächen, bis wir gegen 17 Uhr vom Arzt unterbrochen werden. Er befindet sich auf seinem nachmittäglichen Rundgang und ist sichtbar amüsiert, mich schon wieder in diesem Zimmer anzutreffen. Schnell verabschiede ich mich von Jan und verspreche, ihn am nächsten Tag erneut zu besuchen.

Als ich das Krankenhaus verlasse, fühle ich mich gelöst und entspannt wie schon lange nicht mehr.

20 : gedankenlos

Im Laufe der folgenden beiden Tage verbringe ich jede freie Minute im Krankenhaus und reize die knappen Besuchszeiten bis ans Limit aus. Die Dame an der Rezeption kennt mich schon und grüßt freundlich, wenn ich an ihr vorbeilaufe.

Seit dem furchtbaren Vorfall am Freitag ist Jan wie ausgewechselt. Wir unterhalten uns über alles Mögliche und lachen viel. Langsam baut sich zwischen uns das Vertrauen auf, das ich mir die ganze Zeit über gewünscht habe.

Auch meine Familie ist froh über die Beilegung des scheinbaren Streits. Ich rechne meiner Mutter hoch an, dass sie mich nicht ausfragt und vor der Männerwelt im Allgemeinen warnt, sondern sich stattdessen mit mir über die Versöhnung mit Jan freut. Gleichzeitig macht sie unauffällig deutlich, dass sie die Person, mit der ihre Tochter plötzlich so viel Zeit verbringt, gerne kennenlernen würde. Wenn es nach mir geht, wird es noch dauern, bis es dazu kommt. Durch das Ereignis in Jans Haus habe ich nicht das Gefühl, als würden Treffen mit den Eltern unter einem guten Stern stehen.

Nachdem wir uns vier Tage am Stück jeweils mehrere Stunden gesehen haben, verordne ich mir am Sonntag selbst eine Pause. Zudem darf Jan endlich nach Hause und wird von seinen Eltern abgeholt. Bisher hatte ich Glück, denn ich bin ihnen nicht begegnet, obwohl ich während der gesamten Besuchszeit und darüber hinaus an Jans Bett gesessen habe. Ich bin froh, dass er sich nicht an ihrem fehlenden Interesse zu stören scheint.

Insgeheim bin ich dankbar für meine eigenen Eltern, die mir zwar mit ihrer besorgten Art häufig auf die Nerven gehen, dadurch aber auch zeigen, dass ich ihnen nicht gleichgültig bin.

Am Sonntagabend plane ich spontan einen Besuch bei Viv. Im Laufe der vergangenen Tage kam unsere Freundschaft eindeutig zu kurz.

»Hannah!«, sagt sie erfreut, als sie die Tür öffnet.

»Hi, Viv«, begrüße ich meine Freundin und ziehe sie in eine feste Umarmung. »Lust auf einen Mädelsabend?«

Viv nickt begeistert. »Du bist nicht bei Jan?«

»Nein.« Ich schüttle den Kopf. »Wir haben uns seit Mittwoch täglich gesehen. Ich glaube, eine kleine Auszeit tut uns gut.«

Lachend schiebt mich Viv in den Flur. »Was wollen wir machen? Meine Eltern sind unterwegs, wir können also das Wohnzimmer belagern.«

»Ein gemütlicher Fernsehabend klingt gut.«

Innerhalb weniger Minuten haben wir uns auf einen Film geeinigt und sitzen entspannt nebeneinander auf der Couch.

»Wann kommt Jan wieder in die Schule?«, fragt Viv, während der Vorspann über den Bildschirm flimmert.

»Vermutlich erst in einer Woche. Er wurde zwar heute entlassen, steht aber weiterhin unter Schmerzmitteln«, erkläre ich.

»Der Arme«, seufzt Viv. »Aber immerhin weißt du jetzt, dass es nicht an dir lag, dass er zu eurer Verabredung am vergangenen Freitag nicht aufgetaucht ist. Die Treppe runterzufallen ist ein Klassiker, aber dass er es zusätzlich schafft, solche Verletzungen davonzutragen …«

Ich ziehe unbehaglich die Schultern hoch und bemühe mich, nicht allzu schuldbewusst auszusehen.

»Ja. Das war wirklich Pech«, erwidere ich ausweichend und unterdrücke mein schlechtes Gewissen, das mir deutlich zu verstehen gibt, wie schäbig es ist, Viv nicht die Wahrheit zu erzählen.

»Raffiniert, wie du die Gelegenheit genutzt hast«, beendet Viv meine düsteren Gedanken und stößt mich kichernd mit ihrem Ellbogen in die Seite.

»Gelegenheit genutzt?«, frage ich verwirrt.

Viv legt ihren Arm um meine Schultern. »Jan, hilflos und verletzt im Krankenhaus. Dankbar für jede mitfühlende Seele, die ihn besucht und von den schrecklichen Schmerzen ablenkt …«

Als ich die Augen verdrehe und entnervt den Mund verziehe, wird ihr Glucksen nur noch lauter.

»Wenn ich mir überlege, dass er dich erst letzte Woche ins Kino eingeladen hat. Sei froh, dass du die Messer nicht siehst, die dir Denise mit ihrem Starren in den Rücken jagt. Irgendjemand muss ihr gesteckt haben, dass du ständig bei Jan rumhängst. Offenbar ahnt sie, dass es zwischen euch ganz gut läuft. Das ging ja ziemlich schnell …«, schließt sie mit einem Augenzwinkern. Trotzdem erkenne ich die unausgesprochenen Zweifel, die sich hinter ihrer scheinbar harmlosen Bemerkung verbergen.

Bevor ich mich rechtfertigen kann, beugt sich Viv ein wenig vor.

»Nutzt du diese Kraft eigentlich häufig?«, wechselt sie ohne Vorwarnung das Thema.

Reflexartig schüttle ich den Kopf.

»Ziemlich selten«, lüge ich. »Momentan habe ich echt andere Dinge im Sinn.«

»Klar. Wobei ich verstehen könnte, wenn du dich weiterhin damit auseinandersetzen würdest«, versichert sie, doch ich bemerke den erleichterten Unterton in ihrer Stimme.

»Was ist mit Jan?«, setzt sie zögerlich nach. »Weiß er Bescheid?«

Wenn ich ihr jetzt die Wahrheit sage und gestehe, dass Jan eingeweiht ist, muss ich erklären, wie es dazu kam. Die umfassende Beichte würde nicht nur Jans gebrochene Rippen und seine Gehirnerschütterung, sondern auch die Manipulation der Empfangsdame im Krankenhaus umfassen. Ich fürchte, dass Viv insbesondere für den letzten Punkt kein Verständnis aufbringen könnte.

Innerhalb von Sekunden treffe ich eine Entscheidung. »Nein. Er weiß von nichts«, behaupte ich.

»Hast du vor, ihm davon zu erzählen?«, erkundigt sich Viv skeptisch.

»Irgendwann vielleicht«, weiche ich aus. »Wir sind Freunde. Ich will das nicht mit dieser Gedankenkraftsache aufs Spiel setzen.«

»Freunde«, wiederholt Viv ungläubig und rollt mit den Augen. »Ich veranstalte mit meinen Freunden keine wilde Knutscherei vor der Haustür. Aber du handhabst das offensichtlich anders«, stellt sie unschuldig fest.

»Seit seinem Unfall haben wir kein Wort mehr darüber verloren«, berichte ich schulterzuckend. »Ich weiß selbst nicht genau, wo wir stehen.«

»*Willst* du denn mit ihm zusammen sein?«, forscht Viv nach. »Immerhin hast du ihn erst in der vergangenen Woche besser kennengelernt.«

»Definitiv«, bestätige ich und kann mir ein glückliches Lächeln nicht verkneifen. »Je mehr ich über ihn erfahre, desto lieber mag ich ihn. Ich muss zugeben, dass es am Anfang nur sein Äußeres war, das mich angezogen hat.« Ich ignoriere Vivs amüsiertes Schnauben und spreche ungerührt weiter. »Aber sein Charakter steht dem in nichts nach. Er ist intelligent, witzig und aufmerksam. Und außerdem so unglaublich sexy. Na gut, das bezieht sich weniger auf sein Wesen.«

»Okay«, bremst mich Viv und hebt die Hände. »Genug. Ich hab's kapiert. Du bist ihm mit Haut und Haaren verfallen. Ein einfaches *Ja, ich will mit ihm zusammen sein.* hätte ausgereicht.»

Meine Wangen färben sich leicht rot, und ich fixiere peinlich berührt den Couchtisch.

»Was ist mit Till?«, lenke ich schließlich ab.

Vivs Miene verdüstert sich. »Wenn ich das wüsste«, stöhnt sie verdrossen. »Wir treffen uns regelmäßig und reden über alles Mögliche. Wir liegen genau auf einer Wellenlänge, und in seiner Nähe drehen die Schmetterlinge in meinem Bauch durch. Dennoch macht er keine Anstalten, einen Schritt weiter zu gehen. Vielleicht sieht er in mir doch nur eine gute Freundin«, schließt sie traurig.

»Das glaube ich ni–«, setze ich zu einem Widerspruch an, der durch die Klingel unterbrochen wird.

»Bin gleich wieder da«, sagt Viv über die Schulter und steht auf.

Wenig später höre ich, wie die Tür geöffnet wird, jedoch scheint niemand das Haus zu betreten.

Stattdessen höre ich eine tiefe Männerstimme, die auf meine Freundin einredet und immer wieder von ihren Einwürfen unterbrochen wird. Ich gehe ein paar Schritte

Richtung Flur und lausche konzentriert, um ein paar Wortfetzen aufzufangen.

»Nein«, wehrt Viv gerade ab. »Ich habe wirklich kein Interesse.«

»Schau dir das Heft doch wenigstens in Ruhe an«, drängt ihr Gesprächspartner.

»Nein danke«, weigert sich Viv höflich.

Offenbar ein Vertreter, der ihr ein Abonnement für eine Zeitschrift andrehen will. Sonntagabends? Wie nervig.

Schnell betrete ich den Flur und stelle mich hinter meine Freundin. Der Typ würdigt mich keines Blickes.

»Komm schon«, bearbeitet er sie und schiebt einen Fuß zwischen Rahmen und Tür. »Es dauert auch nicht lange.«

»Gehen Sie bitte«, fordert ihn Viv entschieden auf, weicht jedoch gleichzeitig einen Schritt zurück. Sofort nutzt der Vertreter die Chance und rückt nach, sodass er sich jetzt im Haus befindet.

»Haben Sie nicht gehört?«, schalte ich mich ein. »Sie hat gesagt, dass Sie verschwinden sollen.«

»Nicht gleich so unhöflich«, tadelt der Mann. »Ich will lediglich, dass ihr ein Heft behaltet und es euren Eltern zeigt. Ich mache euch einen Sonderpreis!«

Missmutig beobachte ich, wie sich Viv angespannt auf die Lippen beißt.

Verärgert funkle ich den Vertreter an. Was fällt ihm ein, dermaßen aufdringlich zu sein?

»Gehen Sie. Kein Interesse«, äußere ich betont und schiebe ihm gleichzeitig den passenden Impuls zu.

Hau ab. Und zwar schnell.

»Ich bin ja schon weg. Nichts für ungut«, murmelt er, dreht sich um und verlässt ohne einen weiteren Blick das Haus.

Viv lässt sich schnaufend an die Wand sinken.

»Was für eine eklige Situation. Ich kann mit derart aufdringlichen Menschen überhaupt nicht umgehen. Danke, dass du mir beigestanden hast. Nicht einmal am Wochenende ist man vor denen sicher. Ich hätte gar nicht erst öffnen sollen.«

»Kein Problem«, entgegne ich und bemühe mich nach Kräften, mein schlechtes Gewissen zu ignorieren. Erneut habe ich mein Versprechen an Viv gebrochen, die Gabe nicht zur Manipulation einzusetzen.

21 : unmoralisch

Am Montagmorgen mache ich mich gut gelaunt auf den Weg zur Schule. Heute Nachmittag werde ich Jan anrufen und endlich wieder seine Stimme hören.

Kurz vor Unterrichtsbeginn treffe ich Viv vor dem Klassenzimmer. Diese versetzt meiner Stimmung gleich mit ihrem ersten Satz einen empfindlichen Dämpfer.

»Hi. Fit für die Mathearbeit? Ich bin total nervös! Wir hätten gestern die Unterlagen noch mal durchgehen sollen.«

Ich schaue sie aus großen Augen an. Oh nein. Darüber hatten wir kein Wort verloren. Wieso hat sie mich nicht daran erinnert? In meinem Kopf ist momentan neben Jan und meiner Kraft wenig Platz für anderes.

»Mathearbeit?«, wiederhole ich entsetzt.

Viv runzelt die Stirn. »Hast du's vergessen?«, erkundigt sie sich, woraufhin ich bedrückt nicke.

»Mist. Tut mir leid. Wenn ich das geahnt hätte … Ich habe mich das komplette Wochenende darauf vorbereitet und war froh, dass mich dein Besuch von der Lernerei abgelenkt hat.«

Unglücklich kaue ich auf meiner Unterlippe herum. »Ich hab überhaupt nicht mehr daran gedacht.«

Viv mustert mich prüfend von der Seite. »Was machen wir jetzt?«

Hilflos zucke ich mit den Schultern. »Keine Ahnung.

Vielleicht habe ich Glück und kriege ein paar Aufgaben hin.«

»Hast du die Exponentialfunktionen wiederholt?«, fragt sie vorsichtig.

Oh Gott. Betreten starre ich auf meine Schuhspitzen – ich trage meine Lieblingschucks, aber das wird mich auch nicht retten.

»Kannst du mir schnell einen Überblick geben?«, bitte ich verzweifelt.

Viv will gerade den Mund öffnen, um mich zumindest halbwegs ins Bild zu setzen, als unser Mathelehrer zielstrebig auf uns zukommt, im Arm einen Stapel Papier, der verdächtig nach meinem Untergang aussieht. Ich seufze niedergeschlagen.

»Geschieht dir recht«, zischt eine Stimme leise in mein Ohr. »Hast du das Wochenende wieder damit verbracht, dich Jan an den Hals zu schmeißen? Warst du zu *beschäftigt*, um dich auf die Schule vorzubereiten?«

Ich wende mich um und schaue direkt in Denise' blaue Augen, die mich schadenfroh anfunkeln.

»Du hast die Mathearbeit *vergessen*? Keine Übungsaufgaben gemacht? Das ist ja dumm gelaufen, du Arme«, wiederholt sie absichtlich dermaßen laut, dass unser Mathelehrer, der genau in diesem Moment an uns vorbeiläuft, taub sein müsste, um es nicht mitzubekommen.

Diese blöde Kuh. Knurrend vergrabe ich die Hände in meinen Taschen und wende mich ab. Vielleicht hat er den Kommentar über meine fehlende Vorbereitung wie durch ein Wunder nicht gehört.

Als ich unter Vivs mitleidigen Blicken das Klassenzimmer betrete, wird gleich klar, dass meine Hoffnung vergeblich war. Ich werde gnadenlos alleine an einen Tisch in der letzten Reihe verbannt, was Denise mit einem hämischen Grinsen zur Kenntnis nimmt. Nachdem die Aufgaben verteilt wurden, gibt der Lehrer noch einige allgemeine Informationen, dann *dürfen* wir die Blätter umdrehen. Unsere Zeit läuft, und alle beginnen wild zu rechnen.

Zögerlich wende ich mich meiner Arbeit zu und wappne mich für das Schlimmste. Ich kann die Augen nicht länger vor der Wahrheit verschließen. Ich habe keinen Schimmer von Mathe.

Im Rahmen der ersten Aufgabe soll ich einem Graphen entnehmen, welche Temperatur ein Kaffee in einer Skihütte hat, und berechnen, wie lange ich warten muss, wenn ich ihn mit einer Temperatur von 60 Grad trinken will.

Ich bin verloren. Während dieser Part für die anderen eine Art Eisbrecherfunktion übernimmt, gerate ich in Panik. Die letzte Mathearbeit war alles andere als glorreich, und ich könnte definitiv eine gute Note gebrauchen. Wenn ich im Jahreszeugnis keine Fünf will, darf ich dieses Mal nicht versagen. Wie ich das allerdings schaffen soll, ist mir schleierhaft.

Hoffnungsvoll werfe ich einen Blick auf die folgenden Nummern und stöhne unwillkürlich auf. Die nächste Aufgabe fordert die passende Funktionsgleichung und deren Überprüfung. Im zweiten Teil soll ich sogar einen eigenen Graphen zeichnen und eine gegebene Funktionsgleichung erläutern. Das war's mit der Vier in Mathe.

Deprimiert lasse ich den Blick über die Köpfe meiner konzentriert arbeitenden Mitschüler schweifen. Ich selbst habe nicht die leiseste Idee, wie ich auch nur eine der Nummern lösen soll. Weder zu Hause noch im Unterricht selbst habe ich mich in den vergangenen zwei Wochen mit Mathematik auseinandergesetzt. Dafür war ich viel zu abgelenkt von Jan und unserer wachsenden Freundschaft.

Ich war zu *beschäftigt*. Widerstrebend muss ich zugeben, dass Denise recht hatte mit ihrer Unterstellung.

Sie sitzt eifrig schreibend ganz vorne in der Nähe des Pultes und scheint keine Probleme mit dem Stoff zu haben. Sie ist die Klassenbeste in Mathe. Hmpf.

Frustriert schaue ich wieder auf mein eigenes Blatt. Glücklicherweise achtet der Lehrer nicht auf mich. Kein Wunder. Bis auf einen Notizblock, den ausgeteilten Papierbogen und mein Mäppchen ist der Tisch leer. Genauso leer wie mein Kopf.

Ich verbringe weitere zwanzig Minuten damit, angestrengt auf die Aufgaben zu starren und einige halbherzige Lösungsversuche zu unternehmen.

Nachdem ich wahllos einige Kreuzchen ins Koordinatensystem gezeichnet und auf gut Glück verbunden habe, beschließe ich, eine Pause einzulegen, um kurz durchzuatmen. Vielleicht hilft mir frische Luft ein wenig auf die Sprünge. Schnell hole ich das Einverständnis des Mathelehrers ein und mache mich auf den Weg zur Toilette.

Als ich an Denise vorbeikomme, durchflutet mich eine Welle des Ärgers. Die blöde Kuh ist vermutlich schon fertig. Wenn sie nicht gewesen wäre, würde ich neben Viv sitzen und könnte zumindest einige Elemente abschreiben. Neidisch schiele ich auf Denise' Blatt, das mit anspruchsvoll wirkenden Skizzen und Ziffern gefüllt ist. Oben rechts steht in geschwungenen Buchstaben ihr Name.

Das bringt mich auf eine Idee. Ziemlich fies und moralisch verwerflich, aber äußerst vielversprechend.

Was wäre, wenn ich meine Gabe nutzen würde?

Nein. Das ist nicht in Ordnung. Alle anderen lösen die Aufgaben aus eigener Kraft.

Ich ja auch. Nur dass meine Kraft einen etwas anderen Weg geht. Manche Menschen haben eben eine Begabung für Mathe, ich dagegen kann besonders gut mit gedanklichen Befehlen umgehen. Aus mir selbst kommt die Fähigkeit trotzdem. Bloß eben nicht in mathematischer Hinsicht. Wäre es so schlimm, ein einziges Mal einen Nutzen zu haben? Mein ganzes Leben hat sich in den vergangenen Wochen grundlegend geändert. Ist da ein kleiner Betrugsversuch wirklich dermaßen bedeutend? Gleichzeitig hätte ich die Gelegenheit, mich an Denise für ihre gemeine Aktion zu rächen. Immerhin hat sie mich wissentlich ans Messer geliefert.

Ich überlege mir, was Jan dazu sagen würde. Im Prinzip ermuntert er mich zum Ausreizen meiner Fähigkeit. Andererseits scheint er ziemlich anständig und ehrlich zu sein. Würde er die Nutzung der Kraft für eine bessere Note nicht verurteilen? Ich kann mir nicht vorstellen, dass er das gutheißen würde. Muss er das überhaupt wissen? Das kann ich spontan entscheiden. Andererseits verstehen wir uns so gut, dass ich diese Entwicklung nicht durch erneute Geheimniskrämerei gefährden möchte.

Unentschlossen schlendere ich durch den Schulflur. Selbst wenn Denise in der Arbeit eine Sechs bekäme, würde sie schlimmstenfalls von der Eins auf die Zwei abrutschen. Ich selbst stehe zwischen Vier und Fünf. Eigentlich hat sie sich das Dilemma selbst zuzuschreiben. Ich kann schließlich nichts dafür, dass sich Jan von ihr ab- und mir zugewandt hat. Ihre Aktion war einfach eine billige Rache.

Entschieden schiebe ich den Gedanken weg, dass mein

aktueller Plan um keinen Deut besser ist. Ich werde es probieren.

Mit neuer Energie überquere ich den Pausenhof, spritze mir am Waschbecken der Schultoilette etwas kaltes Wasser ins Gesicht und trete eilig den Rückweg an.

Im Klassenzimmer herrscht nach wie vor konzentriertes Schweigen. Nachdem ich die Tür leise hinter mir geschlossen habe, laufe ich durch den Mittelgang zu meinem Platz.

Neben Denise' Tisch verlangsame ich meine Schritte ein wenig und präge mir ihren Namenszug so gut wie möglich ein.

Denise Martens.

Ein geschwungenes D, dessen Bogen sich zur Hälfte unterhalb der Zeile befindet. Anschließend eine eher gleichförmige Mischung aus Schreib- und Druckschrift. Das M ihres Nachnamens mit abgerundeten Spitzen, das S am Ende ähnlich dem D zum Teil von der Linie durchbrochen.

An meinem Tisch angekommen spähe ich unauffällig zum Lehrer. Er blättert im Klassenbuch und blickt nur kurz auf, als ich mich hinsetze.

In der folgenden halben Stunde notiere ich erneut verschiedene Lösungsansätze und zeichne schwungvoll Graphen in das Koordinatensystem. Dabei bin ich mir schmerzlich bewusst, dass ich kompletten Schwachsinn produziere. Anschließend übe ich das Fälschen von Denise' Unterschrift. Immer wieder schreibe ich ihren Namen dünn mit Bleistift auf meinen Notizzettel und radiere ihn dann wieder weg. Kurz vor Ende der Arbeitszeit bin ich sicher, dass ich ihre Schrift fast perfekt imitieren kann.

»Noch zwei Minuten«, informiert der Lehrer.

Soll ich das wirklich tun?

Energisch schiebe ich alle Zweifel beiseite und versehe meine grottenschlechte Arbeit mit Denise' Namen.

Nervös atme ich einmal tief durch und formuliere dann den doppelten Befehl, den ich in Denise' Kopf schiebe.

Lösche deinen Namen auf der Mathearbeit mit Tipp-Ex.

Mit dem Hauch eines schlechten Gewissens beobachte ich aus dem Augenwinkel, wie Denise gehorsam mit dem Korrektur-Stift ihren Namen überpinselt.

Schreibe Hannah Sophie Reichenau *in Druckschrift auf die Namenslinie.*

Gerade als Denise den letzten Buchstaben vollendet, schiebt unser Mathelehrer seinen Stuhl zurück und erhebt sich.

»Die Zeit ist um. Stifte hinlegen. Niemand schreibt mehr. Hannah, Marcel, Nina. Bitte sammelt von hinten die Blätter ein.«

Während ich aufstehe, gebe ich den letzten Impuls aus.

Vergiss, dass du den falschen Namen aufgeschrieben hast.

Mein Herz klopft mir bis zum Hals, als ich die Arbeiten der Mitschüler vor mir, darunter auch das Exemplar von Denise, entgegennehme und in einem ordentlichen Stapel aufs Pult lege.

Angestrengt bemühe ich mich, die nagenden Schuldgefühle, die sich in mir breitmachen, zu ignorieren. Zum ersten Mal habe ich meine Gabe genutzt, um mir einen unfairen Vorteil zu verschaffen und vorsätzlich einer anderen Person zu schaden.

22 : einträchtig

Nach der Schule gehe ich auf direktem Weg nach Hause und schlinge abwesend mein Mittagessen hinunter.

Heute Morgen war ich mir hundertprozentig sicher, dass ich Jan mittags anrufen würde. Jetzt ist der passende Zeitpunkt gekommen, und ich traue mich nicht mehr. Ich will auf jeden Fall vermeiden, dass er mich für aufdringlich hält. Den kompletten gestrigen Tag über habe ich nichts von ihm gehört. Vielleicht genießt er den Abstand? Bin ich ihm auf die Nerven gegangen? Es war einfacher, als ich ihn unverfänglich im Krankenhaus besuchen konnte.

Während ich mit mir ringe und die verschiedenen Möglichkeiten abwäge, klingelt unser Telefon. Sicher will mich Viv wegen der misslungenen Mathearbeit trösten.

Schlechtes Timing, schließlich bin ich im Begriff, mich zu einem Anruf bei Jan durchzuringen.

»Hey Viv, kann ich zurückrufen? Ich wollte gerade –«

Die tiefe Stimme am anderen Ende bringt mich völlig aus dem Konzept. »Hannah? Hier ist Jan.«

»Oh. Hey ... hey Jan!« Dem Himmel sei Dank, dass er mich mitten im Satz unterbrochen hat.

Er hat angerufen! Er hat *mich* angerufen!

»Störe ich dich?«, fragt er unsicher.

»Nein, nein«, widerspreche ich schnell. »Kein Problem.«

»Sagtest du nicht, du wolltest gerade etwas tun?«, vergewissert er sich.

»Nicht wichtig. Wirklich kein Problem«, wehre ich ab.

»Okay.« Er klingt etwas irritiert. Bei meinen rhetorischen Meisterleistungen ist das allerdings kein Wunder. Da ich nicht in der Lage bin, etwas Sinnvolles zu antworten, bemüht sich Jan um ein neues Gesprächsthema.

»Und, was war in der Schule los?«

Dankbar nehme ich den Faden auf. »Nichts Besonderes. Unnötige Aufregung wegen der Party bei Laro nächste Woche, ansonsten eine Mathearbeit und viele Hausaufgaben.«

»Ach ja, die Party«, wiederholt er. »Ich habe eine Einladung per Mail bekommen. Bis dahin dürfte ich wiederhergestellt sein. Sehen wir uns da?«

»Sicher. Ich habe fest vor hinzugehen«, bestätige ich atemlos, während ich aufgeregt mit dem Telefon am Ohr auf und ab laufe. Er will mich wiedersehen! Das ist einfach unglaublich. Anscheinend mag er mich. Andernfalls hätte er nicht angerufen. Jan mag mich!

»Wie lief die Mathearbeit?«, erkundigt er sich und reißt mich damit aus meiner Begeisterung.

Nach kurzem Abwägen entscheide ich mich, ihm die Wahrheit anzuvertrauen. Er weiß schließlich über mich Bescheid, und ich habe mir vorgenommen, ihm keine weiteren Lügen aufzutischen.

Allerdings habe ich Angst vor seiner Reaktion.

»Ehrlich gesagt hatte ich vergessen, dass wir die Arbeit schreiben«, gebe ich widerstrebend zu.

»Mist«, bemerkt er mitfühlend. »Aber das kann ja mal passieren. Dann musst du dich eben für den Rest des Schuljahres besonders anstrengen, um diese Note wieder auszugleichen.«

»Die Arbeit entscheidet über die Vier oder die Fünf im

Zeugnis«, informiere ich düster. »Es sind ja nur noch wenige Wochen bis zum Schuljahresende.«

Jan stößt zischend die Luft zwischen den Zähnen aus. »Oh. Kannst du ausgleichen?«

»Ich denke schon. Meine Versetzung ist nicht gefährdet. Aber trotzdem macht sich eine Fünf nicht gut«, erwidere ich. »Außerdem wird die Arbeit vermutlich nicht schlecht ausfallen.«

»Ach so?«, entgegnet er verwundert. »Aber wie hast du das unvorbereitet hinbekommen, wenn du in Mathe zwischen Ausreichend und Mangelhaft stehst?«

Ich hole tief Luft und nehme meinen Mut zusammen.

»Ich habe die Kraft genutzt«, gestehe ich zaghaft.

»Wie hast du das umgesetzt?«, will Jan nüchtern wissen.

Beklommen liefere ich ihm einen detaillierten Bericht meiner Betrugsaktion.

Nachdem ich mit meiner Zusammenfassung am Ende angelangt bin, bleibt Jan still.

»Bist du noch da?«, frage ich vorsichtig, nachdem das Schweigen zwischen uns so lange dauert, dass es geradezu unangenehm wird.

»Ja«, äußert er zögerlich. »Ich denke über das nach, was du mir gerade erzählt hast.«

»Und zu welchem Schluss kommst du?«, hake ich ungeduldig nach.

»Ich kann verstehen, weshalb du das getan hast«, weicht Jan aus. »Und es ist beeindruckend, wie geschickt du in der Nutzung dieser Gabe bist.«

»Aber?«, formuliere ich seine unausgesprochene Fortsetzung.

»Kein Aber«, streitet Jan ab, doch ich höre an seinem Tonfall, dass er nicht die Wahrheit sagt.

»Du findest das falsch«, stelle ich fest.

Erneut bleibt er für längere Zeit stumm.

»Ja«, stimmt er schließlich zu, woraufhin sich ein Knoten in meinem Magen bildet. Jetzt wäre es mir doch lieber, wenn er seine Meinung für sich behalten würde. »Du hattest versichert, dass du nach deiner Versuchsreihe die Gabe nicht mehr dazu benutzen wolltest, andere Menschen zu manipulieren. Wenn diese Aktion keine Manipulation ist, was dann?«

Bevor ich mich verteidigen kann, spricht er weiter.

»Du hast dir nicht nur einen unfairen Vorteil verschafft, sondern es zusätzlich auf Kosten einer anderen Person getan«, erklärt Jan ernst. »Dir ist klar, dass Denise jetzt die von dir verschuldete Sechs kassiert, oder?«

»Die Ärmste. Nimmst du sie jetzt in Schutz? Das hat nichts damit zu tun, dass sie deine Ex-Freundin ist, oder?«, fauche ich aggressiv und bereue meine impulsiven Worte, noch bevor ich sie komplett ausgesprochen habe.

»Hannah. Komm schon«, stöhnt Jan frustriert. »Das ist nicht dein Ernst. Es spielt nicht die geringste Rolle, um wen es dabei geht.«

Verlegen beiße ich mir auf die Lippe. Dieser kindische Anfall von Eifersucht war tatsächlich völlig fehl am Platz. »Immerhin war sie es, die den Lehrer auf mich aufmerksam gemacht hat«, protestiere ich schwach.

»Natürlich war es nicht in Ordnung von ihr, dich ans Messer zu liefern«, lenkt er ein. »Aber deine Reaktion war auch nicht besser.«

Angespannt massiere ich meine Schläfe mit den Fingerspitzen. »Empfindest du das als so schlimm?«

Jan seufzt. »Was erwartest du jetzt von mir? Du wolltest meine Meinung dazu hören. Du hast Mist gebaut und die Verantwortung jemand anderem zugeschoben, der jetzt deinen Fehler ausbaden muss. Du hast dir Zutritt zu dem Gehirn einer Mitschülerin verschafft und sie dazu gezwungen, etwas zu tun, was gegen ihren Willen ist. Das ist in meinen Augen ziemlich skrupellos. Ich will dich nicht kritisieren oder angreifen, aber ich hätte es nicht von dir erwartet.«

Sein letzter Satz trifft mich bis ins Mark. Er hat recht. So *bin* ich nicht. So *will* ich nicht sein.

»Das stimmt«, bekenne ich nach einer kurzen Pause. »Ich werde mir etwas überlegen, wie ich die Sache wieder geradebiegen und Denise' Note retten kann.«

»Das ist deine Entscheidung«, entgegnet er nur, aber ich höre das Lächeln in seiner Stimme. »Darf ich dich morgen wieder anrufen?«, wechselt er das Thema.

»Gerne. Bloß nicht am späten Nachmittag.« Ich verziehe kurz das Gesicht. »Da habe ich Klavierstunde.«

»Du spielst Klavier?«, fragt Jan interessiert.

»Ja. Nein. Definitionssache. Eigentlich ist *Klavier spielen* ein viel zu positives Wort für diese Quälerei. Momentan läuft die Stunde folgendermaßen ab: Ich erscheine unvorbereitet und schlurfe zum Flügel wie zum Schafott. Dort wartet meine Lehrerin, die ebenfalls ein Gesicht macht, das eher zu einer Exekution passen würde. Dann stellen wir beide fest, dass ich unbegabt bin, wobei sie das natürlich nie so ausdrücken würde. Ihre Mimik spricht allerdings eine deutliche Sprache. Nach einer Dreiviertelstunde verlasse ich völlig abgekämpft ihr Haus und höre förmlich, wie hinter mir vor Freude die Sektkorken knallen.«

Jan lacht. »Das klingt doch ganz lustig. Zumindest, wenn man nicht selbst betroffen ist«, schwächt er ab, als er mein missmutiges Grummeln hört. »Ich habe leider nie ein Instrument gelernt«, fährt er fort. »Nur ein paar selbst beigebrachte Grundkenntnisse auf der Gitarre kann ich aufweisen. Das reicht lediglich, um mir am Lagerfeuer bei der Frauenwelt ein paar Bonuspunkte einzubringen.«

»Und sollte das nicht funktionieren, kannst du sie immer noch niederstarren«, erinnere ich grinsend an die Flaschendreh-Aufgabe während des Zeltausflugs.

Bevor Jan etwas erwidern kann, klingelt es an der Haustür.

Diesmal ist es tatsächlich Viv, die mich wegen der missglückten Mathearbeit trösten will. Schweren Herzens verabschiede ich mich von Jan und stelle das Telefon unter Vivs kritischem Blick auf die Station.

»Sag bloß, das war *er*?«, erkundigt sie sich mit glitzernden Augen. »Hast du angerufen?«

»Nein«, widerspreche ich mit einem erfreuten Lächeln. »Jan ist mir zuvorgekommen.«

»Mir anscheinend auch. Ich bin eigentlich hier, um dich zu trösten«, beklagt sie sich und mustert skeptisch mein glückliches Gesicht. »Sieht nicht aus, als sei das noch notwendig. Bekomme ich wenigstens einen Kaffee?«

»Klar«, stimme ich versöhnlich zu. »Ich wollte ohnehin gerade die Maschine anwerfen.«

Im Laufe der Woche telefoniere ich mehrere Stunden täglich mit Jan. Je mehr Facetten ich von ihm entdecke, desto lieber mag ich ihn. Nach der Schule kann ich es kaum erwarten, endlich seine Stimme zu hören. Durch die Telefonate erhalte ich die Gelegenheit, Vertrauen aufzubauen. Zum ersten Mal kann ich Jans Charakter kennenlernen, ohne durch die anziehende Wirkung abgelenkt zu werden, die seine körperliche Präsenz auf mich ausübt. In unseren langen Gesprächen wird mir bewusst, dass Jan ein aufmerksamer und einfühlsamer Gesprächspartner ist, der interessierte Rückfragen stellt und mit dem jedes scheinbar langweilige Thema zu einer spannenden Diskussion werden kann.

Je näher das Wochenende rückt, desto nervöser werde ich. Am Montag wird Jan wieder in die Schule kommen, und wir werden uns endlich gegenüberstehen.

Was hat sich zwischen uns verändert, seit ich ihn das letzte Mal im Krankenhaus besucht habe? Wie wird es sein, wenn wir miteinander alleine sind? Sind wir nun befreundet? Kann ich ihm vertrauen?

23 : perfekt

Am Samstagmorgen erwache ich zufrieden und fühle die warmen Strahlen der Sonne auf meinem Gesicht. In zwei Tagen werde ich Jan endlich wiedersehen. Trotz unseres denkbar schlechten Startes hat sich alles wirklich positiv entwickelt. Allerdings wäre es mir wesentlich lieber gewesen, wenn wir uns ohne dieses unerfreuliche Vorspiel angenähert hätten. Dieses Wochenende werde ich mir Zeit nehmen, um Kraft zu sammeln. Die Clique plant heute einen Besuch im Einkaufszentrum, aber da war ich häufig genug in letzter Zeit. Zudem habe ich nicht das Geringste dagegen, zu Hause zu bleiben und nachzudenken, insbesondere über eine Möglichkeit, den Fehler während der Mathearbeit wiedergutzumachen.

Den Vormittag fülle ich mit einem ausgedehnten Schönheitsprogramm. Den Nachmittag verbringe ich in Abhängklamotten – Shorts und das T-Shirt einer peinlichen Boyband, mit dem ich mich niemals auf der Straße blicken lassen würde – in meinem Zimmer. Schon viel zu lange habe ich die Bücher vernachlässigt, die sich zum Teil in Stapeln auf dem Boden türmen und unbedingt gelesen werden wollen.

Lang ausgestreckt auf meinem Bett liegend und völlig vertieft in einen Roman schrecke ich hoch, als es klopft. Meine Tür steht offen, sodass ich mit einem Blick die Situation erfasse.

Jan steht lässig im Türrahmen und bedenkt mich mit einem entwaffnenden Lächeln. Schräg hinter ihm hat meine Mutter Position bezogen, die mir über seine Schulter hinweg wild gestikulierend begeisterte Zeichen macht.

Wieso habe ich die Klingel nicht gehört? Und wie kann sie mir das antun und ihn ohne Vorwarnung in mein Zimmer lassen?

Ich bin kein bisschen zurechtgemacht. Das ist echt peinlich.

Jan sieht natürlich umwerfend aus. Heute ist er, abgesehen von dem hellgrauen Longsleeve, das er unter einem Hemd mit kurzen Ärmeln trägt, komplett in Schwarz gekleidet. Seine Haare hängen ihm ein wenig in die Stirn, und er mustert mich reumütig. Wenn seine Augen nicht vergnügt glitzern würden, könnte man ihm die schuldbewusste Miene fast abnehmen. Jetzt ist es wohl zu spät, um mich im Schrank zu verstecken und Abwesenheit zu simulieren.

»Hallo?«, empfange ich ihn mit einem skeptischen Unterton. Dem entrüsteten Kopfschütteln meiner Mutter kann ich entnehmen, dass diese spärliche Begrüßung ihrer Vorstellung definitiv nicht entsprochen hat.

Tja. Hätte sie mich vorgewarnt, wäre ich sicherlich die personifizierte Höflichkeit gewesen.

Jan lässt sich von unserem stummen Blickduell nicht abschrecken.

»Hannah.« Durch ein kurzes Innehalten macht er die bloße Nennung meines Namens zu etwas Besonderem. »Entschuldige den Überfall. Ich weiß, dass wir uns am Montag in der Schule sehen, aber ich wollte nicht mehr so lange warten. Seit vergangenem Samstag haben wir ausschließlich telefoniert. Ich habe dich vermisst.«

Meine Mutter strahlt im Hintergrund über das ganze Gesicht.

»Vielen Dank, dass Sie mich reingelassen haben«, sagt er in ihre Richtung, woraufhin ihr Lächeln noch breiter wird. »Jetzt weiß ich immerhin, woher Hannah ihren Charme hat.«

Wow, jetzt gibt er sich aber richtig Mühe. Entnervt verdrehe ich die Augen. Keine Frage. Jan ist wirklich liebenswürdig. Aber diese Ansprache kann nicht sein Ernst sein. Er spielt doch Theater, um meine Mutter zu beeindrucken.

Ein Blick auf sie genügt. Es funktioniert einwandfrei.

So ein Schauspieler. Kein Mensch nähme an, dass der gleiche Gentleman es sich zur Aufgabe gemacht hat, mein inneres Gleichgewicht zu zerstören.

Meine Mutter schmachtet Jan noch einmal hingerissen an, dann schließt sie die Tür und geht.

Ich fasse es nicht. Was hat er um Himmels willen mit ihr angestellt, dass er sie dermaßen für sich eingenommen hat?

»Deine Mutter ist sehr sympathisch. Das scheint bei euch in der Familie zu liegen«, stellt er verschmitzt fest.

Energisch klappe ich mein Buch zu und setze mich auf.

»Spar dir die Komplimente, du Schleimer«, grummle ich ungehalten. »Bei mir zieht das nicht.«

Jan steht in der Mitte des Raums und schaut sich um. Ich versuche, das Zimmer mit seinen Augen zu sehen. Hellgelb gestrichene Wände, dazu eine Unmenge an Regalen voller Bücher und ein großer Kleiderschrank. Vor dem Fenster steht ein Schreibtisch, in der Ecke befindet sich das Bett, auf dem ich gerade sitze. Glücklicherweise habe ich im Verlauf der letzten Woche meine Kleiderberge beseitigt, sodass es recht ordentlich aussieht. Peinliche Poster hängen auch nicht an den Wänden. Stattdessen werden sie von verschiedenen abstrakten Bildern geschmückt, deren Farbkombination mich angesprochen hat.

Jan hat seinen visuellen Rundgang durch mein Zimmer beendet, und sein Blick ruht nun auf mir. Genauer: auf meiner Brust.

Hallo? Überlegt er sich, ob ich den von ihm gekauften BH trage? Wie unverschämt ist das denn?

Langsam breitet sich ein Grinsen auf seinem Gesicht aus. Ich folge seinem Blick und stelle bestürzt fest, was diesen Heiterkeitsausbruch ausgelöst hat. Von wegen Brüste betrachten. Er amüsiert sich über die halbnackten Musiker, die mein T-Shirt zieren.

Resigniert seufze ich. »Jugendsünde.«

Er lacht und kommt ein wenig näher. »Darf ich mich zu dir setzen?«

Wortlos nicke ich, während ich mich krampfhaft bemühe, mir meine Nervosität nicht anmerken zu lassen.

Er setzt sich gerade so weit entfernt, dass ein kleiner Abstand zwischen uns gewahrt bleibt. Dennoch werde ich von seinem frischen Duft eingehüllt, der mein logisches Denken wie zähflüssiger Honig verklebt.

Komm schon, Hannah. Honig? Nicht dein Ernst. Das ist die gleiche Person, mit der du die ganze letzte Woche lange Gespräche geführt hast. Kein Grund, gleich durchzudrehen. Am Telefon war die Sache irgendwie einfacher.

Angestrengt starre ich auf meine Knie und zerbreche mir den Kopf bei dem Versuch, eine geistreiche Bemerkung von mir zu geben. Vergeblich.

Jan greift sich in den Nacken. »Tut mir leid, dass ich uns in diese unangenehme Situation gebracht habe.«

»Was meinst du?«, erkundige ich mich verwirrt.

»Du kannst dir nicht vorstellen, wie blöd ich mir vorkomme«, gibt er zu und fährt sich verlegen durch die Haare. »Zu Hause erschien es mir noch als gute Idee, dir einen Überraschungsbesuch abzustatten. Jetzt sitze ich hier total eingeschüchtert und kriege vor Nervosität keinen sinnvollen Satz hin.«

»*Du* bist nervös?«, frage ich ungläubig. »Du machst den Eindruck, als hättest du vor nichts Angst«, formuliere ich die Frage, die mir seit Miris Party im Kopf herumspukt.

Jan schnaubt belustigt. »Keine Angst? Das wäre schön.«

Als ich ihn abwartend mustere, holt er tief Luft. »Ich glaube, ich fürchte mich am meisten vor Kontrollverlust«, erklärt er nach kurzem Schweigen.

Ich nicke nachdenklich. Obwohl seine Antwort so schlicht klingt, spüre ich, dass er mir gerade einen wichtigen Teil seiner Persönlichkeit offenbart hat.

Bevor ich darauf eingehen kann, spricht er jedoch weiter. »Heute ist es irgendwie anders als bei unseren Treffen vor meinem Krankenhausaufenthalt. Damals hatte ich das Gefühl, alles unter Kontrolle zu haben. Jetzt habe ich eine Höllenangst davor, das Falsche zu sagen und damit wieder alles zu zerstören, was wir aufgebaut haben.«

»Mir geht's ähnlich«, gestehe ich. »Mindestens zwanzig Mal habe ich mir ausgemalt, wie es sein wird, wenn wir uns wiedersehen. Telefonieren ist ganz anders, als sich gegenüberzustehen.«

Jan rückt ein wenig näher zu mir. Sogar ohne Berührungen schafft er es, mein Herz in doppelter Geschwindigkeit schlagen zu lassen.

»Ich bin gerne in deiner Nähe«, sagt er leise. »Unsere

Gespräche am Telefon waren schön. Sehr schön. Aber das reicht mir nicht.«

Er vergräbt das Gesicht in den Händen und stöhnt. »Tut mir leid. Das war ziemlich direkt.«

»Stimmt«, bestätige ich und kann ein amüsiertes Lachen nicht unterdrücken, in das Jan nach kurzer Zeit einstimmt.

Im Verlauf der nächsten Stunde vertiefen wir uns in eine angeregte Unterhaltung und werden bloß einmal von meiner Mutter unterbrochen, die Kaffee und Kuchen vorbeibringt. Jan scheint wirklich ihr Herz erobert zu haben. Und nicht nur ihres.

Wir sitzen zwanglos auf meinem Bett, allerdings ohne uns dabei zu berühren. Trotzdem bin ich mir seiner unmittelbaren Nähe mehr als bewusst. Ich müsste lediglich die Hand ausstrecken. Schon beim bloßen Gedanken daran beginnt mein Puls zu rasen. Jan macht keine Anstalten, die Distanz zwischen uns zu überbrücken. Warum kann er nicht einfach den Arm um mich legen und damit diesem Theater ein Ende setzen? Die Luft zwischen uns knistert förmlich. Das spürt er mit Sicherheit ebenfalls. Er lässt mir meinen Freiraum. Ist es nicht genau das, was ich wollte? Kann man mir überhaupt etwas recht machen? Vor zwei Wochen fühlte ich mich bedrängt, und Jans Annäherung war mir viel zu aggressiv und aufdringlich. Und jetzt geht er zu behutsam für meinen Geschmack vor? Ich wäre an seiner Stelle auch vorsichtig, speziell nach der Wandgeschichte.

Aber die heutige Situation ist eine komplett andere. Wir sind keine Fremden mehr, die sich zum ersten Date treffen. Zwischen uns herrscht eine gewisse Vertrautheit. Erkennt er diesen Unterschied nicht? Merkt er nicht, dass ich ihm mittlerweile völlig verfallen bin?

Je länger ich darüber nachdenke, desto klarer wird mir, dass die Initiative diesmal von mir ausgehen muss. Jan wird sie sicher nicht ergreifen. Selbst wenn es mich einiges an Überwindung kosten wird, muss ich etwas tun.

Während ich vorgebe, Jans Erzählungen über dessen Lieblingsbuch interessiert zu lauschen, rutsche ich unauffällig ein kleines Stück in seine Richtung, sodass sich unsere Beine fast berühren. Jan stockt in seiner Rede und schaut mich aufmerksam an.

Nun gut. Ich rette mich in ein ertapptes Lächeln und deute ein Schulterzucken an.

Ich wollte mich verstohlen nähern, und er hat mich erwischt. Tolle Leistung. Das ist gründlich schiefgegangen. Würde mir recht geschehen, wenn er auf diese plumpe Annäherung hin wegrücken würde.

Doch Jan wendet sich nicht ab. Stattdessen intensiviert er unseren Blickkontakt. Er ergreift meine Hände. Obwohl seine Finger kühl sind, fließt die Berührung glühend heiß meine Arme empor. Dann nimmt er seinen Bericht wieder auf. Leider habe ich Probleme, den dargelegten Ausführungen zu folgen. Stattdessen bin ich mit den Stromstößen beschäftigt, die ausgehend von unseren Händen durch meinen ganzen Körper jagen. Das kann doch nicht normal sein. Der Kontakt mit Jan fühlt sich an, als würde ein verfluchtes Elektrizitätswerk verrücktspielen.

Glücklicherweise klopft kurze Zeit später meine Mutter an die Tür und bewahrt mich so vor weiteren Peinlichkeiten. Es wäre nur eine Frage der Zeit gewesen, bis Jan bemerkt hätte, dass ich ihn anhimmle, statt ihm zuzuhören.

Schnell ziehen wir die Hände zurück. In Jans Miene kann ich dasselbe Bedauern über die Trennung der Verbindung sehen, das ich ebenfalls empfinde.

Meine Mutter schaut forschend zwischen uns hin und her. »Es gibt Abendessen. Jan, wenn du möchtest … wir würden uns freuen.«

Als Jan mit einer fließenden Bewegung aufsteht und die Einladung mit einem charmanten Lächeln annimmt, kann ich meine offensichtliche Begeisterung kaum verbergen.

Kurze Zeit später sitzen wir gemeinsam mit meiner Familie am Tisch. Simon thront mit verschränkten Armen auf seinem Platz und gefällt sich sichtlich in der Rolle des misstrauischen großen Bruders. Als Jan jedoch das Gespräch geschickt auf das Thema Selbstverteidigung lenkt und nebenbei feststellt, dass er diverse Kampfsport-Techniken beherrscht, kann Simon seine Neugier nicht mehr verbergen. Spätestens als Jan zusichert, ihm bei Gelegenheit den Hakentritt beizubringen, hat er meinen Bruder vollends für sich eingenommen.

Während meine Mutter bemüht ist, unseren Gast in eine Unterhaltung zu verwickeln und möglichst viel über ihn zu erfahren, hält sich mein Vater eher zurück. Ein kurzer Seitenblick zeigt, dass er Jan zwar nicht unfreundlich, aber doch mit deutlicher Skepsis mustert. Unvermittelt unterbricht er das Gespräch über die Vorteile von Mathematik als Leistungsfach: »Jan, wie alt bist du eigentlich?«

»Im November werde ich 19«, antwortet er höflich.

Mein Vater nickt nachdenklich. »Du wirkt sehr reif für dein Alter.«

An Jans Mienenspiel kann ich erkennen, dass er nicht sicher ist, ob es sich bei dieser Aussage um ein Kompliment handelt. Ich selbst weiß es auch nicht. Schnell starte ich einen Ablenkungsversuch. »Jan, wie wär's, wenn wir eine Runde spazieren gehen?«

Simon will zum Protest ansetzen, um mit Jan weiter

über Kampftechniken zu fachsimpeln, doch meine Mutter erstickt seine Einwände im Keim. Zum Glück ist er heute für das Einräumen der Spülmaschine zuständig.

Mit einem dankbaren Blick stehe ich auf, während Jan noch geschickt die Teller aufeinanderstapelt, was von meiner Mutter mit einem beifälligen Nicken quittiert wird.

Wenig später befinden wir uns auf dem Weg in den nahe gelegenen Park. Einträchtig schlendern wir nebeneinanderher und führen dabei eine lockere Unterhaltung. Letztes Jahr hat die Stadt im Rahmen einer Verschönerungsmaßnahme Teile des Bachlaufes offen gelegt. Spontan beschließen wir, uns auf die untersten Steinstufen direkt ans Ufer zu setzen. Schweigend lauschen wir dem Murmeln des Wassers, das vor unseren Füßen die Kiesel umspült. Ich werfe einen schnellen Blick auf Jan. Er hat sich zurückgelehnt und die Augen geschlossen.

Schlagartig wird es mir zum ersten Mal bewusst.

Ich habe mich verliebt. Dieses Gefühl ist nicht vergleichbar mit einer harmlosen Schwärmerei. Es bedeutet so viel mehr. Ich habe mich in Jan verliebt. Und ich kann nur hoffen, dass er ebenso empfindet.

Er sieht dermaßen entspannt und gelöst aus, dass ich dem Impuls widerstehen muss, meine Handfläche an seine Wange zu legen. Als hätte er die vorgestellte Berührung gespürt, öffnet er die Augen und erwidert meinen Blick. Für einen unendlichen langen und gleichzeitig viel zu kurzen Moment versinken wir ineinander. Weder kann noch will ich mich von ihm lösen. Er hält mich wie an unsichtbaren Fäden fest, während sich seine intensive Energie bis in mein Innerstes brennt. Ohne diese Verbindung zu durchtrennen, hebt Jan die Hand und streicht mir vorsichtig eine

Haarsträhne aus dem Gesicht. Als seine Finger mich berühren, steigt das Kribbeln in meinem Magen fast ins Unerträgliche.

Kontrolle.

Ich muss mich beherrschen. Meine Emotionen dürfen nicht überhandnehmen. Krampfhaft versuche ich, meine Gedanken zu leeren und zu ignorieren, wie sehr ich Jan will.

Heute ist Samstag, morgen Sonntag, danach sind es drei Tage bis zum langen Wochenende.

Seine Augen sind außergewöhnlich hell. Sie schimmern geradezu. Ich will …

Wie viele Stunden sind es bis dahin? Ein Tag hat 24 Stunden. Glaube ich.

Seine Berührung schickt Stromstöße durch meinen gesamten Körper. Er hat sich aufgesetzt, streicht mit der Hand leicht über meine Wange und umfasst liebevoll meinen Nacken. Anschließend übt er leichten Druck aus und zieht mich zu sich heran.

Was, wenn er nun …

Vier Tage mit je 24 Stunden ergeben eine Summe von 96 Stunden. Es sind 96 Stunden bis zum langen Wochenende!

Sein Gesicht ist jetzt unmittelbar vor meinem. Er hat den Blickkontakt nicht unterbrochen. Ich fühle seinen warmen Atem auf meiner Haut und bin mir bewusst, dass uns lediglich wenige Zentimeter voneinander trennen. Trotzdem überwindet er diesen Abstand nicht, sondern hält inne, als ob er um mein Einverständnis bitten würde.

Ich nicke fast unmerklich.

Langsam verkleinert er die ohnehin schon geringe Distanz zwischen uns noch weiter. Vor dem eigentlichen

Kontakt erscheint es mir, als würden Funken zwischen uns springen, die nur einen Atemzug davon entfernt sind, Flammen zu schlagen.

Dann treffen unsere Lippen aufeinander. Obwohl mir die letzte Begegnung als deutliche Warnung im Gedächtnis ist, zieht mir Jans Berührung den Boden unter den Füßen weg. Überwältigt von den Sinneseindrücken schließe ich die Augen.

Dieser Kuss ist anders als die vorhergehenden. So vorsichtig und zärtlich, als wären wir uns zum ersten Mal nahe. Und doch durchlaufen mich die Gefühle in einer bisher nicht da gewesenen Stärke. Unbeabsichtigt steigere ich den Intensitätsgrad, indem ich leicht in seine Unterlippe beiße. Jan stöhnt und zieht mich näher zu sich heran. Während er seine Hand in meinen Haaren vergräbt, lasse ich meine Fingerspitzen über seine Wange und den Hals hinuntergleiten und verharre knapp unterhalb des Schlüsselbeins. Ohne weiter zu zögern, drehe ich mich und verlagere mein Gewicht, sodass ich auf Jans Schoß sitze. Unter meiner Handfläche spüre ich das Heben und Senken seiner Brust, das im Verlauf unseres Kusses deutlich schneller wird. Auch mir raubt die Stärke der Empfindungen den Atem.

Bevor sich mein Gehirn jedoch aufgrund fehlender Sauerstoffversorgung endgültig abschaltet, schickt es mir einen letzten Hilferuf. Wir befinden uns in der Öffentlichkeit!

Ruckartig löse ich mich von Jan, springe förmlich von seinen Beinen, und rücke ein Stück ab. Dann warte ich darauf, dass sich meine Pulsfrequenz langsam wieder beruhigt.

Ich sollte wirklich an meiner Selbstbeherrschung arbeiten. Da mache ich Jan Vorwürfe aufgrund seiner Annäherungsversuche, nur um ihm dann bei der ersten Gelegenheit auf den Schoß zu hüpfen.

Sehr glaubwürdig. Wie wird er damit umgehen, dass ich zuerst so aufdringlich war und unseren Kuss unmittelbar danach abrupt abgebrochen habe?

Vorsichtig riskiere ich einen Blick, um zu prüfen, wie sehr ich ihn verärgert habe. Erleichtert atme ich auf. Obwohl ich in seinen Augen eindeutiges Verlangen erkennen kann, lehnt er sich zurück. Er lächelt mich unsicher an und fährt sich mit der Hand durchs Haar.

»Jetzt sag bitte nicht, dass ich dich schon wieder überfallen habe?«, fragt er verlegen.

»Nein. Dieser Kuss war perfekt. Möglicherweise hat er sich nur ein wenig zu schnell gesteigert.«

Das war die Untertreibung des Jahres.

Jan setzt ein schiefes Grinsen auf. »Da muss ich dir recht geben. Für einen Moment habe ich komplett vergessen, dass wir uns an einem öffentlichen Platz befinden. Entschuldige.«

Wir wissen beide, dass ich für die heikle Situation verantwortlich bin. Schließlich war *ich* diejenige, die sich *ihm* an den Hals geworfen hat. Umso dankbarer bin ich, dass Jan bereitwillig die Schuld auf sich nimmt und nicht auf mein unbeherrschtes Verhalten hinweist.

Schweigend sitzen wir nebeneinander und starren auf das klare Wasser vor unseren Füßen.

»Hannah«, setzt Jan mit leiser Stimme an, »ich …«

Er verstummt. Ich warte mit gemischten Gefühlen darauf, dass er die Fassung wiederfindet. Ich bin nicht sicher, was auf mich zukommen wird.

Wenige Momente später strafft sich Jans Haltung. Offenbar hat er eine Entscheidung getroffen.

»Hannah«, beginnt er erneut, doch dieses Mal spricht er weiter. »Ich denke schon die ganze Zeit darüber nach, wie ich es dir sagen soll. Wahrscheinlich weißt du es ohnehin schon.« Er macht eine Pause. »Ich mag dich.«

Ich lache. »Ich mag dich auch.« Und ich *mag* meine Eltern, Viv, den Kanarienvogel unserer Nachbarin …

»Nein«, korrigiert er sich entschlossen. »Ich mag dich nicht nur. Am liebsten würde ich jede freie Minute mit dir verbringen, deine Stimme hören, in deine Augen sehen. Ich habe mich in dich verliebt. Ich möchte mit dir zusammen sein.«

Er ergreift meine Hand. Mein Mund wird trocken, und mir laufen kalte Schauer den Arm entlang. Falls er eine halbwegs artikulierte Antwort haben möchte, sollte er mich vorher loslassen.

Offensichtlich wird ihm das ebenfalls bewusst, denn er gibt meine Hand unvermittelt wieder frei und schaut mich erwartungsvoll an. Ich bin am Zug und weiß nicht, was ich sagen soll. Natürlich will ich mit ihm zusammen sein, davon träume ich schließlich schon lange. Seit Monaten bete ich Jan aus der Ferne an, und in den letzten beiden Wochen hat sich herausgestellt, dass er nicht nur äußerlich, sondern auch in seinem Innern attraktiv und anziehend ist.

Jan wartet nach wie vor geduldig auf meine Reaktion.

Was entgegnet man auf ein solches Geständnis? Mir fällt beim besten Willen nichts Passendes ein.

Also tue ich das, was ich in Jans Nähe bereits vielfach praktiziert habe und worin ich eindeutig viel Erfahrung sammeln konnte. Ich nicke. Optimistisch hoffe ich, dass Jan diese universal einsetzbare Geste richtig versteht.

Er tut es. Zärtlich umfasst er mein Gesicht mit seinen

Händen und zieht mich erneut für einen leidenschaftlichen Kuss zu sich heran.

Als wir uns eine Ewigkeit später voneinander lösen, fühle ich mich völlig verausgabt und frage mich, ob ich die Beziehung überleben werde, sollte diese Intensität beibehalten oder – um Himmels willen – noch gesteigert werden.

Mit wackligen Knien lasse ich es zu, dass Jan den Arm um mich legt und mich nach Hause bringt. Dort wechselt er kurz ein paar Worte mit meiner Mutter und bedankt sich nochmals für die Einladung zum Abendessen. Anschließend vergewissert er sich, dass kein Mitglied meiner Familie in der Nähe ist, um mich leidenschaftlich zu küssen und auf eine Art und Weise an sich zu drücken, die nicht mehr als jugendfrei durchgehen würde.

Während ich versuche, zu Atem zu kommen, und dabei die Haustür als stützendes Element verwende, legt er seine Handfläche liebevoll an meine Wange.

»Ich möchte dich etwas fragen. Kein Problem, wenn du ablehnst. Ich habe absolutes Verständnis dafür. Ehrlich. Ich würde dich niemals bedrängen.«

»Jan«, unterbreche ich ihn, »könntest du mir deine Frage vorher stellen, damit ich weiß, wovon du sprichst?«

»Würdest du mich morgen besuchen, auch wenn es beim letzten Mal so schrecklich schiefgelaufen ist?«

Ich zögere. Mittlerweile hat sich einiges zwischen uns verändert. Wir kennen uns viel besser. Wir sind zusammen. Außerdem kann ich mich im Ernstfall verteidigen – und das weiß er. Ich schüttle entschieden den Kopf. Das wird nicht nötig sein.

Jan reagiert sofort. »Kein Problem. Ich kann dich verstehen. Wirklich.«

»Nein. Du hast das falsch aufgefasst. Ich habe an etwas anderes gedacht. Ich möchte dich gerne besuchen. Auf Dauer muss ich mich sowieso wieder in euer Haus trauen. Leider kann ich dir nicht genau sagen, wann wir mit dem Mittagessen fertig sind. Ist es in Ordnung, wenn mich mein Vater im Verlauf des Nachmittags vorbeibringt?«

Jans Züge werden von einem Strahlen erhellt. »Natürlich. Du bist jederzeit willkommen. Soll ich dich abholen?«

»Blödsinn!«, wehre ich ab. »Du musst nicht extra für mich in der Gegend herumfahren. Zudem wird es meine Eltern beruhigen, zu wissen, wo du wohnst und wo ich meinen Nachmittag verbringen werde.« Jan setzt zu einem Protest an, aber ich lasse ihn nicht zu Wort kommen. »Wenn du so viel Wert darauf legst, kannst du mich abends wieder heimbringen. In Ordnung?«

Seufzend stimmt Jan zu. Dann umfasst er meine Schultern und haucht mir einen zärtlichen Kuss auf die Wange. »Ich freue mich auf dich. Gute Nacht.«

Hingerissen beobachte ich, wie er zu seinem Auto geht, die Tür öffnet und sich vor dem Einsteigen nochmals zu mir herumdreht, um mir ein warmes Lächeln zuzuwerfen.

Kaum habe ich unseren Flur betreten, stürzt sich meine Mutter auf mich und überfällt mich mit einem Schwall von Worten, deren wesentliche Bedeutung mit *Jan ist höflich, wohlerzogen und einfach großartig* zusammengefasst werden kann. Ich stimme den Lobeshymnen belustigt zu und ziehe mich so schnell wie möglich in mein Zimmer zurück.

Verträumt denke ich an den vergangenen Nachmittag. In seinen Armen zu liegen war das Beste, was mir in den letzten Monaten passiert ist. Der Ausgleich zu der Entdeckung meiner Kraft und dem damit einhergehenden

Wechselbad der Gefühle. Endlich eine Schulter zum Anlehnen, ein Stückchen Sicherheit, während meine Welt gerade dabei ist, sich zu verändern.

Später am Abend telefoniere ich noch lange mit Viv und gebe ihr einen minutiösen Bericht des Tagesverlaufs. Schwer zu sagen, wer von uns beiden glücklicher über die neusten Entwicklungen ist. Zudem gehen wir gemeinsam potenzielle Outfits durch, denn die Wahrscheinlichkeit, wieder auf Jans Eltern zu treffen, ist sehr hoch. Beim näheren Kennenlernen möchte ich einen ebenso guten Eindruck hinterlassen, wie es Jan bei meiner Familie getan hat.

24 : lebendig

Im Anschluss an das sonntägliche Familienessen ist mein Vater gerne bereit, als Chauffeur einzuspringen. Ich ziehe meine schwarze Hose und die hellgrüne Bluse an, lege ein wenig Make-up auf und binde meine Haare zu einem ordentlichen Pferdeschwanz zusammen. Mein Vater hat währenddessen das Auto aus der Garage geholt und wartet bereits. Schnell nehme ich meine Handtasche, verabschiede mich kurz von meiner Mutter und lasse mich auf den Beifahrersitz fallen.

Gute fünfzehn Minuten später stehen wir in der Auffahrt von Jans Elternhaus. Ich warte ab, bis mein Vater den Wagen gewendet hat und davongefahren ist. Dann klingle ich.

Jans Mutter öffnet, begrüßt mich freundlich und teilt mir mit, dass sich Jan ein wenig hingelegt hat – die Gehirnerschütterung mache ihm weiterhin zu schaffen. Nachdem sie mich mit einer vagen Geste nach oben geschickt hat und wieder in ihrem Arbeitszimmer verschwunden ist, gehe ich die Treppe hoch.

Gehirnerschütterung?

Mit einem Mal brennen meine Wangen vor Scham. An Jans Verletzungen habe ich seit geraumer Zeit keinen Gedanken verschwendet. Natürlich ist er noch immer nicht vollends wiederhergestellt. Selbstverständlich hat er weiterhin Schmerzen. Ich bin wirklich eine fantastische Freundin. Wie kann man so etwas vergessen? Ich habe Jan nicht einmal gefragt, wie es ihm geht. Wie aufmerksam von mir. Stillschweigend gelobe ich Besserung.

Mit schlechtem Gewissen klopfe ich zaghaft an und öffne leise die Tür. Jan liegt im Halbdunkel auf seinem Bett und hat die Augen geschlossen.

Eine gute Gelegenheit, ihn anzusehen. Er trägt statt eines T-Shirts nur einen Stützverband um den Brustkorb, dazu schwarze Sporthosen. Selbst in unvollständiger Kleidung sieht er spektakulär aus. War klar, dass ich *ihn* nicht in einem peinlichen Outfit antreffe. Diese blamablen Auftritte sind mir vorbehalten. Um den Hals trägt er wieder das Lederband mit dem Anhänger, das mir schon am See aufgefallen ist. Neugierig betrachte ich es näher. Ein Metallband, das in sich gedreht ist. Sogar der passende Begriff fällt mir dazu ein: Möbiusband. Ein Hoch auf die Schule. Ob es eine nähere Bedeutung hat?

Verträumt lasse ich meinen Blick weiter über ihn gleiten, bewundere seine durchtrainierten Schultern, die schlanken, aber dennoch muskulösen Arme und verharre schließlich auf dem unbedeckten Teil seines Bauches zwischen dem Verband und seinem Hosenbund. Die Haut ist glatt, und unter der Bauchdecke zeichnen sich seine Muskeln ab. Ich schlucke und versuche, dem Drang zu widerstehen, mit meinen Fingerspitzen zu überprüfen, ob der Praxistest hält, was der Anblick verspricht. Fühlt sich Jans perfekter Bauch genauso vollkommen an, wie er aussieht? Seine Brust hebt und senkt sich gleichmäßig, und er wirkt total entspannt. Am liebsten würde ich mich neben ihn legen und mich an ihn schmiegen.

Warum nicht? Nach den letzten gemeinsamen Tagen habe ich genug Vertrauen gefasst, um selbst einen Schritt auf ihn zuzugehen. Gegen die Aktion von gestern ist das gar nichts.

Völlig versunken in Jans Anblick nähere ich mich dem Bett und setze mich vorsichtig auf die Kante. Es ist breit genug, dass wir uns nicht berühren, wenngleich nur wenige Zentimeter fehlen. Obwohl kein Körperkontakt besteht, merke ich, wie mir durch seine bloße Präsenz schwindlig wird. Tief atme ich den frischen Geruch ein, der noch einen Hauch seines Aftershaves erkennen lässt, und genieße es, seine Nähe zu spüren. Ob ich den Mut aufbringe, mich an ihn zu kuscheln? Wie würde er reagieren? Andererseits sagte er selbst, er habe sich in mich verliebt und wolle mit mir zusammen sein. Insofern dürfte er nichts dagegen haben.

Ich werde es herausfinden. Zögernd bewege ich mich ein winziges Stück näher an ihn heran und hebe meine Hand. Ich überwinde den geringen Abstand, der zwischen uns liegt, und halte kurz inne, bevor meine Handfläche seinen Bauch dicht unterhalb des Verbandes berührt. Ein federleichter Kontakt, denn seine gebrochenen Rippen sind mir dank der Erinnerung seiner Mutter durchaus präsent. Außerdem will ich ihn nicht durch einen Schock aus dem Schlaf reißen.

Der Moment des Aufeinandertreffens ist jedoch alles andere als sanft und liebevoll. In der Sekunde, in welcher sich unsere bloße Haut berührt, jagt mir ein Stromstoß den Arm hinauf. Gleichzeitig zuckt Jan zusammen, legt die Hände schützend auf seinen Bauch und reißt die Augen auf. Ich ziehe hektisch meine Hand zurück. Bisher habe ich jede Berührung von Jan wie einen elektrischen Impuls empfunden, aber mir war nicht klar, dass er es ebenfalls spürt.

»Oh Jan, tut mir leid. Ich wollte dich nicht erschrecken«, entschuldige ich mich hektisch.

»Hannah? Was war das denn?«, fragt er verwirrt.

Kopfschüttelnd setze ich mich auf. »Ich habe keine Ahnung. Es fühlte sich an wie ein starker Stromstoß.«

Jan schweigt längere Zeit, und ich sehe, wie er nach einer Erklärung sucht. »Kann es sein, dass du dich an meinem Teppich elektrisch aufgeladen hast?«

»Ja, das ist durchaus möglich ...« Ich blicke zu Boden. »Aber ehrlich gesagt spüre ich das immer, wenn wir uns berühren. Anscheinend stimmt die Chemie zwischen uns.« Ich lache gezwungen. »Auf jeden Fall wollte ich dich nicht derart unsanft wecken. Ich hätte mich besser beherrscht, wenn diese Reaktion voraussagbar gewesen wäre.«

»Beherrscht?«, wiederholt er verständnislos.

Oh nein. Ich schlittere von einem peinlichen Moment zum nächsten. Ob ich plötzliche Taubheit vortäuschen kann?

»Hannah? Was meinst du mit *beherrscht*?«, hakt er nach.

»Du lagst friedlich schlafend auf dem Bett und sahst dabei so unglaublich gut aus, dass ich dich einfach berühren musste«, gebe ich zu. »Ich wollte nur prüfen, ob sich dein Bauch ebenso toll anfühlt, wie er aussieht. Du hättest gar nicht aufwachen sollen. Wenn ich geahnt hätte, was passiert, hätte ich meine Hände bei mir behalten.«

Warum muss ich immer so viel reden? Die Bauchsache hätte ich ohne Weiteres verschweigen können.

Jan lacht. »Es gibt wesentlich unangenehmere Arten, geweckt zu werden.«

»Tut mir trotzdem leid«, murmle ich verlegen.

»Und?«, erkundigt er sich interessiert.

»Was meinst du damit?« Forschend blicke ich ihm ins Gesicht. In seinen Augen glitzert Belustigung.

»Du sagtest, du wolltest nachprüfen, ob sich mein Bauch genauso gut anfühlt, wie er aussieht«, erinnert er schelmisch. »Ich bin auf das Ergebnis gespannt.«

Die Röte steigt mir in die Wangen. »Ja. Ääh. Nein. Also, ich ... Die Berührung war zu kurz und wurde durch den Stromschlag unterbrochen ... aber ich wollte, also ich meine, ich wollte nicht ...«

Erneut verzieht Jan das Gesicht zu einem verschmitzten Grinsen. »Und wenn ich dir sage, dass ich gar nichts gegen bestimmte Überprüfungen habe?«

Ich hole tief Luft und will gerade zu einer Antwort ansetzen, als Jan meine Hand ergreift. Der zweite Elektro-Impuls des heutigen Tages schießt meinen Arm empor. Er hält mich so leicht, dass ich mich jederzeit befreien könnte, sollte dies mein Wunsch sein. Ich muss gestehen, dass ich davon weit entfernt bin. Dafür ist es viel zu aufregend, wie Jan meine Hand zu sich zieht und auf seinen Bauch legt. Die Haut ist warm und fühlt sich weich an, trotzdem kann ich unter der glatten Oberfläche seine harten Muskeln spüren. Ich will die Berührung nicht beenden. Ganz im Gegenteil. Ich verspüre ein geradezu körperliches Verlangen danach, ihn weiter anzufassen. Ich kann den Kontakt jetzt nicht abbrechen.

Jan lässt mich los, doch meine Finger verharren auf ihm. Langsam streiche ich schräg über seinen Bauch, bis meine Hand auf seiner Hüfte liegt. Im Vergleich zu seiner samtigen Haut wirkt der Stoff der Sporthose rau, also bewege ich meinen Arm wieder nach oben, sodass meine Handfläche knapp unterhalb seines Nabels zu liegen kommt. Jan fühlt sich dermaßen gut an, dass in meiner Wahrnehmung für nichts anderes Raum bleibt. Die Berührung seiner nackten Haut entfacht eine Flamme in mir, die sich heiß durch meinen Körper brennt. Ausgehend von meiner Hand, welche die Verbindung zwischen uns beiden darstellt, lodert meine Begierde auf, droht mich zu verschlingen und die gesamte Selbstkontrolle in Rauch aufzulösen. Am schnellen Heben seiner Bauchdecke merke ich, dass sich auch Jans Atem beschleunigt. Trotzdem rührt er sich nicht und überlässt mir die Initiative. Meine Hand gleitet ein kleines Stück abwärts, sodass die Fingerspitzen unter seinen Hosenbund rutschen. Anschließend fahre ich in einer langsamen, sachten Bewegung über seinen unteren Bauch bis zum Beckenknochen.

Jan berührt mich leicht an der Schulter. Sein Atem ist flach, und seine Stimme klingt angespannt. »Hannah.«

Ich hebe den Kopf und sehe ihn an. In seinen hellen Augen kann ich die gleiche Sehnsucht erkennen, die auch meinen gesamten Körper dominiert. Reglos fixieren wir einander, und ich habe kurzzeitig das Gefühl, mich in seinem intensiven Blick zu verlieren.

»Ich habe versprochen, deine Wünsche und die von dir gesetzten Grenzen zu respektieren und einzuhalten. Du hattest mich gebeten, es langsam angehen zu lassen. Wenn du so weitermachst, weiß ich nicht, ob meine Selbstbeherrschung ausreicht …«

Seine Worte klingen atemlos, und mir wird klar, dass sich meine Hand weiterhin an einer gefährlichen Position befindet.

Was treibe ich da eigentlich?

Ich mache ihn zur Schnecke und behaupte, es gehe mir zu schnell. Dabei bin *ich* diejenige, die ihre Finger nicht von ihm lassen kann. Gestern bin ich auf seinen Schoß gesprungen. Heute setze ich dem Ganzen die Krone auf, indem ich ihn auf eine Art streichle, die definitiv nicht mehr als keusch oder unschuldig bezeichnet werden kann. Bin ich total durchgeknallt? Meine Finger befinden sich in seiner Hose!

Langsam ziehe ich meine Hand zurück und merke, wie sich Jan entspannt. Er schließt kurz die Augen, dann sieht er mich wieder an. Nur mit Mühe kann ich standhalten. Mir ist bewusst, wohin uns meine Unbeherrschtheit ohne Jans Eingreifen geführt hätte. Doch statt die Situation auszunutzen, hat er mich aufgehalten.

Mangelhafte Selbstkontrolle. Beschämende Doppelmoral. Enttäuschend! Er darf nicht, aber ich kann mir alles erlauben?

Zischend stoße ich den Atem aus, den ich zuvor instinktiv angehalten habe.

»Tut mir leid. Ich habe mich hinreißen lassen. Schon wieder. Mein Gott, Jan. Es tut mir echt leid. Wie eine Furie bin ich damals auf dich losgegangen. Und jetzt hältst du mich zum zweiten Mal in Folge davon ab, meine eigenen Wertvorstellungen über Bord zu werfen. Ich weiß nicht, was mit mir los ist.«

Jan legt den Handrücken an meine Wange und fährt leicht mit den Fingerspitzen über mein Gesicht und den Hals nach unten, bis er auf Höhe des Schlüsselbeins zum Stillstand kommt. Seine Berührung hinterlässt eine glühende Spur.

»Du musst dich nicht entschuldigen. Du bist nicht die Einzige, die um Selbstbeherrschung kämpfen musste. Was glaubst du, wie schwer es mir fiel …«

»Danke«, murmle ich tonlos.

Er blickt mich fragend an. Ich verdrehe die Augen.

Das sollte er doch verstehen. Ich muss es wohl aussprechen.

»Danke, dass du einen kühlen Kopf bewahrt und mich aufgehalten hast, statt die Situation auszunutzen«, präzisiere ich unbeholfen.

»Ich habe einmal das Versprechen gebrochen, deine Grenzen zu achten. Das wird mir nicht wieder passieren«, entgegnet er fest.

Wie gut, dass zumindest *er* sich in diesem Moment an meine Wünsche erinnerte. Mein Körper schien nämlich etwas ganz anderes zu ersehnen. Ich weiß nicht, wie der Nachmittag ohne Jans Eingreifen geendet hätte.

Diese Situation ist unglaublich peinlich. Wir wissen beide, dass ich – mal wieder – von meinen Gefühlen überwältigt wurde und ihm beinahe an die Wäsche gegangen wäre. Was muss er auch so heiß auf seinem Bett rumliegen!

Verlegen male ich mit dem Finger Kreise auf die Decke und suche angestrengt nach einem unverfänglichen Gesprächsthema.

Jan scheint meine Unsicherheit zu spüren.

»Ich möchte etwas mit dir besprechen.« Er wird leiser, und sofort erwacht ein mulmiges Gefühl in meinem Magen. Beklommen schaue ich ihn an. Jan massiert mit dem Zeigefinger seinen Nasenrücken. »Ich habe großen Mist gebaut.«

Bezieht er sich damit auf uns? Bereut er es, mir seine Gefühle gestanden zu haben? Will er doch nicht mit mir zusammen sein?

Bevor ich mir weitere unangenehme Szenarien ausmalen kann, spricht Jan weiter. »Es geht um Denise. Du weißt, dass sie vor den Ferien meine Freundin war. Als ich dich kennenlernte, habe ich sie auf ziemlich unschöne Art abserviert«, er blickt zu Boden, »und ohne weitere Erklärungen Schluss gemacht. Ich habe immer noch ein schlechtes Gewissen deswegen. Und jetzt frage ich mich, wie sie reagieren wird, wenn sie uns in der Schule zusammen sieht. Das wird sich schnell herumsprechen.«

»Meinst du nicht, sie weiß ohnehin Bescheid?«, wende ich stirnrunzelnd ein. »Denk mal an ihre Stichelei vom letzen Freitag.«

»Kann schon sein«, erwidert Jan. »Aber nur davon zu hören, ist etwas anderes, als es selbst zu sehen.«

»Ich verstehe«, sage ich. »Du willst sie nicht verletzen, indem du ihr direkt eine Nachfolgerin vor die Nase setzt.«

Jan nickt. »Ja. Ich habe ihr schon genug Kränkungen zugefügt. Deshalb wollte ich dich um etwas bitten: Ist es in Ordnung, wenn wir erst am Mittwoch auf Laros Party als Paar auftreten? Daran grenzt das lange Wochenende, sodass sich die Gerüchteküche bis zum darauffolgenden Montag halbwegs beruhigen kann. Und Denise wird nicht in der Schule mit unserem Anblick konfrontiert.«

Ich blinzle verärgert, obwohl ich mir dabei ein wenig schäbig vorkomme. Muss Denise denn schon wieder ein Thema sein? Ich bin stolz darauf, dass Jan mein Freund ist, und würde es am liebsten sofort meiner kompletten Umwelt mitteilen. Andererseits macht es mir wenig aus, drei Tage länger zu warten. Es spricht für ihn, dass er sich Gedanken um sie macht. Möglicherweise sollte ich meinen Egoismus etwas zurückschrauben und mir stattdessen an Jans Einfühlungsvermögen ein Beispiel nehmen.

»Das ist kein Problem«, antworte ich entschieden. »Es ehrt dich, dass du dich um ihre Gefühle sorgst.«

Jan verzieht das Gesicht. »Ja. Ganz großartig. Nachdem ich sie vorher verletzt und gedemütigt habe. Aber das kann ich jetzt nicht mehr ändern. Ich kann lediglich versuchen, es für sie so leicht wie möglich zu machen. Es ist immer blöd, wenn nur bei einer Seite Gefühle im Spiel sind. Ich hätte das viel früher bemerken müssen.«

»Jan.« Ich lege meine Hand auf seine. »Es hat keinen Zweck, wenn du dich deswegen fertigmachst.«

»Vermutlich hast du recht. Aber ich habe einen Fehler gemacht und sollte dazu stehen. Auch wenn es mir leidtun wird, nicht direkt mit dir als Freundin angeben zu können.«

Das höre ich gerne.

Jan beugt sich ein wenig vor und streicht mir eine Haarsträhne hinter das Ohr.

»Am Mittwochabend wird es sicherlich spät. Und der darauffolgende Tag ist frei. Hast du Lust, bei mir zu übernachten?«, fragt er unvermittelt.

Skeptisch beiße ich mir auf die Lippen und sage das Erste, was mir in den Sinn kommt. »Meinst du nicht, im Dunkeln zu fahren ist noch zu gefährlich? Die Gehirnerschütterung macht dir doch zu schaffen, wenn du geblendet wirst.«

Jan zieht abwägend die Augenbrauen hoch. »Das funktioniert schon wieder. Bei Tageslicht fahren ist überhaupt kein Problem. Ich nehme nicht an, dass die Scheinwerfer der entgegenkommenden Autos so grell erscheinen werden. Bei Dunkelheit fahren werde ich ohnehin, unabhängig davon, ob du mit zu mir kommst oder nicht.« Er mustert mich forschend. »Du hast mir nicht geantwortet. Absichtlich?«

Ich hätte mir denken können, dass ich nicht um die Erwiderung herumkomme. »Ich weiß nicht recht. Ist das nicht ein wenig früh?«

»Das hängt ganz davon ab, was du vorhast«, neckt mich Jan mit einem übermütigen Glitzern in den Augen, woraufhin ich empört einatme.

»Ich dachte eigentlich daran, dass ich mit dir in meinen Armen einschlafe und am nächsten Morgen neben dir aufwache«, erklärt er unschuldig mit einem Blick auf meine glühend roten Wangen.

Zischend stoße ich die Luft aus. »Das meinte ich gar nicht«, widerspreche ich lahm, während Jan mühsam ein Lachen unterdrückt.

»Okay«, beruhigt er mich amüsiert. »Jedenfalls verspreche ich dir, mich zu benehmen. Du kannst mir vertrauen.«

Er hat ja recht. *Bei* ihm zu schlafen bedeutet noch lange nicht, dass ich *mit* ihm schlafe. Schade eigentlich.

Innerlich schüttle ich über mich selbst den Kopf. Jan ist nicht das Problem. Er wird mit Sicherheit nichts tun, was ich nicht möchte. Der unberechenbare Part bin ich selbst. Das habe ich sowohl gestern als auch heute eindrucksvoll unter Beweis gestellt.

Andererseits hat er mich davon abgehalten, etwas zu tun, was ich später bereuen würde. Ich denke nicht, dass ich ein Risiko eingehen würde, wenn ich die Nacht bei ihm verbringe.

»Ich würde gerne bei dir schlafen«, stimme ich zu.

Jan starrt mich überrascht an. »Das ist … toll.«

»Allerdings nur unter Vorbehalt«, füge ich hinzu. »Keine Ahnung, welche Meinung meine Mutter dazu hat.«

»Klar«, erwidert er verständnisvoll. »Gib mir einfach Bescheid, sobald du etwas weißt. Ich freue mich, dass du es überhaupt in Erwägung ziehst.« Mit diesen Worten beugt er sich zu mir und küsst mich sanft und liebevoll.

Drei Stunden später sitzen wir in Jans Auto vor unserem Haus.

»Wie lange hast du morgen Unterricht?«, fragt er.

»Sechs Stunden.«

»Möchtest du zum Mittagessen zu mir kommen, wenn wir uns schon in der Schule zusammenreißen müssen? Ich koche für dich. Wenn's gut läuft, überlebst du es sogar«, verspricht er mit einem Grinsen.

»Das klingt ja verführerisch. Wer könnte das ablehnen«, akzeptiere ich die Einladung. »Nimmst du mich mit?«

»Ich habe bereits nach der vierten Stunde aus. Schöner Start für meinen ersten Tag nach zwei Wochen Nichtstun. Wenn es dich nicht stört, würde ich schon alles vorbereiten, sodass wir gleich essen können?«, schlägt er vor.

»Alles klar. Dann bin ich gegen 13:30 Uhr bei dir. Danke fürs Heimfahren. Bis morgen.«

Ich ergreife meine Handtasche und will gerade die Tür öffnen, als sich Jan zu mir beugt und mein Gesicht in beide Hände nimmt.

»Hannah«, sagt er ernst. »Die letzten beiden Wochen waren toll. Ich habe jede einzelne Sekunde mit dir genossen.«

Fest drückt er mich an sich.

»Pass auf dich auf«, murmelt er leise in mein Haar.

Wieso klingt das so nach Abschied? Wir sehen uns doch morgen direkt nach der Schule wieder?

Bevor ich nachfragen kann, hat er meine Lippen mit einem Kuss verschlossen. Seine letzte Berührung ist leidenschaftlich und zugleich zärtlich. Unvermittelt lässt er mich los und öffnet den Mund, als wolle er etwas sagen. Dann schüttelt er jedoch niedergeschlagen den Kopf.

Als ich mich kurz vorm Betreten des Hauses noch einmal umdrehe, steht er bewegungslos an seinem Auto und schaut mich mit einem traurigen Lächeln an. Gequält schließt er die Augen und wendet sich ab.

Kurze Zeit später ist die Straße vor unserem Haus wieder leer.

25 : selbstsüchtig

Ich verbringe eine ziemlich unruhige Nacht, denn gegen 4 Uhr morgens fällt mir ein, dass ich noch keinen Plan entwickelt habe, um das Problem mit der Mathearbeit zu entschärfen.

Ich habe es Jan versprochen. Dennoch habe ich nicht den Hauch einer Idee.

Mein schlechtes Gewissen hält mich erfolgreich davon ab, wieder einzuschlafen, sodass ich am nächsten Morgen völlig übermüdet in der Schule eintreffe.

Im Verlauf des Unterrichts entwerfe ich verschiedene Szenarien, doch nur eine mögliche – und äußerst unangenehme – Lösung kommt mir in den Sinn. Ich muss dem Lehrer beichten, dass ich die Namen während des Einsammelns vertauscht habe und dann auf seine Gnade vertrauen.

Allein bei dem Gedanken daran wird mir kalt. Selbst schuld. Ich hätte die ganze Täuschungsaktion einfach lassen sollen.

Beim Mittagessen werde ich Jan von meinem Vorhaben erzählen. Hoffentlich machen mir sein Zuspruch und seine Unterstützung die Sache etwas leichter.

Nachdem der unendlich scheinende Vormittag schließlich doch vorübergegangen ist, sitze ich vor einem Teller dampfender Nudeln. Trotz meines großen Hungers kann ich mich nicht entscheiden, ob ich lieber der Beseitigung des Magenknurrens oder Jans atemberaubenden Augen meine Aufmerksamkeit widmen soll.

Er deutet mit seiner Gabel auf den Spaghettiberg vor mir. »Willst du nicht essen, bevor sie kalt werden?«

Mühsam reiße ich mich von ihm los und beginne, die Nudeln um meine Gabel zu wickeln.

»Warst du beim Friseur? Dein Haar ist kürzer«, frage ich beiläufig.

Jan zögert für einen Moment.

»Ja«, entgegnet er. »Ich hatte nach Schulschluss ein wenig Zeit.«

»Ich dachte schon, ich hätte es mir eingebildet«, erwidere ich mit einem Lächeln.

»Wie war dein Tag bisher?«, erkundigt er sich höflich.

»Ganz gut«, sage ich, ohne nachzudenken, doch dann fällt mir ein, worüber ich mit ihm reden wollte.

»Nein«, korrigiere ich mich. »Eigentlich war der Tag nicht gut. Ich habe die halbe Nacht und den gesamten Vormittag damit zugebracht, mir zu überlegen, wie ich die Sache mit der Mathearbeit wieder geradebiegen kann.«

»Aha?«, äußert Jan gedehnt.

»Wenn der Lehrer die Arbeit austeilt, werde ich zugeben, dass ich die Namen vertauscht habe«, eröffne ich. »Das wäre für mich auch ohne die Gabe umsetzbar gewesen, immerhin war ich für das Einsammeln der Blätter zuständig.«

»Okay«, murmelt Jan nur.

»Denise wird zweifellos ihre Eins erhalten. Und ich selbst«, ich zögere, »bekomme die Note, die ich verdient habe.«

»Bist du sicher, dass du das durchziehen willst?«, vergewissert sich Jan skeptisch.

Ich erstarre, die Gabel auf halbem Weg zu meinem Mund. »Was?«

»Ich habe ebenfalls noch mal darüber nachgedacht«, beginnt er. »Möglicherweise gehst du damit ein zu großes Risiko ein.«

»Wie meinst du das?« Verwirrt lege ich die Gabel mit den aufgerollten Nudeln an den Tellerrand.

»Bei dieser Aktion handelt es sich nicht um eine Kleinigkeit, sondern um einen bewussten Täuschungsversuch«, erklärt er ruhig. »Ich weiß nicht, wie der Lehrer darauf reagieren wird. Was ist, wenn es ernstere Folgen für dich hat als lediglich eine Sechs? Wenn du einen Verweis oder sogar einen Eintrag ins Zeugnis erhältst?«

Ich schlucke. »Das muss ich wohl in Kauf nehmen.«

Jan runzelt die Stirn. »Du kannst etwas, das normalen Menschen nicht möglich ist. Du musst ständig und zu jeder Zeit absolute Selbstbeherrschung wahren, denn sobald deine Aufmerksamkeit für einen Moment nachlässt, kann es gefährlich werden. Das ist eine große Last, die du trägst. Eine Bürde, die du dir nicht ausgesucht hast. Jetzt hast du ein einziges Mal an dich selbst gedacht. Das ist okay. Wieso solltest du bloß die Schattenseite erleben? Glaubst du nicht, dass jeder eine solche Gabe nutzen würde, statt krampfhaft zu versuchen, normal zu sein? Das bist du nicht, Hannah. Ganz und gar nicht. Du bist außergewöhnlich.«

Schweigend schaue ich auf meine Hände und denke über die eben gehörten Worte nach. Außergewöhnlich. Beim besten Willen weiß ich nicht, was ich darauf antworten könnte.

»Mag sein«, räume ich schließlich ein. »Aber das ist keine Rechtfertigung. Du hast selbst gesagt, dass diese

Aktion ziemlich skrupellos war. Ich habe Denise nicht nur manipuliert, sondern ihr auch geschadet.«

Jan seufzt resigniert. »Das musst du selbst wissen«, bemerkt er nach einer kurzen Pause. »Ich kann jede deiner Entscheidungen nachvollziehen.«

Seine Argumente sind nicht von der Hand zu weisen. Für mich ist eine Aufklärung äußerst riskant. Denise hingegen muss im schlimmsten Fall mit einer Zwei im Abschlusszeugnis rechnen. Komplett unschuldig ist sie ohnehin nicht. Immerhin hat sie mit ihrer Stichelei die ganze Situation ausgelöst.

Obwohl ich über Jans Wandel verwundert bin, überwiegt die Erleichterung, dass er Verständnis für mich aufbringt. Der Gedanke, ungestraft davonzukommen, ist wirklich verlockend.

Meine endgültige Entscheidung fällt am nächsten Morgen. Unser Mathelehrer verkündet am Anfang der Stunde, dass er die Arbeit schon korrigiert hat und sie am Ende des Unterrichts verteilen wird.

Unmittelbar nach dieser Information beugt sich Denise mit einem falschen Lächeln zu mir. »Ich hoffe, die Note wird dir nicht den Tag versauen. Muss ohnehin schwer sein, dass dich Jan in den Pausen keines Blickes würdigt«, flüstert sie zuckersüß.

Ich presse die Zähne aufeinander und schweige. Wenn die wüsste.

Kurz vor dem Klingeln beginnt der Lehrer mit der Rückgabe. An Denise' Tisch bleibt er stehen.

»Ich verstehe es nicht«, stellt er kopfschüttelnd fest, während er ihr die Arbeit hinschiebt. »Wo warst du mit deinen Gedanken?«

Denise starrt mit entsetzter Miene auf die rote Sechs,

die sich in der oberen Ecke direkt unterhalb ihres Namens befindet.

Sie öffnet den Mund, doch es dringt kein Ton hervor. Dafür sehe ich, wie ihr Tränen in die Augen steigen.

»Schade, dass dich das die Eins im Zeugnis kostet«, fährt der Lehrer gnadenlos fort. »Vielleicht solltest du in Zukunft weniger Zeit damit verbringen, andere schlechtzumachen, obwohl sie offenbar perfekt vorbereitet sind.«

Mit diesen Worten wendet er sich mir zu. »Hervorragende Leistung, Hannah. Deine Arbeit zeigt, dass du dich angestrengt und den Stoff wirklich verstanden hast. Offenbar kannst du dich doch für die Mathematik begeistern. Das freut mich.«

Mit gemischten Gefühlen beobachte ich Denise, die krampfhaft ein Schluchzen unterdrückt. Beiläufig registriere ich die glatte Eins, mit der meine Arbeit bewertet wurde, und lasse das Blatt eilig in meinem Rucksack verschwinden. Trotzdem zu spät. Von der Seite trifft mich ein eiskalter Blick. Viv scheint zu ahnen, wie diese Note zustande kam. Mist.

Glücklicherweise wird mir eine Gnadenfrist gewährt, denn meine Freundin kommt erst nach Unterrichtsende dazu, mich mit ihrer Erkenntnis zu konfrontieren. Während ich nervös am Gurt meines Rucksacks herumzupfe, steht sie mit verschränkten Armen und ernster Miene vor mir.

»Meintest du nicht, du hättest total vergessen, dass wir diese Arbeit schreiben?«

Resigniert bejahe ich.

»Du hattest dich also in keinster Weise vorbereitet, ganz abgesehen davon, dass du sowieso grottenschlecht in Mathe bist?«

Wieder stimme ich zu.

»Die nächste Frage erscheint mir überflüssig, aber ich stelle sie trotzdem. Hast du diese Gedankensache benutzt, um zu betrügen?«

Ich nicke kraftlos.

»Wie hast du es gemacht?«

Knapp setze ich sie ins Bild und bereue schon wenige Sekunden später, dass ich mich an die Wahrheit gehalten habe.

Viv reagiert ähnlich wie Jan bei unserem ersten Gespräch. Nur noch viel schlimmer.

»Allein der Austausch eurer Namen wäre schon gewissenlos genug«, bemerkt Viv hart, »aber dass du das Ganze mithilfe dieser Kraft gemacht hast, ist einfach das Letzte.«

Ich öffne den Mund, um mich zu verteidigen, doch Viv schneidet mir das Wort ab. »Kannst du dir vorstellen, wie blöd ich mir vorkomme? Du lässt dich von mir trösten, obwohl du davon ausgehen kannst, eine gute Note zu kriegen – übrigens eine bessere als ich. Aber immerhin habe ich meine Zwei aus eigener Kraft geschafft!«

Allmählich reißt mir der Geduldsfaden. Sie tut, als hätte ich eine Straftat begangen.

»Ach, Viv«, besänftige ich, kann aber den gereizten Unterton nicht komplett zurückhalten. »Ich habe es ebenfalls aus eigener Kraft geschafft!«

»Du weißt genau, wie ich das gemeint habe!«, fällt sie mir ins Wort. »Ich saß das ganze Wochenende lernend zu Hause, während du wahrscheinlich zur gleichen Zeit bei Jan gehockt und wer weiß was getrieben hast! Das ist total unfair!«

»Was würde es dir bringen, wenn ich meine Jahresnote ruiniert hätte? Was hast du für einen Nachteil?« Ich mache eine kurze Pause. »Richtig. Gar keinen! Ich kapiere nicht, weshalb du dich so aufregst. Denise hat es verdient. Immerhin war *sie* es, die *mich* ans Messer liefern wollte. Dann habe ich den Spieß eben umgedreht. Das hat sie sich selbst zuzuschreiben. Als ob du anders reagiert hättest in dieser Notsituation.«

»*Notsituation?* Das ist für dich schon eine *Notsituation*?«, wiederholt Viv ungläubig, wobei ihre Stimme mindestens eine Oktave höher klingt als sonst. »Was wirst du erst tun, wenn du wirklich mal in Schwierigkeiten gerätst? Ich sag dir was. Deine blöden Rechtfertigungen willst du vielleicht selbst glauben, aber ich nehme sie dir nicht ab. Du weißt sehr genau, dass dies nicht in Ordnung war!«

Ich zucke mit den Schultern. Wenn sie meint …

Viv kommt einen Schritt auf mich zu und blitzt mich aus ihren blauen Augen böse an. »Bist du jetzt schon dermaßen abgehoben, dass du zu deinem eigenen Nutzen an den Gehirnen anderer Menschen drehst?«

Ich wage einen kurzen Einspruch. »Als ich dir am Freitag den Vertreter vom Hals geschafft habe, hat dich das nicht gestört.«

Nun springt mir Viv fast an den Hals. »Damals auch schon? Den Typ wären wir auch anders losgeworden! Das war total unnötig! Wie kannst du derart leichtfertig damit umgehen? Du hattest *versprochen*, mit dem Mist aufzuhören. Stattdessen nutzt du offenbar jede Gelegenheit, um mit dieser bescheuerten Kraft Leute zu manipulieren.« Ihre Stimme hat sich zu einem Zischen gesenkt. »Wie kannst du so etwas nur tun?«

»Meine Güte, Viv, was hast du eigentlich für ein Problem? Was willst du von mir? Oder geht's darum, dass ich etwas kann, zu dem du nicht fähig bist? Wolltest du die

Genugtuung, dass ich in der Mathearbeit versage, damit du dich überlegen fühlen kannst mit deiner tollen Note? Bist du jetzt angefressen, weil meine Zensur besser ist? Ja! Ich besitze diese Gabe! Wieso sollte ich sie nicht nutzen?« Viv setzt zu einer Entgegnung an, aber ich lasse sie nicht zu Wort kommen. »Ich muss mir jede Sekunde bewusst sein, was ich tue. Nie darf ich die Kontrolle verlieren. Soll ich deiner Meinung nach ausschließlich die negativen Aspekte ertragen und alle Vorteile ignorieren? Das ist lachhaft! Warum ist etwas gleich moralisch verwerflich, bloß weil es nicht alle können? Jeder nutzt doch die Vorteile im Rahmen seiner Möglichkeiten. Bist du etwa anders? Oder bist du vielleicht neidisch? Dazu hast du keinen Grund. Du lebst dein normales Leben weiter, während bei mir alles auf den Kopf gestellt wird. Und dann maßt du dir an, über mich urteilen zu können?«

Allmählich habe ich mich in Rage geredet. Wie kann sie so starrköpfig sein und keinen Deut Verständnis für mich aufbringen? Sie ist meine beste Freundin! Oder zumindest war sie es, bevor sie sich zum Moralapostel emporgeschwungen hat.

»Wenn du meinst, dass es in Ordnung ist, andere zu manipulieren, ist das deine Sache. Aber erwarte nicht, dass ich es toll finde. Am besten, du kriechst auch noch in meinem Kopf rum, damit ich dir zustimme. Na los! Für dich scheint ja alles wahnsinnig einfach zu sein. Kein Wunder! Du wirkst, als hättest du sämtliche Moralvorstellungen über Bord geworfen. Liegt das an Jans Einfluss? Der Typ ist nicht gut für dich.«

Jetzt sehe ich endgültig rot. Ich balle meine Hände zu Fäusten. »Lass Jan aus dem Spiel. Ihm kann ich wenigstens alles anvertrauen, ohne dass er mich verurteilt. Im Gegensatz zu dir! Jetzt ist mir zumindest klar, warum man im Bezug auf besondere Fähigkeiten besser die Klappe hält! Weil die normalen Menschen damit nicht umgehen können und immer gleich alles auf sich beziehen müssen.«

»*Normale* Menschen? Hörst du dir eigentlich zu? Ist Jan kein *normaler* Mensch? Anscheinend kann er ja hervorragend mit deiner großartigen Kraft umgehen.«

»Er überschüttet mich zumindest nicht rund um die Uhr mit Vorwürfen. Du bist so lächerlich. Was soll das alles? Ich habe lediglich bei einer Mathearbeit gemogelt. Wieso diese Grundsatzdiskussion, die meilenweit am Thema vorbeigeht?«

»Das tut sie eben nicht! Aber wenn du das nicht begreifst, kann ich dir auch nicht helfen.«

Mit diesen Worten dreht sie sich um und stürmt den Gang hinab. Ich zögere kurz, dann laufe ich ihr hinterher. Sie ist meine beste Freundin. So darf es nicht enden. Seit ich ihr von meiner Gabe erzählt habe, wird der Graben zwischen uns immer tiefer, die Entfernung immer weiter. Wenn ich sie jetzt gehen lasse, wird sich unsere Beziehung nicht mehr erholen.

»Viv, warte …«, rufe ich ihr nach.

Sie verlangsamt ihren Schritt, sodass ich aufschließen kann. Wahrscheinlich rechnet sie damit, dass ich einlenke und mich für mein Verhalten entschuldige.

Das kann ich nicht. Sie mag recht haben mit ihren Argumenten, aber sie hat nicht einmal versucht, mich zu verstehen. Wir werden in dieser Hinsicht auf keinen gemeinsamen Nenner kommen. Unsere Freundschaft wird das nicht verkraften. Das darf nicht passieren.

Ich formuliere den Gedankenimpuls, der uns aus dieser verfahrenen Situation retten wird.

Vergiss meine Mathenote und den eben stattgefundenen Streit!

Sie bleibt stehen und lächelt mir entgegen. Schnell dränge ich einen schwachen Anflug von Müdigkeit zurück.

Während der wenigen Schritte, die uns voneinander trennen, breitet sich immense Erleichterung in mir aus. In Vivs fröhlicher Miene kann ich ausschließlich Zuneigung erkennen. Ich bin unendlich froh über die Lösung unseres Konfliktes.

»Bevor ich aus der Schule flüchte: Was hast du in der Mathearbeit? Entschuldige bitte, dass ich nicht gefragt habe. Ich war so begeistert von meiner Zwei. Eigentlich wollte ich mich bereits im Klassenraum erkundigen«, sprudelt sie hervor.

Ich erwidere ihr Lächeln. »Eine Drei minus. Ich dachte, ich hätte die Aufgaben nur ansatzweise gelöst, aber anscheinend waren meine Rechenwege ganz okay.«

Viv strahlt. »Ich freue mich echt für dich! Damit hast du die Vier in der Tasche. Man darf ja auch mal Glück haben!« Sie umarmt mich und zieht mich weiter. »Wirst du heute anfangen, für Laros Party zu backen? Wenn ich mich recht entsinne, hast du ihr einen Berg Muffins zugesichert, du Wahnsinnige. Oder willst du das alles erst morgen erledigen?« Sie wartet keine Antwort ab und plaudert munter weiter. »Wie geht es eigentlich Jan? Kommt er ebenfalls? Mein Vater fährt mich gegen 19 Uhr hin, sollen wir dich mitnehmen?«

»Gerne. Und ja, Jan wird da sein. Unser erster gemeinsamer Auftritt also.«

»Das wird spannend. Dieser Treppensturz ist ganz schön heftig ausgefallen.«

Wir unterhalten uns, bis sich unsere Wege trennen.

Viv winkt mir noch einmal zu, dann verschwindet sie um die Ecke. Erleichtert blicke ich ihr nach. Eine lächerliche Mathearbeit sollte kein Grund für eine Auseinandersetzung sein. Ich bin froh, dass wir uns wieder vertragen. Offensichtlich habe ich die richtige Entscheidung getroffen. Ich kann nur hoffen, dass Jan der gleichen Meinung ist. Im Bezug auf die moralischen Aspekte meiner Kraft ist er derart unberechenbar, dass ich keine Ahnung habe, wie er reagieren wird.

Heute sehen wir uns erst am Nachmittag, da ich ein Gespräch mit meiner Mutter führen muss. Die Erlaubnis für die Übernachtung steht noch aus.

»Ich wollte etwas mit dir besprechen«, beginne ich, als wir uns am Esstisch gegenübersitzen. Glücklicherweise hat Simon gleich nach der Schule Training, sodass wir alleine sind.

»Schieß los«, fordert sie mich auf.

»Morgen Abend ist ja diese große Party bei Laro«, erkläre ich vorsichtig. »Es wird sicher spät werden. Kann ich bei Jan übernachten? Er würde mich am nächsten Morgen auch nach Hause bringen.«

Meine Mutter starrt mich mit großen Augen an. »Auf gar keinen Fall«, lehnt sie entschieden ab.

»Ach, komm. Bitte! Er ist doch kein Fremder«, bettle ich. »Du magst ihn.«

»Das hat damit nichts zu tun«, äußert sie unwillig. »Wie lange seid ihr ein Paar? Noch keine Woche. Das ist zu früh.«

»Wir verstehen uns aber schon länger gut. Du kannst mir keinen Vorwurf machen, dass er mir erst vor ein paar Tagen seine Gefühle gestanden hat«, wende ich ein.

»Nein«, beharrt sie fest. »Ich werde meine sechzehnjährige Tochter nicht nach so kurzer Zeit bei ihrem festen Freund übernachten lassen.«

Stumm esse ich ein paar Bissen meiner Kartoffel, die plötzlich schmeckt wie Sägemehl.

»Hannah«, lenkt sie seufzend ein. »Ich will dich doch damit nicht ärgern. Ich möchte einfach sicher sein, dass du bereit bist und weißt, was du tust.«

Verlegen fixiere ich die Tischplatte und hoffe, dass das Gespräch schnellstmöglich eine rettende Wendung nimmt. Das sich anbahnende Thema ist wirklich mehr als peinlich.

»Wenn du –«, setzt sie zögerlich an.

»Nein«, wehre ich ab und lasse meine Gabel mit einem Klirren auf den Tisch fallen. »Bitte erspar mir diese Ratschläge. Ich bin bestens im Bilde.«

»Schon gut.« Meine Mutter hebt die Hände und lächelt mich beschwichtigend an. Ich weiß, dass sie es gut meint, dennoch übertreibt sie total. Sie kennt Jan bereits. Wenn sie auf ihren Instinkt hören würde, wüsste sie, dass Zweifel überflüssig sind. Soll mir jetzt die Chance, bei meinem Freund zu übernachten, verwehrt bleiben, nur weil meine Mutter unnötige Bedenken hat?

Kurz entschlossen formuliere ich einen Impuls. Ganz leicht schiebe ich ihn in ihre Richtung. Wenn dieser schwache Befehl ausreicht, dann war sie ohnehin nicht völlig überzeugt von ihrem Standpunkt.

Erlaube mir die Übernachtung bei Jan!

»Du kannst mir vertrauen«, versichere ich erneut. »Ich würde nichts tun, zu dem ich nicht bereit bin. Ich bin alt genug.«

Meine Mutter nickt gedankenverloren. »Du hast recht«,

stimmt sie zu. »Du bist verantwortungsbewusst genug, und Jan scheint in Ordnung zu sein. Du darfst.«

»Ich freue mich, dass du das so siehst«, bemerke ich und lehne mich zufrieden zurück. »Du kannst dich auf mich verlassen.«

26 : manipuliert

Kurze Zeit später sitze ich mit einer Tasse Kaffee auf der schicken Couch in Jans Wohnzimmer. Wie immer sind seine Eltern nicht da, sodass wir das ganze Haus für uns haben.

»Wegen der Übernachtung morgen«, eröffne ich geradeheraus. »Das geht klar.«

»Tatsächlich?«, vergewissert sich Jan mit spöttischem Grinsen. »Ich hätte nicht erwartet, dass deine Eltern ihr Töchterchen so schnell in die Höhle des Löwen lassen.«

Ich verdrehe die Augen und deute mit dem Kopf auf seinen Brustkorb.

»Ein ziemlich lädierter Löwe«, provoziere ich gutmütig, werde dann aber wieder ernst. Unser Gespräch gestern hat gezeigt, dass Jan Verständnis dafür hat, dass ich das Potenzial meiner Kraft ausschöpfe.

»Zuerst war meine Mutter gar nicht begeistert von der Idee. Ich habe mit der Gabe nachgeholfen«, gestehe ich.

»Schön, dass es klappt«, stellt Jan nur fest und lehnt sich zurück.

Ich rühre gedankenverloren in meinem Kaffee. Sehr beruhigend, dass er keine große Sache daraus macht. Das beweist doch, dass eventuelle Bedenken unnötig sind.

»Was gibt's sonst Neues?«, erkundigt er sich.

»Heute gab's die Mathearbeit zurück«, berichte ich und nehme einen Schluck von meinem Getränk.

Interessiert beugt sich Jan nach vorne. »Und? Wie hast du dich entschieden?«, will er wissen.

»Ich habe es bei dem Schwindel belassen«, informiere ich knapp. »Denise hat die Sechs, ich habe eine glatte Eins.«

»Gut«, äußert Jan anerkennend. »Alles andere wäre wirklich zu riskant gewesen. Das war eine sinnvolle Entscheidung.«

Bedrückt lasse ich die Tasse sinken. »Ich bin nicht sicher.«

»Weshalb?« Jan mustert mich mit einem Stirnrunzeln.

»Ich hatte einen ziemlich schlimmen Streit mit Viv«, erzähle ich. »Natürlich hat sie mitbekommen, dass ich eine gute Note habe, obwohl ich nicht vorbereitet war.«

Jan lehnt sich vor, stützt die Ellbogen auf die Tischplatte und legt sein Kinn in die Hände. »Was hat sie gesagt?«

»Sie meinte, es sei unfair, die Gabe zu nutzen. Sie hat sich wahnsinnig darüber aufgeregt, dass ich Denise damit geschadet und mir einen Nutzen verschafft habe. Und dass ich die Gedanken manipuliert habe, hält sie für schlimmer, als ich jemals angenommen hätte. Sie ist förmlich auf mich losgegangen«, erinnere ich mich schaudernd.

»Verständlich, dass sie so reagiert«, bemerkt Jan gelassen.

»Findest du?«, frage ich säuerlich. »Warst du nicht derjenige, der Verständnis für mich hatte? Oder hat sich das mittlerweile geändert, und du verurteilst mich auch?«

Beschwichtigend hebt Jan die Hände. »Nein. Natürlich nicht. Ich denke, dass ihre Reaktion verständlich ist, da sie sich erst wenig damit auseinandergesetzt hat, was die Gabe für dich bedeutet.«

»Wie meinst du das?«

»Ihr gesamter Kontakt zur Gabe kommt durch Dinge zustande, die du ihr gezeigt oder geschildert hast«, erklärt er. »Woher soll sie wissen, mit welchen Gedanken du dich vor dem Einschlafen herumschlägst, welche Entscheidungen du treffen, welchen Verlockungen du standhalten musst?«

»Trotzdem steckt in dem, was sie sagt, ein wahrer Kern«, wende ich ein. »Mit jeder Nutzung der Gabe verschwinden mehr Skrupel.«

»Skrupel, die unnötig sind«, ergänzt Jan. »Du setzt die Macht ja nicht ein, um Böses zu tun. Im Gegenteil. Mit jeder Nutzung findest du etwas Neues über dich heraus. Das eröffnet dir eine Menge Möglichkeiten.«

Ich zögere.

»Hannah, du hast genau das Richtige getan und niemandem geschadet«, bestärkt er mich eindringlich. »Du darfst dich nicht an den Maßstäben normaler Menschen messen, denn keiner kann nachvollziehen, was sich in dir abspielt. Glaube an dich selbst. Du hast nichts falsch gemacht.«

»Das war nicht alles«, gebe ich beklommen zu. »Der Streit zwischen uns ist eskaliert. Dann habe ich dafür gesorgt, dass sie sowohl unsere Auseinandersetzung als auch meinen Betrug während der Arbeit vergisst.«

Vorsichtig riskiere ich einen Blick auf Jan. Er lächelt mich an. »Das ist doch in Ordnung.«

»Ich habe das Gehirn meiner Freundin manipuliert, indem ich Erinnerungen gelöscht habe. Das findest du *in Ordnung*?«, versichere ich mich ungläubig. »Ehrlich gesagt hätte ich mit einer anderen Reaktion gerechnet.«

»Du hattest lediglich das Beste im Sinn, oder nicht?«, entlastet er mich. »Wer hätte etwas davon, wenn ihr beide zerstritten wärt und du womöglich ihre Freundschaft verlieren würdest, einfach nur dadurch, dass sie dich nicht versteht?«

»Im Prinzip hast du recht«, räume ich nachdenklich ein. »Ich wollte bloß den Konflikt beseitigen. Sonst nichts.«

Jan fährt mit dem Finger den Rand seiner Kaffeetasse nach.

»Es kann immer wieder zu einer solchen Situation kommen«, mutmaßt er nach einer kurzen Pause. »Weil sie eingeweiht ist, wird sie zu einem aufmerksamen Beobachter.«

»Du meinst …«, setze ich an und verstumme.

Jan beantwortet meinen unausgesprochenen Satz mit einem Nicken. »Ja. Vermutlich wäre es besser, wenn du Viv von dieser Bürde befreien würdest. Hast du noch jemanden ins Vertrauen gezogen?«

Ich verneine, und Jan sieht für einen Moment erleichtert aus. »Schau mal, selbst für mich ist es schwer, mit deiner Kraft umzugehen. Wieso solltest du ihr das weiter antun, obwohl ein einziger Gedankenimpuls ausreichen würde, um ihr ein sorgenfreies Weiterleben zu ermöglichen?«

Da ist etwas Wahres dran. Ich hatte ohnehin an meiner Entscheidung, Viv ins Vertrauen zu ziehen, gezweifelt. Im Nachhinein erscheint mir das ziemlich egoistisch. Zudem zeigen ihre Reaktionen deutlich, dass sie mit dem Wissen um meine Kraft nicht umgehen kann. Diesen Stress hat sie nicht verdient.

»Das Ausmaß dieser Gabe ist wirklich beunruhigend«, überlege ich abwesend. »Viv. Denise. Meine Mutter. Der aufdringliche Vertreter an der Tür. Die Rezeptionistin im Krankenhaus. Der Typ, der im Einkaufszentrum in den Brunnen gesprungen ist. Keiner sollte eine solche Macht über andere Menschen haben. Der Gedanke, wie weit ich mit diesem psychischen Zwang gehen könnte, macht mir Angst. Was passiert, wenn ich jemandem den Befehl gebe, sich von einer Brücke zu stürzen?«

Jan hat die Augenbrauen zusammengezogen, und sein Blick ist ernst. »Du hältst dich für stark genug, jemandem deinen Willen aufzuzwingen, selbst wenn es für ihn den Tod bedeuten würde?«

In seiner Stimme schwingt ein aggressiver Unterton mit, den ich nicht einordnen kann. Weshalb reagiert er so aufgebracht? Wir haben doch bereits im Krankenhaus darüber gesprochen.

»Ich weiß es nicht«, murmle ich abwehrend. »Und ich möchte es nicht herausfinden.«

»Probiere es an mir aus«, fordert Jan unvermittelt.

Entsetzt springe ich von der Couch und stoße mir dabei das Knie am Tisch an. Die Tassen klirren. »Bist du wahnsinnig? Du willst, dass ich dich absichtlich in Lebensgefahr bringe?«

»Du bekommst nur Klarheit über deine Fähigkeiten, wenn du es versuchst«, bedrängt mich Jan. »Du musst den Zwang bloß rechtzeitig lösen. Ich vertraue dir.«

Mir treten die Tränen in die Augen, jedoch kann ich nicht sagen, ob Ärger oder Angst der Auslöser dafür ist.

»Wie kommst du auf eine solche Idee?«, zische ich aufgebracht. »Reicht es nicht, dass ich dich mit dieser verfluchten Kraft fast umgebracht hätte? Bist du so lebensmüde? Weshalb willst du dich erneut in Gefahr begeben?«

Mit wenigen schnellen Schritten ist Jan bei mir und umarmt mich. Als wir uns berühren, zuckt er kurz zusammen. Ich sollte vorsichtiger mit ihm umgehen. Seine Rippen sind noch nicht vollständig geheilt. Trotz der offensichtlichen Schmerzen hält er mich fest umfangen.

»Ich werde keine Sekunde lang in Gefahr schweben. Du wirst alles unter Kontrolle haben, solltest du es überhaupt schaffen, mich zu zwingen.«

»Jan«, flehe ich ihn verzweifelt an. »Ich *kann* das nicht. Ich *will* das nicht.«

»Stell dir vor, wie es wäre, Klarheit zu haben«, dringt er weiter in mich. »Vermutlich funktioniert es nicht, dann musst du dir darüber keine Gedanken mehr machen. Würde es dich nicht beruhigen?«

Ich verberge mein Gesicht an seiner Schulter und unterdrücke gewaltsam die Tränen, die mir in die Augen steigen. »Wie kannst du das von mir fordern?«

»Hannah.« Seine Stimme klingt eindringlich. »Ich fordere nichts. Ich will das für *dich* tun, damit du nicht in ständiger Angst vor deiner eigenen Kraft lebst.«

Ich hebe unschlüssig die Schultern und beiße mir auf die Lippen.

Offenbar deutet Jan mein Schweigen als Zustimmung, denn er ergreift wortlos meine Hand, und wir gehen gemeinsam ins obere Stockwerk.

In seinem Zimmer öffnet er das Fenster und prüft die Höhe. Bis zur steinigen Auffahrt unter uns sind es bestimmt fünf Meter. Durch die hohen Decken sind die Fenster so groß, dass Jan durch die Öffnung fallen könnte, ohne sich dabei vorher zusammenkrümmen zu müssen.

»Ich stelle mich mit dem Rücken gegen die Tür. Wir werden sehen, ob du es überhaupt schaffst, mich zu bewegen.«

Mir laufen die Tränen aus den Augenwinkeln. Er verlangt tatsächlich, dass ich ihn mittels der Gabe in Lebensgefahr bringe, nur um zu prüfen, ob er widerstehen kann? Ich will nicht. Das Risiko ist viel zu hoch. Wie endet es, wenn etwas schiefgeht und Jan aus dem Fenster springt?

Er wirkt so entschlossen und macht den Eindruck, als wolle er meine Argumente gar nicht hören. Ich habe ihm nichts weiter entgegenzusetzen. Er wird seinen dämlichen Vorschlag noch bereuen. Natürlich will er mir helfen, doch zu welchem Preis? Wie kann er nach allem, was passiert ist, Vertrauen in meine Kraft setzen? Er weiß selbst am besten, dass ich erst am Anfang stehe und völlig unberechenbar bin. Jedoch fürchte ich, dass er nicht eher lockerlassen wird, bis ich die Grenzen meiner Gabe getestet habe – an ihm.

Widerwillig treffe ich eine Entscheidung.

Ich ertrage es nicht, Jan erneut diesem Risiko auszusetzen. Stattdessen werde ich das Experiment so verändern, dass ich es bin, die in Gefahr gebracht wird. Ich werde ihn dazu zwingen, mit dem Rücken am Abgrund zu stehen, aber ich werde ihm keinesfalls den Impuls eingeben, zu springen.

»Gib mir kurz Zeit. Ich brauche einen Moment für mich«, bitte ich und verlasse eilig den Raum. Im Flur lausche ich auf Anzeichen, dass er mir folgt, doch in seinem Zimmer bleibt alles still. Schnell schleiche ich die Treppe hinunter in die Küche.

Kurze Zeit später habe ich gefunden, was ich suche, und verberge es seitlich in meinem Hosenbund. Vorsichtig steige ich die Treppe wieder hinauf, gehe ins Bad, betätige dort Toilettenspülung sowie Wasserhahn und kehre in Jans Zimmer zurück. Er steht am Fenster und blickt gedankenverloren in den Hof.

»Jan? Bist du sicher, dass du das versuchen willst?«, bemühe ich mich, ihn ein letztes Mal von dem halsbrecherischen Vorhaben abzubringen.

Er lächelt mir aufmunternd zu. »Ich vertraue dir.«

Ich schließe kurz die Augen und nicke frustriert. Wir werden sehen, wie er sich fühlt, wenn er nicht mehr Herr der Lage ist.

»Stell dich mit dem Rücken zur Tür und sage Bescheid, wenn du bereit bist«, ordne ich an.

Er durchquert das Zimmer und steht kurze Zeit später an der genannten Position. Knapp nickt er mir zu. Auf seinen Zügen zeichnet sich Konzentration ab.

Vorsichtig beginne ich mit der Fokussierung.

Jan, bewege dich zum Fenster. Jetzt!

Für einen Moment spüre ich Widerstand, dann geht Jan den ersten Schritt. Seine Lippen sind zu einem schmalen Strich zusammengepresst, und seine Stirn glänzt vor Schweiß. Er versucht eindeutig, sich meinem Willen entgegenzustellen. Ich setze zum nächsten Befehl an.

Jan, schneller. Zum Fenster. Na los!

Mit wenigen Schritten hat er den Raum überbrückt.

Steige auf das Fensterbrett!

Ohne Rücksicht auf seine gebrochenen Rippen zu nehmen, zieht sich Jan mit einer eleganten Bewegung auf das Sims.

Stell dich hin!

Er balanciert nun auf der Fensterbank. Nur eine Winzigkeit trennt ihn vom Absturz. Eine unbedachte Bewegung von ihm oder ein unkontrollierter Gedanke meinerseits und er würde in die Tiefe stürzen.

»Hannah, das reicht!«, presst er hervor.

Das war schon der Fall, bevor wir überhaupt begonnen haben.

Zeit für das eigentliche Experiment.

Statt die Kontrolle zu lösen, gebe ich den nächsten Befehl aus.

Steige von der Fensterbank und komme her!

Jan springt vom Sims zurück ins Zimmer und landet mit einem Schmerzenslaut am Boden. Trotzdem richtet er sich auf und läuft, die Hände an seinem Verband, zu mir. Sein Gesicht ist totenbleich. In seinen Augen spiegeln sich Furcht und Schwäche, und er wirkt völlig erschüttert und fassungslos. Sein Anblick bohrt sich wie ein glühender Pfeil in meine Netzhaut.

Für einen Moment überfallen mich Zweifel. In diesem Zustand will ich meinen Freund nicht sehen. Das will ich ihm nicht antun. Dennoch überwiegt die Wut. Er hat diese unerfreuliche Situation selbst zu verantworten. Er soll sich in Zukunft überlegen, ob er mich unbedingt zu solchen Aktionen verleiten will. Ich muss ihm zeigen, dass er meine Gabe nicht unterschätzen darf.

Jan. Greife in meinen Hosenbund und ziehe das Messer heraus!

Mit einer gezielten Bewegung packt er den Griff des langen Küchenmessers, das ich wenige Minuten zuvor aus dem Holzblock gezogen habe. Ich erschauere, als die kühle Klinge die bloße Haut meines Bauches berührt.

Setze mir das Messer an die Kehle!

Jan geht einen Schritt nach vorne, sodass ich rückwärts gegen die Tür taumle. Sekunden später fühle ich den kalten Stahl an meinem Hals. Ich blicke fest in Jans graublaue Augen, deren Pupillen vor Entsetzen geweitet sind. Bewegungslos starren wir uns an. Ich müsste lediglich einen weiteren Impuls ausgeben, um meinem Leben durch seine Hand ein schnelles Ende zu setzen.

Lass das Messer fallen!

Ich breche meine Gedankenkontrolle ab. Jan schleudert das Messer von sich und weicht mehrere Schritte vor mir zurück. Die Erschöpfung überrollt mich wie eine riesige Welle. Für einen kurzen Moment schwanke ich und muss Halt am Türrahmen suchen.

An Jans zorniger Miene sind seine Gefühle deutlich abzulesen. Er bebt vor unterdrückter Wut und sieht aus, als wolle er sich gleich wieder auf mich stürzen.

»Bist du total bescheuert?«, fährt er mich an. »Ich hätte dich umbringen können! Was wäre passiert, wenn ich das Messer nur ein Stück bewegt hätte?«

Stumm fixiere ich ihn. Er erwidert meinen Blick weiterhin voller Verärgerung.

»Du warst es doch, der ausprobieren wollte, ob die Manipulation bis hin zur Lebensgefahr möglich ist«, fauche ich in die angespannte Stille hinein.

»Ja, aber ich hätte nicht gedacht, dass es funktioniert«, entgegnet er heftig.

»Glaubst du es jetzt? Ich kann jemandem meinen Willen aufzwingen, selbst wenn es für ihn den Tod bedeuten würde«, wiederhole ich absichtlich seine Worte von zuvor. »Oder für mich. Hattest du denn das Gefühl, deine Entscheidungen selbst zu treffen?«, füge ich spitz hinzu.

Okay, das war unter der Gürtellinie, aber ich bin aufgewühlt und verdammt sauer auf Jan.

»Nein!« Er geht wieder einen Schritt auf mich zu und schreit mich an. »*Du* warst es, die alles kontrolliert hat. *Du* hast mir *deinen* Willen aufgezwungen. *Du* bist viel stärker als ich. Ist es das, was du hören willst?«

Hilflos stehe ich vor ihm und schüttle leicht den Kopf. Nur langsam schaffe ich es, die Müdigkeit zurückzudrängen. Jan setzt sich schwer atmend auf die Bettkante. Sein gesamter Körper zittert, und auch seine Stimme klingt heiser, als er zum Sprechen ansetzt.

»Warum? Warum hast du das getan? Der Fensterversuch hätte ausgereicht.«

»Es war deine Idee!«, verteidige ich mich. »Du wolltest diesen blöden Test ja unbedingt durchführen. Jetzt bist du eingeschnappt, weil es nicht nach deinen Vorstellungen gelaufen ist?«

Jan funkelt mich wütend an.

»Willst du es nicht verstehen?«, attackiere ich ihn weiter. »Meine Gabe ist unberechenbar. *Ich* bin unberechenbar. Du kannst mir nicht einfach sagen, dass du mir vertraust und annehmen, dass es damit getan ist, du … du Vollidiot! Denkst du ernsthaft, ich hätte nur ansatzweise darüber nachgedacht, den Impuls zum Springen zu formulieren? Hast du wirklich geglaubt, ich würde dich schon wieder in Lebensgefahr bringen? Ohne zu zögern, hättest du mich aufgeschlitzt, wenn ich den Befehl dazu gegeben hätte. Kapierst du jetzt endlich, wie riskant die ganze Sache ist?«

Jan sinkt rückwärts auf sein Bett und bedeckt sein Gesicht. Die folgenden Worte dringen dumpf hinter seinen Händen hervor. »Ist dieser Amoklauf nicht ein wenig übertrieben?«

»Übertrieben?«, wiederhole ich gefährlich leise. »Du nötigst mich, dich in fünf Meter Höhe auf dem Fensterbrett balancieren zu lassen. Du gibst mir nicht die Möglichkeit, deine hirnrissige Idee abzulehnen. Und dann hältst du meine Reaktion für *übertrieben*? Ich könnte dein Zimmer zerlegen und wäre noch immer im Recht! Ich will ein ganz normales Mädchen sein, das die Zeit mit ihrem festen Freund genießt. Keine mentale Beeinflussung, keine Nutzung der Gabe!« Mit jedem Wort werde ich lauter. »Was ist nur mit dir los? Ich erkenne dich nicht wieder. Wieso ist es so schwer für dich, das einzusehen? Wieso willst du mich andauernd an meine Grenzen bringen? Ich bin doch kein Versuchskaninchen, mit dem du in deinem Labor herumexperimentieren kannst! Liegt dir überhaupt irgendetwas an mir? Ich hasse diese verdammte Kraft! Seit ihrer Entdeckung wird mein Leben immer komplizierter!« Die letzten Sätze schreie ich geradezu heraus, dann breche ich haltlos schluchzend zusammen.

Ratlos zieht Jan die Schultern hoch und sucht nach einer Entgegnung. »Das wusste ich nicht«, erwidert er schließlich erschöpft. »Wenn ich geahnt hätte, wie schwierig für dich die Entdeckung der Gabe und die daraus folgenden Konsequenzen sind, hätte ich anders reagiert. Ich dachte, du findest sie spannend und willst deine Möglichkeiten ausschöpfen.«

Mit einer Hand zieht er ein zusammengefaltetes Tempo aus seiner Hosentasche, das ich gerne entgegennehme.

»Das will ich ja auch«, schluchze ich. »Aber doch nicht alles auf einmal. Und gerade im Moment will ich gar nichts damit zu tun haben, sondern einfach unser Zusammensein genießen.«

Kurz lässt Jan seinen Kopf nach vorne fallen, sodass ich sein Gesicht nicht sehen kann. Als er wieder aufblickt, lächelt er. »Okay. Ich habe es verstanden. Wie wäre es, wenn wir uns einen schönen Nachmittag machen und heute kein Wort mehr über deine Gabe verlieren würden?«

Für einen Moment schließe ich die Augen und atme tief durch.

Die Auseinandersetzung mit Jan hat mich an meine Grenzen gebracht. Er hat recht. Meine Reaktion war ziemlich überzogen. Er ist der Einzige, mit dem ich über diese blöde Kraft reden kann. Kein Grund, direkt mit einem Messer zu hantieren, nur weil er etwas ausprobieren wollte.

»Das wäre toll«, stimme ich zu und ignoriere das erleichterte Seufzen, mit dem Jan meine Worte quittiert.

27 : gescheitert

Am Mittwochabend sitze ich mit einem Berg Muffins, die ich für Laros Party gebacken habe, am Küchentisch und warte beklommen auf Viv. Durch mein gestriges Gespräch mit Jan bin ich zu einer endgültigen Entscheidung gelangt.

Ich werde meine beste Freundin von der Bürde befreien, die ich ihr auferlegt habe. Es reicht aus, wenn mein Freund mit dem Wissen um meine Gabe zurechtkommen muss. Schon ihm fällt dies zeitweise sehr schwer – genau wie mir. Völlig überflüssig, dass sich Viv auch Gedanken darüber machen muss. Sie wird glücklicher sein, wenn sie von der Existenz übernatürlicher Fähigkeiten nichts weiß. Kopfzerbrechen bereitet mir allerdings die Nachhaltigkeit der Gedächtnislöschung. Bisher habe ich die Gabe lediglich zur Veränderung des Kurzzeitspeichers verwendet. Zwischen der Rückgabe der Mathearbeit und meinem Befehl lag maximal eine Stunde. Viv hingegen weiß seit mehreren Wochen über mich Bescheid. Ich habe keine Ahnung, wie sich der Impuls in ihrem Fall auswirkt oder ob er überhaupt durchführbar ist. Möglicherweise werden die Erinnerungen nur zeitweilig gelöscht? Ein Versuch kann nicht schaden.

Um Punkt 19 Uhr steht Viv vor dem Haus. Entschlossen, mein heikles Vorhaben möglichst schnell hinter mich zu bringen, renne ich die Treppe hinunter. Zum Glück sind weder meine Eltern noch Simon daheim, sodass mir kein Familienmitglied in die Quere kommt.

»Hi, Viv«, begrüße ich sie, während ich die Tür öffne. »Gehst du kurz mit hoch? Ich brauche deine Beratung bei der Auswahl der Handtasche.«

Gemeinsam betreten wir mein Zimmer, wo ich meiner Freundin zwei Modelle präsentiere. Ohne zu zögern, entscheidet sie sich für die dunkelblaue und gegen die senfgelbe Tasche.

»Hannah, bist du farbenblind?«, wundert sie sich kopfschüttelnd. »Die Frage, welche du nimmst, kann man nach einem Blick auf dein Kleid beantworten.«

»Okay«, erwidere ich abwesend. »Ich wollte bloß sichergehen.«

Viv runzelt die Stirn und mustert mich skeptisch.

Ich nutze ihr irritiertes Schweigen und formuliere den Gedankenimpuls, der dafür sorgen wird, dass ich unsere Beziehung nicht erneut erschüttere.

Vorsichtig schiebe ich den Befehl ins Gehirn meiner besten Freundin.

Vergiss augenblicklich meine Gabe und alles, was damit zusammenhängt!

Mit einem leichten Blinzeln versuche ich, die aufkommende Müdigkeit zu bekämpfen.

Viv schaut mich aufmerksam an. »Du siehst toll aus. Jan wird dir zu Füßen liegen.«

»Falls nicht, kann ich ja nachhelfen, indem ich ihm mentale Aufforderungen schicke«, deute ich an und achte genau auf Vivs Reaktion.

Meine Freundin zieht verständnislos eine Braue hoch.

»Wie darf ich das verstehen? Bist du unter die Telepathen gegangen?«, fragt sie irritiert.

»Quatsch.« Ich lache künstlich. »Nur ein blöder Scherz. Ich bin so aufgeregt wegen später.«

Viv grinst und verdreht die Augen, erwidert aber nichts.

Okay. Das wäre erledigt. Wenn sie sich an meine Gabe erinnern würde, hätte sie anders reagiert. Ob der Impuls von Dauer ist, wird sich erst mit der Zeit zeigen.

Für den Moment kann ich nichts weiter tun, also widme ich meine Überlegungen dem vor mir liegenden Abend. Zum ersten Mal werde ich als Jans Freundin auftreten. Wie werden die anderen reagieren? Noch nervöser macht mich der Gedanke an die kommende Nacht. Jan hat versprochen, sich zu benehmen. Leider ist *er* nicht das Problem. An ihm habe ich keine Zweifel. Es ist *meine* Selbstkontrolle, die sich winkend verabschiedet, sobald er sich in der Nähe befindet.

Ich seufze zittrig. Ich bin unfassbar aufgeregt. Keine Ahnung, ob das Kribbeln im Bauch durch Anspannung oder Vorfreude zustande kommt. Vermutlich beides.

Bevor wir das Haus verlassen, packe ich sorgfältig die Muffins in die Reisetasche, in der auch schon meine Übernachtungssachen, bestehend aus Waschbeutel, Kleider für den morgigen Tag, bequeme Schuhe und meinem schönsten Schlafanzug, ihren Platz gefunden haben.

Im Flur werfe ich einen letzten prüfenden Blick in den Spiegel. Was ich sehe, gefällt mir ganz gut. Zur Abwechslung habe ich mich richtig schick gemacht. Ich trage ein Kleid aus leichtem blauen Stoff, der so hell ist, dass er fast weiß wirkt. Dazu kombiniere ich ausnahmsweise keine Chucks, sondern dunkelblaue Pumps, in denen ich zwar kaum laufen kann, die aber meine Beine im besten Licht erscheinen lassen. Irgendwelche Abstriche muss man leider immer machen. Außerdem harmonieren die Schuhe mit den ebenfalls blauen Applikationen des Kleides. Auch meine Unterwäsche an diesem Abend ist spektakulär. Der BH aus hellgrauer Spitze und ein passender Slip bilden eine perfekte Kombination. Nicht, dass ich für heute Nacht etwas Unanständiges geplant hätte, aber der Gedanke an das Ensemble, selbst wenn es keiner zu Gesicht bekommt, tut meinem Selbstbewusstsein gut. Meine Haare fallen offen auf die Schultern, und das Make-up ist gelungen, sodass ich mit meinem Anblick wirklich zufrieden bin.

In meinem Innern bin ich jedoch zwiegespalten. Einerseits erwacht in mir das schlechte Gewissen. Schließlich hatte ich Viv versprochen, sie niemals zu manipulieren. Andererseits fühle ich mich, als sei mir eine große Last von den Schultern genommen worden. Meine beste Freundin benimmt sich wie immer. Es hat ihr also nicht geschadet, zweimal kurz nacheinander mit der Gabe konfrontiert zu werden. Die ganze Problematik hat sich in Luft aufgelöst, und ich kann endlich wieder frei atmen.

Für Viv ist es definitiv besser, nichts zu wissen, statt jede meiner Handlungen kritisch zu überprüfen und sich einem solchen Stress auszusetzen. Außerdem wird sie mir keine unangenehmen Fragen mehr stellen. Ich kann es gar nicht fassen, dass sich Schwierigkeiten so leicht lösen lassen, ohne dass irgendjemand zu Schaden kommt. Mit der vereinzelt auftretenden Müdigkeit kann ich umgehen. Jan hatte recht mit seiner Einschätzung.

Bereits auf der Fahrt sind wir in bester Stimmung und unterhalten uns lautstark auf der Rückbank. Kopfschüttelnd parkt Vivs Vater vor Laros Haus und nimmt Viv vermutlich zum zehnten Mal das Versprechen ab, um Punkt 0:30 Uhr vor der Tür zur Abholung bereitzustehen. Viv gibt zum ebenso vielten Male ihre Zustimmung, und wir verschwinden kichernd in den Garten.

Laro hat sich bei der Dekoration selbst übertroffen. In allen Büschen und Bäumen hängen Lampions, deren warmes Licht das Gelände erhellen wird, sobald die Dämmerung einsetzt. In der Mitte des Rasens befindet sich ein großer Teich, auf dem Seerosen mit Teelichtern im Innern schwimmen, die ebenfalls bei Einbruch der Dunkelheit angezündet werden. Ich freue mich auf den Anblick und hoffe, dass Jan bis dahin gekommen ist, damit wir den warmen Maiabend gemeinsam genießen können.

Amüsiert packt Laro unser Geschenk aus – ein Wurfzelt, auf das sie nur einen Blick werfen muss, um in Gelächter auszubrechen. »Ihr seid die Besten! So haben wir wenigstens beim nächsten Zelttrip bloß mit dem Abbau Probleme.«

»Schade. Dann müsst ihr gar keine fremden Männer mehr in Cafés ansprechen.« Lucas betritt mit Marius im Schlepptau den Garten, legt Laro einen Arm um die Hüfte und begrüßt sie mit einem Kuss auf die Wange.

»Männer?«, wiederholen Viv und ich gleichzeitig mit einem ungläubigen Schnauben.

Lucas' entrüsteter Blick, den er uns daraufhin zuwirft, hat einen ausgelassenen Heiterkeitsausbruch zur Folge. Wie schön es ist, einen Abend lang albern zu sein und keine Probleme herumzuwälzen.

Während sich der Garten langsam füllt und Marius mit seinem Laptop samt Boxen einen ausgewählten Musikmix präsentiert, kommt mir ein beunruhigender Gedanke.

Unauffällig nehme ich Laro beiseite. »Ist Denise schon da?«

»Nein«, antwortet sie und beäugt mich wachsam von der Seite. »Sie wird auch nicht kommen, weil sie über das lange Wochenende mit ihrer Familie einen Kurzurlaub macht. Du kannst dich also hemmungslos an Jan ranschmeißen.«

Ich stoße ihr mit dem Ellbogen in die Seite, kann ein belustigtes Schnaufen jedoch nicht unterdrücken. Ich freue mich auf ihr Gesicht, wenn sie feststellt, dass wir längst zusammen sind. Lediglich Viv ist eingeweiht, und sie hält dicht, obwohl sie mir von Weitem vielsagende Blicke zuwirft. Hoffentlich taucht Till bald auf und bringt sie auf andere Gedanken.

»Lucas?« Laro dreht sich halb über die Schulter um. »Weißt du, ob Jan heute Abend kommt? In Anlehnung an unsere Zeltaktion habe ich ihn eingeladen, aber auf meine Mail kam keine Antwort.«

»Ich habe keine Ahnung. Er hat sich seit unserem Zelturlaub extrem rargemacht. Zuerst stresst er rum, dass er unbedingt zelten gehen will, und dann möchte er ganz plötzlich wieder nach Hause. In den vergangenen zweieinhalb Wochen machte er auch nicht den Eindruck, als würde er Wert auf unseren Besuch legen. Ich weiß nicht, was mit ihm los ist«, erklärt Lucas mit einem Schulterzucken.

»Seid ihr schon lange befreundet?«, erkundige ich mich vorsichtig.

»Nicht wirklich. Marius und ich kennen uns schon viel länger. Jan ist erst vor ungefähr drei oder vier Monaten zugezogen. Er ist schon in Ordnung, nur manchmal ziemlich launisch.«

Stumm denke ich über das Gehörte nach. Seine extremen Stimmungsschwankungen und seine Unberechenbarkeit sind mir ebenfalls aufgefallen. Aber dass er zugezogen ist, war mir bisher nicht klar. Jan besucht zwar erst seit Januar unsere Schule, aber ich hatte angenommen, er hätte lediglich das Gymnasium gewechselt. Wo hat er vorher gewohnt? Warum ist seine Familie umgezogen? Plötzlich wird mir bewusst, dass ich zwar viel über Jans Persönlichkeit, jedoch nichts über seine Lebensumstände weiß. Als seine Freundin sollte ich Expertin in beiden Bereichen sein.

Mittlerweile hat die Dämmerung eingesetzt, und Laro schaltet die Beleuchtung ein, die den Garten in weiches Licht taucht.

Ich stehe gerade am Tisch mit der Bowle, um mir ein weiteres Glas einzuschenken, als ich ganz deutlich Jans Anwesenheit bemerke. Wie kann ich spüren, dass er angekommen ist?

Ein Blick über die Schulter bestätigt mein Gefühl. Er ist endlich da und lässt den Blick über das bunte Treiben schweifen. Er hat den Garten kaum betreten, und doch ist seine Präsenz geradezu greifbar. Er steht einfach da – ohne ein gesprochenes Wort, ohne eine überflüssige Geste –, und trotzdem geht von ihm eine alles überstrahlende Faszination aus, die in meinem Magen direkt für einen Zyklon sorgt.

Heute Abend trägt er eine blaue Jeans mit einem dunkelblauen Hemd, das nicht nur die Farbe seiner Augen betont, sondern auch so perfekt zu meinem Outfit passt, dass es geradezu unheimlich ist.

Über den Köpfen der anderen treffen sich unsere Blicke. Jan verzieht die Lippen zu einem leichten Lächeln und nickt mir zu. Ich erkenne die unausgesprochene Frage auf seinen Zügen.

Zeit, meinen Mitschülern den Schock des Abends zu versetzen. Spätestens am kommenden Montag werden wir sowieso das Schulgespräch sein. Gut, dass Denise heute nicht da ist.

Während er auf mich zukommt, wird mir fast schwarz vor Augen von dem Gefühlssturm, den er in mir auslöst. Seine Attraktivität und die Anziehungskraft, die er auf mich ausübt, bilden eine Kombination, die es mir schwer macht, mich auf den Beinen zu halten, ohne zu wackeln. Natürlich könnte das auch an der Bowle liegen.

Nach einem kurzen Blick auf Viv, die mir ermutigend zuzwinkert, straffe ich die Schultern, stelle mein Glas ab und komme Jan die letzten Schritte entgegen. Wir treffen uns inmitten der Partygäste, und doch ist in meiner Wahrnehmung kein Platz für irgendjemanden sonst. Ich hebe den Kopf, sodass ich ihm genau ins Gesicht blicke. Er legt eine Hand auf meinen unteren Rücken und drückt mich fest an sich, die andere vergräbt er in meinen Haaren und zieht meinen Kopf zu sich heran. Allein diese Berührung setzt mich vollends unter Strom.

Unsere Lippen treffen sich, und wir versinken in einen ungestümen Kuss. Obwohl eine Menge Leute um uns herumstehen, hält er mich so dicht an sich gepresst, dass unsere Körper fast miteinander verschmelzen. Seine Berührungen wirken heute anders. Selbstbewusster. Temperamentvoller. Entschlossener. Ich gebe mich ihm bereitwillig hin und erwidere hingebungsvoll seinen Kuss, der in mir eine Hitze entfacht, die sich bis tief in meinen Körper fortsetzt. Ich drücke mich noch enger an ihn.

Ein Hüsteln reißt mich aus der leidenschaftlichen Umarmung. Jan und ich beenden unseren Kuss, sofern man das noch so nennen kann, und treten einen Schritt auseinander. Ein Blick in die Runde sagt mir, dass uns alle anstarren. Das war offensichtlich zu viel des Guten. Viel zu viel.

Laro schaut mich mit hochgezogenen Brauen an. »Ääh … Ist ja schön, dass ihr zusammen seid, aber wollt ihr euch für solche Aktionen nicht lieber ein Zimmer nehmen?«

Lucas legt eine Hand auf ihren Arm. »Mich hätte brennend interessiert, wie es weitergeht. Musstest du sie unbedingt stören?«, tadelt er scherzhaft.

Laro straft ihren Freund mit einem ungnädigen Blick. »Ich habe meinen Eltern versprochen, dass es auf der Party keinen Grund zur Beanstandung geben wird. Was die beiden treiben, sieht mir deutlich nach Konfliktpotenzial aus.«

»So kann man es auch nennen«, wirft Marius von der Seite ein und unterdrückt erfolglos ein Grinsen.

Alle lachen, und ich wünsche mir, dass sich der Erdboden auftut und mich verschlingt. Sobald Jan in der Nähe ist, kann ich meine Selbstbeherrschung begraben. So eindrucksvoll hatte ich mir unseren ersten Auftritt nicht vorgestellt.

Wir stehen noch immer im Mittelpunkt des Geschehens, und ich will der Aufmerksamkeit entfliehen, sodass ich mich von Jan löse und zwei Schritte zurückweiche. Plötzlich spüre ich keinen festen Boden mehr unter meinem rechten Absatz.

Der Gartenteich. Nicht gut. Gar nicht gut.

Der Moment scheint sich wie in Zeitlupe zu dehnen. Ich sehe die Belustigung in den Gesichtern der anderen, die ganz genau wissen, dass ich gleich ins Wasser stürzen werde.

Nein. Ich werde *nicht* stürzen. Ich blende alles andere aus und konzentriere mich darauf, mir mit meinem Kleid Halt zu geben. Meinen Körper selbst kann ich nicht beeinflussen. Das weiß ich seit dem Heilexperiment. Aber es müsste reichen, wenn mich die Kleidung in die passende Richtung zieht.

Stoff, ziehe mich nach vorne! Gib mir Halt und ein Gegengewicht.

Kurzzeitig scheint es zu funktionieren, und ich fühle mich stabilisiert. Dann jedoch schwindet die Gegenkraft. Nach einem weiteren Augenblick der Bewegungslosigkeit falle ich rückwärts in den Teich, und das trübe Wasser schlägt über mir zusammen. Erfreulicherweise ist der Tümpel so niedrig, dass ich nicht tief versinke, sondern sofort den schlammigen Grund unter mir spüre. Der Boden in Kombination mit meinen hohen Schuhen, die ich jetzt – genau wie mein Kleid – wegwerfen kann, bildet allerdings einen dermaßen instabilen Untergrund, dass ich mehrere Versuche brauche, um aufzustehen. Zum Glück bin ich auf keine Kerze gefallen. Niemand, mit der Ausnahme meines Stolzes, ist zu Schaden gekommen. Lediglich die ortsansässigen Goldfische müssen sich von einem Schreck erholen.

Jan steht am Ufer und hält mir seine Hand hin, die ich dankbar ergreife. Mit einer kräftigen Bewegung zieht er mich unter dem Gefeixe der anderen aus dem Wasser.

»Na, die Abkühlung war wohl nötig.«

»Jan, küsst du so schlecht, dass sie sich in den Teich stürzen musste?«

»Nette Unterwäsche. Wäre zu schade, wenn die nur Jan zu Gesicht bekommen hätte.«

Unterwäsche? Entgeistert schaue ich an mir herunter und stelle zu meinem Entsetzen fest, dass mein Kleid im Wasser durchsichtig geworden ist. Sowohl der Spitzen-BH als auch der passende Slip zeichnen sich deutlich ab, und jede Kurve meines Körpers ist zu erkennen. Ich will sterben. Bitte sofort. Warum ist die Stabilisierung mittels Kleidung nicht gelungen?

Jan zieht sein Hemd aus, darunter trägt er noch ein enges, weißes T-Shirt, und legt es mir fürsorglich um die Schultern. Dann schlingt er schützend die Arme um mich, wodurch er mich vor den Blicken der anderen abschirmt. Ich brauche jetzt dringend etwas zu trinken. Tropfnass und glühend rot vor Verlegenheit mache ich mich samt Jan-Schutzschild auf den Weg zur Bowle, wo mein Glas glücklicherweise auf mich wartet. Ich leere es in einem Zug und hole mir umgehend Nachschub. Meine Hände zittern so sehr, dass ich kaum die Schöpfkelle halten kann.

»Alles okay. Ich bin da.« Jan legt seine warme Hand auf meine und versucht, mir zu helfen, die Kelle ruhig zu halten. Da aber bei der Berührung wieder der vertraute Funke überspringt, landet mehr Flüssigkeit auf dem Tisch als in meinem Glas.

Stumm führt mich Jan durch die Menge, während ich an meinem Getränk nippe, und in meinem Kopf unentwegt der gleiche Gedanke kreist. Es hat nicht funktioniert.

Mittlerweile ist die Nacht hereingebrochen, und ich fröstle in meinen nassen Kleidern.

»Du hast bestimmt Sachen für morgen in deiner Reisetasche, oder? Willst du dich nicht umziehen, bevor du dir eine Erkältung holst?«, schlägt Jan vor.

Ich nehme einen weiteren Schluck und starre unentschlossen auf den Boden.

»Oder ist es dir lieber, wenn wir heimfahren?«, fragt er.

»Ehrlich gesagt würde ich am liebsten gehen«, gebe ich zu. »Ich habe das Gefühl, dass mich alle anglotzen und sich über mich amüsieren.«

»Wie du möchtest. Unseren grandiosen Auftritt hatten wir immerhin«, stichelt er mit einem spöttischen Grinsen.

Ich setze mich zitternd ins Auto, während Jan meine Reisetasche holt. Gemeinsam verlassen wir die Party.

Jan dreht die Heizung hoch und lässt das Auto an. Von der Seite werfe ich einen Blick auf ihn. Im Licht der Straßenlaternen kann ich erkennen, dass er die Augen zusammengekniffen und die Stirn in Falten gelegt hat.

»Alles okay?«

Er bejaht knapp. Nach wenigen Minuten bin ich mir jedoch sicher, dass etwas mit Jan nicht in Ordnung ist. Seit wir im Auto sitzen, ist seine Laune rapide gefallen.

»Jan, was ist los?«, hake ich nach.

»Es ist nichts«, wehrt er ab. »Ich brauche nur ein wenig Ruhe.«

Für kurze Zeit hänge ich meinen Gedanken nach, bis mein Redebedürfnis siegt. »Warum hat meine Gabe nicht funktioniert?«

Jan schweigt und beißt die Zähne aufeinander.

»Ich hatte ein Gegengewicht erzeugt, und plötzlich war es weg.«

Ein Auto kommt uns entgegen. Sein Lichtkegel leuchtet uns geradewegs ins Gesicht. Jan schließt mit einem schmerzerfüllten Stöhnen die Augen. »Verdammte Scheinwerfer. Ich hätte nicht gedacht, dass das grelle Licht derart wehtun würde«, knurrt er. »Ein Gruß von der Gehirnerschütterung, die *du* mir verpasst hast.«

Ich ziehe es vor, dazu nichts zu sagen. Besser nicht weiter provozieren. Die Befürchtung, er könne im Dunkeln von den Scheinwerfern der anderen Autos geblendet werden, war also doch gerechtfertigt.

»Du kannst auch an den Straßenrand fahren, und wir warten, bis weniger Verkehr herrscht«, schlage ich besorgt vor.

Jan schüttelt verbissen den Kopf.

Dann eben nicht.

Die nächsten Scheinwerfer lassen ihn qualvoll zusammenzucken. Möglicherweise ist es eine Option, ihn auf andere Gedanken zu bringen.

»Meine Gabe hat versagt«, fange ich wieder an. »Warum? Ich habe nichts anders gemacht als sonst.«

Er stöhnt. »Hannah …«

»Gedankenimpuls formulieren, ausgeben, es passiert.«

»Hannah«, wiederholt er frustriert.

»Dass ich meinen eigenen Körper nicht beeinflussen kann, weiß ich«, fahre ich erregt fort. »Deshalb habe ich die Gabe auf meine Kleidung angewendet. Vielleicht hatte ich zu wenig Zeit? Aber für einen Moment hatte es geklappt. Wieso bin ich schließlich doch gescheitert? Weshalb war die Stabilisierung nicht erfolgreich?«

Jan seufzt entnervt. Ich ignoriere ihn, schimpfe ungeachtet seiner Kopfschmerzen weiter und werde vor Aufregung immer lauter. Natürlich komme ich nicht auf die Idee, dass mein Lamentieren alles schlimmer macht.

»Kann sich jemand dagegengestellt haben? Das ergibt keinen Sinn. Wo soll jemand, der dazu in der Lage ist, auf einmal herkommen, und welches Interesse könnte er daran haben, mich in einen Teich zu schubsen? Nein, das war es nicht. Aber warum hat es nicht funktioniert? Bisher hat es immer geklappt. Ich bin noch nie gescheitert. Ich konnte mich immer darauf verlassen. Warum! Hat! Es! Nicht! Funktioniert!«

In dieser Sekunde verliert Jan komplett die Beherrschung. Er schlägt mit beiden Händen aufs Steuer und brüllt dermaßen laut, dass ich dem Impuls widerstehen muss, meine Ohren zuzuhalten. »Verdammt, Hannah!

Jeder Former weiß, dass man die Realität nicht beugen kann, wenn sie in so vielen Zuschauern verankert ist!«

Plötzlich ist es bis auf das gleichmäßige Geräusch des Motors totenstill im Auto. Schließlich spricht er in gemäßigterem Tonfall weiter. »Oder wie auch immer man das nennen soll. Können wir das Gespräch vertagen, bis wir zu Hause sind? Mein Kopf bringt mich um. Ich habe solche Schmerzen, dass ich nicht mehr klar denken kann. Ich will uns nur noch sicher heimbringen.«

Den Rest der Fahrt beobachte ich schweigend, wie Jan, dessen Gesicht mittlerweile leichenblass ist, bei jedem entgegenkommenden Scheinwerfer vor Qual das Lenkrad umklammert. Durch die Bowle kann ich meine Gedanken nicht ordnen. Alles fließt ineinander. Ich weiß lediglich, dass ich am nächsten Morgen ein Gespräch mit ihm führen muss.

Nachdem wir angekommen sind, entschuldigt er sich für seine schlechte Laune im Auto, bittet aber um Verständnis, dass er sich aufgrund seiner Schmerzen sofort hinlegen wolle. Da sich in meinem Schädel alles dreht, nehme ich diesen Vorschlag gerne an, sodass er kurze Zeit später gleichmäßig atmend neben mir einschläft. Den Abend hatte ich mir anders vorgestellt.

Mit geöffneten Augen starre ich in die Dunkelheit von Jans Zimmer und registriere, dass sich der Schleier, der vom Alkohol auf meinem Gehirn lag, langsam auflöst. Ich kann wieder einigermaßen klar denken.

Die Schlüsse, die ich ziehe, gefallen mir nicht.

Jeder Former weiß, dass man die Realität nicht beugen kann, wenn sie in so vielen Zuschauern verankert ist.

Er weiß mehr über die Gabe, als er zugibt. Er weiß sogar mehr als ich.

Der nächste Gedanke sorgt dafür, dass mir schlagartig übel wird.

Jan besitzt ebenfalls die Gabe.

Deshalb reagierte er so gelassen auf mich.

Deshalb fand er immer die richtigen Worte.

Plötzlich sehe ich unsere Gespräche aus einer völlig neuen Perspektive.

Du darfst dich nicht an den Maßstäben normaler Menschen messen, denn keiner kann nachvollziehen, was sich in dir abspielt.

Außer ihm. Weil *er* ebenfalls nicht normal ist.

Warum hat er mir das verschwiegen? Was will er von mir? Hat er sich wirklich in mich verliebt? Ist es nicht ein zu großer Zufall, dass sich zwei *Former*, wie er es nennt, finden? Kann er tatsächlich ebenfalls auf diese Kraft zugreifen? Hat er seine Gabe bei mir angewendet? Hat er mich beeinflusst und nach seinem Willen reagieren lassen? Ist er stärker als ich?

Plötzlich erinnere ich mich an den vergangenen Montag und die Dinge, die mir Jan an den Kopf geworfen hat, nachdem er mir das Messer an die Kehle hielt.

Du hast mir deinen Willen aufgezwungen. Du bist viel stärker als ich.

Damals war mir nicht klar, wie merkwürdig diese Aussage klingt. Im Nachhinein betrachtet hat er wohl in diesem Moment das Ausmaß meiner Gabe erkannt, die offenbar seine übertrifft.

Und wieder stelle ich mir die Fragen, um die sich in diesem Moment meine gesamte Existenz dreht.

Warum hat er es vor mir verborgen?

Was will er von mir?

28 : gebrochen

Nachdem ich in einen unruhigen Schlaf gefallen war, der mir wenig Erholung verschafft hat, wache ich davon auf, dass Jan eine Schublade seines Schrankes schließt. Ich stütze mich auf meinen Ellbogen und beobachte ihn wortlos. Er trägt nur die Boxershorts, die er auch zum Schlafen anhatte, und sieht wie immer fantastisch aus. Heute Morgen entlockt mir das jedoch nicht die geringste Reaktion.

Als er bemerkt, dass ich wach bin, schenkt er mir ein strahlendes Lächeln. »Morgen. Hast du gut geschlafen? Tut mir leid wegen gestern Abend. Die Kopfschmerzen waren mörderisch. Ich konnte nicht mehr klar denken. Hoffentlich habe ich keinen allzu großen Blödsinn erzählt.«

Ich zucke mit den Schultern, nehme meine Kleider aus der Reisetasche und gehe ins Bad.

Als ich in Jeans und Top zurückkomme, ist Jan ebenfalls angezogen und sitzt auf dem Bett.

»Möchtest du Frühstück? Meine Eltern sind nicht zu Hause, aber ich könnte uns Brötchen aufbacken.«

Ich baue mich in einem Meter Abstand vor ihm auf, ziehe die Schultern hoch und verschränke verkrampft meine Arme vor der Brust.

»Du bist ein Former«, unterstelle ich, ohne überhaupt zu wissen, worum es sich dabei handelt.

Für einen winzigen Moment entgleisen Jans Gesichtszüge, jedoch hat er sie so schnell wieder unter Kontrolle, dass es auch nur Einbildung gewesen sein könnte.

»Nein!« Er wird blass und ringt nach Worten. »Ich meine … Former? Was soll das sein?«

»Du lügst.« Meine Stimme klingt kalt.

Jan steht auf und hebt hilflos die Hände. Er geht einen Schritt auf mich zu.

»Bleib weg von mir«, warne ich leise.

Frustriert lässt er sich zurück aufs Bett sinken. »Hannah. Ich habe keine Ahnung, wovon du sprichst. Kann es sein, dass du gestern etwas zu viel Bowle hattest?«, erkundigt er sich verständnisvoll.

Im selben Moment spüre ich den leichten Wunsch, ihm zu glauben. Gut möglich, dass ich mir gestern unter dem Einfluss des Alkohols irgendwelche Sachen eingebildet habe. Womöglich hatte ich heute Nacht einen wirren Traum, der noch in meinem Kopf herumspukt. Bei dem Gedanken, dass ich wirklich glauben konnte, Jan besäße ebenfalls die Gabe und würde mich manipulieren, muss ich lächeln. Wie wahrscheinlich ist es, dass dies in der näheren Umgebung zweimal auftritt?

Wir haben wunderschöne Tage miteinander verbracht. Er hat mir so viel über sich erzählt. Ich habe sein Wesen kennengelernt. Er würde mich niemals anlügen. Eher sollte ich Gewissensbisse haben, dass ich ihm zutraue, mir derart Wichtiges zu verschweigen. Er ist in mich verliebt. Ich kann ihm vertrauen. Trotzdem gibt mein Verstand keine Ruhe und besteht darauf, dass es sehr wohl einen Grund zur Besorgnis gibt. Wovor will er mich warnen?

Ich hebe verunsichert den Kopf und mustere Jan. Er fixiert mich durchdringend und voller Konzentration.

In dieser Sekunde durchzuckt mich die Erkenntnis. Er wendet die Gabe bei mir an. Für wie blöd hält er mich?

Wut durchflutet meine Wahrnehmung, und ich erwidere den Blickkontakt mit derartigem Zorn, dass Jan noch fahler wird als zuvor und die Hände in die Bettdecke gräbt.

Er hat Angst vor mir. Aus gutem Grund.

»Jan. Du kannst damit aufhören«, informiere ich ihn ungeduldig. »Es funktioniert nicht.«

»Ich weiß nicht, was du meinst.« Seine Stimme klingt angestrengt.

»Hör auf, die Gabe bei mir einzusetzen, sonst werde ich es bei dir ebenfalls tun«, drohe ich verärgert.

Warum sollte ich gegen ihn kämpfen? Er ist mein fester Freund. Ich muss ihm bloß die Gelegenheit zu einer Erklärung geben. Diese Chance hat er verdient. Sicher ist alles nur ein Missverständnis, und ich rege mich wegen eines Hirngespinstes grundlos auf. Der Wunsch, ihm zu glauben, verstärkt sich, und ich bin kurz davor, meine Barrieren fallen zu lassen und in seine Arme zu sinken.

Doch mein Wille ist zu stark, um diesem Verlangen nachzugeben. Tief in meinem Innern weiß ich, woher der Wunsch kommt. Nach wie vor versucht Jan, mich zu beeinflussen. Offensichtlich legt er es auf ein erneutes Kräftemessen an. Was will er damit bezwecken? Müsste er das nicht besser wissen?

Ich konzentriere mich ganz auf meine Empfindungen, um den Punkt zu finden, an welchem die Gabe ansetzt. Fast unmittelbar danach bemerke ich eine Präsenz in meinem Bewusstsein, die mir fremd erscheint, die nicht zu mir gehört. Ich sende meine Gedanken aus und taste diese andersartige Anwesenheit ab. Gleichzeitig bereite ich mich darauf vor, Jan einen Befehl zu erteilen, sollte es nötig sein.

Je länger ich den unbekannten Gefühlsknoten untersuche, desto deutlicher erkenne ich, dass sich etwas in meinem Kopf befindet, was keinen Teil von mir darstellt. Und es hat Schwachstellen.

Mit einem leichten Druck sende ich einen Impuls aus und löse die Verankerung in meinem Geist. Im selben Moment stöhnt Jan gequält auf. Sofort verschwindet auch der letzte Zweifel, den er mir eingegeben hat. Meine Erinnerung an den letzten Abend ist absolut korrekt. Das war der endgültige Beweis. Er ist ein Former, was immer das bedeutet, und er hat seine Gabe gegen mich eingesetzt.

In mir kocht die Wut weiter hoch und verschlingt alle anderen Emotionen. Genug geredet.

Stehe auf!

Mit einer geschmeidigen Bewegung springt er vom Bett.

Gehe zum Fenster!

Die Furcht steht ihm ins Gesicht geschrieben, doch er kommt meiner Aufforderung nach.

Öffne das Fenster!

Auf seinen Zügen zeigt sich tief gehende Erschütterung.

Steige auf das Fensterbrett!

Zitternd vor Angst und unterdrücktem Zorn zieht sich Jan auf das Sims und klammert sich am Fensterrahmen fest.

Stelle dich hin und lasse den Fensterrahmen los!

Jan steht nun mit dem Rücken zum Hof im Fenster. Nur ein kleiner Stoß und er stürzt in die Tiefe.

»Hannah. Bitte«, stößt er heiser hervor.

Die perfekte Position, um ihn endlich zur Wahrheit zu animieren. Ich stelle mich direkt vor ihn und stecke meine Hände in die Hosentaschen. Jan wirft einen Blick über seine rechte Schulter und schwankt leicht.

»Warum hast du mir verschwiegen, dass du ebenfalls die Gabe besitzt?«, beginne ich mit dem Verhör.

Jan bohrt seine Finger so fest in die Handflächen, dass die Knöchel weiß werden, und schüttelt schweigend den Kopf.

»Warum hast du dich nicht offenbart, als dir klar wurde, dass ich die Kraft habe?«, setze ich nach.

Wieder bleibt er stumm, während sich mein Unmut langsam in blanke Raserei verwandelt.

»Verdammt, Jan!«, fluche ich. »Du wirst reden.«

Ich beobachte ihn. Sein Gesicht ist leichenblass, und in seinen Augen spiegelt sich das Entsetzen, während sich seine Brust schnell hebt und senkt. Er sieht aus, als würden gleich seine Knie unter ihm nachgeben.

Das wäre sein Ende.

Mir wird bewusst, dass ich maßlos übertreibe. Er hat mir lediglich verschwiegen, dass auch er die Gabe besitzt. Kein Grund, ihn in Lebensgefahr zu bringen. Selbst wenn es mir im Moment undenkbar erscheint, kann es eine plausible und harmlose Erklärung geben. Es ist zu riskant, ihn auf der Fensterbank balancieren zu lassen. Ganz besonders unter dem Aspekt, dass er mich momentan mit seinem Widerstand bis aufs Blut reizt. So leicht – ein unkontrollierter Gedanke von mir und er fällt. Ich könnte mir nicht verzeihen, wenn er aus dem Fenster stürzen würde – unabhängig davon, ob es aufgrund meiner Kraft oder wegen seiner Schwäche geschieht.

Steige von der Fensterbank und stelle dich mit dem Rücken an die Tür!

Jan springt vom Sims und steht wenig später an der vorgegebenen Position. Als er realisiert, dass ich nicht vorhabe, ihn aus dem Fenster zu stürzen, geht eine Verwandlung in ihm vor. Seine Schultern straffen sich, und der Ausdruck seines Gesichtes wird undurchdringlich. Kurzzeitig werde ich von der Einsicht überwältigt, dass ich mich noch immer wahnsinnig zu ihm hingezogen fühle. Am liebsten würde ich mich in seine Arme werfen und den letzten Tag vergessen.

Ich muss diese bescheuerte Gefühlsregung unterdrücken. Er hat mich nicht nur belogen, sondern auch versucht, mich mit der Gabe zu manipulieren. Aber warum das alles? Das werde ich jetzt herausfinden.

Mittlerweile habe ich keine Geduld mehr für seine lästigen Spielchen. Ich will Antworten – und zwar sofort. Leere Drohungen habe ich nicht nötig. Ich werde dafür sorgen, dass er mir die Wahrheit sagt.

»Warum hast du mir verschwiegen, dass du ebenfalls die Gabe besitzt?«, wiederhole ich meine vorige Frage. Ich formuliere einen Gedankenimpuls und zwänge ihn brutal in Jans Kopf.

Antworte mit der Wahrheit!

Als er bemerkt, was ich mache, werden seine Augen zu schmalen Schlitzen, und er funkelt mich ablehnend an. Er bäumt sich gegen die unsichtbaren Fesseln auf, mit denen ich ihn festhalte. Trotzdem hat er keine Chance.

»Weil es die Sache für mich deutlich vereinfacht hat«, erwidert er. »Dadurch musste ich weniger erklären. Außerdem konnte ich deine Unwissenheit ausnutzen, um dich zu manipulieren. Ich war ja so *verständnisvoll.*« Er lacht hämisch.

Eine eiskalte Hand greift nach meinem Herzen, und ich überlege mir unwillkürlich, wie oft er schon in meinem Kopf etwas bewirkt hat, ohne dass ich mir dessen bewusst war. Obwohl ich mir fast sicher bin, dass ich die Antwort nicht hören will, spreche ich die nächste Frage aus. »Wann hast du mich manipuliert?«

Mein mentaler Zwang, in dem ich ihn festhalte, bleibt bestehen.

Jan. Die Wahrheit!

»Von Anfang an«, gibt er zu. »Und dazu musste ich nicht einmal die Gabe nutzen.«

Ich fühle mich, als hätte er mir ein Messer in den Magen gerammt. Von Anfang an? Heißt das, keine unserer Begegnungen war echt? Wann war ich Hannah und wann Jans Marionette?

Dieses Frage-und-Antwort-Spiel vermittelt mir lediglich einen Bruchteil der Informationen, die ich haben will. Jede Erwiderung zieht eine Menge neuer Rätsel nach sich. Ich muss eine andere Möglichkeit finden, wie ich Jan zum Reden bringen kann.

Stumm stehen wir uns gegenüber, und ich versuche, die ersten Zeichen aufkommender Erschöpfung zu ignorieren, während Jan meine Reaktion auf seine Bekenntnisse beobachtet. Ist das Schadenfreude auf seinen Zügen? Bitte nicht.

Ich atme tief durch. Ich muss die Wahrheit über uns wissen, und obwohl sich alles in mir sträubt, spreche ich die Frage aus, die über unsere Zukunft entscheiden wird und an der unsere Vergangenheit hängt. Wiederholt überprüfe ich die Stabilität meiner psychischen Befehle. Jans unsichtbare Fesselung ist intakt und makellos.

»Was empfindest du für mich?«, flüstere ich rau. Mein gesamter Mut ist nötig, um diese Worte auszusprechen.

Jan beginnt, höhnisch zu lachen, und bevor er spricht, weiß ich, dass er mein Herz brechen wird.

»In erster Linie Verachtung«, eröffnet er hart, und ich

spüre, wie das Innerste meiner Brust in tausend Teile zersplittert.

»Unverständnis, Abneigung«, zählt er ungerührt weiter auf, während seine Augen schadenfroh glitzern. »Ich mag dich nicht mal ansatzweise, und du gehst mir gewaltig auf die Nerven.«

Ich zucke zurück, unfähig, noch etwas anderes als den alles überstrahlenden Schmerz zu empfinden, den mir Jan zugefügt hat.

Wieso tut er mir das an?

In den vergangenen Wochen habe ich mich ihm geöffnet. Ihm Vertrauen geschenkt. Ich habe mich in ihn verliebt. Wie fühlte er in Wirklichkeit? War von seiner Seite alles gelogen? Unsere langen Gespräche, die liebevollen Gesten, das gemeinsame Lachen, die körperliche Anziehung – nur eine Täuschung, die ich bereitwillig akzeptiert habe?

Ich spüre meine zerschmetterten Gefühle so stark, dass ich sie als körperlichen Schmerz wahrnehme und am liebsten weinend zusammenbrechen würde. Aber diese Genugtuung werde ich ihm nicht auch noch geben.

Ich werde durch Jans Versuch, gegen die psychischen Fesseln anzukämpfen, die ich in einem abgelegenen Teil meines Gehirns aufrechterhalte, aus meinem Elend gerissen. Mit dem kleinen Rest der mir gebliebenen Selbstachtung wappne ich mich gegen seinen Anblick.

Als ich den Kopf hebe, erkenne ich Spott und Geringschätzung in seiner Miene. Er grinst verächtlich. Wieder scheint es, als würde ein Messer in meinem Magen herumgedreht werden. Ich habe mich in meinem Leben noch nie so unzulänglich gefühlt wie in diesem Moment, in dem sich Jan an meiner Niederlage weidet. Obwohl er bewegungslos an der Tür steht, bin eindeutig ich die Verliererin im Raum.

Nachdem ich meine Fassung leidlich zurückgewonnen habe, fühle ich mich zwar nicht stark genug für die Konfrontation mit der weiterführenden Wahrheit, aber der Gedanke, ahnungslos zu bleiben, macht mich verrückt. Ich muss eine Möglichkeit finden, die letzten Wochen aus Jans Sicht zu erleben.

Mein Gehirn wirkt wie benebelt, doch schließlich formuliere ich den passenden Impuls. Der Höflichkeit halber sollte ich die Aufforderung verbal übermitteln. Allerdings bin ich Jan nichts schuldig. Ich kauere mich im Abstand von ungefähr zwei Metern vor ihm auf den Boden, ziehe meine Knie an und umschlinge sie mit den Armen. Ein kläglicher Schutz gegen die Verletzungen, die er mir zufügen wird.

Erzähle mir von unserer ersten Begegnung aus deiner Sicht!

Jan seufzt gelangweilt. »Du wirst jetzt eine komplette Wiederholung der letzten Wochen fordern«, spekuliert er. »Auch das noch. Es war schon öde genug.«

Ich verstärke den mentalen Druck.

Sofort!

»An diesem Montagabend besuchte ich mit Freunden das Pub, weil ich wusste, dass du ebenfalls da sein würdest. Wir hatten eine entspannte Zeit an der Bar, aber dann kamst du ins Spiel. Als ich gerade meinen Geldbeutel aus der Hosentasche gezogen hatte, spürte ich, wie mich jemand mit der Gabe unter psychischen Zwang setzte und den Befehl gab, mich umzudrehen. Direkt hinter mir saßest du mit deiner dämlichen Freundin. Ihr beide starrtet mich an. Schon damals warst du nicht in der Lage, mir standzuhalten. Daran hat sich nichts geändert.« Sein Tonfall wird schneidend. »Und dann kam die überaus peinliche Situation mit der Kaffeetasse. Soll ich dir erklären, wie deine Ungeschicktheit auf mich wirkte?«

Ich spare mir eine Antwort und bemühe mich, seinen Hohn nicht an mich heranzulassen. Leider nicht sehr erfolgreich, denn in mir zieht sich alles zusammen. Ich muss mehr erfahren. Ich darf jetzt nicht aufgeben.

Krampfhaft versuche ich, mich an unsere zweite Begegnung zu erinnern, damit ich einen konkreten Befehl geben kann.

Berichte aus deiner Sicht von unserem Treffen in der Pausenhalle!

Jan lacht humorlos. »Das willst du ebenfalls hören?«, versichert er sich ungläubig. »Wie du meinst. Ich stand im Flur und merkte, dass mich jemand anstarrte. Als ich mich umdrehte, standest du dort und hast mich angeglotzt wie ein Fisch. Schon da hast du mich mit Blicken ausgezogen. Ich kann mir gut vorstellen, was du dir ausgemalt hast. Und später jammern, wenn du bekommst, was du dir wünschst.« Er schüttelt entnervt den Kopf. »Dann lächelst du mich so albern an. Du kannst froh sein, dass ich mich weggedreht habe, ohne in schallendes Gelächter auszubrechen.«

Angestrengt ringe ich um Fassung. Jans Hiebe tun so weh. Mir ist bereits schlecht, und ich befürchte, dass auch die weiteren Enthüllungen nicht zu meinem Wohlergehen beitragen werden – im Gegenteil. Und dann stellt sich noch die Frage, warum Jan diese ganze Täuschungsaktion überhaupt aufgezogen hat. Immerhin sagte er selbst, er sei wegen mir im Pub gewesen. Aber eines nach dem anderen. Viel schlimmer kann es nicht mehr werden.

Miris Party. Erzähle mir davon aus deiner Sicht!

»Willst du das wirklich alles durchkauen?«, vergewissert sich Jan unwillig.

Ich nicke, und er verzieht das Gesicht.

Mach schon!

»Mir war klar, dass du auf dieser Party sein würdest, also habe ich Denise dorthin begleitet«, erklärt er. »Ich wollte dich überwachen und herausfinden, ob es häufiger vorkommt, dass du die Gabe unabsichtlich nutzt. Du hast tatsächlich prompt die nächste Kostprobe deines Könnens gegeben, indem du die Flasche aus der Bewegung gestoppt hast, sodass sie auf mich zeigte. Deinem minderbemittelten Gesichtsausdruck nach zu urteilen, hat es dich selbst am meisten erschreckt. Schade, dass Denise mit ihrem Eifersuchtsdrama dazwischenkam. Ich hätte mit Vergnügen weiter verfolgt, wie du dich vor Verlegenheit windest, weil dir keine Frage einfällt.«

»Was war mit Denise?«, will ich wissen.

»Sie hat Erfahrung«, entgegnet er mit einem vielsagenden Grinsen. »Das war ganz nett. Aber nur bis sie mit diesem Beziehungsmist angefangen und Besitzansprüche geltend gemacht hat. Sie bedeutet mir nichts. Genauso wenig wie du.« Er schaut mich herablassend an. »Immerhin hat *sie* sich nicht aufgeführt, als sei sie sechs und keine sechzehn.«

Er tut mir absichtlich weh, und es gelingt ihm hervorragend. In den vergangenen Wochen hat er mich so gut kennengelernt, dass er über jeden meiner Schwachpunkte im Bilde ist und nun erbarmungslos darauf einschlafen kann.

Mit brennenden Augen starre ich ihn an und versuche, nicht zu weinen. Ohne dass ich einen zusätzlichen Befehl formulieren muss, spricht Jan weiter.

»Machen wir uns nichts vor. Du wirst erst Ruhe geben, wenn ich alles erzählt habe. Du erlaubst, dass ich die nächsten Treffen von mir aus schildere, um die ganze Sache abzukürzen? Du verschwendest meine Zeit.« Sein sarkastischer Tonfall trifft mich tief im Innern und lässt mich wieder mit den Tränen kämpfen, was er amüsiert zur Kenntnis nimmt.

»Nicht das, was du hören wolltest, hm?«, äußert er gespielt teilnahmsvoll. »Zufällig habe ich erfahren, dass ihr zelten geht. Mir war sofort klar, dass es die perfekte Gelegenheit bietet, mehr über dich herauszufinden. Es konnte nicht mehr lange dauern, bis du deine Gabe entdecken würdest. Die Vorkommnisse traten in einer solchen Vielzahl auf, dass sogar *du* irgendwann darauf kommen musstest, dass dies nicht normal ist. Also habe ich Lucas und Marius zu einem Kurzurlaub animiert. Du kannst dir meine Begeisterung vorstellen, als ich euch schon wieder beim Flaschendrehen antraf. Macht ihr auch etwas anderes als dieses kindische Spiel? Bei den vorherigen Partys konnte ich erfolgreich dafür sorgen, dass die Flasche nur bei harmlosen Aufgaben auf mich zeigte. Du hattest diesen Dreh ebenfalls schnell raus. Das muss ich dir lassen. Obwohl du gar nicht wusstest, was du tust.« Er schnaubt abfällig. »Dann hast du angefangen, deine blöde Gabe gegen mich einzusetzen. Du hast mich gezwungen, halbnackt in den eiskalten See zu springen, weil du die Flasche bei mir angehalten hast. Spätestens an dieser Stelle war mir klar, was du in Wirklichkeit von mir wolltest. Wobei – auch vorher warst du nicht gerade unauffällig. Pubertierende Mädchen sind alle gleich.«

Warum muss er mir das so gnadenlos vor Augen halten? Reicht es nicht, dass ich ohnehin schon am Boden bin? Muss er mich zusätzlich treten?

Ich muss mich konzentrieren. Bei den Hieben, die er mir versetzt, ist es nur eine Frage der Zeit, bis mein mühsam aufrechterhaltener mentaler Zwang zusammenbricht.

Weiter!

Sein Gesicht verdunkelt sich. »Das erste Mal, dass wir unsere Kräfte gemessen haben, und schon damals warst du stärker, ohne dir dessen bewusst zu sein. Aber ich habe für meine Selbstüberschätzung bezahlt. Das Bad im See war wirklich unangenehm. Du hingegen hast weiter getan, als seist du völlig unschuldig an allem, nur um dann zum zweiten Mal die Bewegung der Flasche zu stoppen. Natürlich hatte es indirekt wieder mich erwischt.« Er macht eine kurze Pause. »Zumindest für dich schien die Minute erzwungener Blickkontakt spannend gewesen zu sein. Du musst instinktiv gewusst haben, dass ich dir sonst überhaupt keine Beachtung geschenkt hätte. An deinem Gesichtsausdruck konnte ich ablesen, dass anscheinend endlich der Groschen gefallen ist und du bemerkt hast, dass etwas mit dir nicht stimmt. Ich konnte ja nicht ahnen, dass du sofort zu deiner einfältigen Freundin rennst, ihr alles brühwarm erzählst und sie dir auch noch Glauben schenkt. Am gleichen Abend hast du mich mit deiner Dummheit zum ersten Mal in Gefahr gebracht. Du hast die Gruselgeschichte zum Leben erweckt und mir fast die Augen ausgestochen! Glaubst du, ich wüsste nicht, dass du dafür verantwortlich warst? Nur dank meiner Reflexe ist es bei einem Kratzer geblieben.«

Ich beiße mir beschämt auf die Unterlippe, was Jan mit einem geringschätzigen Lächeln quittiert.

»Warum die Verabredungen, wenn du so wenig für mich übrig hast?«, wende ich nach einigen Sekunden der Stille zaghaft ein.

»Ich wollte dein Vertrauen gewinnen und herausfinden, wie stark du bist. Das sagte ich doch schon.« Jan seufzt genervt. »Meine Absicht war, dich so lange zu provozieren und aus der Reserve zu locken, bis du die Gabe nicht mehr vor mir geheim halten konntest. Adrenalin hilft bei der Ausgabe von Formerbefehlen. Da du in der Gegenwart deines *Traumtyps* so aufgeregt und hysterisch bist, fallen dir die Impulse in meiner Nähe leichter. Blöderweise ging mein Plan nach hinten los. Statt dich gegen meinen Übergriff zu wehren, hast du den Kuss so leidenschaftlich beantwortet, dass ich mich hinreißen ließ und kurzzeitig die Kontrolle verlor. Du hast die Zicke gespielt, aber dein Körper hat dich verraten. Nach diesem Abend war mir klar, dass ich alleine mit dir sein muss, um dich so zu bedrängen, dass du dich wehrst. Also habe ich dich in mein Haus gelockt.« Er lacht leise. »Du warst leicht zu manipulieren. Außerdem habe ich dafür gesorgt, dass du auf die Idee kommst, der Kuss könnte von dir ausgegangen sein. Es war sehr erheiternd, dich bei deinen Selbstvorwürfen zu beobachten, obwohl ich wusste, dass ich die treibende Kraft gewesen bin. Nachdem meine Eltern«, er zögert leicht bei diesem Begriff, »weggefahren waren, musste ich lediglich den Dingen ihren Lauf lassen. Ich gebe zu, dass mich deine Schwäche und Wehrlosigkeit überaus heiß gemacht haben. Solange du nicht den Mund aufmachst, bist du halbwegs annehmbar. Aber du hast viel zu früh die Notbremse gezogen.« Er lacht rau, dann wirft er mir einen unergründlichen Blick zu. »Schade, dass die vehemente Verteidigung deiner Jungfräulichkeit uns daran hinderte, das weiter fortzusetzen. In diesem Moment wäre es reizvoller gewesen, wenn du dich nicht gewehrt hättest. Ich frage mich, warum du dich so angestellt hast. Du wolltest mich mit jeder Faser deines Körpers. Das war mehr als deutlich. Erinnere dich an letzten Sonntag, als du die Finger nicht von mir lassen konntest. Wenn ich zu diesem Zeitpunkt nur einen Funken Interesse daran gehabt hätte, dich ins Bett zu kriegen, wäre es mir ein Leichtes gewesen, meinen Willen zu bekommen – sogar ohne die Gabe. Dein erstes Mal mit einem Mann wie mir – meinst du nicht, dass du es genossen hättest?«

»Bitte. Hör auf«, flehe ich und presse für einen Moment die Lider zusammen.

»Was denn?«, spottet er. »Ist dir das Thema unangenehm? Willst du mir erzählen, dass du es dir nicht heimlich gewünscht hast? Glaubst du im Ernst, es sei mir nicht aufgefallen, wie du mich anschaust? Sogar jetzt noch. Du willst Sex? Heb die mentale Fesselung auf, und wir können direkt zur Sache kommen. Ich versichere dir, dass ich weiß, was ich tue«, bemerkt er mit einem anzüglichen Lächeln.

Ich schüttle verzweifelt den Kopf, nicht in der Lage, einen passenden Impuls zu formen.

Jan verdreht die Augen. »Was willst du leugnen? Dass du heiß auf mich bist? Dass du in mich verliebt bist? Dass du mich willst? Du bist mir komplett verfallen. Du würdest alles tun, damit ich dich nicht abweise. Gib es doch zu, und hör auf, dich zu zieren. Dann haben wir beide was davon.«

Schweig!

Er verstummt. Am liebsten würde ich meine Handballen auf die Ohren drücken. Ich fühle mich schäbig und minderwertig bei seinen Worten, die einzig das Ziel verfolgen, mich zu verletzen.

Am schlimmsten ist das Eingeständnis, dass er die Wahrheit sagt, wenn auch auf gefühllose und grobe Weise. Ich bin ihm tatsächlich verfallen. Alles, was er offenbart, dient bloß einem Zweck. Er will mich demütigen. Nur jemand, der mir etwas bedeutet, kann mir solche Qualen zufügen. Er hat meine Reaktionen richtig gedeutet, meine Gefühle enttarnt und mir genau das erzählt, was ich hören wollte.

War wirklich alles Theater? Was ist mit dem Feuer, das mich bei jeder unserer Berührungen erfüllt hat? »Diese Anziehungskraft zwischen uns, die sich bei Körperkontakt wie ein elektrischer Impuls entlädt«, beginne ich erneut. »Ich weiß, dass du sie ebenfalls gespürt hast.«

Jan bricht in verächtliches Gelächter aus. »Wie niedlich. Du hast geglaubt, dass diese Entladungen etwas mit körperlicher Anziehung zu tun haben? Das waren unsere Formerauren, die in diesem Moment aufeinandergetroffen sind. Deshalb konnte ich immer wieder gezielt in deiner Nähe auftauchen. Wir können uns gegenseitig auf größere Distanz erspüren. Das hätte dir auffallen können, wenn du nicht so sehr mit deiner würdelosen Schwärmerei beschäftigt gewesen wärst.«

Unweigerlich kommen mir die vielen Gelegenheiten in den Sinn, an denen ich mich beobachtet oder verfolgt fühlte. Lediglich Jans Aura war dafür verantwortlich.

»Bilde dir bloß nicht ein, dass es sich dabei um eine spezielle Verbindung zwischen uns handelt. Alle Former erkennen sich gegenseitig«, ergänzt er höhnisch. »Trotzdem: Was glaubst du, wie spannend es ohne deine Unzugänglichkeit zwischen uns geworden wäre?«

Ich will das nicht hören. Komm auf den Punkt!

»Wenn ich behutsam vorgegangen wäre, hätte ich dich problemlos verführen können«, fährt er fort. »Doch das wollte ich gar nicht. Ich habe dich so bedrängt, dass dir nichts anderes übrig blieb, als deine Gabe gegen mich zu verwenden. Ich hatte damit gerechnet, dass du abweisend reagieren und dich mir verweigern würdest. Ich war bereit, bis zum Äußersten zu gehen, um dir endlich eine Reaktion zu entlocken. Allerdings kam mir nie in den Sinn, dass du mich fast umbringst. Als ich an der Wand aufschlug und ein Knacken hörte, dachte ich, mein Leben sei beendet. Dementsprechend froh war ich, nachdem ich im Krankenhaus wieder zu mir gekommen war. Zwar mit furchtbaren Schmerzen, aber zumindest lebendig. Immerhin hattest du die Courage, den Krankenwagen zu rufen. Du besitzt also wenigstens im Ansatz etwas wie ein Rückgrat. Das hätte ich dir nicht zugetraut. Als du dann zu Besuch kamst, war ich am Ziel angelangt. Ich habe auch genug investiert. Du hattest ein extrem schlechtes Gewissen aufgrund meiner Verletzungen, sodass ich zudem noch die Möglichkeit hatte, dich mit der Aufdeckung deiner Gabe zu konfrontieren. Endlich konnte ich dich zu den ganzen Tests bringen und einschätzen, wie stark du bist.«

»Du hast dich nie wirklich für mich interessiert. Dir ging es von Anfang an lediglich um meine Kraft«, stelle ich tonlos fest.

»Kluges Kind«, lobt er. »Du hast es erfasst. Ich dachte, es könne nicht schlimmer werden. Aber gestern Abend hast du dem Trauerspiel die Krone aufgesetzt.«

Ich schlucke. »Warum hat meine Macht versagt?«

Jan ächzt genervt. »Das müsstest du doch gestern Abend schon kapiert haben. Mit der Gabe kann ein Former die Realität beugen. Je komplexer ein Sachverhalt ist, je weiter er sich vom *Ist-Zustand* entfernt, desto mehr Kraft braucht man dafür. Und je mehr Menschen in der Nähe sind, die bewussten oder unbewussten Einfluss ausüben und somit die Realität verankern, desto schwieriger wird es. Keiner achtete auf euch, als du im Einkaufszentrum den armen Jungen in den Brunnen gestürzt hast. Die Passanten hatten sich nicht vorgestellt, dass er etwas anderes tun würde – dadurch hattest du nur geringfügigen Widerstand. Aber gestern bist du endlich an deine Grenzen gestoßen. Wären wir beide alleine am Teich gewesen, hätte die Gabe gegriffen und dich vor dem Sturz stabilisiert. Die vielen Gäste, die dich beobachteten und sicher waren, dass du gleich im Wasser liegen würdest, verankerten jedoch die Realität so fest, dass sogar *deine* Kraft nicht ausreichte, um die Blamage abzuwenden. Und peinlich war es wirklich. Mein Gott, wie man dermaßen unbeholfen sein kann und …«

Schweig! Das reicht!

Jan schließt den Mund und fixiert mich böse.

Meine Kehle fühlt sich an wie zugeschnürt, und meine Lungen scheinen nicht genug Sauerstoff zum Atmen zu bekommen. Von Anfang an hat er mich belogen und mit meinen Gefühlen gespielt. Nun hinterlässt er nichts als einen großen Scherbenhaufen. Ich hatte so lange gezögert, bevor ich mich ihm öffnete und mein Vertrauen schenkte. Ich war so vorsichtig. Wie konnte ich mich derart täuschen?

Offenbar zeichnen sich die Empfindungen deutlich auf meinen Zügen ab, denn Jan schnauft belustigt. »Sonderlich schwer war es nicht, dein Vertrauen zu erschleichen. Dir fehlt es an Charakter. Es war fast *zu* leicht, dich von deinen Wertvorstellungen abzubringen. Deine Noten waren mir völlig egal. Ich wollte nur ausprobieren, wie stark ich dich beeinflussen kann. Selbst am Gehirn deiner Mutter hast du gedreht, um meinen Wünschen gerecht zu werden. Du bist mir so hörig, dass du nicht nur alle, die dir nahestehen, belogen und manipuliert, sondern sogar deiner besten Freundin wichtige Erinnerungen genommen hast. Du hast sie verraten. Du besitzt nicht die geringste Menschenkenntnis und hast die einzige Person weggestoßen, die echtes Verständnis für dich hatte. Mir hast du nie etwas bedeutet.«

Lange bleibt es still zwischen uns.

Er hat mich nicht nur die ganze Zeit über gelenkt und meine Gefühle schamlos ausgenutzt, sondern auch noch dafür gesorgt, dass ich meine beste Freundin hintergehe, sodass er zum einzigen Rückzugspunkt für mich wurde. Ich habe Viv geschworen, die Gabe niemals bei ihr einzusetzen. Nun habe ich sie auf die schlimmste Art betrogen, die für sie vorstellbar war. Weshalb verstehe ich das erst jetzt?

Ich fühle mich unglaublich schäbig, getäuscht und verloren. Zuerst bemühte er sich darum, mein Vertrauter zu werden, bloß um mich anschließend eiskalt und grausam fertigzumachen. Er hat mich unvorstellbar verletzt. Wie kann man jemanden derart hassen?

Die folgende Frage wird meine letzte sein. Ich bin am Ende und kurz davor, aufzugeben, was Jan aufmerksam registriert. Ich fühle mich ausgelaugt und kraftlos.

»Warum?«, flüstere ich erstickt.

Jan grinst gehässig, doch er antwortet nicht. Offensichtlich genießt er diesen Moment des Innehaltens, bevor er mich endgültig in den Abgrund stürzt.

»Warum tust du das?«, wiederhole ich mit brechender Stimme.

»Hast du das immer noch nicht verstanden? Weil du mir völlig gleichgültig bist und ich geradezu froh bin, dass du mich zwingst, dir die Wahrheit ins Gesicht zu sagen. Ich kann dich nicht ernst nehmen. Du bist ein unreifes Mädchen. Ich kann es kaum erwarten, nichts mehr mit dir zu tun zu haben. Du interessierst mich nicht im Geringsten. Ganz im Gegenteil. Dein Gewinsel über die Gabe, deine lächerlichen Zweifel machen mich wahnsinnig. Kapierst du nicht, dass es ein großartiges Geschenk ist, das dir gegeben wurde? Aber nein. Ständig diese selbst erschaffenen Probleme. Ich habe Viv getäuscht. Ich habe bei einer Arbeit betrogen. Wie *schrecklich*. Dein Verhalten ist unglaublich kindisch. In den letzten Tagen musste ich nicht selten dem innigen Wunsch widerstehen, dich zu knebeln, nur damit ich dein dummes Geschwätz nicht mehr hören muss. Hast du wirklich geglaubt, ich hätte mich in *dich* verlieben können? Du bist so leicht zu manipulieren, dass es beschämend ist. Was sollte ich an dir finden? Du bist durchschnittlich und langweilig. Nicht einmal deine Gabe macht dich spannender. Das Schönste, was ich mit dir erlebt habe, ist das momentane Gespräch. Ich hätte nicht erwartet, dass es dermaßen lustig wird.«

In diesem Moment bricht meine mentale Beeinflussung zusammen. Der grauenvolle Schmerz, den seine Worte erneut in mir auslösen, ist zu intensiv und füllt mein komplettes Bewusstsein aus, sodass kein Raum mehr für die Kontrolle von Jan bleibt. Noch nie hat mir etwas so wehgetan.

Völlig gebrochen und blind vor Tränen, die unaufhörlich aus meinen Augen strömen, lasse ich wie betäubt meine Stirn auf die Knie sinken.

Ich höre, wie sich Jan von der Wand abstößt und das Zimmer durchquert. Kurze Zeit später spüre ich seine Präsenz in meinem Rücken, seinen warmen Atem auf meiner Haut.

Egal, was folgt, er kann mich nicht stärker verletzen, als er es bereits getan hat. Im selben Moment spüre ich den grellen Schmerz einer Nadel in meinem Nacken, dann versinkt das Zimmer in Dunkelheit.

Ich habe mich geirrt.

29 : ohnmächtig

Schmerzen.

Ich kann mich nicht bewegen.

Meine Arme. Meine Beine. Schwer wie Blei.

Ich kann sie nicht heben.

Meine Kehle fühlt sich wund an.

Ausgedörrt. Trocken. Durst.

Dunkelheit.

Bewusstlosigkeit.

Schmerzen.

Druck auf der Brust.

Ich kann nicht sehen.

Schritte.

Eine Hand, die meinen Puls prüft.

Lass mich los.

Ich kann nicht aufwachen.

Dunkelheit.

Bewusstlosigkeit.

Schmerzen.

Mein Kopf tut weh.

Hämmernd. Bohrend. Glühend.

Ich kann etwas hören.

»Ich habe mein Team verständigt. Ich brauche dringend weitere Verstärkung. Kannst du kommen?«

…

»Was für eine Frage. Natürlich ist etwas schiefgelaufen,

sonst würde ich nicht anrufen. Sie hat mich unter Wahrheitszwang gesetzt.«

…

»Spielt doch jetzt keine Rolle.«

…

»Sie liegt hier, völlig zugedröhnt mit Betäubungsmitteln.«

…

»Schon klar. Mir blieb keine andere Wahl. Ansonsten hätte sie mich überwältigt. Du weißt, wie stark sie ist. Wann kannst du hier sein?«

…

»Aber … Warum? Ich brauche dich hier.«

…

»Sie laufen lassen? Wieso sollte ich das tun?«

…

»Mein Gott. *Natürlich* wird sie das nicht überleben. Hältst du mich für blöd? Das weiß ich auch so.«

…

»Was willst du überhaupt? Bist du jetzt total durchgedreht? Ich erfülle meinen Auftrag. Levander ist bereits informiert.«

…

»Sie wird sterben. Sie oder ich. So läuft das eben. Mein Team wird jeden Moment hier sein, um die mentale Kontrolle einzuleiten.«

Ich bin in Gefahr.

Flucht.

Schwerer Nebel.

Zähes Denken. Dickflüssig.

Dunkelheit.

Bewusstlosigkeit.

30 : isoliert

Erwartungsvoll ergreife ich den Würfel und lasse ihn mit einem anmutigen Schütteln aus dem Handgelenk über den Küchentisch rollen. Er bleibt liegen und zeigt eine Sechs. Mit einem kleinen Jubelschrei nehme ich meine blaue Figur zwischen Zeige- und Mittelfinger und schiebe sie über das Spielbrett. Der anvisierte Platz ist *leider* schon von einem gelben Männchen besetzt. Lächelnd schlage ich es mit einer knappen Bewegung vom Feld. Das Mädchen mit der Farbe Gelb protestiert lachend. Leider habe ich ihren Namen vergessen, aber das macht nichts. Zufrieden greife ich in die Chipstüte, die vor uns auf dem Tisch liegt. *Salt and Vinegar*, meine Lieblingssorte. Ich stecke eine Handvoll in den Mund und spüle mit einem Schluck Cola nach.

Glücklich lasse ich den Blick über die Gesichter meiner Freunde schweifen. Schon lange hatten wir keinen solchen Spaß mehr wie heute beim Mensch-ärgere-dich-nicht-Spiel. Mir gegenüber sitzt das Mädchen mit den gelben Figuren. Sie hat lange braune Haare und eine Brille. Sie ist wirklich hübsch. Neben ihr sitzt ein Junge mit hellbraunen Haaren, der konzentriert aufs Spielfeld blickt und überlegt, welches seiner roten Männchen er zuerst in Sicherheit bringen soll. Auf meiner linken Seite sitzt ein dunkelblonder Junge, den ich bereits um zwei grüne Spielfiguren gebracht habe. Das Glück ist heute mit mir!

Am Fenster stehen zwei weitere Jungs und ein Mädchen, die in eine leise Unterhaltung vertieft sind und auf die Einfahrt hinausblicken, als würden sie warten. Vielleicht wurden weitere Gäste eingeladen. Ich würde mich freuen.

Als ich einen beiläufigen Blick über meine Schulter werfe, um zu sehen, wer sich noch im Raum befindet, erstarre ich in der Bewegung. Hinter mir an der Wand steht der bestaussehende Typ, den ich in meinem bisherigen Leben gesehen habe. Durchdringende grau-blaue Augen, tiefschwarze Haare, die zerzaust wirken. Sicherlich hat er sie mit Gel in Form gebracht, denn es sieht zu gut aus, um keine Absicht zu sein. Er trägt schwarze Jeans sowie ein schwarzes Longsleeve, und er ist definitiv heiß. Er merkt, dass ich ihn anschaue, und wirft mir ein warmes Lächeln zu, das ich umgehend erwidere.

»Hannah«, reißt mich das Mädchen mit den gelben Figuren aus meiner Betrachtung. »Du hattest doch eine Sechs. Du darfst noch einmal würfeln.«

Erfreut nicke ich. »Macht euch auf euren Untergang gefasst. Heute bin ich auf meinem persönlichen Siegeszug.«

Meine Mitspieler tauschen einen beunruhigten Blick. Vermutlich sind sie besorgt, da ich sie in Kürze erbarmungslos abzocken werde.

Ich versetze den Würfel mit den Fingerspitzen in schnelle Rotation, sodass er sich auf einer Ecke dreht. Mit einem klackenden Geräusch kommt er schließlich auf dem Tisch zu liegen. Vier. Ein breites Grinsen stiehlt sich auf mein Gesicht. Genau die Zahl, die ich brauche, um die rote Figur, die der Junge mit den hellbraunen Haaren eben vor mir in Sicherheit bringen wollte, aus dem Spiel zu nehmen. Mit einem eleganten Schwung befördere ich das Männchen ins Abseits, während ich in mich hineinlache.

Auch in den folgenden Runden bleibt mir mein Glück treu. Schließlich muss ich bloß noch ein blaues Männchen ins Ziel bringen. Von dem netten Mädchen, zu dem die Farbe Gelb gehört, ist nur eine Figur auf dem Spielfeld unterwegs. Ihre restlichen stehen wie die der anderen Mitspieler noch am Anfang. Ich frohlocke. Der Sieg ist eindeutig mein.

Ein knapper Blick auf das Spielfeld zeigt mir, dass ich eine Fünf würfeln müsste, um endgültiger Sieger zu sein. Beschwörend schüttle ich den Würfel in meiner geschlossenen Faust und werfe ihn auf den Tisch. Direkt breche ich in Gejauchze aus.

Eine Fünf! Schnell bringe ich meine letzte Figur in Sicherheit. Meine vier blauen Männchen sind die einzigen Überlebenden des Massakers!

Enthusiastisch springe ich auf und brülle »Gewonnen!«. Meine Mitspieler klopfen mir anerkennend auf die Schulter und beglückwünschen mich voller Bewunderung.

Ich drehe mich halb um, sodass ich überprüfen kann, ob der gutaussehende Typ an der Wand meinen Triumph ebenfalls registriert hat. Er fixiert mich mit einem rätselhaften Ausdruck auf seinem schönen Gesicht. Sobald sich unsere Blicke treffen, nickt er mir beifällig zu und grinst. Interessiert nehme ich ihn genauer in Augenschein. Das schwarze Longsleeve liegt eng an und lässt einen durchtrainierten Oberkörper erahnen. Unter dem dünnen Stoff zeichnet sich sein flacher Bauch ab. Die schlanken, aber dennoch muskulösen Arme hat er …

Jan.

Irritiert blinzle ich. Woher kam dieser Gedanke eben? Woran dachte ich überhaupt?

Ich schüttle verwirrt den Kopf und wende mich wieder meinen Mitspielern zu, die inzwischen laut eine Revanche fordern. Können sie kriegen. Ich bin heute unbesiegbar.

Mit raschen Bewegungen verteilt der dunkelblonde Junge die Figuren erneut auf dem Spielbrett. Leider will der Typ an der Wand nicht mitmachen. Sonst könnte ich ihn unauffällig weiter beobachten.

»Hannah? Du hast die letzte Runde gewonnen. Du darfst eröffnen.«

Schlagartig spüre ich, wie mich die Begeisterung für das Brettspiel wieder ergreift. Natürlich will ich mir die Gelegenheit nicht entgehen lassen, meine Freunde noch einmal abzuziehen. Andererseits würde ich zu gerne eine Unterhaltung mit dem interessanten Schwarzhaarigen in Gang bringen. Aber Mensch-ärgere-dich-nicht ist mein erklärtes Lieblingsspiel!

Ist das so? Warum will ich unbedingt diese blöde Partie gewinnen? Ich hasse Brettspiele. Ich hasse Chips. Und ich trinke ausschließlich Cola light.

»Hannah?«

Fröstelnd ziehe ich die Schultern hoch und lege die Stirn in Falten. Wieder habe ich kurzzeitig das Gefühl, am Rande meiner bewussten Wahrnehmung einen Gedanken zu erahnen, den ich nicht greifen kann. Frustriert nehme ich den Würfel.

Das Mädchen mit der Brille schaut mich forschend an. »Magst du nicht mehr spielen? Du wolltest doch so gerne einen Mensch-ärgere-dich-nicht-Marathon veranstalten. Jetzt kannst du nicht die Erste sein, die keine Lust mehr hat.«

Damit hat sie ganz klar recht.

»Natürlich nicht! Dazu läuft es viel zu gut!« Ich versuche, mir meine Zweifel nicht anmerken zu lassen, setze ein zuversichtliches Lächeln auf und würfle eifrig.

Eine Sechs! Schon wieder!

Unter den neidischen Blicken meiner Mitspieler eröffne ich meine erneute Offensive, und es dauert nur wenige Runden, bis ich den ersten Gegner aus dem Feld geschlagen habe. Ein gemeinsamer Spieleabend war längst überfällig. Während ich darauf warte, wieder an die Reihe zu kommen, schaue ich zufrieden im Zimmer umher. Verschiedene Töpfe und Pfannen hängen an der Wand und wirken eher wie Dekorationsartikel als wie Gebrauchsgegenstände. Das blank geputzte Metall schimmert im Licht der Küchenlampe, die wir bereits vor einiger Zeit eingeschaltet haben.

Wieso spielen wir in der Küche?

Aber dann konzentriert sich meine Aufmerksamkeit wieder auf das Spielbrett, als der Junge mit den hellbraunen Haaren eine Zwei würfelt und die entsprechende Anzahl Felder nach vorne rückt.

Völlig unerheblich. Was an dieser belanglosen Aktion hat mein Interesse auf sich gezogen? Hatte ich nicht gerade über etwas anderes nachgedacht?

Um meinen Freunden den Spaß nicht zu verderben, gebe ich vor, weiter gebannt auf den Tisch zu starren. Währenddessen durchforste ich mein Gedächtnis nach Antworten auf Fragen, die ich nicht kenne.

Dumpfes Klopfen im Wald.

Eine kreiselnde Flasche am Seeufer.

Verlogene Schlampe. Ich hasse dich.

Das raue Holz der Haustür.

Ein lebloser Körper am Boden.

Blut.

Du hast mir das Leben gerettet.

Betrug.

Ich habe mich in dich verliebt.

Du bist außergewöhnlich.

Aufgelöste Moralvorstellungen.

Eine gelöschte Erinnerung.

Das Messer an der Kehle.

Du bist viel stärker als ich.

Beste Freundin verraten.

Das kühle Wasser des Gartenteichs.

Verankerte Realität.

Former.

Verachtung. Unverständnis. Abneigung.

Aurenanziehung.

Ich mag dich nicht mal ansatzweise.

Du interessierst mich nicht im Geringsten.

Der grelle Schmerz der Nadel.

Dunkelheit.

Natürlich wird sie das nicht überleben.

Jan hat mich systematisch fertiggemacht und anschließend betäubt. Die Menschen um mich herum sind keine Freunde. Im Gegenteil. Ich stehe unter der Kontrolle eines Formerteams. Ich schwebe in höchster Gefahr. Ich muss so schnell wie möglich –

Nein! Das Mädchen mit der Brille hat eine Sechs gewürfelt und tatsächlich eine meiner Figuren geschlagen.

Verschmitzt nickt sie mir zu und bemerkt amüsiert meine finstere Miene. »Gönne uns auch mal was! Bei der letzten Runde hast du uns gnadenlos abgezockt.«

Das stimmt allerdings. Ich sollte mir vor Augen halten,

dass es nicht bloß ums Gewinnen geht. Ist es nicht viel wichtiger, dass wir Zeit miteinander verbringen und Spaß haben?

Entspannt lehne ich mich zurück. Leider kann ich meinen Ehrgeiz trotzdem nicht komplett abschütteln, sodass mir ein glückliches Seufzen entfährt, als ich eine Drei würfle. Unter dem Gelächter der anderen entferne ich ein grünes Männchen vom Spielfeld. Blau zum Sieg!

Interessiert verfolge ich die Würfe meiner Mitspieler. Natürlich muss ich nicht gewinnen, aber schön wäre es. Zweimal in Folge die Freunde beim Mensch-ärgere-dich-nicht abziehen – ein Traum. Möglicherweise könnte ich auch in einer dritten Partie den Sieg davontragen. Vielleicht spielt der süße Typ in der nächsten Runde mit. In diesem Fall wäre ich sogar bereit, ihn gewinnen zu lassen, um seinen männlichen Stolz nicht zu verletzen. Eventuell kämen wir ins Gespräch.

Der Kerl hinter mir an der Wand ist Jan. Er hat mich verraten, verletzt und gedemütigt. Sein Formerteam hält mich unter mentaler Kontrolle und gaukelt mir eine Scheinwelt vor. In Wirklichkeit befinde ich mich unter Feinden. Ist er der Anführer? Sie alle wollen meinen Tod, und ich habe keine Ahnung, aus welchem Grund. Wollen sie Zeit gewinnen? Warum eliminieren sie mich nicht gleich? Was haben sie mit mir vor?

Ich muss hier raus.

Sie wird sterben. Sie oder ich. So läuft das eben.

Klar, für wessen Tod sich Jan entschieden hat. Es ist lediglich eine Frage der Zeit, bis mich das Team zur Schlachtbank führt. Und ich sitze am Tisch, ohne ihnen etwas entgegenzusetzen.

Ich muss bei klarem Bewusstsein bleiben.

Die Panik kriecht in mir empor.

Ich muss mich zur Wehr setzen. Mein Denken von ihrem Einfluss befreien.

Ich will nicht sterben!

»Bitte eine Fünf! Bitte, bitte eine Fünf!« Beschwörend murmle ich vor mich hin, während ich den Würfel von einer in die andere Handfläche bewege und schließlich auf das Spielbrett fallen lasse.

Eine Fünf! Na, wer sagt's denn! Diese Runde ist noch nicht verloren.

Ich will nicht sterben.

Raus aus meinem Kopf!

Was habt ihr vor?

Ich habe Angst.

Der Junge mit den hellbraunen Haaren hat eben seine vorletzte Figur eingebüßt. Nicht mehr lange und er muss ganz von vorne anfangen. Dann trennen mich nur wenige Runden von meinem zweiten Sieg in Folge!

Mein Leben ist in Gefahr!

Wenn sie bemerken, dass ich klare Momente habe, werden sie den Zwang verstärken.

Nichts anmerken lassen.

Nachdenken!

Es ist nicht das erste Mal, dass ich unter mentaler Beeinflussung stehe. Jan hat das Gleiche mit mir versucht, bevor er mich betäubt hat. Aber er war mir alleine nicht gewachsen. Aus diesem Grund hat er sein Formerteam herbeordert. Wenn ich die Stelle finde, an der die Manipulation ansetzt, könnte ich sie wieder neutralisieren.

Das Mädchen mit der Brille nimmt Kurs auf meine blaue Figur. Scheint, als müsse ich doch um meinen Sieg kämpfen. Dass ausgerechnet diese liebe Freundin meine Rivalin im Kampf um den Ruhm ist, lässt mich in wildes Gekicher ausbrechen.

»Bringe dich lieber in Sicherheit!«, rufe ich. »In der nächsten Runde mache ich dich fertig!«

Alle lachen.

Natürlich wird sie das nicht überleben.

Wo haben sie die mentale Kontrolle angesetzt? Darum bemüht, weiterhin dem Spielgeschehen zu folgen, sende ich meinen Willen aus und taste in Gedanken nach einer fremdartigen Anwesenheit.

Genau wie heute Morgen. Jan hat mich unfreiwillig auf dieses Szenario vorbereitet. In meinem Kopf befindet sich etwas, das keinen Teil von mir darstellt. Ein Gefühlsknoten, ähnlich dem, den ich am Vormittag gespürt habe, nur ungleich stärker. Er besteht aus verschiedenen Facetten, und ich vermute, dass jede Person in diesem Raum ein Segment beigesteuert hat. Ein Ansatzpunkt hebt sich von den anderen ab. Er fühlt sich vertrauter an, denn ich habe ihn schon einmal in meinem Gehirn entdeckt und anschließend entfernt. Der mentale Befehl von Jan.

Vorsichtig versuche ich, Mauern rings um die Verankerungen hochzuziehen. Die direkte Lösung hätte die sofortige Aufmerksamkeit des ganzen Teams zur Folge. Ich muss die Kontrolle umgehen, statt sie zu brechen. Verbissen konzentriere ich mich darauf, gedankliche Barrieren zu errichten und gleichzeitig Feuer und Flamme für das Spiel zu sein, sodass niemand eine Veränderung in meinem Verhalten bemerkt. Da ich endlich weiß, wie ich mich schützen kann, fällt mir der Widerstand leichter.

Ich muss dringend eine Drei …

Nein.

Konzentration. Schutzwall hochziehen.

Wenn ich eine Drei würfle, kann ich …

Die Präsenz von meinem Bewusstsein isolieren. In eine Ecke verbannen. Unter Kontrolle halten.

Die gelbe Figur. Ich muss sie …

Gedanken fokussieren. Nicht ablenken lassen.

Mit jedem mentalen Angriff, den ich abwehre, wird es einfacher, die Kontrolle zu behalten. Zuerst widme ich mich Jans Impuls, was mir verblüffend leichtfällt. Durch meine Erfahrung heute Morgen weiß ich genau, wie sein Befehl strukturiert ist, und wo ich ansetzen muss, um ihn auszusperren. Langsam verblasst der Wunsch, mich erneut ins Spielgeschehen zu stürzen. Die Zwänge der anderen Former sind geringfügig schwerer abzuriegeln. Sie sind mir zwar unbekannt, allerdings deutlich schwächer als Jans Fixierung. Er ist definitiv der stärkste Former im Raum – mit Ausnahme von mir.

Schließlich nehme ich die Befehle nur noch als das wahr, was sie sind. Kleine Störfaktoren, die erfolglos versuchen, mich zu beeinflussen. Meine Gedanken gehören wieder mir.

Doch was fange ich jetzt damit an?

Während ich begeistertes Interesse für den Spielverlauf vortäusche, zermartere ich mir das Hirn und prüfe krampfhaft meine Möglichkeiten. Ich habe es zwar geschafft, die mentalen Anweisungen abzugrenzen, doch das ändert nichts an meiner Situation. Neben Jan befinden sich weitere sechs Personen im Zimmer. Die ganze Gruppe hat ihre Kraft gebündelt, um mich unter Kontrolle zu halten. Würde es ausreichen, die Konzentration eines Formers zu stören, sodass das ganze Konstrukt zusammenbricht? In diesem Fall wären sie mir allein durch ihre Anzahl noch immer überlegen und könnten mich ohne Schwierigkeiten überwältigen. Genauso wenig wird es etwas nutzen, wenn ich jemandem einen Teller an den Kopf fliegen lasse. Die einzige Möglichkeit wäre, alle auf einmal auszuschalten. Heikel, aber bleibt mir etwas anderes übrig?

Welchen Befehl könnte ich allen Formern im selben Augenblick geben, ohne mich völlig zu verausgaben?

Lasst Hannah flüchten! ist eindeutig zu riskant, denn ich kann das Ergebnis nicht überprüfen, ohne dabei meine Abriegelung zu offenbaren. Sie dürfen die Manipulation auf keinen Fall direkt bemerken.

Gibt es eine Möglichkeit, das Team aus dem Haus zu schicken? Kann ich ihnen das Gefühl der Angst und einen zusätzlichen Fliehimpuls eingeben? Dann hätte ich Zeit, mich aus der Schussbahn zu bringen. Entsetzen samt Fluchtreflex hervorzurufen, dürfte keine allzu schwierige Aufgabe sein. Dabei handelt es sich um natürliche Regungen, die in jedem Menschen schlummern.

Vorsichtig taste ich mich in die Köpfe der Former und setze einen leichten Impuls an. Jan spare ich dabei aus. Heute Morgen entdeckte ich seine Präsenz ohne nennenswerte Anstrengung. Es ist also denkbar, dass er umgekehrt ebenfalls dazu in der Lage ist. Jetzt kann ich nur hoffen, dass sein Team deutlich unerfahrener und schwächer ist als er selbst.

Während ich ununterbrochen Interesse für das Spiel simuliere, schaue ich scheinbar zufällig im Zimmer umher. In den Mienen der anderen kann ich bisher keine Anzeichen von Furcht erkennen. Nur der Blick des blonden Jungen zuckt kurz zur Tür. Dann strafft sich sein Körper merklich, er atmet tief durch und sieht wieder entspannt aus.

So ein Mist. Sie sind derartig auf meine Beeinflussung konzentriert, dass sie sich nicht manipulieren lassen. Resigniert sacke ich auf meinem Stuhl zusammen. Glücklicherweise wird parallel dazu eine meiner Figuren unsanft vom Spielbrett befördert, sodass sich keiner über die seltsame Reaktion wundert. Solange die Former auf mich fokussiert sind, habe ich keine Chance, zu entkommen. Ich muss sie ablenken. Allen voran Jan. Seinen Befehl konnte ich zwar am leichtesten abblocken, jedoch ist er das stärkste Mitglied der Gruppe, möglicherweise sogar ihr Anführer. Ich muss ihre Gedanken durcheinanderbringen und die Konzentration brechen. Leider habe ich nicht die geringste Ahnung, wie ich das bewerkstelligen könnte. Wenn etwas schiefgeht, ist alles aus. Ich habe genau einen Versuch. Jan wird keine Hemmungen haben, mich ein zweites Mal zu betäuben. Er ist derjenige, von dem mein Leben abhängt. Was auch immer ich tue, ich muss bei ihm ansetzen. Und es muss so radikal sein, dass die anderen Former nachhaltig verstört sind.

Bei meiner nächsten Figur, die vom Spielfeld geworfen wird, schreie ich in unechter Bestürzung auf und schüttle wild den Kopf. Während sich die anderen über meine Reaktion amüsieren, lasse ich den Blick nochmals durch die Küche schweifen. Der Raum kommt mir vage bekannt vor. Wir befinden uns nach wie vor in Jans Haus.

Und dann sehe ich eine mögliche Lösung klar vor Augen.

Jan, der mir ein Messer an die Kehle drückt. Ein Messer, das ich zuvor aus dieser Küche entwendet habe. Ich weiß genau, wie sehr er sich gegen meinen gedanklichen Befehl zur Wehr setzen kann.

Gar nicht.

Während ich meine Hand in den Nacken lege, um die vom Sitzen angeblich steifen Muskeln zu dehnen, drehe ich mich ein wenig nach rechts, sodass ich Jan aus den Augenwinkeln erahnen kann.

Ich muss es tun.

Der Junge mit den roten Figuren wirft mir einen misstrauischen Blick zu. Offensichtlich fällt meine nachlassende Begeisterung auf. Ich habe nicht mehr viel Zeit. Ich muss mich beeilen. Bald werden die Former bemerken, dass sie mich nicht mehr unter Kontrolle haben. Das ist meine allerletzte Gelegenheit.

Trotzdem drohen mich die Zweifel zu überwältigen. Wenn ich das tue, bin ich nicht besser als er.

Alles, wovor sich Viv gefürchtet hat.

Alles, was ich selbst nie sein wollte.

Bleibt mir eine andere Wahl?

Sie wird sterben. Sie oder ich.

Er.

31 : ausgelöscht

Das braunhaarige Mädchen mit der Brille erhebt sich ruckartig. Ihr hasserfüllter Blick ruht fest auf Jan. Sie holt tief Luft. »Du bist das absolut Letzte!«, beginnt sie mit kalter, beherrschter Stimme.

Irritiert drehen sich die Mitspieler zu ihr um. Sie hält sich mit beiden Händen an der Tischplatte fest und fixiert Jan ununterbrochen, während sie die Äußerungen ausspricht, die ich ihr eingebe.

»Glaubst du ernsthaft, du kannst das mit mir abziehen?«

Er schüttelt den Kopf und dreht verständnislos die Handflächen nach oben. Die Mitglieder seines Teams starren ihn verunsichert an.

»Du hast mich ausgenutzt und mit meinen Gefühlen gespielt. Du hältst mich also für albern, peinlich und minderbemittelt?«

Jan scheint die Tragweite der Situation nicht erfasst zu haben und zieht entnervt eine Augenbraue hoch. Als er etwas entgegnen will, fällt ihm das Mädchen ins Wort. Ihre Stimme klingt deutlich schriller als zuvor.

»Ich benehme mich wie eine Sechsjährige?« Sie wird noch lauter. »Mein Verhalten ist unglaublich kindisch? Ich gehe dir gewaltig auf die Nerven? Ich soll aufhören, mich zu zieren, damit wir direkt zur Sache kommen können? Das passt zu dir. Das ist genau dein Ding. Dir einfach nehmen, was du willst. Du denkst, ich sei dir total verfallen? Da täuschst du dich.«

In diesem Moment blitzt in Jans Augen die Erkenntnis auf. Seine Pupillen zucken zu mir. Als sich unsere Blicke treffen, nicke ich ihm fast unmerklich zu.

Seine Gesichtszüge entgleisen und sein Körper verkrampft sich. Gleich wird alles so schnell gehen, dass mich niemand von meinem Vorhaben abbringen kann. Wenn das Team das Geschehen registriert, wird es zu spät sein.

Das Mädchen knallt beide Handflächen auf die Tischplatte. »Du glaubst, ich würde alles tun, damit du mich nicht abweist? Maßt du dir nicht zu viel an?«

Jan stößt sich von der Wand ab und geht langsam durch die Küche.

»Mein dummes Geschwätz hat dich angewidert? Du warst genervt von meinem Gewinsel? Glück für uns, dass *du* gerade nicht in der Lage bist, zu sprechen.«

Er dreht sich leicht zur Seite, und auch ich wende ihm mein Gesicht zu. In seinem Blick sehe ich Hass, Unglaube, aber vor allem Angst.

Du bist viel stärker als ich.

Ja.

Du hältst dich für stark genug, jemandem deinen Willen aufzuzwingen, selbst wenn es für ihn den Tod bedeuten würde?

Ja.

»Du fandest es lustig, mich zugrunde zu richten und gebrochen am Boden zu sehen? Du hast mein Herz in tausend Stücke zerlegt, du Arsch.«

Jan ergreift das lange Messer so fest, dass seine Knöchel weiß werden. Er zieht es aus dem Holzblock und setzt es sich mit einer raschen Bewegung an die Kehle. Sein Brustkorb hebt und senkt sich in schnellem Rhythmus, während seine Augen um Gnade flehen.

Ich kann nicht anders. Ich muss mich wehren. Es ist meine einzige Möglichkeit. Er oder ich.

Das Mädchen wischt mit einem rücksichtslosen Schwung das Spielbrett samt Figuren vom Tisch. »Ich habe dir vertraut.«

Mit einer präzisen Bewegung zieht sich Jan die scharfe Klinge über die Kehle und dreht gleichzeitig den Kopf. Das Messer dringt tief in seinen Hals ein und durchtrennt die Luftröhre sowie beide Halsschlagadern. Das Blut ergießt sich dunkel und rot auf den hellen Küchenboden. Er sinkt geräuschlos in sich zusammen, und um mich herum bricht die Hölle los.

Die beiden anderen Mitspieler springen auf und sprinten zu Jans leblosem Körper, der in einer stetig wachsenden Blutlache am Boden liegt. Das Mädchen mit der Brille steht unter Schock und schaut mit weit aufgerissenen Augen ins Leere. Die Blicke der drei Former am Fenster pendeln entsetzt zwischen dem Mädchen und Jan hin und her.

Kurz droht mich die Erschöpfung zu überrollen, doch ich schaffe es, sie zurückzudrängen. Ihre Konzentration ist gebrochen. Ich muss handeln.

Mit einer fließenden Bewegung schiebe ich meinen Stuhl zurück und stehe auf. Unmittelbar blicken alle zu mir. Ich fixiere zuerst das Mädchen mit der Brille und drehe langsam den Kopf. Als meine Augen auf Jan gerichtet sind, lächle ich kalt. Schmal und mysteriös. Ich höre ein scharfes Keuchen, mit dem einer der anderen Former die Luft einzieht. Im Raum ist es totenstill. Jetzt.

FLIEHT!

Schonungslos zwänge ich den brutalen Befehl in ihre Köpfe. Die beiden Jungs, die neben Jans Leiche knien, verkrampfen sich und starren mich mit schreckensgeweiteten Augen an. Die drei Former am Fenster werden leichenblass, pressen ihre Lippen zusammen und schlucken hart. Das Mädchen mit der Brille zieht von Grauen erfüllt die Schultern hoch. Dann öffnet sie den Mund zu einem durchdringenden Schrei. »Weg hier!«

In diesem Moment erwachen sie aus ihrer Lähmung. Wie vom Teufel geritten flüchten die Former aus dem Haus. Ihre angsterfüllten Rufe gellen in den Ohren.

Ich laufe zum Fenster und beobachte, wie sie Hals über Kopf in einen Van springen und so schnell davonfahren, dass der Kies unter den Reifen aufspritzt.

Für einige Zeit stehe ich da, schließe die Augen und lege meine Stirn an die kühle Scheibe. Die Dunkelheit hinter meinen geschlossenen Lidern bildet einen willkommenen Kontrast zum grellen Küchenlicht. Der Sog der Bewusstlosigkeit zerrt immer stärker an mir. Am liebsten würde ich mich erschöpft in die Schwärze fallen lassen.

Wer weiß, wann das Formerteam zurückkehrt? Ist es nicht nur eine Frage der Zeit, bis dieser Levander auftaucht, den Jan am Telefon erwähnt hat?

Ich muss das Haus verlassen, und zwar möglichst bald. Dennoch durchquere ich nach kurzem Zögern die Küche und lasse mich neben Jans Körper auf die Knie sinken. Er liegt halb auf den Rücken gedreht auf den kalten Fliesen. Seine weit geöffneten Augen starren blicklos ins Leere. Der Kontrast vom kalkweißen Boden zum tiefrot glänzenden Blut ist fast zu stark, zu endgültig für meine angestrengten Sehnerven.

Verzweifelt wende ich mich ab und drücke meine Handballen so fest gegen die geschlossenen Lider, dass in der Finsternis weiße Funken tanzen. Als ich die Augen wieder öffne, nehme ich ein Glänzen wahr, etwa einen Meter von Jan entfernt.

Das Möbiusband, sauber und unversehrt.

Jan, leblos und blutverschmiert.

Ein glatter Schnitt, der nicht nur die Schlagadern, sondern auch die Lederschnur durchtrennt hat.

Ich hebe den Anhänger auf und stecke ihn in meine Tasche.

Eine letzte Erinnerung.

Mit tränenverschleierten Augen schließe ich die Haustür hinter mir und stelle mich der Dunkelheit.